MAREN WINKLER

DRACHENTRÄUME

ANISHA

www.novumverlag.com

Bibliografische Information
der Deutschen Nationalbibliothek:

Die Deutsche Nationalbibliothek
verzeichnet diese Publikation in
der Deutschen Nationalbibliografie.
Detaillierte bibliografische Daten
sind im Internet über
http://www.d-nb.de abrufbar.

© 2021 novum Verlag

ISBN 978-3-99107-297-3
Lektorat: Sylvana Kovacs-Pfefferkorn
Umschlagfotos: Jungleoutthere,
Brett Critchley, Marbo, Alena Kourdakova,
Olga Kazanovskaia | Dreamstime.com
Umschlaggestaltung, Layout & Satz:
novum Verlag
Autorenfoto: Maren Winkler

Gedruckt in der Europäischen Union
auf umweltfreundlichem, chlor- und
säurefrei gebleichtem Papier.

www.novumverlag.com

Prolog

In einer Welt, in der Drachen die geheimen Wächter der Elemente sind und die Regeln des Universums schützen, tobte einst unter Wasser zwischen den Aquati, den Wesen des Wasserzaubers, ein gnadenloser Krieg. Drachen schwingen im Rhythmus der Galaxien und beobachten die Wesen der Welten – und manchmal mischen sie sich im Geheimen darunter, um zu verstehen und zu heilen. In jedem ihrer Nachfahren schlummert ihre Magie. Aber der Kampf unter Wasser schwelte schon lange und kostete Leben, trennte Familien und bedrohte die Zukunft. Die Aquati rieben sich in immer aggressiveren Konflikten mehr und mehr auf. Nach einer langen Zeit der scheinbaren Ruhe begann in der tiefen Dunkelheit einer Mondfinsternis eine grausame Schlacht. Die Königin der Flüsse fiel über die Königin der Seen, ihre Schwester, her, dezimierte so ihr eigenes Volk und vernichtete fast die Clans der Seen. Mit letzter Kraft beschworen die Aquati der Seen einen Drachenzauber. Der Zauber wirkte unvorstellbar stark. Unter Wasser tobte ein Inferno und auch über Wasser bäumte sich die Natur auf. Land wurden überschwemmt, Moore entstanden und Flüsse veränderten für immer ihren Lauf. Ein furchtbares Unwetter fegte mit Hagel und Sturm über das Land. Von den Bergen stürzten Lawinen aus Eis, Schlamm und Felsen die Hänge herunter. Viele Aquati, aber auch Menschen starben unschuldig in dem Inferno. Als die Sonne am nächsten Tag aufging, bot sich für die Überlebenden ein furchtbares Bild – alte Flussläufe waren verschwunden, vor dem Gebirge war ein riesiges Moor entstanden. Die böse Königin schien jedoch vernichtet. Viele Aquati waren verletzt, viele verschwunden und die Trauer war so stark, dass kaum jemand noch Lebenskraft oder Wasserzauber hatte. Stille breitete sich über das Wasser und das Land, und das Schicksal nahm seinen Lauf.

Teil I – IRALA

Kapitel 1

Meine Mutter sagte mir immer, dass ich im Dunkel der Nacht bei Neumond geboren wurde. Das sei ein schlechtes Vorzeichen. Ich sei viel zu klein gewesen, auch wenn ich ein Mädchen war. Sie sah das als Grund, mich nicht zu stillen und sich nicht selbst um mich kümmern zu müssen. Da ich aber eine Prinzessin war, ließ sie mich am Leben –die Diener kümmerten sich um mich. Als ich größer wurde, berührte das mich nicht weiter, denn ich kannte die Frau, die meine Mutter sein sollte, kaum, und sie ließ mich meistens in Ruhe. Die Diener, besonders meine Merida, suchten für mich die wenigen Spielkameraden, die ich haben durfte und die dann zu meinen Trainingspartnern wurden. Freunde hatte ich keine, denn ich merkte schnell, dass meine Mutter jede Freundschaft zerstören würde, hatte sie doch nicht einmal zugelassen, dass ich jemand in mein Zimmer zum Spielen mitnahm. Aila war eine meiner ersten Freundinnen – und sie blieb auch die einzige. Das war aber nur möglich, weil sie eine entfernte Verwandte war. Ihre Eltern waren Berater meiner Mutter, also durfte sie bleiben. Aber auch sie wusste schon früh um die Macht der Königin und so war unsere Freundschaft immer belastet – sie durfte nie gewinnen, wehe ich hätte in einem Spiel, in einem Wettkampf, in einem Training verloren und meine Mutter hätte davon erfahren – auch ich wagte nie, das mir vorzustellen. Also spielten wir, waren nie im Wettstreit und mein Training fand im Geheimen mit Merida statt. Irgendwann verschwand Aila – viel später fand ich heraus, dass ihre Familie ins Nordmeer geflohen war – vor meiner Mutter. Die Intensität meines Wasserzaubers spürte ich schon sehr früh, viel früher als die anderen, als ich noch klein war und er wurde mir schnell ein Ersatz für Freunde – konnte ich doch so Tiere als Wesen anders wahrnehmen und meine Umgebung völlig anders einschätzen.

Wenn es mir furchtbar langweilig war, schlich ich mich aus dem Schloss in das Altwasser und spielte mit den Tieren. Ich schwamm mit den Fischen, spielte mit den Insekten. Merida fand mich einmal, als ich ganz selbstverständlich als kleiner silbriger Fisch mit den Hechten schwamm. Sie hätten mich mit einem Biss töten können, liebten mich aber. Merida fing mich vorsichtig ein und hielt mich so lange zärtlich in der Hand, bis ich mich entschied, wieder zur Aquata zu werden. Sie war sprachlos. Ich weiß noch, dass ich ungefähr vier oder fünf war, als ich das erste Mal Luftblasen machte und damit spielte. Ich lebte in meiner phantastischen Welt und spielte am Tag, was ich in der Nacht träumte. Manchmal sah ich auch tagsüber Träume – so nannte ich das, ich wusste nicht, dass ich den Wasserzauber sah – es war normal für mich. Bereits mit zehn Jahren überlebte ich einen Mordversuch – ein übler Aquatus hatte sich tagsüber in mein Zimmer eingeschlichen und nachts, als ich einschlief, versuchte er mich zu erwürgen. Gleichzeitig legte er ein dickes Tuch über mein Gesicht, damit ich kein Geräusch machen sollte. Ich wehrte mich mit allen Kräften. Merida rettete mich damals, sie kam zufällig nochmals an diesem Abend in mein Zimmer. Danach schwor ich mir, nie mehr hilflos zu sein und trainierte jetzt jeden Tag, übte und prüfte vor allem im Geheimen meinen Wasserzauber und übte mich auch mit Merida mit Waffen, besonders dem Dolch und dem Schwert. Niemand sollte merken, dass ich immer besser wurde. Merida war eine langjährige Dienerin im Schloss, die schon meine Mutter als Kind gekannt hatte, so alt, dass sie noch von dem Leben auf der hohen See, von den Eisbergen des Nordmeers und dem Zug in das Süßwasser erzählen konnte – man sah es ihr aber kaum an. Sie weckte den Wasserzauber vollends in mir, als ich zwölf war. Damals gab sie mir einen silberschimmernden Beutel mit einem Amulett. Ich musste ihr versprechen, das Amulett nie zu verlieren, denn sie sagte immer wieder, es sei für meine Familie. Da ich mir nicht vorstellen konnte, wer meine Familie sein könnte, war ich nicht beeindruckt, aber sie war so ernst, dass ich ihr das Versprechen gab. Außerdem hatte ich so einen geheimen Schatz, etwas, von dem meine Mutter nicht wusste, und das tat gut. Merida erzählte mir von Früher, von der Kraft der Magie, vom Wasserzauber, von Drachen, aber auch von anderen Völkern des Wassers und von den Menschen, den Luftatmern. Für mich waren das phantastische Geschichten, denn ich konnte mir etwas anderes als mein Zuhause in unserem Schloss nicht vorstellen und Drachen gehörten in die Welt der Phantasie, und Luft mit dem Mund, mit der Nase atmen, draußen über dem Wasser – einfach unvorstellbar! In der Arroganz meiner Jugend dachte ich, dass nichts über das Leben im Wasser gehen würde, dass ich alles andere – Luftatmen, die Geschichte der Magie nicht wissen musste. Was für eine Täuschung! Aber ich trainierte meinen Wasserzauber und lernte gern die Magie des Kampfes – ich kämpfte schon früh mit dem kurzen Speer und mit dem spitzen Schwert, das wie das Horn des Narwals aussieht und traditionell aus magisch gehärtetem Holz gefertigt wird. Das machte mir viel Spaß und so konnte ich meine innere Spannung, die oft mich unerklärlich quälte, abbauen. Dazu merkte ich, wie meine Ausdauer und Reflexe besser wurden. Das war etwas, dass ich für das Leben dringend brauchte, wenn ich irgendwann ohne dauernden Schutz durch Wachen selbstbestimmt leben wollte. Ich wusste noch wirklich nicht, was ich einmal machen würde – es sollte aber etwas anderes sein als Tochter oder Prinzessin und draußen, in Freiheit. Bis dahin war der Plan klar, weiteres konnte ich mir aber noch nicht vorstellen. Da ich irgendetwas für mich suchte und mir die Waffen gefielen, war ich oft in der magischen Schmiede. Meine Mutter hatte zum Glück nichts dagegen. Manchmal schlich ich mich in die Werkstatt und spürte in mir die Resonanz der Magie, mit der das Holz für Dolche, Schwerte und Speerspitzen in einer Glut im Wasser gehärtet wurden. Die Schwertmacher waren eine eingefleischte Gilde, niemand durfte sehen, was sie taten, mich sahen sie aber nie, ich hatte gelernt, durch meinen Wasserzauber nicht wahrgenommen zu werden. Durch meinen Wasserzauber erkannte ich so, dass meine schöne glänzende Kleidung aus Fischhaut gefertigt war – es war für mich unvorstellbar, dass ich die Haut von Tieren, die ich liebte, tragen sollte und so begann ich andere Möglichkeiten zu suchen. Ich fand sie in Pflanzen – Schilf, Algen – all das nutzte ich und gestaltete bald weiche, angenehme Kleidungsstücke für mich. Durch meinen Zauber brachte ich sie zum Glänzen und niemand merkte etwas – auch das war ein geheimer Sieg. Ich war zwar die unerwünschte Tochter, aber auch die Prinzessin der Flüsse. Also erhielt ich selbstverständlich eine hervorragende Erziehung und konnte so alles lernen, was die Forschenden und Lehrenden in meinem Clan über die Historie der Aquati, die Natur und über Wasserzauber wussten. Auch meine Wünsche, die Magie der Naturgewalten – Wasser, Luft, Erde – kennen zu lernen und damit zu üben, wurden gefördert. Ich war mir nie sicher, ob meine Mutter das überhaupt bemerkte, sie war ja hauptsächlich mit sich selbst beschäftigt.

Ich war keine geborene Kriegerin und Tod und Verlust waren Dinge, über die ich trotz des Mordversuchs nicht nachdenken wollte und für die ich noch nicht bereit war. Ich war zwar eine akzeptable Kämpferin, war aber viel besser mit dem magischen Nutzen von Naturgewalten. Ich genoss im Sommer die heißen Tage, an denen ich Wasser zu Eis verwandelte, um dann die Eisstücke wieder zergehen zu lassen. Manchmal streckte ich heimlich meine Hand aus dem Wasser und spürte das Brennen der Sonne auf meiner Haut. Wenn ich sie wieder zurückzog, war sie meistens gerötet – warum konnte ich mir nicht vorstellen. Da sie dann auch schmerzte, ließ ich diese Experimente bald. In meiner Phantasie hatte ich Spielkameraden, denn mit den Kindern der Diener oder der anderen Aquati durfte ich, als ich älter wurde, nicht mehr spielen. Die wenigen Versuche waren von meiner Mutter brutal abgestraft worden – und nicht nur für mich. Das hatte mich so entsetzt, dass ich mich völlig zurückzog und nur heimlich mit Merida meine Tage verbrachte. Ich blieb lange klein und zierlich und meine Mutter war frustriert – ihr Partner war verschwunden und sie wollte nicht alleine leben. Niemand wollte mir sagen, wie der Aquatus aussah, der mein Vater war, aber er musste höchstens so groß wie meine Mutter gewesen sein und wunderschöne Haare gehabt haben, die ich offensichtlich von ihm geerbt habe. Ich hatte von Kindheit an die seltene Farbe Perlmutt mit goldenen Strähnen und tiefblaue Augen. Sooft ich auch trainierte, baute ich keine Muskeln, sondern nur Ausdauer auf. Meine Mutter war noch nie eine entgegenkommende oder liebenswerte Person gewesen. Als ich jedoch älter wurde, veränderte sie sich immer mehr – sie wollte alles und jeden beherrschen und ließ nur noch ihr Recht gelten. Ihre Berater hatten nichts mehr zu sagen und zogen sich immer mehr vor ihr zurück, manche flohen wie Ailas Familie. Sie hatten Angst vor Konsequenzen, da bereits einige von ihr verbannt worden oder einfach verschwunden waren, was noch erschreckender war. Niemand widersprach ihr. Sie begann sich in dem Moment für mich zu interessieren, als ich zur Frau wurde und prüfte nun regelmäßig meine Fähigkeiten und mein Wissen. Ich musste ihr mein Erlerntes über Historie und Magie demonstrieren und zur praktischen Überprüfung meiner Fähigkeiten wurden mir Aufgaben auferlegt. Sie wollte die Stärke meines Wasserzaubers erforschen und ich sollte stark sein. Als ihre Tochter hatte ich das in allen Lebenslagen zu beweisen. Ich musste in der Natur, weg von den anderen, überleben. Oft wurde ich von einer Wache einfach in einen Sack gesteckt und trieb in der Strömung des Flusses. Dann lag es an mir, mich zu befreien, zu orientieren, um zurück zu finden. Einmal war nach dem Winter die Strömung reißend und ich stürzte einen Wasserfall herunter, bevor ich mich befreien konnte. Zum Glück lagen keine Felsquader in dem Becken, trotzdem brach ich mir einen Arm und mehrere Rippen. Nur durch die heilende Kraft meines Wasserzaubers, den ich trotz der furchtbaren und stechenden Schmerzen nutzen konnte, überlebte ich. Das waren noch die angenehmen Übungen – andere waren grausam, wenn ich gegen Tiere kämpfen musste oder sie verwandeln sollte. Ich weigerte mich oft, auch wenn ich die Konsequenzen bitter zu spüren bekam. Damals begann ich meine Mutter zu hassen und heimlich zu beobachten. Mehr konnte ich nicht tun. Ich begann auf eine Chance hinzuarbeiten, zu fliehen. Die einzige Möglichkeit, die mir einfiel, war eine Tante – die Halbschwester meiner Mutter, die beim Seenvolk seit vielen Jahren lebte. Immer und immer wieder durchdachte ich meine wenigen Möglichkeiten. Durch diese Pläne und Wünsche bewältigte ich oft einsame und schlaflose Nächte, sie gaben mir die Ausdauer, weiter zu machen, obwohl ich fast dauernd bewacht wurde Selbst, wenn ich schlief, stand eine Wache vor meinem Zimmer. Ich hatte abwenden können, dass jemand im Zimmer mit mir schlief. Ich fühlte mich immer mehr wie in einem unheimlichen Netz gefangen, das sich langsam zusammenzog. Flucht schien die einzige Möglichkeit. Meine Mutter hörte inzwischen auf keine Aquati mehr. Die Einzigen, auf die sie hören wollte und zu denen sie sich hingezogen fühlte, waren die Dämonen der Tiefe – das lag wahrscheinlich daran, dass sie ein Kind von einem Dämonen wollte. Also suchte sie die Dämonen – in den tiefsten Spalten der höchsten Berge, tief unten, wo das Wasser heiß sprudelt und nie ein Lichtschein hinkommt, an den tiefsten Quellen der Flüsse, dort suchte sie und fand die Tore in die Dämonenwelt. Immer und immer wieder war sie Wochen und Monate lang weg – eine Zeitspanne, die für mich wie ein falscher Friede war, denn ich befürchtete inzwischen nur noch Schlimmes von ihr. Sie kam nach einer langen Zeit zurück – sie war fast zwölf Monde weggewesen – und sie war schwanger. Sie hatte das erreicht, was sie wollte, und bekam wenige Wochen nach ihrer Rückkehr ein Kind von einem Dämon. Es war ein dunkelhaariger Junge mit weißen Augen, den sie Ebru nannte. Er wurde zum meist gehassten Kind in unserem Clan, denn von klein auf war er widerwärtig und hochnäsig. Nur meine Mutter erzog ihn und ich glaube, sie unterwarf ihn immer wieder, denn sobald er laufen konnte, trug er einen schwarzen Reif um den Hals. So etwas hatte ich noch nie gesehen. Merida sah das erste Mal, seit ich sie kannte, besorgt aus, als sie Ebru mit dem Halsreif sah. Sie berührte ihn nie, auch nicht, als er immer gehässiger ihr gegenüber war. Nie strafte sie ihn. Es schien, als würde sie etwas abhalten, denn ihre Augen waren dunkel, wenn sie ihn anblickte. Als er etwas größer und älter wurde, kehrte meine Mutter zu einem Winterende in das Dämonenreich zurück und diesmal nahm sie mich mit. Als ich mich am Abend vor der Reise von Merida verabschiedete, sah sie mich lange an und ich sah plötzlich wie ihr Gesicht sich veränderte und ihre Augen golden aufstrahlten. Bevor ich etwas sagen konnte nahm sie mich in den Arm und gab mir heimlich einen Armreif aus einem seltsamen Stein – er war außen goldgelb und glühte in der Tiefe weiß. Sie sagte, dass sei Bernstein und bat mich ganz leise, so dass es niemand hörte, ihn während der ganzen Reise nicht abzulegen. Er würde mich schützen. Als ich ihr ins Gesicht sah, sah es wieder aus wie immer und mein Versprechen fiel mir leicht – wenig ahnte ich, was auf mich zukommen würde. Am nächsten Morgen schwammen meine Mutter und ich los, Ebru wurde von seinem persönlichen Diener getragen. Meiner Mutter folgten wie immer zwei im Kampf ausgebildete Diener. Ich hatte nah bei ihr zu bleiben. Anfangs schwammen wir gegen den Strom, bis wir an einem Sumpf ankamen. Wir glitten tief in das moorige Wasser und kamen an einen Höhlenmund. Dorthinein tauchten wir in lichtlose Tiefen und um mich war eine dunkle Höhle, in der ich kaum etwas sah. Manchmal leuchteten Algen rot oder giftgrün. Es ging weiter und weiter – wie lange kann ich nicht sagen. Ich erinnere mich nur, dass wir mehrfach Pause machten und einmal lange schliefen. Nach einer zeitlosen Spanne waren wir in einem riesigen unterirdischen Raum. Er war mindestens zur Hälfte mit Wasser gefüllt, oben reflektierte die Wassergrenze grün und Algen und Moose leuchteten grün und rot. Die Wand war von silberfarbenen Metalladern durchsetzt, die im Glühen der Algen aufblitzten. Mir war dieser Ort unheimlich, aber meine Mutter bestand darauf, hier zu warten. Neugierig wie ich war, erforschte ich nach einer kurzen Pause trotzdem den bizarren Raum und fand verschiedene kleine Tunnel, in denen schwarze Fische mit glühenden Augen und spitzen Zähnen wachten. Wenn ich zu nahe kam, fletschten sie das Maul bedrohlich. Auf meiner Erkundung sah ich am Boden gebogene Stöcke, als ich näher kam, erkannte ich, dass es sich um Gebeine handelte. Erschreckt drehte ich mich um. Als ich zum Sprechen ansetzte, sah ich eine Mischung aus Vorfreude und einem wilden Grinsen im Gesicht meiner Mutter. Sie hatte sich umgedreht und blickte jetzt weg von mir und ich bemerkte vier Gestalten, die lautlos in der Höhle aufgetaucht waren. Ich war erschrocken und still, aber meine Mutter glitt sofort auf sie zu und wurde begrüßt. Die Dämonen, denn das mussten sie sein, waren so groß wie meine Mutter. Ihre Kleidung war sehr dunkel und glänzend, ihre Haut hatte die Farbe von altem Schlamm und die Augen glühten ohne Pupille fahl rot. Erst nach einer Weile erkannte ich, dass zwei der Dämonen weiblich waren. Ich war im Hintergrund geblieben, aber die zwei männlichen Dämonen sahen mich und ein grausiges Lächeln verzog ihre Fratzen. Sie schossen auf mich zu und der erste, der kam, packte mich an den Schultern und musterte mich von oben bis unten – richtig eklig. „Oh, schau nur, wer da ist – lass sie uns versuchen!" Mit diesen Worten biss er in meine Schulter, um angeekelt zurückzufahren. „Sie schmeckt bitter!", mehr konnte er nicht sagen, denn die ältere der Frauen zog ihn an langen schwarzroten Haaren zurück. „Du Idiot – begrüßt man so seine zukünftige Frau?" Er schaute zurück zu mir und fletschte die scharfen Zähne. „Wenn sie schmeckt, dann schon, aber sie ist ja bitter – was soll das werden?" Ich stand erstarrt da und wusste nun wirklich nicht, was ich denken oder sagen sollte. Das sollte mein zukünftiger Mann sein? Nie im Leben! Inzwischen hatte meine Mutter sich dem anderen in die Arme geworfen – wer war wohl das? War das Ebrus Vater? Wo war ich da nur hingekommen? Alle setzten sich zusammen in einer Nische hin, denn wir sollten uns ja treffen und diese Person, dieser Widerling und ich sollten uns kennenlernen. Still saß ich mit einer brennenden Schulter da. Als ich die Wunden heilen wollte, merkte ich, dass mein Wasserzauber nur zäh reagierte. Das alles wurde für mich immer schlimmer. Dieser Dämon saß nun mir gegenüber und musterte mich wieder und wieder, als wäre ich nur ein Objekt und keine Person. Er sah arrogant aus, hatte mir seinen Namen bis jetzt nicht genannt und sprach nicht mit mir, sondern nur mit den anderen Dämonen, die mich ebenfalls abschätzend betrachteten und ignorierten. Ich kam mir vor wie die Zuchtkarpfen, die von uns einmal im Jahr präsentiert wurden. Ich fand das nur abstoßend und fühlte mich irgendwie erniedrigt – ich wusste nicht einmal genau warum. Den Gesprächen der älteren Dämonin mit meiner Mutter, die inzwischen Ebru auf dem Schoß hatte, konnte ich entnehmen, dass sie die Herrscherin war, und Iguan, so hieß dieser Widerling, ihr zweitältester Sohn. Er er sollte mein Mann werden – in drei bis vier Jahren, wenn er etwas reifer war. Um mich besser kennenzulernen, würde er im kommenden Herbst für ein Jahr zu uns in die Flüsse kommen, dann würde ich ihn für einen gleichen Zeitraum in das Reich der Dämonen begleiten. Das alles wurde ohne mich zu fragen besprochen und beschlossen. In mir kochte es und ich kam mir von meiner Mutter verraten vor. Ich schwor mir, dass ich dieses Wesen – langsam fehlten mir die Worte – nie wieder an mich heranlassen würde und ganz bestimmt nicht heiraten würde. Wir verbrachten einige Zeit in der Höhle. Meine Mutter war mit dem anderen Dämon, dessen Namen ich nicht verstanden hatte und auch nie lernte, immer wieder weg. Iguan beobachtete mich weiter und ich sah ihn oft mit seiner Mutter reden, aber er kam nicht mehr auf mich zu, auch wenn ich ihn immer wieder begehrlich die Lippen lecken sah. Offensichtlich versuchte meine Mutter noch einmal schwanger zu werden, denn sie verschwand sehr häufig mit dem einem Dämon, sah aber immer enttäuscht nach diesen Treffen aus. Endlich war der Zeitpunkt für die Rückkehr an die Oberfläche gekommen. Ich hielt es kaum noch in diesem seltsamen Raum mit den furchtbaren Dämonen aus und die Dunkelheit wurde erdrückend. Wir verabschiedeten uns, Ebrus Großmutter behielt den Kleinen bei sich und wollte ihn im Herbst gemeinsam mit Iguan zu uns bringen. Das war für mich eine große Erleichterung – ich mochte Ebru einfach nicht. Dann kehrten wir langsam durch die vielen Höhlen in unsere Bereiche des hellen Wassers zurück. Wir tauchten in einem aufgewühlten Wasser auf, denn die Schneeschmelze hatte die Flusspegel hoch ansteigen lassen. Überall waren Überschwemmungen, und wir kämpften uns durch angeschwemmtes Holz und Kiesberge zurück. Als wir endlich in unserem Schloss waren, verkündete meine Mutter stolz, dass ich den Prinzen der Dämonen heiraten würde. Jeder stimmte aus Angst vor ihr und vor Konsequenzen zu und zeigte angemessene Freude.

Kapitel 2

Von diesem Zeitpunkt stand ich dauernd unter Bewachung, auch nachts in meinem Zimmer, und konnte unseren Wohnbereich nicht mehr allein verlassen. Das Einzige, was ich durfte, war trainieren. Das machte ich, so oft ich konnte, damit ich genug Ausdauer für die Flucht bekam, denn das war jetzt mein einziges Lebensziel. Im Sommer wurde mein achtzehnter Geburtstag mit großem Pomp gefeiert – in diesem Alter wurden wir damals schon erwachsen. Ich war jetzt heiratsfähig. Ich riss mich zusammen und nahm daran teil. Ich wollte nicht zu meiner Geburtstagsfeier – auch wenn ich meine ersten Perlen bekam und meinen Umhang aus Fischhaut. Dieser Umhang war das wichtigste Geschenk, damit würde ich mit meinem Wasserzauber als Prinzessin in jedem Element überleben können. Weil ich das wusste, hielt ich das Fest aus. Alle Clanmitglieder feierten und genossen besondere Speisen, niemand war jedoch so brutal wie meine Mutter, die Glühwürmchen in Luftblasen einfing und sie zum Leuchten benutzte. Als ich das merkte, begann ich alle Steine und Algen aufleuchten und heimlich die verzweifelten Tiere wieder über das Wasser steigen zu lassen. Alle waren so im Feiern vertieft, dass es nicht auffiel. Bei den Spielen war ich noch dabei, bei den Tänzen schlich ich mich davon. Ich konnte das Protzen meiner Mutter und die ekligen Kommentare der anderen nicht mehr hören. Zum Glück merkte es keiner. Der Sommer verging und dieses Jahr war das Wetter extrem wechselhaft. Ein Gewittersturm jagte den anderen und Überschwemmungen lösten immer wieder Schlammlawinen aus, die auch teilweise den Flusslauf veränderten. Die Blitze wurden dieses Jahr vom Wasser sehr angezogen und immer wieder schoss ein zischender glühender Strahl durch den Fluss. Wer getroffen wurde, war schwer verletzt, zum Glück wurde niemand getötet. Auch durch diese

Wetterphänomene stieg meine Spannung, hieß es doch in unserer Historie, dass Gewitter ein Zeichen sein, dass die Drachen aktiv wären. Da erinnerte ich mich an die alten Geschichten des ersten Kriegs und wunderte mich. Ich machte mir Gedanken wegen der Dämonen. *Wenn sie aus ihrer Tiefe hochkommen würden, was wäre die Konsequenz?* Ich fand keine guten Antworten. Meine Spannung stieg inzwischen täglich und ich hatte den Umhang immer bei mir. Ich fragte Merida immer wieder über die Fähigkeiten des Umhangs aus – warum ich ihn jetzt und nicht früher bekommen hatte, was seine magischen Eigenschaften wären. Auch sie erschien aufgewühlt, ruhelos und war gedanklich oft abwesend. Sie gab mir nur vage Antworten, bestärkte mich aber immer, den Umhang bei mir zu haben, was ich natürlich machte, da ich weiter meine Flucht plante und der Zeitpunkt der Ankunft von Iguan immer näher rückte. Dann würde ich heiraten müssen, denn meine Mutter hatte beschlossen, dass die Wartezeit zu lang war und dass sie nicht ein Jahr warten würde. Sie wollte die Vereinigung schnell – wie entsetzlich! Ich wartete wachsam auf eine Gelegenheit. Es war eine kühle Neumondnacht im Frühherbst und das Wasser war dunkel und still. Tagsüber hatte der Herbstwind die ersten Blätter auf das Wasser geweht. Meine Wächter waren inzwischen nachlässig geworden und heute saßen sie weiter weg von mir und erzählten sich von ihren Freundinnen – sie prahlten und wurden immer aufgeregter. Dann standen sie endlich lebhaft im Gespräch auf und drehten mir beide den Rücken zu. Darauf hatte ich gewartet, meine kleine Tasche war immer gepackt. Durch meinen Wasserzauber bildete ich eine Reflexion meiner selbst, die eine kurze Zeit genau wie ich aussehen würde. Ich hatte die Fähigkeit, mich in einen silbernen Fisch zu verwandeln, seit ich das Bernsteinarmband hatte. So konnte ich nur das mitnehmen, was ich direkt an mir hatte. Also ließ ich die Tasche zurück, hängte den Beutel um den Hals und zog meinen Umhang an. Dann wurde ich zum Fisch und in dieser Form glitt ich leise und vorsichtig durch alle Ritzen, bis ich draußen war. Dann schoss ich davon, weg, nur weg zu Noemi, meiner Tante und zum Seenvolk. Die letzten

Winter waren eisig gewesen und es hatte furchtbare Stürme und Fluten gegeben. Deswegen war es überhaupt nicht aufgefallen, dass die Pflegekinder nicht mehr vom Flussvolk zu den Seen aufgebrochen waren, auch andersherum scheiterten viele Kontaktversuche an tobenden Wasserfällen, tückischen Strudeln und heftigen Überschwemmungen. Vieles davon hatte meine Mutter verursacht, aber ich schwamm nun durch alle Hindernisse durch. Ich verfügte inzwischen über so viel Wasserzauber, dass ich tobendes Wasser beruhigen konnte, und ich empfand alles immer noch wie ein Abenteuer. Ich war innerlich trotz des Erlebten und meinen Befürchtungen noch so romantisch, noch so unschuldig, dass ich mir Krieg und Streit trotz aller Vorzeichen nicht vorstellen konnte. Iguan war ein schlechter Traum, ich schaute positiv in die Zukunft, denn die Flucht hatte ja geklappt. Mit dem Mut und der Energie der Jugend bewältigte ich jede Herausforderung. Als ich spürte, dass meine Flucht bemerkt worden war, versteckte ich mich mit meiner Magie vor den Kriegern meiner Mutter – alles Aquati, die ich schon immer kannte – und alles kam mir immer noch unwirklich vor. Ich konnte mir einfach nicht den Hass, die Wut und die Besessenheit meiner Mutter vorstellen, aber ich hörte die Gespräche meiner Jäger, spürte, wie anders als sonst sie sich verhielten – besessen, gehässig, brutal, und ich fühlte nur Trauer. Diese innere Reinheit und Unschuld gab mir die Kraft, bei meinem Ziel zu bleiben – zu fliehen, frei zu leben, eine Zukunft aufzubauen. Ich kam tatsächlich an späten Abend eines dunklen und stürmischen Herbsttages, durch den das Wasser aufgewühlt war, im Königreich des Sees an. Als ich in der Dunkelheit vor dem Schloss stand, merkte ich erst, wie erschöpft ich war, und hoffte nur, dass ich aufgenommen wurde. Es dauerte nicht lange und ich sah eine wartende Gestalt, die die Umgebung beobachtete. Ich spürte schnell die innere Verbundenheit – es war Noemi, die schon vor dem Eingang stand und mich erwartete. Sie begrüßte mich herzlich, beinahe mütterlich. „Sie habe eine Vision gehabt", mehr sagte sie nicht, auch wenn sie mich besorgt anblickte. Sie begleitete mich sofort in das Schloss und die Tore wurden geschlossen. Ich kam in die große

Halle, in der noch viele Bewohner beim Essen saßen. Alle Aquati freuten sich, dass endlich wieder jemand vom Fluss kam, denn alle hatten die Pflegekinder und die Kontakte vermisst. Jeder, den ich traf, war offen und herzlich mir gegenüber, mehr als ich von zu Hause kannte. Das verunsicherte mich sehr, denn inzwischen war ich doch misstrauischer geworden, die Flucht hatte mich mehr belastet, als ich gemerkt hatte und ich hatte viele schlimme Ereignisse verdrängt. Ich merkte, dass mir Merida, auf deren Meinung ich immer viel Wert gelegt hatte, fehlte. Ich vertraute mich aber Noemi an und sie stellte mich offiziell Marila und dem König vor. Beide hörten sich meine Geschichte an, konnten aber nicht glauben, dass irgendetwas Schlimmes aus meiner Flucht entstehen konnte. Als Verwandte erhielt ich in ihrem Schlosstrakt einen eigenen Raum. Ich erholte mich schnell und genoss die großartige Gastfreundschaft. Als ich wieder gekräftigt war, begann in mir Sorge zu nagen – ich hatte immer noch nicht verstanden, was die ganze Planung mit Iguan sollte, und meine Sorge wuchs und wuchs. Das lockere Gefühl, das ich bis jetzt meistens hatte, als sei alles ein Spiel, verwandeltesich in unheimliche Gedanken, Ängste, die ich noch nie zugelassen hatte. Ich besprach meine Gedanken mit Noemi, die mir als einzige zuhören wollte und sie stimmte mir zu – sie kannte ihre Schwester und ihren Charakter. Aber sie erklärte mir auch, dass ich allein nichts machen konnte, niemand würde meine Ängste oder Befürchtungen verstehen. Ich spürte, dass meine Mutter nach mir suchte – ich erkannte es in meinen Träumen, die anders waren als sonst, in ihnen spürte ich Zorn, Begehrlichkeit, Hass – ich sah Schlamm, der in suchenden Fingern dunkelglühend auf mich zu glitt. Ich wusste ganz sicher, wie Träume sind, dass sie mich fangen würde, sollte sie mich berühren. Da verwandelte ich mich im Traum in den silbernen Fisch, der fliehen konnte. Wenn ich aufwachte, waren die Träume wie Nebelschwaden beinahe verflogen, aber ich spürte eine Erschöpfung, als hätte ich gekämpft. Manchmal hatte ich auch das Gefühl, dass Merida in meinen Träumen war, besonders in einem, in dem sie sich verabschiedete und sagte, dass ihre Reise weiter gehe. Als ich sie halten wollte, glitt sie wie Wasserperlen aus meinen Händen. Trotzdem wachte ich an diesem Morgen erfrischt und beruhigt auf. Ich hatte die Hoffnung, dass sie meiner Mutter entflohen war. Das entlastete schon, aber ich erkannte, dass ich mein Training, das mir immer inneres Gleichgewicht gegeben hatte, vernachlässigt hatte. Also begann ich zu planen und mir einen Trainingsort zu suchen. Der Raum im Schloss, den ich bekommen hatte, war schön, aber zu klein für meine Übungen. Ich ging vor die Tür und orientierte mich. Schnell fand ich einen abgeschiedenen Raum und begann wieder mein Training. Im Fluss der Übungen entspannte ich mich und fand meine innere Balance wieder. So konnte ich meinen inneren Widerstand stärken und mich das erste Mal in meinem Leben mit einem gedanklichen Schutzwall vor meiner Mutter schützen. Mein Selbstbewusstsein stieg und ich plante das Schloss zu verlassen, um mich auch draußen umzusehen. Ich glitt durch die Gänge und genoss das wunderschöne Gemäuer. Jede Wand war entweder mit glühenden Kristallen oder Wandteppichen aus feinen Pflanzenfasern geschmückt, auf denen mit Perlenstickerei Motive oder Personen dargestellt waren. Ich hielt immer wieder inne, um die hervorragende Handarbeit zu bewundern und merkte nun auch, dass der Boden mit sauberem grobem Sand bedeckt war. Einzelne Fische glitten durch die Gänge – es waren Haustiere, besonders Aale waren beliebt, aber auch Jungtiere, die aufgezogen wurden. Manchmal schoss ein funkelnder Fischschwarm aus einer Ecke um mich kurz zu umspielen, dann ließ sich ein zahmer Aal bei mir auf der Schulter nieder, um sich kurz um meinen Oberarm zu winden. Nach einem kurzen Kosen machte er sich wieder auf den Weg und glitt weiter. Es war einfach schön, beeindruckend – das richtige Wort fehlte mir. Endlich war ich vor dem Schloss und betrat durch den Haupteingang einen großen halbrunden Vorplatz, der mit weißen Sand bedeckt war. Ich drehte mich, um dieses Schloss, dieses Gebäude, wie ich noch nie etwas Vergleichbares gesehen hatte, zu betrachten und so auch kennenzulernen. Es ragte imposant und breit vor mir auf, aus riesigen tiefgrauen und grünen Felsquadern erbaut, teilweise in den rohen Felsen gehauen, die Front überzogen mit Fensteröffnungen, die in Gruppen angeordnet waren. Fasziniert begann ich zu zählen, zu schätzen, es waren so viele und vielfältige, dass ich nicht fertig wurde und mich anderen Dingen zuwendete und weiter umsah. Der Eingang war mächtig und breit und durch einen seltsamen Vorbau geschützt, der aus Bäumen zu bestehen schien, die bis über die Wasseroberfläche ragten. Die Tore waren aus magisch gehärtetem Holz. Das Schloss hatte zwei breite Türme, ein Turm war niedrig und reichte bis kurz unter die Wasseroberfläche, der andere war höher und schien über dem Wasser zu enden. Als ich nach oben blickte, sah ich über mir einen reißenden Fluss, der sich an dem Turm in zwei Ströme teilte. Schon das war für mich unvorstellbar – *wir Aquati hatten doch nichts über dem Wasser zu suchen! Was für ein Zauber!* Die Sonne schien ins Wasser und durch die Strahlen glühten die Steine. Ich sah nun, dass in jedem Quader Kristalle eingelassen waren. Als ich mich fasziniert im Kreis drehte, sah ich, dass der ganze Rand des Halbkreises wie ein Bach im Wasser mit Bergkristallen angefüllt war, die pulsierend leuchteten. Manchmal schoss eine fahle Flamme hoch – ein wunderbarer Anblick eines außergewöhnlichen Schutzes. Dahinter wuchs dunkelgrünes Schilf – es war ein magischer Schilfwall, denn das Wasser floss davor viel schneller und war eisig kalt. Hier war die Wassertemperatur angenehm und es war nur eine leichte Strömung spürbar. Ich sah mehrere Aquati, die das Schilf pflegten und da ich nichts zu tun hatte, schwamm ich zu ihnen, um ihnen zu helfen. Mein Wissen um Natur und Magie war willkommen. Auch die Arbeit am Schilf beruhigte mich, ich war wieder draußen, hatte eine Aufgabe und fühlte mich langsam etwas zugehörig. Ich war in der nächsten Zeitfast täglich bei der Schilfpflege. Wenn ich abends zurückkam, war meistens Noemi oder Marila da, um mit mir zu sprechen. Wir hatten die unterschiedlichsten Gesprächsthemen, am interessantesten war, wenn wir über die Natur, Geschichte der Welt, der Drachen, aber auch über unsere Herkunft und Genealogie sprachen. Nach längeren heißen abendfüllenden Diskussionen erkannten wir, das Marila und ich über mehrere Generationen über Noemis Vater verwandt waren. In diesem Wissen stärkte sich unser gemeinsamer Wasserzauber und das Vertrauen wuchs weiter. Ich wagte nun auch mehr von mir, von meinen Ängsten zu erzählen und beide nahmen es weiter ernst, konnten aber nichts Konkretes tun. Inzwischen schlief ich besser, denn meine innere Kraft hatte sich stabilisiert. Ich hatte aber immer das Gefühl, dass noch nicht alles gelöst war. Für mich blieb immer noch die Frage unbeantwortet, wie die Herrscherin der Dämonen auf meine Flucht reagieren würde. Aber auch ich fand trotz schlafloser durchgrübelter Nächte keine Antwort, also versuchte ich die Probleme wenigstens zu verdrängen und den Augenblick zu genießen, da ich jetzt endlich weniger Albträume hatte.

Kapitel 3

Als ich nach einigen Tagen nach meinem morgendlichen Training wieder allein vor das Schloss trat, kam durch den Schilfwall ein einsamer Krieger. Er war groß und muskulös, hager und schien lange weggewesen zu sein. Er glitt geräuschlos durch das Wasser und als er mich sah, erstarrte er genauso wie ich. Wir musterten uns kritisch, aber auch deutlich interessiert. Ich war beeindruckt, denn er war so anders als die anderen Aquati hier und sah aus, wie eine meiner Wachen früher – trainiert, fokussiert, bereit für den Kampf. So jemand hatte mir gefehlt. Keiner der Aquati hier bis auf wenige Wachen, die immer beschäftigt waren, kannte sich mit Waffentraining oder Kampftechniken aus und mir fehlte ein Trainingspartner. Er sah aus wie jemand, der eine großartige Herausforderung darstellen könnte. Und dann sah ich seine Augen – dunkelgrün mit goldenen Funken. Diese Augen blickten mich kritisch an, auch er schien von mir fasziniert, immer wieder ging sein Blick zu meinen Haaren. Ich hoffte, dass er mich ernst nehmen würde, mit mir sprechen würde und trainieren würde – das wäre einfach gut. Mehr dachte ich nicht, bis er direkt vor mir stand und mich jetzt kritisch und fast bedrohlich von oben bis unten musterte. „Wer bist du, was machst du hier? Du bist zu alt für ein Pflegekind, warum bist du hier?" Mit einer rauen Stimme strömten die Fragen in mich ein – ich hatte nicht einmal einen Atemzug frei um zu antworten. Als ich zum Sprechen ansetzte, drehte er sich zu Marila um, die zur Begrüßung herausgekommen war und blickte sie fragend an. Sie schickte mir einen verschmitzten Blick, schien überhaupt nicht eingeschüchtert und meinte zu dem Krieger: „Sorav, das ist Irala, unser Besuch von den Flüssen, denn endlich ist jemand von den Flüssen wiedergekommen." Dann zu mir: „Wundere dich nicht, er ist meistens so, wenn er von den langen Streifzügen zurückkommt." In der Zwischenzeit wurde dieser Sorav immer unruhiger. Bestimmt wollte er sich umziehen, denn er hatte kaum noch Kleider an und seine Haare waren verfilzt, ich merkte erst jetzt, wie abgemagert er war. Sorav musterte mich nochmals und glitt dann wortlos an mir vorbei in das Schloss. Meine Augenbrauen schossen nach oben und mein Temperament gleichzeitig – er hatte nicht einmal nach meinem Namen gefragt und mich am Schluss ignoriert. Eine Herausforderung, die ich annahm – ob er es wollte oder nicht. Ich ging meinen selbstauferlegten Aufgaben nach und der Tag verging. Nachmittags regnete es und das wogende Wasser wurde früh graudunkel. Wir gingen wieder ins Schloss, sicher, dass der Schilfwall und der Kristallbach uns magisch schützen würden. Marila lud mich heute besonders zum Abendessen ein, denn die Rückkehr von Sorav wurde mit einem besonderen Mahl in ihren Räumen gefeiert. Ich ging in meinen Raum und bürstete und flocht meine Haare. Dann wollte mich umziehen, denn es sollte ja ein besonderes Abendessen sein, auch wenn es wegen diesem Sorav war. Erschrocken stellte ich fest dass da nichts war – früher, in meinem alten Heim, hatte ich immer genug Kleidung, für jede Gelegenheit. Hier wurde auf so etwas wenig Wert gelegt. *Was sollte ich nur tun?* Ich wollte heute schön aussehen. Sinnend drehte ich mich im Kreis, da fiel mir das dicke Tuch, das mein Bett bedeckte in die Augen. *Das wäre eine Lösung!* Ich machte mich auf den Weg zu den Räumen, in denen Stoffe aufbewahrt wurden. Dort gab es mehrere Schilfmatten, von denen ich zwei mitnahm. Wieder in meinem Zimmer ließ ich meinen Wasserzauber aufsteigen und formte aus den Matten zuerst feines Gewebe, um dem neuen Stoff dann die Form einer Tunika mit einem breiten Schlitz für den Kopf zu geben. Sie hatte seitlich zwei lange Schlitze und aus dem Stoffrest gestaltete ich lockere Hosen. Da ich das so umfassend das erste Mal machte, wer ich sehr erschöpft und legte mich hin um kurz auszuruhen und schlief fest ein. Wenn Noemi nicht gekommen wäre, hätte ich den ganzen Abend verschlafen. Noemi weckte mich und hielt bewundert die Kleidung in der Hand, aber es war schon so spät, dass wir keine Zeit hatten, ihr auch Kleidung zu gestalten. Sie flocht mein Haar, das jetzt völlig durcheinander war, schnell in einen lockeren Zopf und dann glitten wir eilig zu dem besonderen Mahl. Wir schwammen durch dunkle Gänge, die heute nur von wenigen Kristallen erleuchtet waren, bis vor die Tür von Marilas und Yuvals Räumen. Kurz bevor wir die Tür öffnen konnten, wurde sie schon aufgezogen, Sorav hatte unsere Ankunft gehört. Er nickte Noemi, die ihn mit einem leichten Schmunzeln betrachtete zu und dann fand ich mich in seiner vollen Aufmerksamkeit. Wir standen voreinander und sahen plötzlich nur uns In mir stieg ein goldenes Glühen auf und auch seine Augen funkelten kurz golden auf. Er nickte kurz mit dem Kopf um dann wieder mit seiner rauen Stimme, die mich so faszinierte zu sprechen. Er setzte zweimal an, schien ungeübt im Formulieren, und sagte dann: „Ich muss mich für vorhin entschuldigen, ich hatte niemand Neues erwartet. Ich bin Sorav, Ziehbruder von Yuval." Da fiel mir die Antwort leicht: „Ich bin Irala, Tochter der Königin der Flüsse." „Hat sie dich geschickt?" „Nein, ich bin gekommen, ich bin achtzehn." Das schien mir sehr wichtig, und er musterte mich von der Seite und antwortete nur mit einem Knurren. Gleichzeitig lud er mich jedoch mit einer höflichen Geste ein, neben ihm Platz zu nehmen. Wir sprachen kaum miteinander, aber das passte mir und das war erstaunlich. Ich hörte den anderen gern zu, da ich so noch viel mehr über den Alltag lernte. Sorav sprach selbst so gut wie nichts, antwortete immer nur kurz auf Fragen. Das Abendessen verging schnell. Es wurde viel erzählt, denn alle wollten Sorav auf den aktuellen Stand bringen. Am meisten berichtete Mirala vom Alltag, Yuval brachte seine Anliegen – Versorgung der Aquati, Training der wenigen Krieger und der Mangel an Aquati, die bereit waren, mit Waffen zu trainieren – mit ein. Erst als wir uns in die natürliche Grotte im Berg zurückzogen, die hinten die Räume ergänzte und die inzwischen golden und grün glühte, veränderten sich die Themen. Noemi brachte nochmals meine Sorgen vor und ich erklärte erneut meine Befürchtungen wegen meiner Mutter, Iguan und der Herrscherin der Dämonen. Ich berichtete ausführlich, wie sich meine Mutter verhalten hatte und aus welchen Ängsten ich geflohen war. Dann erwähnte ich die Naturkatastrophen, die ich selbst erlebt hatte und äußerte meine Sorge über die Ursachen. Sorav sah mich inzwischen mit anderen Augen an, er wusste nun, wie ich hierher gekommen war, das war sogar für ihn bemerkenswert. Und natürlich war er es, der die Frage stellte, die bisher keiner gewagt hatte. „Bist du vor ihr geflohen?" Im Bann seiner außergewöhnlichen Augen blieb mir nur die Wahrheit: „Ja, denn sie wollte mich mit dem Herrschersohn der Dämonen verehelichen, Iguan. Er ist widerlich, hat mich gebissen." An diesem Abend war etwas anders, heute wurde ich ernst genommen und das entlastete, machte aber auch Angst, denn die Realität rückte so wieder näher. „Ich wusste doch, dass sie etwas Furchtbares plant, niemand wollte es hören", so fauchte Sorav fast in die Runde, aber alle kannten ihn wohl so, denn Yuval blickte ihn fest an, um gelassen zu antworten. „Schon, aber was sollen wir tun? Iralas Problem, ihr Bericht, ist ja nicht einmal der Anfang – dieser Streit ist so uralt wie unsere Clans. Irgendwann wird es zur Katastrophe kommen." „Ja, aber wir müssen uns vorbereiten, trainieren, wachsamer sein, als wir es sind, damit wir, wenn es passieren sollte, wenn ein Angriff kommt, nicht völlig vernichtet werden." „Wie soll das gehen, wenn schon wieder ein Teil des Schlosses so durchflutet wurde, dass es unbewohnbar ist. Es ist schon wieder Schlamm eingeschwemmt worden. Außerdem glaube ich, dass einer der alten Gänge tief in den Berg durch den letzten Bergrutsch geöffnet wurde, ich hoffe nur nicht, dass er zu tief reicht. Ich habe aber keine Kundschafter, die erkunden wollen – und ich kann auch nicht alles machen!" Yuval klang resigniert. „Magie und Kampfeskunst – etwas anderes geht nicht!" „Ja, ja, aber wie sollen wir es machen, kaum jemand trainiert noch – vielleicht kann Irala helfen, die anderen zu motivieren!" „Irala – wie?" Bevor es weiterging, unterbrach ich: „Ich kann kämpfen, und Magie – schau dir meine Tunika an. Auch das war meine Magie!" Sorav schaute mich sprachlos und dann respektvoller an. Er neigte sich zu mir und meinte „Ich bin hier der erfahrenste Krieger, wir sollten miteinander trainieren, damit ich deine Fähigkeiten einschätzen kann." Ich war beeindruckt, denn das hätte ich von dem brüsken Krieger vor mir nicht erwartet – aber Noemi schien da mitgeholfen zu haben, denn sie saß schon wieder mit einem Lächeln und einem übermütigen Funkeln in den Augen da. Ich holte tief Luft, stand dann auf und meinte: „Dann bis morgen früh, heute gehe ich früh zu Bett." Auch Sorav stand und um seine Lippen spielte ein Lächeln, das bis in mein Herz drang. Er öffnete mir wieder die Tür und ich glitt in mein Zimmer zurück. Hinter mir schloss ich die Türe leise und fand mich auf meinem Bett wieder. Meine Wangen brannten und andere Bereiche in mir wurden mir in einer Intensität bewusst, die ich mit nie hatte vorstellen können. Die Erlebnisse des Abends kreisten in mir und Gedanken und Träume, geheime Wünsche wirbelten ohne Ende durcheinander. In der Mitte glühende Augen, die ich in einen leichten und unruhigen Schlaf mitnahm.

Das Licht am nächsten Morgen war noch fahl, als ich zum Training aufstand. Ich nahm den Stock mit, den ich als Übungswaffe benutzte und bedauerte auch heute wieder, wie fast täglich, mein Schwert durch meine Flucht verloren zu haben. Ich hatte nur noch meinen Dolch, den ich immer bei mir hatte. Leise glitt ich zum Haupttor hinaus und fand mich allein – welche Entlastung. Langsam wurde mir die ganzen Aquati mit ihren Illusionen und irrealen Sorgen zu viel. Ich stellte mich in Position auf und ließ alle Gedanken bis auf das Wissen um die Übung weggleiten. Ich spürte zu meiner inneren Mitte und stärkte sie, verbesserte meine Haltung und dann begann die fließende Übung, mit der ich meine Sequenz immer begann. Langsam wurde ich ruhig und nach einem zweiten Durchgang hatte ich meine Gefühle unter Kontrolle. Ich begann nun mit dem Stock zu üben. Als ich mich umdrehte, stand Sorav da und beobachtete mich kritisch. Ich riss mich zusammen, um auch diese Sequenz zu beenden. Erst danach kam ich auf ihn zu. Er nickte nur kurz zum Gruß und kam sofort auf meine Übungen zu sprechen. Von meiner Aufwärmsequenz bis zur Übung selbst besprach er meine Technik und verbesserte meine Haltung, meine Position. Er machte das nur mit Worten, aber auch das war neu, aufregend –

so hatte noch nie jemand mit mir gearbeitet und ich fühlte mich wieder ernst genommen. Er war aber bis auf die Übungen und das Training zurückhaltend, er sprach nichts Persönliches an. Das Funkeln, das ich am Vortag gespürt hatte, diese Wärme, war nicht spürbar. Inzwischen war es Morgen und wir gingen zum Frühstück. Danach verschwand er mit einem gemurmelten Gruß und ich sah ihn bald darauf bei Yuval stehen. Sie sprachen sehr vertraut und ich erkannte, wie gut sie befreundet waren. Noemi kam auf mich zu und nahm mich mit. Sie wollte mit mir den Wasserzauber besprechen, mit dem ich mein Kleid gemacht hatte und wir waren mit den Webern den ganzen Tag beschäftigt. Da auch die Weber Wasserzauber nutzten, konnten sie einiges von mir lernen und wir begannen als Anfang dünnere Hosen zu gestalten. Ich spürte die Wertschätzung und sah ein Ergebnis meiner Mühe und ich war sehr stolz – das war mehr, als ich früher gemacht hatte. Hier war ich keine lästige Prinzessin. Das Morgentraining wiederholte sich die nächsten Tage, bis Sorav der Meinung war, dass ich mit einem richtigen Schwert kämpfen sollte. Ich hatte ihm nie erzählt, was ich früher trainiert hatte, und als wir dann mit stumpfen Schwertern voreinander standen und die Sequenz übten, war er erstaunt, umso mehr, als ich dann auch den Dolch zog und wir jeder mit zwei Waffen kämpften. Ich hatte zwar nicht die Reichweite, aber meine Technik war gut, und ich kannte Tricks um seine Verteidigung zu umgehen. Wieder und wieder übten wir und dann kam der Tag, an dem er mich heftig am Bein traf und ich einfach zusammenbrach. Die Nacht vorher war furchtbar gewesen, denn neue Albträume und die Furcht, meine Mutter könnte mich finden, hatten mich gequält. Am Morgen hatte ich immer noch das Gefühl, den Traum wie einen grauen Schleier mit zu ziehen und so war ich unachtsam gewesen. Als Sorav mir mit der Breitseite des Schwerts das Bein wegfegte, riss es mich zu Boden, ich kam mit dem Rücken und dem Hinterkopf auf und konnte nur noch stöhnen. Mir war schwindelig und ich spürte die Strafe der Nacht. Als ich die Augen öffnete, sah ich kurz alles verschwommen. Mühsam wollte ich mich aufrichten, als ich starke Hände spürte, die mich vorsichtig hochhoben. Als ich wieder klar sehen konnte, blickte ich in seine tiefgrünen Augen. Sein Gesicht war noch angespannter, als sonst und der Mund verkrampft. Er sah aus, als hätte er Schmerzen, und ich fragte ihn ob es ihm schlecht gehen würde. Er sah mich an, als sei ich verrückt, und meinte nur: „Nein, aber ich bringe dich zum Heiler." „Nein, ich brauche das nicht – ich kann das selbst". meinte ich, hatte aber einfach keine Chance. Er trug mich gegen alle meine Proteste zum Raum des Heilers. Heute war Noemi zuständig und sah mich anfangs sehr angespannt an, meinte aber leicht lächelnd nach einer kurzen Untersuchung: „Ich heile dir die Kopfverletzung, das ist für dich schlecht vorstellbar – den Rest kannst du selbst." Sorav verschlug es die Stimme, er schaute mich immer kritischer an. „Wenn du ihr etwas Gutes tun willst, dann bringe sie für heute in ihr Zimmer zum Ausruhen", sagte Noemi, nachdem sie die kleine Wunde an meinen Hinterkopf versorgt hatte. Dann heilte ich mich durch meine Magie und wollte mich schon wieder aufsetzen. Sorav stand immer noch wortlos dabei, aber dann nahm er mich wieder auf den Arm – mein Bein schmerzte fast nicht mehr, aber er ließ mir wieder keine Gelegenheit selbst aufzustehen. Es schien fast, als wolle er eine Strafe abarbeiten, so vorsichtig trug er mich in mein Zimmer und legte mich auf mein Bett. Das tat wirklich gut. Ich reckte mich und merkte, dass er immer noch still neben mir stand. *Was sollte ich sagen? Dass nichts passiert war – das stimmte nicht.* Ich entschied mich für „Morgen ist alles wieder gut." Da nickte er und setzte sich entschlossen auf den kleinen Hocker in der Ecke. Das sah beinahe komisch aus, aber nun sah ich, dass er seine Hände verkrampfte, die Schultern verspannt waren. Da tat er mir leid – hatte er doch wirklich nichts Schlimmes gemacht. Inzwischen hatte er den Kopf in seinen Händen und murmelte etwas. Ich verstand es nicht und merkte gleichzeitig, dass ich müde wurde – meine Träume und das Training war anstrengender gewesen, als ich gedacht hatte. Ich streckte die Hand aus und wollte etwas sagen, aber ich glitt in einen tiefen Schlaf. Als ich einschlief, hörte ich seine Stimme „Es tut mir so leid, ich hasse mich." Ich wollte die Augen öffnen, konnte es aber nicht mehr.

Dann träumte ich, seine Lippen auf meinen zu spüren, obwohl ich es im Traum anzweifelte, war es wunderbar. Am nächsten Morgen war Sorav weg. Ich merkte es schnell, als ich auf ihn wartete und er nicht zum Training kam. Als ich dannzum Frühstück kam, wurde ich mit den Neuigkeiten begrüßt. Yuval berichtete, dass Sorav vor dem Winterende tatsächlich noch einmallos geschwommensei, er wollte zu den Gletscherseen, um zu prüfen, wie viel der Gletscher abgeschmolzen war, wie hoch das Wasser stand und ob Überschwemmungen im Frühjahr wahrscheinlich wären. Die ersten Tage gab ich mich damit zufrieden, ich hatte viel zu tun. Da ich nun wieder ein Schwert hatte, trainierte ich jetzt regelmäßig und stärkte meine Ausdauer. Ich half Noemi, praktizierte meinen Wasserzauber, hatte häufig Gespräche mit Marila, die mich besser kennen lernen wollte. Wir fanden immer mehr Gemeinsamkeiten und genossen es, Aktuelles, aber auch Phantastisches zu besprechen. Auch Yuval war immer wieder dabei und wir merkten, wie sehr wir uns verstanden. Ich musste das erste Mal die Kraft meines Wasserzaubers nicht verstecken oder entschuldigen, und ich fühlte mich endlich nicht fremd oder anders. Das war alles gut, aber nach wenigen Tagen begann ich, Sorav zu vermissen – beim Training, beim Essen, abends, morgens, eigentlich dauernd spürte ich ein inneres Brennen, als hätte ich eine innere Leere, als sei etwas wund. Er fehlte mir so sehr und er war einfach weg. Ich kannte mich selbst nicht mehr, denn ich hatte ihn ja nur kurz kennengelernt – aber er fehlte, und auch das raubte mir den Schlaf. Die Tage vergingen und Noemi sah immer blasser aus, war besorgt und still, die Sorge vor den Angriffen setzte ihr zu und sie konnte nichts tun. Ihre Visionen quälten sie immer mehr. Sie blieb aber pragmatisch, und ging den üblichen Aufgaben nach. Jetzt bereitete sie die Winterzeit vor. Für sie hieß das besonders, die Vorräte der Heiler auffüllen. Sie suchte noch bestimmte Algen und Farne, um Salben und Auflagen zu machen. Wenn ich nicht Winterkleidung vorbereitete, half ich ihr beim Sammeln der Pflanzen und lernte so auch die Umgebung des Schlosses besser kennen. Unter dem hohen Turm, der bis über die Wasseroberfläche ragte, gab es eine Hintertür mit einem Wasserfall, an dem sehr viele Algen, aber auch Farne wuchsen. Das Wasser stürzte dort in einen schnellströmenden Fluss, der eisig kalt war. Noemi erzählte, dass der Fluss zu einem See führte, dort war ein Höhlensystem, in dem sich die Gräber des Clans befanden. Dies und noch viel mehr erzählte sie, aber ich war abgelenkt – das nagende Gefühl wegen Soravs Abwesenheit raubte mir neben den Albträumen weiter meinen Schlaf. Sie wurden immer schlimmer und bedrohlicher, manchmal hatte ich das Gefühl, in etwas eingewickelt zu sein, das mir den Atem nahm, dann wanden sie Wurzeln um mich, als sei ich unter einem Baum begraben. Wenn ich aufwachte, sah ich teilweise die Abdrücke auf meiner Haut. Ich bekam vor meinen eigenen Träumen Angst. Ich hatte kaum noch Hunger und verlor mehr und mehr an Gewicht. Meine innere Unruhe wegen Soravs Abwesenheit verstärkte das alles. Trotzdem trainierte ich weiter, half Noemi durch Magie das Schloss zu stärken, den Winter vorzubereiten und riss mich abends zusammen, um nicht nurschweigend da zu sitzen, wenn ich bei Marila und Yuval war. Sie hatten mich in ihre Familie aufgenommen und ich war auch eine der ersten, die erfuhr, das Marila endlich schwanger war. Es war ihr erstes Kind und sie freute sich sehr, war aber innerlich gleichzeitig zerrissen, da sie die Sorgen und die Unsicherheit quälten. Aber vor Yuval, der vor Freude strahlte, versteckte sie ihre deprimierenden Gedanken. Sie hatte die schlimmsten Befürchtungen, wusste aber auch, dass das Schicksal eigene Regeln hatte. Es würde weitergehen. Die Tage vergingen zäh und gleichförmig und es war für mich so erstaunlich, als Sorav wieder auftauchte. Noemi und ich saßen kurz vor dem ersten Wintervollmond nachmittags am Ende des Wasserfalls und sortierten die letzten Farne in unsere Taschen, als er aus dem Sprühnebel wie ein Geist aus dem Nichts erschien. Es verschlug mir die Sprache und es war mir, als würde eine Glut, die mir gar nicht bewusst gewesen war, in mir angefacht, alles zog sich zusammen. Still stand er im Halbdunkel und musterte uns mit kritischen Augen. Er erschien abwesend, dann fasste er sich und trat auf uns zu und blickte kurz zu mir. Ich fühlte mich plötzlich unsicher wie ein junges Mädchen und nicht wie eine erwachsene junge Frau und spürte, wie meine Wangen heiß wurden. Dann blickte er zu Noemi und neigte leicht den Kopf. Wir standen auf und Noemi nahm dabei die Körbe hoch und sagte mir kurz, dass sie schon Richtung Schloss vorgehen würde. Bevor ich etwas sagen konnte, glitt sie geschmeidig los. Sie ließ mich einfach mit Sorav allein, ich war sprachlos. Ich fing mich etwas und wir musterten uns gegenseitig wortlos, bis ich ihn begrüßte. Kurz angebunden antwortete er, dann starrten wir uns wieder an. Ich spürte ihn, erkannte wie sehr er mir gefehlt hatte und nun nahm ich auch seinen inneren Kampf wahr, sein Ringen um Fassung. Ich streckte ihm meine Hände entgegen und nach einem kurzen Zögern nahm er sie vorsichtig in seine. Nun suchten wir weiter nach Worten und dann zog ich ihn auf mich zu. Der große Krieger stand über mich gebeugt und sein Gesicht war wie aus Stein, der Mund fest. Still blickten wir uns lange in die Augen. Langsam sah ich in ihren Tiefen ein goldenes Glühen. Was er in meinen Augen las, musste in überzeugt haben, denn er bewegte sich endlich weiter auf mich zu und dann hielten wir uns tatsächlich in den Armen. Ich hob meinen Kopf und blickte in seine glühenden Augen – und sah meine goldglühenden Augen reflektiert. Endlich wurde sein Gesicht entspannter und die Lippen weicher. Nun fand ich Worte in mir –kein Vorwurf, dass er einfach gegangen war, das konnte ich nicht, nein, ich begrüßte ihn und wagte zu sagen „Ich habe dich vermisst!" Jetzt berührten sich unsere Stirnen und wir nahmen unsere Magie war. Mir schien, als ob ein goldener Schein uns umspielte aber als ich den Kopf hob, war da nichts. Wir seufzten gleichzeitig tief auf und dann trafen sich unsere Lippen zuerst in einem vorsichtigen Kuss, der immer intensiver wurde. „Mein Leben", seufzte er. „Meine Liebe", hauchte ich und vergrub meinen Kopf an seiner Brust. Lange standen wir so, berührten uns zärtlich mit den Armen und küssten uns immer wieder – kurze schnelle Küsse, die von langen zärtlichen gefolgt waren, dann Küsse, den Mund entlang bis zum Hals, die den anderen zum Keuchen brachten. Wir waren so ineinander versunken, dass wir erst, als das Wasser dunkel und grau wurde und es spät am Abend war, in das Schloss zurückkehrten. Wir kamen bei Marila noch rechtzeitig für das Abendessen und unser Strahlen bildete sich in Allen ab. Ich war immer noch überwältigt und auch Sorav reagierte nur kurz auf Kommentare, besonders Noemi wurde von ihm sehr kritisch beäugt, hatte sie doch alles gemacht, damit wir ein Paar wurden. Als ich den Mut aufbrachte, mit ihr zu sprechen, meinte sie nur, ihre Visionen hätten ihr den Weg gezeigt. Dabei lächelte sie so übermütig, dass ich mir ein Kichern nicht verkneifen konnte und damit löste sich so viel in mir. Ich spürte, wie recht sie hatte, merkte, wie vollkommenich mich fühlte, wie glücklich ich war und mit diesem Wissen wendete ich mich wieder Sorav – MEINEM Sorav – zu. Er blickte mich nur scheu an, bis Yuval in seiner unnachahmlichen Art meinte: „Jetzt küsse sie doch endlich, ihr seid doch eins!" Soravs Blick hätte schwächere Gemüter im Boden versinken lassen, aber Yuval neigte mit einem übermütigen Grinsen den Kopf und legte seinen Arm um Marila, die humorvoll lächelnd zu ihm aufblickte. Sorav knurrte etwas Unverständliches, dann wendete er sich entschlossen mir zu und nahm meine Hände, beugte sich zärtlich zu mir herunter und küsste mich vor allen. Meine Arme glitten schnell um ihn und wir beide vergaßen die Zeit. Als wir endlich aufblickten, sahen wir in allen Gesichtern die reine Freude und dann kam jeder zu uns, um uns Glück zu wünschen.

Kapitel 4

Wir verbrachten eine wunderbare Nacht in meinem Zimmer und im Schutz der Dunkelheit fand mein Sorav endlich Worte für seine Liebe für mich und auch für seine Sorgen und Befürchtungen. Er konnte die Erfahrungen, die er in seinen Exkursionen gemacht hatte und die Visionen die er in der Einsamkeit hatte, nur mühsam in Worte fassen, aber seine größte Angst war, dass wir keine Zeit hatten. Ich teilte seine Befürchtungen, hatte doch viel durch die Zeit bei meiner Mutter gesehen und erfahren, aber ich wollte mich davon nicht unterkriegen lassen. Das Leben hatte mir schon viele üble Streiche gespielt – die Liebe meines Lebens wollte ich mir nicht nehmen lassen. In dieser Nacht lernten wir unsere Körper kennen, küssten uns immer wieder und strichen zärtlich über den anderen, wir sprachen nur wenig. Das füllte uns so aus, dass wir erst im Morgengrauen in einen leichten Schlaf sanken. Wir wachten gemeinsam auf und es war, als sei es immer schon so gewesen – wir fühlten uns eins. Sorav und ich waren uns einig, dass wir geborgte Zeit hatten, der Angriff der Dämonen, Krieg mit meiner Mutter – das bahnte sich so an, es war sicher. Aber wir wollten beide etwas vom Leben und wir waren uns einig, dass wir alles für uns versuchen und auch hoffen würden. Und wir würden uns nicht dafür opfern. Das gab ihm den Mut, mir die Heirat anzutragen. Marila und Yuval freuten sich sehr, dass Sorav endlich jemand gefunden hatte, denn er war zwar ein Einzelgänger, aber hochgeschätzt. Sein Zauber war schon damals unvergleichlich stark und er war einer der wenigen, der meinen Wasserzauber verstand. Nur ihm und Noemi vertraute ich alles über meine Herkunft und mein Wissen um Magie an – ich vertraute ihm zutiefst, wusste, er würde alles für mich tun. Auch er – der Aquatus weniger Worte – konnte mit mir reden. Wenn wir zusammen waren, fand er seine Stimme und wir sprachen offen miteinander. Bei mir zeigte er sich zwar durch das Leben gezeichnet, aber sehr zärtlich. Inzwischen hatte er sich auch abgefunden, dass er viel älter war, da ich zwar jung, aber auf meine Weise auch lebenserfahren war. Mit großem Entsetzen hörte er mir zu, wenn ich von den Dämonen erzählte und vom Verhalten meiner Mutter. Einerseits war er tief mitfühlend, andererseits kam der Stratege und Kämpfer in ihm heraus und er versuchte für Planungen möglichst viel von mir zu erfahren. Ich andererseits nahm die Berichte von seinen Kämpfen mit den Dämonen ernst. Und ich verstand immer mehr, warum er oft wortlos bei den anderen war. Seine Erlebnisse, seine Taten – so notwendig sie waren – waren tief einschneidend für ihn. Er erzählte mir die Geschichte seiner Herkunft – was er wusste – und zeigte sein Halsband aus dem Haar des unbekannten Bruders. Wir rätselten hin und her und beschlossen, sobald wie möglich ins Nordmeer zu reisen, denn wenn ich auch einen Teil seiner inneren Leere füllte, fehlte ihm der Bruder sehr. Wir besprachen auch meinen mir unbekannten Vater und hofften auch auf Antworten aus dem Nordmeer. Wir trainierten wieder morgens zusammen und arbeiteten weiter an der Verfeinerung unserer Magie und fanden immer mehr den gleichen Rhythmus – gemeinsam waren wir kraftvoll und wir spürten das Drachenblut in uns kochen. Auch das gab uns Hoffnung. In der Zwischenzeit häuften sich die Angriffe der Dämonen, die von Sorav und den wenigen Kriegern durch die Wassermagie noch erfolgreich abgewehrt wurden. Die anderen Clanmitglieder verstanden die Schwere der Bedrohung weiterhin nicht und keiner wollte etwas zum eigenen Schutz tun, egal, was Marila und Noemi sagten oder Sorav und Yuval berichteten. Andererseits – was hätten wir tun sollen, denn das Schloss war groß, aber nie für eine Verteidigung gegen einen Angreifer gebaut worden und der einzige Schutzraum war das alte Höhlensystem im See. Es war nicht groß, nie hätten sich dort alle verstecken können – wie es jetzt auch deutlich wurde. Es war eine Zwickmühle, die täglich uns mehr quälte. Trotz der unsicheren Zeiten heirateten wir traditionell bei Vollmond drei

Monate nach Soravs Heiratsantrag und die erste Nacht war so erstaunlich. Wir hatten uns für unsere Geheimen Nächte in das alte Höhlensystem, dass Sorav gefunden hatte, begeben. Wir hatten tatsächlich einen passenden Raum für uns und waren überwältigt. Ich saß auf dem Lager aus magischem Schilf, dass ich mit einer weichen Decke bedeckt hatte und blickte zu ihm auf und er stand mit seinen wild wehenden Haaren, die er nie schneiden wollte, vor mir, der Zopf, den er geflochten hatte, löste sich langsam auf. Dann kam er langsam auf mich zu, eine dunkle Silhouette mit glühenden Augen, vor der ich keinerlei Angst hatte – spürte ich doch seine Liebe in meinem tiefsten Inneren. Mit rauen Händen strich er mir über die Schultern, dann vorsichtig vorne bis zu den Brüsten. Zärtlich glitt seine Hand bis zu den Brustwarzen, über die er nur leicht strich. Es war, als würde ein Blitzschlag durch mich fahren und ich richtete mich auf, lehnte mich zu ihm hin. Da glitt die Hand schon tiefer, spielte kurz um meinen Nabel um dann im Lockengewirr zwischen den Beinen zu verschwinden. Es folgten für mich unvorstellbar intime Erlebnisse, wie ich es mir nach meinem kurzen Erlebnis mit Iguan, der so abscheulich gewesen war, und auch noch nie vorher erträumt hatte. Die Intimität, dieses einzigartige Miteinander, gab mir so viel und auch als wir zu zweit vereint lagen, spürte ich wieder das goldene Glühen, die Sicherheit, dass wir uns, egal, was passieren würde, nie verlieren würden. Diese Zeit des Rückzugs verging viel zu schnell und der Alltag mit seinen Sorgen und Bedrohungen holte uns schnell ein. Aber mein Sorav war immer so zärtlich und fürsorglich, wie ich es mir von der Liebe meines Lebens nur wünschen konnte und wir hatten eine viel zu kurze glückliche Zeit, in der ich mich unendlich geschätzt fühlte. So entstand ein Band zwischen uns, das Zeit und Magie nicht zerstören konnten. Gleichzeitig spürten wir beide, wie meine Mutter immer näherkam, denn immer mehr Natur versank im Schlamm und Aquati verschwanden im Ungewissen, so dass unsere Zahl fast täglich dezimiert wurde. Ein heimtückischer Zauber des Vergessens, den meine Mutter webte, erfasste fast alle und zu unserem Entsetzen machte sich fast keiner Gedanken über die verschwundenen Clanmitglieder – wir konnten die Ausreden schon nicht mehr hören. Es war, als würde sich eine Schlinge zusammenziehen und dieses Wissen und die Befürchtungen, was passieren könnte, belasteten uns. Auch Noemi hatte mehr und mehr Visionen, aber nur wenige glaubten uns. Selbst sie war sich irgendwann nicht mehr sicher, viel zu spät erkannte sie die Wahrheit in ihren Träumen. Als dann nur zwei Monate später der Angriff meiner Mutter und der Dämonen kam, in der Nacht des Blutmondes, waren viele von uns zu wenig vorbereitet und die Höhle waren nicht magisch geschützt. Wir hatten nur wenige Krieger, die in dem verzweifelten Kampf katastrophal unterlegen waren. Die Gegner – Aquati und Dämonen – waren entsetzlich in der Übermacht. Sie hatten vorher alle, die im Schloss zurückgeblieben waren, getötet oder verwandelt und das ließen sie uns auf furchtbare und gehässige Weise wissen – so dass auch uns die Hoffnung genommen wurde. Damit hob sich der Zauber des Vergessens auf und alle erinnerten sich jetzt mit Entsetzen an die verschwundenen Familienangehörigen, an Verluste und die Trauer nahm so stark überhand, dass jetzt jeder gelähmt war. Sorav und Yuval kämpften trotzdem mit Magie und Körpereinsatz. Sie hatten eine treue Gruppe von nur zwanzig Kriegern, die sich ohne Bedenken opferten. Der Kampf war so unausgewogen und nur durch den Wasserzauber konnten die Feinde solange zurückgehalten werden, bis Marila und ich die Gruppe, die mitgekommen war, in die Höhlen brachte und ich dann mit einer Gerölllawine den Eingang versperrte. Ich erinnere mich kaum noch an die grausamen Ereignisse, weiß aber noch, dass ich mich irgendwann umdrehte und sah, dass Noemi von zwei Dämonen angegriffen wurde. Sie konnte einen überwältigen – sie durchlöcherte ihn regelrecht mit Steingeschossen, aber der andere kam von hinten, so dass ich mich schützend neben sie stellte, um sie vor dem anderen angreifenden Dämonen zu retten. Ich machte kurzen Prozess und als ich mich wieder aufrichtete, stand nun meine Mutter in magisch veränderter Größe über mir. Ihre Augen waren zu schwarzen Höhlen geworden, die Zähne spitz wie bei einem Fischotter, sie sah völlig anders aus als früher. Ihre Haarfarbe, die so einzigartig gewesen war, war einem stumpfen Schwarzgrau gewichen, ihre Haut war braungrün und die Hände waren verlängert, die Nägel zu schwarzen nadelspitzen Krallen verändert. Ich nahm sie zwar noch als meine Mutter wahr, aber sie war in ihrem Wesen grundlegend verwandelt. Ich wusste nicht, was sie von den Dämonen bekommen hatte oder was für ein Zauber das war, verstand jedoch in diesem Augenblick, dass ich meine Mutter, wie sie einmal gewesen war, für immer verloren hatte. Sie stand weiter bedrohlich über mir und begann mit den veränderten Händen die Gesten einer Verwünschung. Tiefes Entsetzen machte sich in mir breit und ich spürte in mir den Beginn eines grausamen Zaubers. Nun beugte sie sich drohend vor und in ihrer Hand sah ich jetzt einen Dolch aus schwarzem Kristall- eine Dämonenwaffe – der Leben für immer zerstören konnte. Ihr Gesicht war wutverzerrt und durch ihre Magie für immer verändert. Sie packte mich gnadenlos und holte mit wahnsinniger Kraft mit der bewaffneten Hand aus. Ich konnte mich nicht bewegen, nicht mehr wehren, ich hatte keine Zeit, keine Möglichkeit. Als der Dolch herunterfuhr, wurde ich durch einen Wasserstrahl aus dem Weg gestoßen und die Waffe zerbarst in schwarze Funken an einem Stein, der an meiner Stelle aufgetaucht war. Meine Mutter stieß einen furchtbaren Schrei aus und nun griff sie mit ihren grausamen Händen nach mir, aber da stand jetzt Noemi und schützte mich durch die Kraft ihres Wasserzaubers. Nur kurz konnte sie eine funkelnde Wasserwand hochschießen lassen, hinter der meine Mutter wutentbrannt weiter versuchte, uns beide zu vernichten. Noemi drehte sich zu mir um und zog mir meinen Umhang über die Schultern und über den Kopf, dann hielt sie mich in einer verzweifelten Umarmung, berührte meine Stirn mit ihrer und ich spürte eine magische Veränderung, anders als vorher, aber genauso unheimlich und unangenehm. Ich wurde weggewirbelt, spürte Schwindel, dann versank mein Leben hinter mir, mein letzter Gedanke galt Sorav, und dann wusste ich nichts mehr.

I. Buch – Zeit der Träume

Kapitel 1

Die Dunkelheit kam schnell und mit ihr ein eisiger Regen aus tiefziehenden Wolken, die letzten Sonnenstrahlen leuchteten grell. Irala war endlich auf dem Heimweg und rannte durch den Waldrand am Fluss, denn sie musste noch bis zum See kommen, dort wartete das kleine Ruderboot. Ihre Gedanken drehten sich nur um eines: sie musste die rettende Medizin für die Mutter bringen und den kleinen Bruder, also musste sie weiter.

Der Himmel wurde immer dunkler und im aufkommenden Sturm trieben zerfetzte Wolken vor dem gelbfahlen Vollmond. Irala zog das dunkle Wolltuch über den gesenkten Kopf und rannte.

Sie kannte den Weg. Sie lief und lief – immer noch schneller und merkte überhaupt nicht, wie der Boden immer feuchter wurde. Trotzdem ging es weiter durch den dichten Regen und plötzlich gab die Böschung nach. Sie taumelte und stürzte nach unten – es ging so schnell, dass sie nichts machen konnte. Sie schoss tief ins eiskalte Wasser und dachte, sie würde sterben, aber da war jemand, der sie auffing. In dieser Umarmung kam die Erinnerung an ihren Liebsten – der Vollmond gab ihr Kraft und sie nahm ihn auch in ihre Arme und belebte sich an seiner fast vergessenen tiefen und rauen Stimme „Oh meine Süße, ich habe so lange auf dich gewartet" klang es aus der Vergangenheit hinein in die Gegenwart. Sie lag in tiefem Vertrauen in seinen Armen und dann immer entspannter, als ein weicher Mund zart einen Kuss auf ihre Stirn drückte, dann auf die Wangen und schließlich auf den Mund. Da konnte sie nicht anders und küsste zurück und genoss den Geschmack seiner Lippenn, dem Gefühl seiner Zunge. *Es war Sorav, er lebte, es gab Hoffnung!* Sie fühlte seine starken zärtlichen Hände an ihr, wie sie an ihrem Körper entlang glitten und Stellen belebten, von denen sie nichts mehr gewusst hatte. Immer intensiver spürte sie die Hitze, denn sie lagen zusammen in tiefer Einheit und völligem Vergessen. Ein tiefer süßer Schmerz durchdrang sie und sie spürte sich lebendig wie seit langem. Dann zog eine schwarze Wolke vor den Mond und sie verstand nichts mehr, sie war wieder allein. Völlig verwirrt kletterte sie die Böschung hoch, hinter ihr klatschte ein Fischschwanz auf das Wasser. Taumelnd lief sie weiter und erinnerte sich an nichts, bis sie am Rand des Dorfes auf einer der Holzplattformen aufwachte, durchnässt, völlig erschöpft und schlammig. *Unvorstellbar, wie sie über den See gekommen war!* Unsicher ging sie weiter bis zum kleinen Holzhaus. Da kam der Vater ihr entgegen, blass und eingefallen. Er sah sie entsetzt an und rief „Wo warst du, was ist passiert, wie siehst du nur aus? Wo ist das Boot, wie bist du über den See gekommen? Wir haben uns solche Sorgen gemacht!" Als sie wieder schwankte, fing er sie schnell auf. Als sie zu ihm hochblickte, sah sie die Erleichterung in seinen Augen. Irala konnte nur den Kopf schütteln und hauche „Wo ist Mama, das Brüderchen? Leben sie?" „Oh, ja sie leben – hast du die Medizin?" sagte der Vater „Ja, da ist sie!" Sie hielt immer noch den Beutel fest in der Hand. Er sah anders aus, dicker, als sie sich erinnerte, aber sie gab ihn dem Vater, der sofort der Mutter und dem Baby die Medizin gab. Dann gab er ihr den Beutel zurück. Als sie ihn wieder in der Hang hatte, dachte sie, dass in ihm die Geheimnisse ihres Lebens darin stecken könnten – also versteckte sie ihn gut in ihrem Zimmer auch wenn sie ein seltsames Gefühl deswegen hatte. Die Medizin musste gut gewesen sein, denn die Mutter erholte sich schnell, und wie durch ein Wunder ging es auch dem kleinen Narius nach kurzer Zeit viel besser. So konnte der Vater wieder zum Fischen gehen und alle hatten etwas zu essen. Die Mutter war glücklich, dass der Kleine wuchs und gedieh – aber sie begann sich doch um Irala zu sorgen, die nachts wieder mehr träumte. Inzwischen merkte Irala, dass bei ihr etwas anders war. Sie war schwanger und nach der richtigen Zeit gebar sie ein Mädchen. Alle im Dorf gingen ihr aus dem Weg, denn es gab ja keinen Vater – aber Irala war das egal, sie machte weiter, denn sie hatte ihre Tochter, Anisha. Ungefähr drei Jahre später fuhren die Eltern – Anna und Markus – mit dem kleinen

Narius in die Stadt zum großen Kaufmann Amos, der Markus Bruder war. Markus reiste mit der Karawane auf die lange Einkaufstour und starb an einer infizierten Wunde auf dem Rückweg, die er bei der Verteidigung der Karawane gegen Räuber erlitten hatte. Anna war zutiefst getroffen und trauerte. Sie wollte wieder zu Irala zurück, aber alle drängten sie mit dem kleinen Narius in der Stadt zu bleiben, da auch schon der Winter kam und das Wetter immer unsicherer und kälter wurde. Um den Sohn zu schützen blieb sie, aber es ging ihr schnell schlechter, die Trauer und das Heimweh verzehrten Anna. Sie bekam Husten und dann Fieber, das unaufhörlich stieg. Immer wieder fuhr Anna in ihren Fieberträumen hoch und glaubte ihren Mann zu sehen, wie er sie rief. Ima und Carla –die Frau und die jüngere Schwester des Kaufmannes – kümmerten sich um sie und wollten schon einen Heiler holen. Da sank endlich das Fieber, aber Anna hatte nun keine Kraft mehr. Wie ein Schatten ihrer selbst lag sie auf dem Krankenlager, als Ima sich zu ihr setzte. Sie prüfte den flachen rasenden Puls, sah auch die fahle feuchte Haut und dann erste Blutspuren um den Mund. Anna atmete schwer und immer unregelmäßiger, sie konnte die Augen schon nicht mehr öffnen, spürte jedoch, dass sie nicht allein war. Schwach hob sie die Hand, damit Ima mit ihrem Kopf an ihren Mund kam. Leise hauchte sie ihr mit letzter Kraft wenige Worte ins Ohr. Ima fuhr zurück, wollte nochmal nachfragen, denn, was sie gehört hatte, war unglaublich. Aber Anna atmete nicht mehr, sie war ihren Mann nachgefolgt. Ima trauerte sehr, hatte sie doch Anna immer geschätzt und geliebt. Aber sie behielt dieses Wissen für sich, denn es war einfach unglaublich.

Kapitel 2

Viele Jahre später lebten Anisha und ihre Mutter immer noch im kleinen Dorf, hinter dem Wald, inmitten des großen Sees. Der See lag versteckt im Wald, nur wer den Weg kannte – zu Fuß über schmale Pfade oder mit dem Boot – fand sich an einem wunderschönen blaugrünen Gewässer wieder, das von Schilfinseln überzogen war, in dem sich an schönen Tagen die Sonne spiegelte und die vorbeiziehenden Wolken ihre Schatten warfen. Das Dorf war fast in der Mitte des Sees über der letzten Untiefe angelegt. Die bunt angemalten Holzhütten mit Dächern aus bemoosten Holzschindeln waren auf dicken Bohlen gebaut, die in den Seegrund getrieben waren. Jede Hütte hatte einen Eingang über Stege, die alle verbanden und auch innerhalb der Hütte gab es einen Zugang zumSee, so dass jederzeit geangelt werden konnte. Bei Kälte, wurde über den Seeeingang ein Brett gelegt. Um die Häuser herum wuchsen in den Sommermonaten in unzähligen bunten Töpfen Blumen oder Gemüse. Es waren sogar einige kleine Bäume gepflanzt worden. Der See war fischreich und jeder konnte vom Fang leben. Die Fischer berichteten häufig von riesigen Fischen, die immer wieder den Booten folgten. Wenn sie jedoch versuchten, sie zu fangen, gelang es nie – es war, als könnten sie durch die Netze schwimmen. Am und auf dem See lebten viele Vögel – Schwäne, Enten, aber auch Kormorane. Gänse und Kraniche rasteten auf ihrer Durchreise in die Winterquartiere regelmäßig auf der großen Sandbank beim Wald und weckten alle mit ihren Rufen. Anisha war mit ihrer Mutter allein. Im Dorf sagte man von ihr, sie sei ein Findelkind, war sie doch bei der letzten großen Flut bei den Reusen gefunden worden. Auskeinem anderen Dorf hatte sie jemand gesucht oder gekannt. Beide lebten sehr zurückgezogen in einem kleinen gelben Holzhaus mit drei Zimmern. Also kam fast nie Besuch und Anisha hatte nur wenige Freunde. Im Dorf lebten nur noch wenige Familien das ganze Jahr. Alle ernährten sich vom Fischfang und der Jagd. Es gab einen kleinen Laden und einmal im Monat kam ein Boot mit Post, Vorräten und seltenen Besuchern an die kleine Anlegestelle. Das Boot war bauchig und alt, die Farbe verblasst und der Mast sah wenig zuverlässig aus. Zum Segeln wurde ein altes, zerrissenes dunkelrotes Segel gehisst, das wenig Wirkung zeigte – meistens ruderten alle Matrosen und der Kapitän gab mit lauter Stimme den Takt an. Die Kinder des Dorfes lernten beinahe vor dem Gehen das Schwimmen und tobten beim Spielen meist mehr im als auf dem Wasser. Alle spielten miteinander, angelten und tauchten. Anisha waren die Verstecke im Dorf und die Regeln des Sees so bekannt, wie jedem Kind, das mit den Geheimnissen der Natur aufwächst. Trotzdem oder genau deswegen hatte sie großen Respekt vor dem für sie mächtig erscheinenden Gewässer. Wenn jemand der wenigen Erwachsenen Zeit hatte, wurden sie in Lesen, Schreiben und Rechnen unterrichtet. Die älteren Kinder kümmerten sie sich um kleinen Geschwister, gingen aber oft über den Winter in die große Stadt zum Arbeiten. Jeder hatte nicht viel, aber alle waren zufrieden. Irala sah anders aus als die kräftig gebauten Dorfbewohner. Sie war zierlich und blass, die Haare waren hell und manchmal funkelten sie grün. Anisha war ein kräftiges Mädchen mit dunkelbraunen, fast schwarzen Haaren mit einzelnen kupferfarbenen Strähnen. Ihre grünbraunen Augen, die sie von ihrer Mutter geerbt hatte, waren lebhaft und konnten empört blitzen. Sie hatte ein energisches Kinn mit einem festen Mund. Irala konnte sehr geschickt Handarbeiten und hatte so immer Waren für die Stadt vorbereitet, wenn das Boot kam – Jacken, Blusen, Schals, Mützen: sauber genäht und immer wunderschön bestickt – die Aufträge hörten nicht auf und so konnten beide recht gut leben. Irala brachte Anisha alles bei, auch lesen, schreiben und rechnen. Wenn sie abends bei Laternenlicht arbeitete, sang sie oft oder erzählte Geschichten – vom Wald, vom Wetter, von den Jahreszeiten, von Tieren und manchmal von der Welt unter Wasser. Einer magischen Welt, anders, als man es sich vorstellen konnte –

wild und gefährlich, unberechenbar und faszinierend zugleich. Wenn Anisha fragte, woher sie das alles wusste, sagte die Mutter, das seien Träume. Dann sah sie versonnen aus dem Fenster und wartete auf den Vollmond. Sonst fühlte sich Anisha oft allein, die Mutter war meistens traurig, sie redete und sang eigentlich nur beim Arbeiten, aber sie war eine gute Mutter und kümmerte sich sehr um sie. Wenn Anisha etwas wissen wollte, war sie immer bereit zu erklären, zu erzählen und wenn Anisha traurig war, tröstete sie immer. Nachts schlief sie oft schlecht, dann hörte Anisha ihre Mutter stöhnen und sah sie sich im Schlaf winden. Manchmal erzählte Irala von dem Mann aus dem Wasser, von Anishas Vater. Sie konnte sich jedoch nie wirklich an etwas Klares erinnern oder sagen und hatte immer das Gefühl, wie in einem Nebel gefangen zu sein, als würde ihr immer etwas Wichtiges entgleiten. Das quälte sie besonders in den hellen Mondnächten und es war dann eine der seltenen Augenblicke, in denen sie weinte, weil sie sich einsam und verloren fühlte. Trotzdem fing sie sich auch für ihre Tochter immer wieder und tat alles, damit Anisha ein gut erzogenes und geschicktes Mädchen wurde. Die Jahre vergingen und aus einem wilden übermütigen Mädchen wurde eine temperamentvolle junge Frau. Nun schwamm sie nicht mehr mit den Jungen um die Wette, erschreckte Enten. Inzwischen schlich sie in den hellen Sommernächten nicht mehr aus dem Haus, um die Glühwürmchen fliegen zu sehen oder heimlich mit den Freunden über den See zu rudern und die Eulen und die Hirsche zu beobachten. Immer und immer wieder war sie von den Abenteuern völlig verschmutzt und zerzaust zurückgekehrt, aber nie sah sie den fahlen Schatten unter ihrem Boot. In einer hellen Mondnacht sprachen Anisha und ihre Mutter über ihre Zukunft, die so unklar erschien. Irala war seit einiger Zeit immer ruheloser, ängstlicher und sie konnte nur mühsam ihre Gefühle beschreiben – ihr schien, als ob eine große Gefahr auf sie und Anisha zu kam. Etwas Unheimliches war im Gang, das sie nicht verstehen konnte. Sie konnte endlich sich etwas mehr an die lang vergangene Nacht erinnern und auch an ihren Liebsten. Wer er jedoch war, das war ihr verborgen, sie wusste nur, nichts Gutes kam. Zusammen beschlossen sie, dass Anisha mit dem Boot für ein Jahr in die Stadt fahren sollte, damit sie beide eine Chance hatten, denn auch Anisha träumte inzwischen mehr und mehr. Sie sah immer wieder eine dunkle Gestalt, die sich in Qualen wand und verzweifelt die Hände nach ihr ausstreckte. So furchtbar das war, sie fühlte sich immer zu ihm hingezogen oder sie hörte nur das Plätschern von Wellen, als würde irgendwo das Wasser steigen und sie hatte keine Chance – worauf, konnte sie nicht sagen. Narius, der Onkel – und Anisha kicherte innerlich immer wieder, wenn sie an den frechen blonden Jungen dachte, der gerade ein Jahr älter war als sie – lebte immer noch in der Stadt bei Amos, dem Kaufmann, der sogar mit den Karawanen zog. Also beschlossen sie, dass Anisha in die Stadt fahren sollte, um dort im Laden mitzuhelfen, zu nähen – sie wurde sicher willkommen sein, hatte Ima doch immer wieder beim letzten Besuch vor fünf Jahre gefragt, ob beide nicht doch in die Stadt ziehen wollten. Zu ihrem einundzwanzigsten Geburtstag würde sie wieder zurückkommen. Nun war aber das Boot erst weggefahren, also hatten sie einige Wochen Zeit zur Vorbereitung. Erst als sie begann, die wenigen Dinge, die sie hatte zu sortieren, und ihre Kleider zu packen und alle die Kleinigkeiten vorzubereiten, die für eine lange Reise notwendig sind, erkannte Anisha, dass sie trotz allem am See, am Dorf und ganz besonders an der Mutter sehr hing. *Wo konnte sie im Wohnzimmer angeln, wo konnte sie Zaubergeschichten am Abend bei der flackernden Laterne hören? Würden die Reiher ihre Babys großziehen können?* Sie dachte eine schlaflose Nacht lang nach – über sich, über ihre Träume und Wünsche für die Zukunft und entschied sich doch zu gehen. Dazu wurde auch bei ihr das steigende Gefühl einer für sie nicht fassbaren Gefahr immer deutlicher. Sie konnte das nicht verstehen. Sie brauchte Veränderung und fühlte sich wie in die Enge getrieben. Dazu hatte sie auch gemerkt, wie sie erwachsen wurde und die Blicke, die ihr von den jungen Männern zugeworfen wurden, waren ihr unangenehm. Sie wollte niemand aus dem Dorf als Mann, sie wollte weiter, etwas lernen, jemand Besonderes sein und richtig geliebt werden. Das waren für Anisha die normalen Gedanken und Probleme – aber sie merkte auch, dass sich noch etwas anderes in ihr verändert hatte. Sie spürte ein Sehnen, eine innere Leere, die sie ausfüllen wollte, als würde sie gerufen und wenn das die Zukunft war – dann wollte sie dahin! Der Frühling war in diesem Jahr kalt und regnerisch, aber an einem der ersten sonnigen Tage war das Boot wieder da und alle bestellten Waren wurden von den Matrosen gemeinsam mit den Dorfbewohnern mit großem Palaver abgeladen. Der neueste Tratsch aus der Stadt wurde besprochen, die Säcke und Pakete geschätzt und betastet. Jeder, der etwas bestellt hatte, war an der Anlegestelle um seine Päckchen, Waren oder Post abzuholen– oder auch nur um herauszubekommen, was der Nachbar oder die Freundin bekommen hatte. Da das Wetter noch unsicher war, sollte das Boot sofort wieder zur Stadt zurückkehren. Anisha und Irala hatten alles Nötige gepackt. Anisha hatte einen Beutel mit Geldmünzen und einen Fahrschein für das Boot und die Adresse des Kaufmanns, wenn sie sich am Hafen verfehlen sollten. Zum Schluss war sie doch sehr aufgeregt, als sie sich von der Mutter verabschiedete. Beide waren in Tränen aufgelöst, sie umarmten sich fest, dann drehte Anisha sich mit aller Kraft um und bestieg mit ihrem vollen Rucksack das Boot. Das große behäbige Boot legte ab und seit langem war Anisha wieder auf dem See – eine aufregende Sache, da sie sich immer innerlich zerrissen fühlte, wenn es um den See ging. Er verursachte in ihr ein mulmiges Gefühl, sie hatte immer seltsame Träume, wenn sie dem Boot gefahren war. DSie liebte das Wasser trotzdem – aber mit dem großen Boot war alles einfacher. Das Boot segelte diesmal mit einem neuen hellroten Segel über den See, und die Wellen wurden immer höher. Schneller und schneller fuhr das Boot und erreichte den Eingang zu einem Fluss. Das war neu, das kannte sie nicht. Im Flusslauf war das Wasser ruhig, strömte gleichmäßig und kräftig, Anisha konnte sich wieder fangen und auch ihr Magen rebellierte weniger. Das Boot fuhr jetzt gegen den Strom, die Matrosen ruderten kraftvoll, die Sonne schien – ein perfekter Tag zum Reisen. Anisha kuschelte sich in ihren neuen dunkelgrünen Wollmantel, zog die Kapuze über den

Kopf, beobachtete den Sonnenuntergang und genoss die bunten Farben des Abendhimmels. Sie hatte nur einen Deckplatz ergattern können und schlief unruhig zwischen zwei großen Fässern. Daher wachte sie schon früh auf, gerade, als das Boot in den großen See, an dem die Stadt lag, einfuhr. Nebelschwaden zogen über die Oberfläche und sie hörte das Klatschen einzelner aufgeschreckter Fische. In der Ferne über der Nebelwand sah sie die fahle Silhouette eines Gebirges, hinter dem das Morgenrot den Himmel rotgold färbte. Fasziniert beobachtete sie den Sonnenaufgang und als die ersten Strahlen über die Berge kamen, schien ihr, als würden dort riesige Vögel fliegen und im Gold der Sonne baden. Sie kniff die Augen zusammen und schaute nochmal, aber da war nichts. Über ihr schoss ein Schwarm kleiner weißer Vögel schrill pfeifend vorbei, dann war Ruhe. Sie schaute sich um und sah nur den Matrosen, der die Ruderwache hatte. Es war ein alter, hagerer Mann. In seinen Augen spiegelte sich das Licht der Sonne. Er musterte sie kritisch, um sich dann murmelnd abzuwenden. Anisha verstand kein Wort und zog sich wieder zwischen die zwei Fässer zurück. Als das Boot am späten Vormittag endlich am Hafen anlegte, war Anisha steif, kalt und müde. Durch den Morgentau war ihr Mantel immer noch klamm und schwer. Sie reckte und streckte sich und suchte das letzte Stück Brot aus ihrem Rucksack. Sie kaute es trocken und schaute neugierig zur Stadt hin, die sie seit ihrer Kindheit nicht mehr gesehen hatte, um sie wieder neu zu entdecken – nicht als einen Ort eines Besuchs, sondern als den Ort ihrer Zukunft. Hier würde sie nun ein Jahr leben. Anisha seufzte. Die Männer an Bord und an der Anlegestelle riefen mit rauen Stimmen und Seile wurden geworfen, das Boot wurde vertäut. Da begann sie vor Erschöpfung und Aufregung doch zu zittern und ihr Puls raste. Anisha zog den Mantel um die Schultern und hielt nun verkrampft in einer schweißfeuchten Hand den zerknitterten Zettel mit der Adresse von Amos, dem grossen Kaufmann.

Kapitel 3

Eigentlich sollte sie ja abgeholt werden, aber sie sah niemanden, den sie kannte. Mit wackligen Knien ging sie über den steilen Steg an Land und sank auf die erste Bank. Sie kam langsam etwas zur Ruhe und betrachtete die Stadt, die jetzt viel näher vor ihr lag. Durch zwei breite Tore sah sie weiß gekalkte Häuser sich hinter der dunklen Stadtmauer aus großen Quadern drängen. Dahinter erblickte sie die wenigen hohen alten verschnörkelten Gebäude des Stadtkerns, leicht erhöht um den großen rotbraunen Holzturm gedrängt, dessen Glockenspiel den Takt des Tages angab. Schräg vor ihr wuchs ein Birkenwäldchen. Die Bäume trugen ihr erstes Grün, das wie ein Schleier über den Baumkronen nach unten glitt. Letzte grauweiße Schneefetzen im grünbraunen Gras zwischen den weißen Stämmen erzählten von einem kalten und langen Winter. Eine Krähe hackte auf etwas herum, um dann mit einem lauten Krächzen weg zu fliegen. Anisha ließ den Blick weiter schweifen. Sieie bemerkte jetzt den Flusslauf, der die Stadt teilweise umfloss, um sich dann über breite Stromschwellen in den See mit dem Hafen zu ergiessen. Weiter hinten stieg das Land an und sie sah das Funkeln der schäumenden Gischt von Wasserfällen. Dahinter türmte sich das hohe Gebirge mit gedrängten dunklen Wäldern am Fuß der Berge und tief verschneiten Gipfeln, deren Spitzen im Licht funkelten. Langsam wurde ihr Puls ruhiger und Anisha atmete tief durch, strich sich ihre zerzausten Haare aus der Stirn und stand entschlossen auf. Als sie sich wieder umschaute, bemerkte sie, dass ein junger blonder Mann und eine ältere graublonde stattliche Frau sich ebenfalls suchend umschauten. Ihre Blicke trafen sich und zögernd gingen alle aufeinander zu. Sie suchte im Profil des Jünglings und erkannte ihn wieder. Erleichtert rief sie: „Narius, bist du das? Bist du groß geworden!" Er drehte sich ganz zu ihr, rannte beinahe auf sie zu, packte sie an den Schultern und drückte sie kurz und sprudelte erleichtert: „Ja, oh ja, Anisha, du bist es! Ich habe es kaum glauben können, dass du kommst – wir haben uns schon so lange nicht mehr gesehen, du bist auch groß geworden, fast hätte ich dich nicht erkannt! Wie geht es Irala?" „Oh ja, es ist ewig her! Mutter geht es recht gut – wie immer." Dann drehte er sich zur Seite. „Oh, darf ich vorstellen: Ima, das ist meine Nichte Anisha. Anisha, das ist Ima, die Frau von Amos." Anisha versank in einen tiefen Knicks, aus dem sie kräftige Hände hochzogen. Ima hielt sie weiter an den Händen, schaute sie an und sagte sehr freundlich: „Anisha, nein, das will ich nicht, wir freuen uns, dass du kommst! Wir können deine Hilfe dringend brauchen. Wir kennen uns doch von früher. Hast Du Hunger oder Durst?" Anisha traute sich nun doch Ima in die Augen zu sehen, zu sehr hatte sie diesen Augenblick gefürchtet, aber sie sah nur Freundlichkeit und Willkommen in den lächelnden graublauen Augen. Dann fand sie ihre Stimme wieder: „Ich habe furchtbaren Durst, aber vor allem brauche ich ein heißes Bad. Die Fahrt war sehr anstrengend!" Narius gab ihr eine Lederflasche zum Trinken und sie leerte sie schnell, denn das Wasser war kühl und wohlschmeckend. Dann nahm sie ihren Mut zusammen und sagte zu Ima: „Ich erinnere mich nicht mehr richtig an dich, das tut mir so leid!" Ima sagte sofort „Ach, du warst auch ein kleines Mädchen, als ich dich das letzte Mal gesehen habe – du bist nun eine junge Frau! Aber jetzt lasst uns erst einmal nach Hause gehen, du bist ja furchtbar erschöpft und musst auch Hunger haben!" Sie gingen durch fremde Straßen an alten hohen Häusern vorbei und Anisha war völlig verwirrt. Sie erkannte dann doch das Haus des Kaufmanns, dass sie vor vielen Jahren als Mädchen gesehen hatte an den außergewöhnlichen Schnitzereien um die Haustür. Bevor sie noch etwas sagen konnte, öffnete sich die Tür und Menschen quollen heraus. Sie wurde begrüßt, in den Arm genommen, ein Stück Brot wurde ihr in die eine Hand gedrückt, ein Becher Wasser in die andere, sie war überwältigt und merkte wie sie Kopfweh bekam. Endlich waren alle im Haus und Ima übernahm das Kommando. „Das ist Anisha, die zukünftig bei uns leben wird – aber nun ist sie von der Reise sehr müde, sie darf sich heute ausruhen. Ihr habt ihr ja das Bad schon gerichtet." Mit lauten Schritten ging es über die hallende Treppe in den ersten Stock und ihr wurde ihre Kammer gezeigt und die Badewanne, die mit dampfend heißem Wasser gefüllt war. Daneben stand ein Holzbrett mit Brot, Obst und einer Flasche Wasser. Dann wurde sie allein gelassen. Anisha setzte sich müde auf das Bett, zog sich dann doch aus und glitt vor Erleichterung stöhnend ins Wasser. Sie trank das Wasser, schlief dann im Bad ein und wachte im lauwarmen Wasser wieder auf, trocknete sich einigermaßen ab, zog ihr Unterkleid an und fiel regelrecht ins Bett. In dieser Nacht träumte sie nichts.

Kapitel 4

Am nächsten Morgen wurde Anisha durch ungewohnten Lärm geweckt – jemand pries lauthals Äpfel an und ein Pferd schnaubte heftig. Verwirrt drehte sie sich im Bett um und fiel rückwärts hinaus. Atemlos lag sie auf dem Holzboden. Sie merkte jetzt erst, dass sie nicht in ihrem Bett zu Hause lag. Sie war ja in der Stadt beim Onkel und das Bett gehörte hier her. Sie setzte sich auf und rieb die Schulter, die am meisten abbekommen hatte, dann den Kopf. Nun konnte sie endlich die Augen öffnen – ein Sonnenstrahl blendete sie und gequält kniff sie die Augen zu. Inzwischen hatte sich die Tür mit einem Knarzen geöffnet und als sie vorsichtig aus den halbgeschlossenen Augen schaute, stand eine rothaarige junge Frau in einem schönen braunroten Kleid mit weißen Streifen vor ihr. Anisha erinnerte sich schnell- das war Andrea, die Nichte von Amos. Bevor sie etwas sagen konnte, prasselten regelrecht Worte auf sie ein „Guten Morgen, hast du gut geschlafen? Warum sitzt du auf dem Boden? Ist irgendwas? Hast du dir weh getan?" Die Fragen kamen so schnell nacheinander, eine Antwort war gar nicht möglich. Schon wurde sie aufgerichtet, abgeklopft, bevor sie etwas machen konnte, dann blickte sie in besorgte braune Augen. Endlich fand Anisha eine Atempause in dem Wortschwall. „Ich bin aufgewacht und dachte, ich wäre zu Hause. Mein Bett ist dort genau anders herum, als ich mich drehte, fiel ich heraus." Schnell sagte Andrea „Ah, na dann ist ja alles gut, komm, ich habe hier Kleider für dich. Einen Rock, du hast nur einen mitgebracht und den mussten wir waschen. Die Blusen gingen noch, wir haben sie gedämpft und sie sehen sehr schick aus – habt ihr die gemacht?" Wieder sprudelten die Worte aus Andrea heraus. Anisha antwortete bei der nächsten Gelegenheit.

„Ja, die Blusen haben meine Mutter und ich genäht, extra für jetzt." „Toll, kannst du hier bestimmt auch welche machen?" Anisha nickte nur, während sie sich anzog. Der gewebte Rock war schwerer, als sie gewohnt war, fiel jedoch in schönen Falten. Ihre weiße Bluse war frisch gedämpft, noch etwas klamm an den Nähten, trocknete aber schon und sah gut aus. Schnell flocht sie ihre Haare zum Zopf und wischte das Gesicht mit einem feuchten Tuch ab. Sie schlüpfte in neue graue Filzschuhe, die vor ihrer Zimmertür standen, um dann Andrea, die schon ungeduldig wartete, in die große sonnendurchflutete Küche zu folgen. „Das wird ein Spaß, aber nun gibt es zuerst Frühstück!" Es gab Frühstücksbrei in einem großen Topf, aus dem sich jeder schöpfen konnte, dazu Äpfel vom letzten Jahr und getrocknetes Obst in flachen braunen Tonschalen, dazu Kräutertee und Wasser. Das Essen und das graue Tongeschirr waren mit geschnitzten Löffeln auf einer bunt bemalten Anrichte vorbereitet. Die anderen Familienmitglieder saßen schon. Jeder nahm sich, was ihm schmeckte und setzte sich an den großen rechteckigen Tisch, an dem vierzehn Menschen gut Platz hatten. Alle waren gut gelaunt, es wurde gegessen und gescherzt. Anisha saß still an der Ecke, löffelte still ihr Frühstück und hörte erst einmal zu. Die vielen Gespräche verwirrten sie, hatte sie doch im Dorf nur die Mutter als Gesprächspartnerin und das Essen war ganz anders als zu Hause. Aber Anisha hatte Hunger und das Obst war gut. Nach dem Frühstück gingen alle weiter durch eine Seitentüre in den weiträumigen und sonnigen Laden. Auf einer Seite reihte sich Fenster an Fenster, die gegenüberliegende Wand war voller Türen. Der Eingang war großzügig gestaltet und hübsch dekoriert. Neben dem Eingang befand sich eine gemütliche Sitzecke mit gepolsterten Stühlen, großen Kissen auf wunderbaren Teppichen mit kleinen niedrigenTischchen, auf denen Schalen mit Nüssen und Wasserkaraffen mit Tonbechern angerichtet waren – genau richtig um innezuhalten und die Stimmung zu genießen, etwas zu trinken und vielleicht zu entscheiden, was noch nötig wäre zu kaufen oder sich nach einem Einkauf zu erholen oder zu warten, bis ein Angehöriger einen Kauf abgeschlossen hatte. Im großen Verkaufsraum standen überall lange Tische mit unvorstellbar vielen Stoffen, Teppichen und Wäsche in allen Größen, Farben und Formen beladen. Lichtstrahlen spiegelten sich in den Farben der der Stoffberge und liessen einzelne Stickereien aufblitzen. Andrea warf nur einen kurzen Blick in den Raum und zerrte Anisha, die neugierig stehen geblieben war, weiter quer durch den Laden an verschiedenen Türen vorbei. Sie plapperte ununterbrochen. „Da schau, das ist unser Pausenraum und dort ist die Ecke zum Nähen und Flicken, aber du kannst hier auch neue Sachen nähen, Röcke oder Blusen – oder kennst du Jacken und Umhänge mit Kapuzen? Kannst du gut sticken?" Anisha setzte ein paar Mal zu einer Antwort an – aber das war gar nicht gewünscht, nein, Andrea wollte berichten, erzählen, zeigen. Das war ihr Leben, das sie beherrschte. Sie kamen in einen Lagerraum, der jetzt im Frühjahr fast leer war. Hier trafen sie Ima, die von Raum zu Raum ging und sich Notizen machte. Sie hielt sofort inne, um Anisha zu grüßen und zeigte ihr den Lagerbereich. So konnte sie endlich einige Fragen stellen, und dann schickte Ima beide zum Nähen. Anisha setzte sich sofort hin, um eine Bluse zu entwerfen – es war wunderbarer Baumwollstoff da – ein purer Genuss. In ihre Planung vertieft vergaß sie ihre Umgebung und musste mehrmals gerufen werden, als es mittags etwas zu essen gab. Während des Tages kam Amos von einer Reise zurück und es wurde ab dem späten Nachmittag gefeiert. Anisha lernte nun alle kennen – Amos, der groß und muskulös war, die dunklen Haare an den Schläfen schon grau und eine alte Narbe auf der Stirn – Amos, der sie persönlich als neues Familienmitglied mit einem Kuss auf der Stirn begrüßte und sich sofort nach Irala erkundigte. Ben, zierlich und dunkelhaarig mit stechenden schwarzen Augen, sein Sohn und Erbe, der sich sehr wichtig vorkam und sie kaum sah, Andrea, die verwaiste Tochter eines guten Freundes von Amos, die Ben heiraten sollte – also doch nicht die Nichte von Amos -, Carla, schon grauhaarig und üppig, die ledige Tante, die immer eine Lösung wusste, und Ima, die Herrscherin im Haushalt, die alle zusammenhielt. Alle freuten sich auf das Fest, eine besondere Gelegenheit, Anisha in den Kreis der Großfamilie aufzunehmen. Jeder genoss das Essen – heute gab es ausnahmsweise auch gebratenen Fisch mit den ersten frischen Kräutern und frisch gebackenes duftendes Brot, Gemüse, Honig und Obst und als Getränk frisch gepresster oder vergorener Apfelsaft – ein Festmahl. Danach wurde erzählt und auch Anisha hatte nun Gelegenheit von ihrem Leben auf dem See zu berichten. Alle waren fasziniert, aber auch etwas schockiert – so weit draußen und so nah an der Natur zu leben war unvorstellbar! Langsam wurden alle müde und die Gespräche versiegten, jeder wurde still. Nur die Katzen fraßen geräuschvoll unter dem Tisch die Fischköpfe. Auch Amos war nach der langen Reise erschöpft und alle gingen früh ins Bett. Als Anisha wieder im Bett lag, dachte sie an ihre Mutter. Sie fehlte ihr mehr, als sie dachte, aber sie erinnerte sich an das Versprechen, eine Jahr in der Stadt zu bleiben, da kamen ihr doch die Tränen. Sie schluchzte leise auf, dann rieb sie sich energisch die Augen an ihrer Decke und drehte sich entschlossen zur Wand um zu schlafen.

Kapitel 5

Anisha gewöhnte sich schnell an den Alltag – morgens aufstehen, nach dem Frühstück in den Laden, um die Ware zu sortieren und zu verkaufen, und ab Mittag, wenn weniger los war, je nach Auftrag zuschneiden und nähen. Es war so viel zu tun, dass Amos und Ima überlegten, bevor er seine jährliche große Handelsreise antrat, die Waisen eines verstorbenen Kaufmanns ins Haus aufzunehmen. Sie berieten sich trotz der wenigen freien Zeit und beschlossen, die zwei Kinder des guten Freundes Melis, der letzten Winter am Fieber gestorben war, und die nun sehr beengt bei einer alten Tante wohnten, zur Erweiterung der Familie aufzunehmen, so würde die Arbeit auf weitere Schultern verteilt. Am Wochenende war Anisha müde, schlief lange und ging dann manchmal spazieren. Ihr fehlte die Bewegung und oft fühlte sie sich schwer. Sie begann weniger zu essen und trotz der Müdigkeit mehr Spaziergänge zu machen, um fit zu bleiben, wollte sie doch die Berge und Wasserfälle im Sommer besuchen. So lernte sie die Stadt besser kennen und genoss geheime Blicke in die kleinen blühenden Gärten. Sie kannte nun auch den Weg zum Hafen, hatte dort eine geheime Ecke gefunden – zum Nachdenken und Träumen. Oft sehnte sie sich nach dem Dorf und die Mutter fehlte ihr, auch wenn sie wusste, dass sie dort viel weniger gelernt hätte. Die Sorgen und Ängste des letzten Gesprächs mit ihrer Mutter schienen hier in der Stadt weit entfernt. Wenn sie sich im Haus sehr allein fühlte, suchte sie nach den Katzen Lili, Mili und dem Kater Mishu, die Mäuse und auch einzelne Ratten in Schach hielten und nachts die Herrschaft über den Laden hatten. Mishu hatte sich mit ihr angefreundet und kratzte abends oft heimlich an ihrer Zimmertür, um zu übernachten – er war zum Jagen einfach zu faul. Eines Morgens war klar, dass Mishu eine Misha war, denn sie hatte auf dem schönsten Sessel im Eingang des Ladens vier Katzenbabies zur Welt gebracht. Alle waren überwältigt, aber keiner wollte die Kleinen haben, Anisha freute sich jedoch so sehr, dass sie die ganze Katzenfamilie in ihr Zimmer aufnahm. Sie konnte inzwischen handeln und verkaufen und hatte schnell eine zweite Sprache gelernt, das machte wirklich Spaß! Sie lachte und stritt mit Andrea und Narius – Ben fand sich zu wichtig für so was, auch wenn er immer wieder heimlich zu hörte, und sie ging manchmal mit Narius auf Stadterkundung. Ihre Spaziergänge endeten meistens am Hafen, um zu beobachten, wenn die Boote losfuhren oder ankamen oder um einfach auf das Wasser zu schauen. Einmal stiegen sie auf den Glockenturm und sie stand hoch oben auf der vibrierenden Plattform, als unter ihnen die Glocken zu läuten begannen und blickten über das weite Land. Als das Geläut zu Ende war, fassten sie sich wieder, denn der Klang ging durch und durch. Da hatten sie endlich Zeit zu reden. „Wie geht es dir?", begann Anisha. „Oh, es geht, es geht gut, denn ich freue mich schon auf die Reise, denn ich soll das nächste Mal mit auf die Handelsreise! Und natürlich auch auf die zwei von Melis. Das wird schön." Anisha blickte über den See und war abgelenkt, denn das Wasser zog sie magisch an. Sie riss sich aber zusammen und antwortete: „ Wie von Melis? – ach die beiden kommen ja! Das wird nett." Narius freute sich: „Ja, und Rosalie ist süß – vielleicht will sie mich haben und mit Kai verstehe ich mich auch. Wenn das klappt, könnte ich wieder den Laden von Melis aufmachen, wenn ich in zwei Jahren erwachsen bin und selbständig sein kann– eben ein eigener Händler." Anisha war nun doch interessiert „Das wäre toll, du könntest auch mit den Karawanen ziehen – ich glaube, da würde ich mit dir mitgehen, denn Andrea nervt einfach." „Na klar, du bist doch Familie!" „Das ist toll, ich freue mich so, dass es bei dir weiter geht." „Ja, denn Ben wird ein Problem bekommen." Anisha erinnerte sich „Stimmt, Ima muss zustimmen, dass er den Laden weiterführen darf oder sie muss Andrea adoptieren." Narius sah inzwischen verträumt auf den See – offensichtlich dachte er an Rosalie und antwortete erst nach einer kurzen Pause „Mmmh – Amos wird nicht begeistert sein, aber anders wird es nicht klappen." „Ja, aber wir müssen auch schauen, wie es weiter geht. Oh, und wir müssen zurück, Ima wartet!" Beide stiegen gedankenverloren vom Turm. Am nächsten Tag kam ein großer Auftrag für eine Aussteuer und Anisha war beschäftigt. So verging die Zeit und eigentlich war alles gut, aber irgendwas fehlte immer noch. Oft träumte sie und manchmal dachte sie in ihren Träumen, dass sie Stimmen hörte, die nach ihr riefen, sie anflehten – etwas was sie nicht verstehen konnte. Immer wieder wachte sie auf, weil sie im Traum Wellen schlagen hörte. Die Mutter schickte ihr unregelmäßig Päckchen und immer war eine kleine Überraschung dabei. Anisha begann immer mehr auf diese Nachrichten zuwarten, als könnte so ein Wunder geschehen. Einmal waren nicht nur eine neue Bluse oder ein geflochtener Gürtel dabei – Irala hatte sich Zeit genommen und einen Brief geschrieben: **Meine liebe Anisha, ich hoffe sehr, dass es dir gut geht, nun bist Du schon so lange vom Dorf weg und Du fehlst mir sehr, auch wenn ich weiß, das du an Deiner Zukunft arbeitest, wie du es im Dorf so nicht hättest machen können. Also – ich hoffe, dass es Dir gut geht und ich würde mich so sehr freuen, etwas von Dir zu hören – und wenn es nur ein paar Zeilen wären. Mir geht es einigermaßen gut, oft bin ich müde. Da ich immer mehr träume, schlafe ich oft schlecht und manchmal habe ich wenig Appetit, aber dann doch wieder... also es geht. Die Reiher haben vier Küken und keines ist ins Wasser gefallen, die Enten haben 10 Babies, zwei wurden von dem großen Hecht – du weißt, wo er steht – gefressen, die Entenmama hat ihn dafür schwer am Rücken verletzt. Dieses Jahr sind in der kleinen Bucht wieder Wasserschildkröten, sie liegen auf den großen Blättern und sonnen sich. Ich habe von Amos einen großen Auftrag für 12 Hemden bekommen. Damit komme ich finanziell gut über den Sommer und habe schon eine Rücklage für den Winter. Abends, wenn ich nähe, ist es oft ruhig, ich singe mehr, das hilft und eins der Entenküken ist bei mir eingezogen. Alles geht weiter, ich habe Hoffnung!**

**Sei von mir umarmt, meine Tochter, Deine Dich lieben-
de Mutter Irala** Anisha las den Brief und war sehr gerührt, sie
liebte ihre Mutter sehr. Sie legte den Brief unter ihr Kopfkissen
und beschloss möglichst schnell zu antworten. Sie war inzwischen jeden Tag so sehr beschäftigt, dass sie nur abends kurz vor
dem Einschlafen sich Gedanken machen konnte. Der Herbst begann – die Tage wurden kürzer, die Blätter der Bäume glühten
wie in einer zweiten Blüte in allen Farben auf, der Wind war
morgens schon eisig und das Sonnenlicht wurde langsam fahl.
Anisha wachte an einem der ersten kühlen Tage früh auf und
wollte endlich Iralas Brief beantworten, aber Andrea holte sie
früher als sonst zum Frühstück. Also hoffte sie auf den Abend
und legte Stift und Papier neben ihr Bett. Ima sprach beim gemeinsamen Frühstück sofort den jährlichen Herbstausflug am
nächsten Tag an, denn aktuell kamen durch die aussergewöhn-
lich gute Ernte und die Vorbereitungen für den Winter wenig
Kunden. Es würde mit gemieteten Pferden zu den großen Quell-
seen am Fuß der Berge gehen –ein langer Tagesausflug für alle,
die mitwollten. Die Reaktionen waren unterschiedlich – die einen, die schon einmal dort waren, reagierten gelangweilt und
wollten eigentlich nicht, andererseits war es eine interessante Ab-
wechslung vom normalen Leben. Anisha war sofort aufgeregt
und wollte mit, denn das war etwas anderes, weg von der Ein-
tönigkeit des Alltags. Sie wollte mehr von der Landschaft sehen
und die Wege kennenlernen – vielleicht sah sie endlich auch die
Wasserfälle näher. Nach einiger Diskussion einigten sich doch
alle, bis auf Amos und Narius, auf den Ausflugsort. Amos, der
erst vor wenigen Tagen wieder von einer kurzen Handelsreise
zurückgekehrt war, wollte Narius die Abrechnung zeigen und
dann mit ihm einen kurzen Gang in den Hafen machen, um mit
dem Hafenmeister zu sprechen. Alle anderen würden zum Quell-
bereich des Flusses Neich, der auch den See der Stadt durchfloss,
reiten. Nur Regen oder Nebel würde sie abhalten. Nun waren
doch alle aufgeregt und bereiteten sich vor – Schuhe wurden geprüft und repariert, Jacken aus den Schränken geholt und ausge-
lüftet, Wasserflaschen auf ihre Dichtheit geprüft. Die Frauen

nähten neue Vorratsbeutel aus Leinen, um getrocknetes Obst, Fleisch und Brot zu verpacken. Anisha eilte zwischendurch in die Stadt, um sich schöne Lederstiefel und einen Strohhut zu kaufen. Die Pferde wurden von Ima bei dem großen Hof am Stadtrand gemietet und die Spannung stieg. Dann kam der Morgen, die Pferde waren bereit und das Wetter war schön – dem Ausflug stand nichts im Weg. Mit Gelächter und Klatschen ging es los, alle lächelten, jeder war nun doch aufgeregt, ein Abenteuer begann. Nach ungefähr drei Stunden kamen sie an den Quellen an. Sie hatten Spaß gehabt und waren um die Wette geritten. Anisha war einmal vom Pferd gerutscht, es war aber nichts passiert, nur die neuen Schuhe drückten etwas. Alles war zwar sehr aufregend, aber durch die ungewohnte körperliche Anstrengung war jeder müde, so dass alle froh waren abzusteigen. Die Pferde kamen auf eine Weide und suchten schnaubend nach Futter. Schnell breiteten die Frauen und Mädchen lachend und schwatzend die Polster und Decken neben der sprudelnden Quelle auf der Wiese aus, die sie als Rastplatz gewählt hatten, und deckten den Mittagstisch auf einem großen flachen Stein. Die Männer suchten nach Holz und Zapfen ein schönes Feuer, es sollte gegrillt werden. Über ihnen kreisten schreiend Greifvögel, jagende Adler stürzten sich immer wieder auf einen See, der nur durch eine Baumreihe verdeckt war. Er stellte eine der größten Quellen dar, wurde durch die in der Ferne glänzenden Gletscher gespeist und war jetzt schon eisig kalt. Hier begannen die großen Wälder, die sich bis zum Gebirge hinzogen. Sie waren größtenteils unerforscht, da sie teilweise uralt waren und von Schluchten durchzogen. Nach einem Erdbeben breiteten sie sich wieder weiter aus. Damals waren viele Obstwiesen und Farmland verloren gegangen und ein Moor war am Fuß der Berge entstanden. Alte Wege waren verschüttet und niemand reiste mehr in diese Gegend. Hier am Waldrand standen die Bäume noch weiter auseinander und im Unterholz zwitscherten kleine Vögel. Der Wind wehte die ersten braunen Blätter auf die Wiese. Anisha hatte sich so auf die Natur gefreut und merkte jetzt erst, wie sehr sie sich in der Stadt gefangen fühlte. Sie half den Tisch zu decken und entschuldigte sich dann – sie wollte das Dickicht durchforsten und sah den See verlockend in der Sonne glitzern. Schnell zog sie die lästigen Stiefel aus, um endlich wieder barfuss zu laufen. Mit sicheren Schritten verschwand sie im Wald und fand sich in einer anderen Welt wieder. Das Licht war gedämpft und nur wenige Sonnenstrahlen drangen durch die dicht beblätterten Buchen bis auf den moosbedeckten Waldboden. Der Boden federte und jeder Schritt belebte sie mehr und mehr, als sie das Wasser roch und in Richtung See ging. Der Boden wurde nun mit jedem Schritt feuchter, schlammiger, die Bäume knorrig und alt, von vertrockneten Farnen halb bedeckt und das Wasser drückte jetzt bei jedem Schritt durch. Ein Specht klopfte in der Ferne, Eichhörnchen schossen keckernd durch die herbstlich gefärbten Baumkronen. Endlich sah sie das raschelnde Schilf, dahinter die glänzende grünblaue Wasserfläche und hörte Wellen plätschern und etwas klatschen. Als sie am Wasserrand war beugte sie sich erwartungsvoll vor und sah zu ihrem Schreck einen großen goldbraunen Karpfen, der halb auf den trockenen und sonnendurchwärmten Felsen am Rand lag. Am Rücken hatte er eine tiefe Wunde und schien einem der im Blau kreisenden Adler entkommen zu sein. Er lebte, denn die Kiemen bewegte sich noch etwas aber sonst lag er schlaff da, das Maul halb offen. Spontan schob sie ihn ins Wasser zurück. Bewegungslos glitt er rückwärts ins dunkle Wasser. Traurig wendete sie sich ab, doch dann platschte es hinter ihr und als sie sich umdrehte, sah sie den Schwanz des tauchenden Fisches. Anisha fühlte ein tiefes Glücksgefühl, als sei etwas Außergewöhnliches passiert. Der Fisch lebte! Ihre Stimmung hob sich deutlich. Sie ging am Seerand etwas weiter und kam zu einer Sandbank. Anisha lief jetzt nahe am Wasser und beobachtete fasziniert, wie das Wasser ihre Fußspuren füllte, dann sah sie auf die Weite des Sees und erblickte gar nicht so fern die brausenden Wasserfälle. Sie freute sich über den lang ersehnten Anblick. Nun eilte sie gern zurück – die anderen riefen schon laut nach ihr, so dass der Wald hallte. Alle setzten sich zum Essen, sprachen laut und gut gelaunt durcheinander und erzählten ihre Erlebnisse. Ima holte eine Trommel und begann den Takt für bekannte Lieder zu schlagen und es wurde mit mehr Spaß als Talent gesungen. Danach folgte ein Ballspiel, das mit viel Gelächter und ohne erkennbar Sieger endete. Der Herbstnachmittag war schnell vorangeschritten und es wurde wieder kühler und feuchter, also packten alle an um zusammenzuräumen. Die Pferde wurden geholt, zum Heimritt vorbereitet – zurück ging es im Trab, denn die fahle Herbstsonne war schon nah am Horizont und die ersten Nebelfäden hingen über dem See. Mit großer Erleichterung kamen sie kurz nach Sonnenuntergang an dem großen Pferdehof vor der Stadt an und gaben erschöpft die Pferde ab. *Was für ein Tag!* An diesem Abend begann Anisha ihren Brief. Sie war aber so müde, dass sie über drei Zeilen nicht herauskam, dann schlief sie ein und träumte. Dieser Traum war wunderbar – sie war unter Wasser und alles war gut, ein goldenes Licht leuchtete und sie merkte, wie sie beobachtet wurde – es machte aber nichts, denn das goldene Licht half und schützte. Im Schatten erahnte sie Figuren, als würden da viele Menschen stehen, die auf sie warteten. Als sie genauer hinschauen wollte, wachte sie auf. Sie lag im Bett und spürte, dass es ihr an diesem Morgen gut ging. So konnte der Tag kommen. Der Alltag hatte sie wieder und es wurde anstrengend – Rosalie und Kai waren eingezogen und Narius war in Rosalie verliebt. Andrea war eifersüchtig, da sie auf jeden und alles eifersüchtig war und so reagierte sie schnippisch und teilweise gehässig auf die anderen jungen Frauen. Ben war wütend und fühlte sich hintergangen, weil Narius im Frühjahr mit der Karawane ziehen sollte – kurz und gut, die Stimmung war gespannt und Anisha fühlte sich immer öfter wie in der Mitte eines Wespenschwarms. Ima und Carla versuchten zu vermitteln – mit wenig Erfolg. Amos bekam von der ganzen Situation nichts mit, da er in wichtigen Verhandlungen mit den anderen Kaufleuten stand und so oft außer Haus war. Da auch noch Winter war und sonst alle meistens zu Hause blieben, war die Stimmung oft zum Schneiden.

Kapitel 6

Kurz vor dem Jahreswechsel wurde die Luft eisig und die Temperaturen sanken immer weiter. Anfangs war das noch schön – alle Bäume und Büsche waren mit langen Frostbärten bedeckt, die Sonne schien auf vereiste Pfützen und die kleinen Weiher froren zu – alle freuten sich aufs Schlittschuhlaufen. Dann wurde es täglich noch kälter, die Luft biss und niemand wollte mehr nach draußen. Der Rauch der Kamine stieg grau in die eisklare Luft. Alle saßen tagsüber am Feuer und der Laden war geschlossen. Einige schliefen bereits im Gemeinschaftsraum, da die Kammern unerträglich kalt waren, auch die Katzen wollten nicht vom heißen Ofen weg. Langsam sammelten sich am Horizont Wolken. Anisha und Narius waren trotz der eisigen Kälte und aufkommendem Wind zum Hafen unterwegs, da trotz der Jahreszeit wieder ein Boot von den Inseln angekündigt war. Sie liefen durch die kalten Straßen, rutschten immer wieder aus und zogen die Mützen tief ins Gesicht. Sie bogen um das letzte Gebäude vor dem Hafen – dem großen runden Turm, der ein zweiter Leuchtturm war, und erstarrten. Eisschollen häuften sich im Hafen und kein Schiff oder Boot lag da, die Mole war menschenleer. *Was war los – wo waren denn die Leute?* Dann sahen sie das gelbe Licht im Büro des Hafenmeisters. Sie klopften, öffneten die Türe und heiße Luft schoss ihnen in ins Gesicht begleitet von einem lauten „Tür zu". Etwas eingeschüchtert standen sie im überhitzten Raum mit dem glühenden Ofen. Bevor sie nur etwas sagen konnten knurrte der Hafenmeister los: „Und was bringt euch hierher? Ihr solltet zu Hause sein, hinterm Ofen und euch wärmen – ooh, auch noch ein Wasserhexe, geh, schau, ob du das Wetter besser machen kannst! Nein es ist kein Boot gekommen – niemand, wie denn bei diesem furchtbaren Wetter! Geht heim, kommt im Frühling wieder, ich will euch nicht sehen!" Mit diesen Worten schickte er sie wieder hinaus. Beide standen entsetzt draußen in der stürmischen Kälte – was war das gewesen? Sie machten sich verwirrt und aufgelöst auf den Heimweg. Bis sie wieder zu Hause waren, hatte heftiges Schneetreiben eingesetzt. Beide kamen schneeverklebt an und wärmten sich mit einem Teller Gemüsesuppe und einem Stück Brot am Ofen in der Küche wieder auf. Dann verkroch sich Anisha in ihre Kammer. Sie zog sich um und rieb ihre Haare, bis sie sich wieder trocken fühlte und setzte sich auf den Hocker mit Blick durch das Dachfenster. Misha kletterte ihr auf den Schoss – sie bemerkte es kaum. Sie hatte eine Laterne dabei, die mehr Licht gab als Wärme, aber sie wollte nicht zu den anderen. In sich versunken starrte sie in das wilde Schneetreiben draußen, die Laterne wurde dunkler und dunkler. Misha hatte ihre abwesende Stimmung bemerkt und sich aufs Bett verzogen. Der Abend kam und sie merkte nichts. Ihre Gedanken waren unendlich weit weg. Sie hörte nichts als das pulsierende Blut in den Ohren. Erst als die Tür aufgerissen wurde und Andrea sie ansprach, schreckte sie aus ihrer Trance und ging mit den anderen zum Abendbrot. Es war ihr, als würde jemand anderes für sie essen. Diese Nacht quälten sie furchtbare Träume, in denen sie und andere Wesen oder Menschen, das konnte sie nicht erkennen, grausam gefoltert wurden. Sie waren alle von grauen Netzen überzogen und hatten keine Gesichtszüge, schrien aber mit aufgerissenem Mund, die Hauer ihrer Zähne blitzten in einem rotfahlen Licht. Sie fuhr entsetzt auf, Misha sprang empört vom Bett. Sie hatte auf Anishas Brust geschlafen. Sie saß schweißdurchnässt und zitternd da. Das Zimmer sah im Morgengrauen unheimlich aus, als würde in jeder Ecke ein Wesen aus dem Traum sitzen. Langsam stand sie auf und begann das Haar zu kämmen. Als sie sich angezogen hatte, war der Traum im Tageslicht verpufft. Der Vormittag begann eisig mit einem stahlgrauen Himmel, alle Kamine rauchten und bis auf ein paar Unermüdliche, die auf der Eisbahn trainierten, war niemand draußen zu sehen. Alle saßen beim Frühstück, Anisha war immer noch blass und hatte das Gefühl, den Kopf voll Watte zu haben. Still setzte sie sich in eine Ecke, denn sie fühlte sich innerlich immer noch angespannt und musste sich regelrecht zum Essen zwingen. Die anderen waren ausnahmsweise gut gelaunt und plauderten. Andrea, Narius und Ben machten Pläne für den Wintertag – sie diskutierten lebhaft, ob sie einen Winterspaziergang machen und Schlittschuhlaufen oder vielleicht doch zu Hause bleiben sollten und das Schachspiel üben? Die Meinungen waren geteilt und die Laune stieg weiter, während die große Familie das gemeinsame Mahl genoss, als es an der Türe klopfte. Die Gespräche brachen ab und verwirrt schauten sich alle an – niemand wurde bei diesem Wetter erwartet.

Kapitel 7

Amos blickte von seinem Teller auf, nickte einmal und erhob sich. Gewichtig ging er zur Türe und blickte durch das Sehloch. Erstaunen und etwas Ähnliches wie Furcht machte sich in seinem plötzlich blassen Gesicht breit. Anisha sah alles und wunderte sich sehr, denn was konnte einen großen und mächtigen Mann wie den Kaufmann Amos beeindrucken oder sogar erschrecken? Langsam öffnete er die knarzende Haustüre, die komplett von einem vermummten Mann ausgefüllt wurde – es musste wohl ein Mann sein, denn einige lange Barthaare fielen auf die Brust der vereisten Jacke. Angespannt und gestelzt begrüßte Amos den Fremden „Hallo Ebru, was bringt dich gerade zu dieser Jahreszeit zu uns? Willst du etwas verkaufen, sollen wir in den Laden gehen?" Der Mann antwortete mit einer seltsam gequetschten Stimme, die klang, als würde er selten sprechen: „Hallo Amos, schön, dass du da bist. Ja, ich möchte etwas verkaufen." Dabei zeigte er auf einen großen verschlossenen Sack, der voll und schwer neben seinem Fuß lag. Er sprach sehr bedächtig, als müsse er sich an jedes Wort vor dem Sprechen erinnern. Amos nickte nur und drehte sich um, um den Schlüssel für den Laden zu holen. Währenddessen glitt Ebrus Blick über die erstarrte Familie und seine Augen bissen sich regelrecht an Anisha fest, die ihn ruhig ansah. Das hätte sie lieber nicht tun sollen. Ihr wurde plötzlich übel, ihr Magen rebellierte. Die Augen, in die sie blickte, hatten keine Iris, nur eine Pupille stach aus dem Weiß des Auges hervor und je länger sie schaute, umso mehr glühte die Pupille rot. Ihre Gedanken wurden langsam und zäh und sie merkte, dass sie innerlich wegglitt, sie fühlte sich anders – fremd in ihrer Haut, konnte sich nicht mehr bewegen. Ihre Hände verkrampften sich ohne ihr zutun immer mehr, bis die Nägel in die Handflächen stachen – sie konnte nichts dagegen tun und rang mehr und mehr nach Atem, bis zum Glück Misha ihr auf die Schulter sprang, umso auf den Esstisch und zum getrockneten Fisch zu gelangen. Sie atmete tief durch, schreckte auf, fing die Katze ein und hörte ein tiefes Räuspern, fast ein hämisches Kichern – da wurde sie wütend, und sie wusste nicht einmal, warum. Aber sie schaute weiter diesen Ebru an, als könnten ihre Blicke töten. Dessen Augen zogen sich zusammen und er beugte sich vorwärts und bewegte seltsam die Hände. Das würde sie sich nicht noch mal gefallen lassen! Sie stemmte die Hände in die Hüften und hob stolz den Kopf. Bis sie etwas sagen konnte, war Amos wieder da und holte Ebru in den Laden und Erleichterung machte sich breit. Alle begannen schlagartig gleichzeitig zu reden. „Was war denn das, warum ist das Zimmer so kalt, ich habe Kopfweh, mir ist schlecht", so sprudelte es durcheinander. Nur langsam beruhigte sich jeder. Nach fünf Minuten schien es aber, als hätten alle vergessen, was passiert war. Anisha saß völlig erschöpft da und kämpfte immer noch mit Übelkeit. Sie konnte nicht verstehen, dass alle anderen zum Tagesgespräch übergegangen waren. Ima hatte sich zur Seite gewandt und plante mit Andrea das Mittagessen für Rosalies Geburtstag, Ben und Narius planten ein Schachspiel. *Was war da passiert?* Sie grübelte und grübelte und fand keine Antwort, außer, dass dieser Ebru furchtbar war! Am nächsten Tag kam Amos auf sie zu und sah sie an, kritisch, prüfend, bis sie von der Arbeit aufsah. Müde schaute sie ihn an, denn die letzte Nacht war wieder furchtbar gewesen. Sie hatte geträumt – was, wusste sie nicht mehr, nur das Geräusch der Wellen und der Widerhall der Schreie war in Erinnerung – und sie war wieder schweißnass aufgewacht. Nun hatte sie furchtbares Kopfweh. „Wie geht es dir, wie ist die Arbeit?" „Oh, mir geht es gut, alles ist gut" „Na dann, mache weiter, aber wenn was ist, dann sage es mir!" „Das werde ich" sagte Anisha, damit Amos sie einfach in Ruhe ließ, denn ihr Kopf pochte vor Schmerzen und Übelkeit wollte wieder in ihr aufsteigen. Der Alltag wurde für Anisha langsam unerträglich – sie war nun fast ein Jahr da und es passierte nichts. Jeden Tag stand sie auf, ging nach dem Frühstück in den Laden, verkaufte etwas, nähte Hemden,

Blusen oder Röcke und flickte am Nachmittag Auftragsarbeiten. Abends ging es wieder zurück, nach dem Abendbrot saßen alle zusammen, spielten etwas, dann gingen alle ins Bett. Der Herbstausflug war schon lange vergessen. Draußen war es kalt, die Wege matschig, das Eis jedoch so dünn, dass die Eisbahn geschlossen war. Der Himmel war meistens grau und stark bewölkt. Oft fielen große nasse Schneeflocken, die erst alles überdeckten, dann aber schnell zu graubraunem Matsch schmolzen. Anisha fühlte sich oft nicht wohl und wollte das der Mutter nicht schreiben – sie sollte sich keine Sorgen machen, aber vorlügen wollte sie auch nichts, also standen die drei Zeilen weiter auf dem gelblichen Papier auf ihrem Kasten in ihrem Zimmer, manchmal sprang Misha darauf, wenn sie in ihr Bett kam. Nun war die Zeit von Krankheit und Sterben. Jeder hustete, lief gebeugt und war müde. Der Husten wurde immer schlimmer, dazu kam das Fieber. Viele lagen im Bett, wer allein war, hatte es schlimm. Als erstes starb die alte Nachbarin. Sie war verwitwet und der Sohn kam einmal in der Woche vorbei. Als er wieder einmal kam, lag sie tot im Wohnzimmer, es war für ihn ein furchtbarer Schock. Anisha war an dem Tag draußen und sie hörte ihn schreien, laut, entsetzt, verzweifelt. Weinend und klagend kam er aus dem Haus, die Augen weit aufgerissen – er schrie: „Ein Unglück, Krankheit und Tod!" immer und immer wieder, bis er heiser war. Anisha hatte das noch nie erlebt. Im Dorf war nie jemand richtig krank gewesen, aber nun erlebte sie das Grauen von Krankheit und Sterben, die Trauer der Hinterbliebenen, die Angst der Überlebenden und das verzweifelte Hoffen auf einen Frühling. Auch vor der Familie von Ima und Amos machte die Krankheit nicht halt – Carla, die schon lange als ledige Tante in der Familie lebte und immer das beste Brot gebacken hatte, lag eines morgens leblos im Bett. Natürlich war sie krank gewesen, sie hatte gehustet, aber sie hatte auch den guten Tee mit Sirup bekommen. Jeder hatte gehofft, dass es ihr besser gehen würde und nun war sie tot. Hilflos standen alle da, manchen liefen vor Erschöpfung die Tränen über die blassen Wangen. Ima stand wie ein Fels in der Brandung und regelte alles, auch wenn sie immer mehr

Sorgenfalten hatte. Auch sie hustete immer mehr und sah blass und eingefallen aus. Eines morgens sah Anisha sie verkrampft nach Luft ringend am Fenster stehen, da musste sie einfach auf sie zugehen und die schweißkalten Hände nehmen. Sie wünschte sich ganz tief, dass Ima wieder gesund werden würde und spürte eine unerwartete Wärme in sich aufsteigen, die durch ihre Hände in Imas floss. Da merkte sie, wie die ältere Frau sich entspannte und wieder Farbe in ihr Gesicht kam. Still standen sie kurz zusammen, dann wendete sich Anisha ab. Ima warf ihr einem seltsamen Blick zu, aber bevor sie etwas fragen konnte, kam Andrea zu Ima und musste dringend etwas besprechen – der Augenblick war vorbei. Anisha war erleichtert und wusste nicht einmal warum. Am nächsten Tag tropften die Eiszapfen und die Schneeschmelze begann, wenige Tage darauf kamen die Starre zurück. Dieses Jahr wurde auch das Winterende von allen Überlebenden gefeiert. Vor der Stadt wurden riesige Holzhäufen errichtet, es war ein großartiges Fest mit Feuerakrobaten geplant. Endlich passierte wieder etwas Schönes! Alle freuten sich darauf! Als der letzte Wintervollmond war, begann abends das Fest mit dem Entzünden der Feuer, die Akrobaten erstaunten alle mit ihren Künsten und alle sangen ein Dankeslied – nur kurz, denn jeder hatte Hunger. Es gab ein riesiges Buffet mit Fisch, Brot, Käse, Honig und heißen Getränken – auch Met. Jeder bediente sich und genoss das üppige Essen. Es bildeten sich Gruppen und jemand zog seine Flöte aus der Tasche – dann tanzten alle, die Lust hatten, bis es dem Flötenspieler zu viel wurde, aber viele unermüdliche drehten sich weiter im Kreis oder verschwanden paarweise bis es wieder heller wurde. Am Tag danach schlief die Stadt. An diesem freien Tag schrieb Anisha endlich ihrer Mutter, auch wenn das Papier vergilbt und der Brief nicht lang war – sie schrieb ihr von Mishu, die Misha war, und berichtete alles Schöne aus dem Alltag, um ihre Liebe der Mutter zu zeigen. Sie fehlte ihr immer. Sie packte den Brief zusammen mit einem schönen Schal ein und brachte ihn an den Hafen. Heute war der Hafenmeister freundlich und nahm ihren Brief gern mit dem Versprechen ab, ihn dem Kapitän des Bootes weiter zu leiten. Das

Boot sollte am nächsten Tag wieder zum Dorf fahren. Das beruhigte Anisha und sie ging entspannt wie seit langem durch die Menschen leere Stadt zurück. Dann ging der Alltag wie gewohnt weiter und jeder Tag wurde länger und heller. Der Frühling kam endlich und Anishas einundzwanzigster Geburtstag rückte näher. Ein wichtiger Geburtstag – zeigte er doch ihr Erwachsenwerden an und auch ihre Heiratsfähigkeit. Sie konnte nun allein leben, in einer eigenen Wohnung, ein Haus kaufen – viele Möglichkeiten standen ihr plötzlich offen. Anisha merkte, dass sie immer mehr von Männern gemustert wurde. Sie war doch noch etwas gewachsen, hatte inzwischen eine trainierte kräftige Figur und bewegte sich geschmeidig, da sie trotz der vielen Arbeit weiter regelmäßig im Wald vor der Stadt spazieren ging oder auch in die Richtung der Berge ritt um zu wandern und um die Wasserfälle zu besuchen. Sie kannte sich nun aus, war selbstbewußt geworden. Trotzdem war sie froh, dass das Jahr in der Stadt zu Ende ging, denn sie fühlte sich immer mehr wie in einem unsichtbaren Käfig, der ihr die Luft raubte. Sie hoffte, dass ihre Mutter wie geplant zum Geburtstag kommen würde, um sie zurück ins Dorf abzuholen. Wenn sie aber darüber nachdachte, dann war das auch nicht richtig. Irgendetwas passte nicht und sie verstand sich selbst immer weniger.

Kapitel 8

Die Zeit war schneller vergangen, als sie es gemerkt hatte und es waren nur noch fünf Tage bis zum Geburtstag. Sie wurde langsam aufgeregt und schlief immer schlechter. Wenn sie schlief, träumte sie und wachte morgen wie schon oft schweißdurchtränkt auf. Ihre Decken waren dann verrutscht, lagen oft am Boden. Sie war blass und unkonzentriert, hatte wenig Appetit und ertappte sich oft dabei, dass sie aus dem Fenster starrte. Immer wieder kreisten ihre Gedanken um die Zukunft – so konnte es einfach nicht weitergehen. Dann musste sie wieder an diesen Ebru denken – diese Augen! Die anderen waren nur erschrocken, hatten aber nichts bei den Augen gemerkt. *Was war bei ihr anders? Warum ließ er sie nicht los? Sie fand ihn abstoßend!* Endlich war es wärmer geworden und so ging sie zu ihrem Lieblingsplatz hinten am Hafen und setzte sich auf die sonnendurchwärmten Steine. Sie konnte sich gar nicht an den großen angespülten Kieseln sattsehen, wie riesige Bohnen lagen sie am Strand in Grau und Brauntönen. Dazwischen spülte das Wasser die groben Sandkörner aus, seufzend strich der noch kühle Wind darüber. Erschöpft lehnte sie sich in eine Ecke, schlief ein und träumte. Sie erschrak so sehr, dass sie losschrie und aufwachte. Über ihr war eine dunkle Wolke, erste Regentropfen fielen, ihr Haar war vom Wind auf ihr Gesicht geweht worden und ein Stein hatte sich in ihre Schulter gebohrt. Eine Gänsehaut lief ihr den Rücken herunter und sie machte sich tief aufgewühlt wieder auf den Rückweg in die Stadt. Hinter ihr klatschten die Wellen an die Kiesel. Sie schaute sich nicht um. Als sie im Haus angekommen war ging sie kurz in die Küche und holte sich etwas zu essen. Ihre Gedanken waren durcheinander, Realität und Traum vermischten sich. Sie wollte weiter träumen und diesen Mann sehen, gleichzeitig fürchtete sie sich. Sie ging früh zu Bett und schlief tief und fest, am nächsten Morgen erinnerte sie sich nicht an ihre Träume und war bereit für die Arbeit. Die folgenden Tage waren durch die Arbeit so angefüllt, dass sie kaum zum Nachdenken kam – und vergingen dann doch. Und dann kam endlich der Tag, auf den sie sich inzwischen gar nicht mehr so richtig freuen konnte – der Geburtstag, denn inzwischen hatte sie eine Nachricht von den Nachbarn im Dorf erreicht mit einer kurzen Notiz der Mutter, die sie mühselig geschrieben hatte und in der stand, dass sie nicht kommen konnte. Irala hatte sich im Winter ein Bein gebrochen und es war noch nicht gut verheilt. Sie konnte kaum darauf stehen und litt immer noch starke Schmerzen – und sie konnte so nicht mit dem Boot in die Stadt mitfahren. Anisha war enttäuscht und entsetzt, ihre Mutter tat ihr sehr leid! Also würde sie, bis die Mutter so gesund war, dass sie kommen konnte, in der Stadt bleiben und hier auch den Geburtstag feiern. Sie hatte sich so auf das Wiedersehen mit der Mutter gefreut, auf das Heimkehren, auf das gemeinsame Planen, auch wenn ihre Mutter so etwas nie gewollt hätte – sie wollte immer mehr für Anisha, eine bessere Zukunft. Am nächsten Morgen begann trotz aller Sorgen und Enttäuschungen der letzten Zeit ihr besonderer Tag – der einundzwanzigste Geburtstag.

Kapitel 9

Anisha wachte früh vom Gesang einer fernen Amsel auf, der Tag versprach schön zu werden. Der Morgen war glasklar und ein kühler Hauch zog durch das angelehnte Fenster ins Zimmer. Die Sonne ging in einem Farbfeuer vieler Rottöne auf und ein leichter Nebelschleier lag auf den fernen Hügeln. Versonnen sah sie aus ihrem Fenster – wie würde der Tag wohl werden? Sie zog ihr neues Kleid an, an dem sie seit fast einem halben Jahr gearbeitet hatte. Schon das Handeln um den Preis des schönen hellgelben Stoffes war aufregend gewesen, dann der Schnitt, das Nähen – abends, nach der Arbeit, und um es perfekt zu machen – die Stickerei in Tiefgrün. Der Kragen sah besonders schön aus – sie hatte ihn zusätzlich mit kleinen bunten Glasperlen verziert und sie war richtig stolz darauf. *Und heute war der Tag dafür – auch wenn es ein Wochentag war – heute war ein besonderer Tag!* Sie ging in die Küche und obwohl es noch früh am Morgen war, waren alle schon auf. Als sie die Tür öffnete, sangen alle ein Geburtstagslied. Da war sie tief gerührt, tiefrot die Wangen und glänzend die Augen. Ganz überwältigt dankte sie allen. Amos hatte für sie seine jährliche Reise extra um eine Woche verschoben und kam nun auf sie zu. Er gratulierte ihr im Namen aller und führte sie zur Geburtstagsecke. Die war ganz besonders! Schalen mit Früchten, Brot, Päckchen, Stoffe – alles lag wunderschön geordnet da. Amos wies extra auf sein Geschenk für sie hin und das Päckchen, das ihre Mutter geschickt hatte. Sie hatte den ganzen Tag Zeit alles zu öffnen. *Wie spannend!* Anisha stand beeindruckt vor ihren Geschenken und griff spontan zu einem kleinen Beutel, der an Iralas Päckchen hing. Er glitzerte wie Fischschuppen und faszinierte sie sofort. Sie leerte den Inhalt in ihre Hand, eine wunderschöne silbrig funkelnde Kette mit einem Anhänger aus dunkelgrünem Stein. Als sie ihn ins Licht hielt, funkelte es in der

Tiefe weiß So etwas hatte sie noch nie gesehen Fasziniert drehte sie den Stein hin und her. *So schön!* Dann legte sie sich die Kette um den Hals und spürte das Gewicht des kühlen Anhängers auf der Brust. Plötzlich hörte sie Wellenrauschen. Verwirrt drehte sie den Kopf hin und her und das Rauschen verschwand, aber es bleib ein seltsames Gefühl – sie war sich nicht sicher, ob gut oder schlecht. Alle riefen inzwischen zum Frühstück, und sie vergaß das Gefühl. Mit Gelächter und Scherzen genoss die Familie ein einzigartiges Festtagsfrühstück. Dann gingen alle wie immer in den Laden. Ima stand mit Amos und Narius im Hintergrund, denn sie mussten die Reise mit der großen Karawane vorbereiten. Anisha war bis mittags dabei, dann hatte sie den Tag frei – und sie war froh, denn sie fühlte sich inzwischen immer seltsamer. Sie litt unter Kopfschmerzen, hatte einen Druck auf den Augen unddas Gefühl, verschwommen zu sehen. Das Atmen wurde ihr mehr und mehr schwer. Sie trank etwas Wasser und dann eine Tasse frisch gebrühten Tee, aber auch das half nicht. Draußen war ein strahlend schöner Tag, deshalb ging sie hinaus etwas spazieren zu gehen. Sie wanderte ziellos durch die Stadt, konnte sich aber immer weniger konzentrieren und hoffte nur, dass sie nicht krank wurde – wie bei den anderen im letzten Winter. Der Nachmittag verging wie im Nebel, sie merkte überhaupt nicht, wie es Abend wurde und dass sie die Stadt schon lange hinter sich gelassen hatte. Ihr Kopf wurde erst klarer, als sie vor einem der großen Weiher im Wald stand. Sie schaute sich um und fand um sich in einem bizarr anmutenden Frühlingswald wieder. Hinter ihr ein sandig weißer Weg, der am Weiher entlang führte, weiter in Richtung des Gebirges. Die Bäume hatten frische Knospen, die in der späten Nachmittagssonne orange leuchteten und der Boden war mit blauen Blumen bedeckt. Wie Polster lagen sie da, einzelne Büschel weißer Blumen mit roten Blütenständen überragten sie. Ein sanfter honigartiger Duft lag in der Luft, der in ihr ein unvorstellbares Sehnen erweckte. Die Träume der letzten Zeit wurden ihr bewusster und das Amulett lag wieder schwer auf ihrer Brust Der Weiher lag anfangs glatt da, dann wühlte ein Windstoß die Wasseroberfläche auf und das Murmeln der Wellen wurde lauter und lauter. Sie strich mit ihren Händen an sich herunter. Jetzt merkte sie erst, dass sie ihr schönes Kleid, auf das sie so stolz gewesen war, zerrissen hatte und der Rocksaum nass und mit Erde verschmiert war. Sie sah an sich herunter und fühlte sich fremd.

2. Buch – Zeit der Mut

Kapitel 1

Langsam zog Anisha ihre gesamte Kleidung aus, um dann, als würde sie gerufen, in das kühle Wasser zu steigen, immer weiter und tiefer, bis die aufgewühlten Wellen über ihrem Kopf zusammenschlugen. So wie sie in das Wasser eintauchte, zogen sich die Erinnerungen ihres bisherigen Lebens zurück. Ihre alten Sorgen erschienen nebensächlich, ein neues Leben öffnete sich vor ihr, als ob sie bisher nur geträumt hätte. Sie glitt weiter in die Tiefe und merkte überhaupt nicht, dass sie anders atmete. An ihrem Kopf stiegen kleine Luftblasen auf und als sie, wie im Traum mit den Händen nach oben strich, spürte sie Kiemen am Übergang von Schulter zu Hals, die sich sanft im Atemrhythmus bewegten. Versonnen hielt sie ihre Hände vor ihre Augen und erkannte feine Schwimmhäute zwischen den ersten Fingergliedern. Auch ihre Augen schienen verändert – sah sie doch im schlammigen Wasser fast klar. Als sie nach oben blickte, konnte sie den wolkigen Himmel über der jetzt stillen Wasseroberfläche verschwommen erkennen. Erstaunt drehte sie sich um sich und erschrak vor einem dunklen Schatten, der auf sie zu glitt. Es war ein riesiger Wels, der sie umkreiste, sich hin und her wendete, um dann mit einem fast verächtlichen Schwanzschlag in der Tiefe des Wassers zu verschwinden. Sie schwamm nun selbst hin und her – fasziniert von ihrer neuen und unerwarteten Beweglichkeit, der neuen Dimension und den Bewohnern. Immer wieder sah sie einen Fisch, der sie zu betrachten schien, ein rot und grüngemusterter Molch glitt vorbei, aufgewühlter Schlamm wand sich im Wasser und ein fahles Licht strahlte jetzt von oben. Der Vollmond schien jetzt mit kühlweißem Licht ins Wasser. Fasziniert griff sie nach den flüchtigen Strahlen und sah, wie ihre Hände durch das fahl beleuchtete Wasser glitten – ihre Farbe wechselte zwischen weißgrau und zartgrün. Sie verlor sich immer mehr im Wasser, den bizarren Farben und Sie fühlte sich das erste Mal im Leben frei, als sei sie endlich dort angekommen, wo sie hingehörte. Mit der Zeit spürte sie die Anstrengungen des Tages und suchte sich eine Stelle zum Ruhen oder Schlafen. Auch wenn sie immer noch sehr aufgewühlt war, wollte sie doch die Nacht nicht mitten im Teich im Wasser schwebend verbringen. Sie tauchte langsam tiefer in den Weiher und fand unter einer Böschung eine alte Baumwurzel neben einem Höhlenmund. Vorsichtig näherte sie sich der dunklen Stelle, als sie merkte, dass der Ort bereits besetzt war. Ein großer Karpfen mit einer gezackten weißen Narbe auf dem Rücken schwamm dort auf der Stelle und sah sie mit funkelnden goldfarbigen Augen an. Sie wollte ihn nicht stören, also hielt sie sich an dem Wurzelwerk fest und kam so etwas zur Ruhe. Durst hatte sie nicht mehr, aber der Magen war leer. Das Frühstück war ihre letzte Mahlzeit gewesen – was könnte sie hier wohl essen? Sie sah sich um und die bemoosten Algen auf den alten Ästen schienen essbar – also zupfte sie einige Stücke ab und knabberte daran. So richtig gut schmeckten sie nicht – am besten waren die kleinen Schnecken, die darauf saßen, die schmeckten nussig, lecker. Nach einigen Bissen Algen und wenigen Schnecken fühlte sie sich doch etwas besser. Als sie sich wieder umdrehte, war der Karpfen verschwunden. Sie glitt in das Dunkel der Höhle und kuschelte sich auf den Boden, der mit alten weichen Blättern bedeckt war. Sie versuchte zur Ruhe zu kommen und zu schlafen. Die Gedanken schossen anfangs noch durch ihren Kopf und drehten sich im Kreis, langsamer und langsamer kamen die Erinnerungen des Tages und ihre Augenlieder wurden schwer. Sie musste dann doch geschlafen haben, denn als sie die Augen wieder öffnete, war anscheinend die Sonne aufgegangen, denn das Wasser funkeltegrüngelb. Fische flitzten auf Insektenjagd herum, ein Eisvogel schoss auf der Jagd dicht an ihr vorbei ins Wasser. Fasziniert verfolgte sie seinen Weg und die kleinen Wasserblasen, die er wie einen Schweif hinter sich herzog. Um sie herum schwammen erste Kaulquappen und wedelten hektisch mit den Schwänzen, das Wasser wärmte sich in der Frühjahrssonne langsam auf und Wind wehte die braunen Blätter des Vorjahres auf die Wasseroberfläche. Anisha glitt aus der Höhle und reckte sich, ihr veränderter Körper fühlte sich immer noch richtig gut an. Sie fühlte sich so wohl, dass sie sich beinahe Vorwürfe machte, dass sie ihre Veränderung so schnell angenommen hatte – aber alles war so neu und schön, sie konnte einfach keine negativen Gedanken haben. Nur flüchtig dachte sie an Narius und an ihre Mutter, aber die Gedanken glitten weg, das Wasser, diese neue Welt war wichtig, und neugierig wie sie war, schwamm sie einfach los. Genussvoll drehte sie sich und glitt auf dem Rücken langsam durch das Wasser und spürte die Wärme der Sonne am Bauch und die Kühle der Tiefe am Rücken. Sie räkelte sich in dem weichen Wasser und beobachtete träge die Natur um sich – das Wogen der Algen, das Aufblitzen der kleinen Fische, den jagenden Otter, wie er geschickt im Wasser glitt, das Fallen der Blätter auf die Wasseroberfläche und die kleinen konzentrischen Wellen, die entstanden, wenn ein Insekt auf der Wasseroberfläche landete. Gedanken kamen und gingen. Sie dachte wieder an ihre Mutter, die krank allein im Dorf lebte. *Sie könnte einen Überraschungsbesuch machen – einfach von unten im Haus auftauchen. Das wäre was!* Sie tauchte einmal aus dem Wasser, auf aber die Sonne brannte auf ihre Haut. Sie kniff die Augen gegen das grelle Licht zusammen. Schnell ließ sie sich wieder zurück in das angenehm kühle Nass gleiten. Sie schwamm nochmals im Weiher im Kreis, schaute sich alles an. Langsam merkte sie, dass sie allein war und sie niemand zum Sprechen hatte. Der Wels war nicht wiedergekommen, aber sie spürte irgendwie seine Nähe. Ein eigenartiges Gefühl beschlich sie mehr und mehr. Der Karpfen war wieder aufgetaucht und schwamm immer wieder um sie herum und schaute sie mit goldenen Augen an. Mehrmals hintereinander öffnete er das Maul, als wollte er ihr etwas sagen. Sie hörte aber nichts und konnte nicht verstehen, was er wollte. Nebenher grübelte sie, ob Tiere, besonders Fische, überhaupt sprechen konnten. Das war wieder ein neuer Gedanke, der sie wieder sehr lange beschäftigte. Das alles war schon sehr eigenartig – aber als sie anfing weiter darüber nachzudenken, verdunkelte sich das Wasser, als würde ein große Wolke über dem Weiher stehen. Sie schaute sich um und der Karpfen war plötzlich verschwunden. Gleichzeitig wurde auch das Wasser kälter und kälter und kein Fisch war mehr zu sehen. Das kam ihr seltsam vor, denn es war immer noch Tag. Plötzlich lief ihr eine Gänsehaut über den Rücken und sie spürte einen Kloss im Hals. Anisha schaute sich nervös um. Bis jetzt hatte sie sich völlig sicher gefühlt, aber sie merkte, wie ihre Spannung mehr und mehr stieg. Sie schaute sich nach einer Bedrohung um, konnte aber plötzlich nichts mehr sehen. Nun spürte sie aber in sich eine tiefe Müdigkeit, als ob ihr die gesamte Energie entzogen würde, die Augen fielen ihr zu ohne dass sie etwas dagegen tun konnte. Sie musste gähnen und sah noch eine große Luftblase aus ihrem Mund hochsteigen. Dann wurde sie plötzlich nach unten in die Tiefe des Wassers gezogen und konnte sich mit bleischweren Gliedern nicht wehren. Ein schwarzer Strudel saugte sie ein und sie nahm nichts mehr wahr.

Kapitel 2

Nur langsam kam Anisha wieder zu sich. Als sie die Augen öffnete, sah sie nichts. Es war dunkel und sie war immer noch im Wasser, das eisig kalt geworden war. Alle Muskeln schmerzten und sie lag verkrümmt in einer Ecke, der Boden schien schlammig und mit spitzen Steinen übersät. Mühselig richtete sie sich halb auf und versuchte etwas zu erkennen. Wo war sie? Es war nachtschwarz und sie tastete um sich. Sie berührte etwas Hartes und griff zu, aber nun spürte sie ein brennendes Kribbeln und zog die Hände schnell zurück. Jetzt konnte sie aber etwas sehen und erkannte neben sich ein Gitter, das rötlich aufglühte. In dem fahlen roten Schimmer versuchte sie sich zu orientieren. Anscheinend war sie in einem Raum gefangen, der für sie fast wie eine riesige Fischreuse aussah. Es musste aber so etwas wie ein Gefängnis sein, denn sie sah eine geschlossene Tür in der Gitterkonstruktion. Als sie sich langsam umdrehte, sah sie hinter sich grobes Mauerwerk, das dunkelrot glühte. *Was war das für ein Ort?* Ihr wurde mulmig zumute als sie immer besser sehen konnte und ihr Puls klopfte schneller. Über den Boden verteilt häuften sich grünweiße gebogene Stöcke. *Waren das Knochen?* Anisha wollte das nicht wahrhaben und hoffte zu schlafen und einen Albtraum zu haben – solche Träume kannte sie ! Aber dieser unheimliche Raum erschien so real, also beugte sie sich dann doch vor und tastete über den Boden. Da hielt sie plötzlich einen langen Stock, nein tatsächlich, einen Knochen, in der Hand. *War das furchtbar!* In ihr kam jetzt Wut, Ärger und Frust hoch – für Angst war da einfach kein Raum mehr. Ihre Gedanken tobten: Sie stand langsam auf und drehte sich aufgewühlt – hin und her, ohne eine Lösung, einen Ausgang zu finden. Um sich herum hörte sie nun immer mehr Geräusche – Stöhnen, Quietschen, Worte, die sie nicht verstand, im Hintergrund ein rhythmisches

Klatschen, dem jedesmal gequälte Laute oder gutturale Schreie folgten. Das hörte sich grausam an! Ihre Hände bewegten sich automatisch nach oben zu ihren Ohren – sie wollte das nicht hören – und dabei berührte sie das Amulett, das sie völlig vergessen hatte. Als sie darüberstrich, glühte es wie eine kleine Sonne auf und plötzlich verstand sie alles, was sie hörte – und wünschte so sehr, sie würde nicht. Gleichzeitig war sie durch die gleißende Helligkeit geblendet. Das Amulett verglühte schnell und ihre Brust wurde schwer. Sie tastete nochmal hin und spürte nichts mehr auf der Haut, doch in der Brust spürte sie seine Form. Es war ein Teil von ihr geworden – ob sie das wollte oder nicht. Anisha hatte keine Zeit, sich darüber Gedanken zu machen, denn nun verstand sie die Worte, erkannte die unheimliche Verzauberung um sich, konnte besser hören und in der Dunkelheit auch viel besser sehen. Entsetzen machte sich in ihr breit und ihre Wut kämpfte mit der Angst und der furchtbaren Unsicherheit, gefangen zu sein. Sie sammelte in sich alle Kraft um das alles aushalten zu können. Als sie sich wieder drehte, sah sie, dass sich neben ihr noch weitere Gefängniszellen befanden. In der einen war ein großer weißer Fisch mit einer stumpfen Schnauze eingesperrt, die Flanken von Narben und dunklen krustigen Wunden übersät. Die Zelle war wie eine Folterkammer, denn am Boden lagen lauter lange mit Dornen besetzte Äste verteilt. Sobald der Fisch nach unten sank, verletzte er sich – er konnte so nie zur Ruhe kommen. Ruhelos schwamm er in einem für ihn viel zu kleinen Raum hin und her. Sie seufzte vor Schreck auf und drehte sich entsetzt weg. Aber auf der anderen Seite sah es wenig besser aus. Auch diese Zelle war besetzt. In ihr lag eine grauweiße Gestalt zusammengefallen und verkrümmt zwischen Bergen von Gebeinen am Boden. Er war beinahe von Algenbärten, die im Wasser standen, überwuchert. *Das musste ein Wassermann sein, es gab sie also doch!* Und er schien tatsächlich zu leben, denn Anisha sah, wie sich sein Brustkorb bewegte, seine Kiemen, was sie davon sah, flatterten aber nur unregelmäßig in der Atmung. Sie betrachtete diesen Menschen? – Wassermann – kritisch. *Würde er ihr irgendwie helfen können? In welcher Verfassung war er?* Als sie ihn weiter musterte sah sie, dass er groß gewachsen, aber abgemagert war, blaue Striemen zogen sich über Arme und Beine. Sie sah die Rippen des Brustkorbs, was davon sichtbar war. Das lange grünschwarze Haar war verfilzt. Er sah furchtbar aus. Tiefe Risse zogen sich über den Rücken bis hinten zu den Beinen. Alles, was sie von seinem Gesicht erkennen konnte, war blaugrün verfärbt und zugeschwollen. Sie konnte nicht erkennen, wie schwer er verletzt war. In ihr kamen Zweifel hoch und ihre Angst und Anspannung stieg weiter. Die Geräusche im Hintergrund verstand sie nun auch zu gut – heulen, bitten, fluchen, keuchen, drohen, Satzfetzen, als würde gezaubert, verflucht, verändert – es hörte sich unerträglich an. Die Qual, die diese Geräusche hervorrief, die Wirkungen des Zaubers trafen sie tief in ihrem Inneren und wühlten sie zutiefst auf. Sie spürte in sich eine Kraft wachsen, die sie bis jetzt selten wahrgenommen hatte, als würde sich da etwas rühren. Anisha hatte dafür keine Zeit – sie bewegte nun nur ein Gedanke: Sie musste hier weg, hinaus aus diesem Gefängniss! Währenddessen stieg in ihr der Druck mehr und mehr und dann, als wäre dieser neue Teil von ihr zum Leben erwacht –, spürte sie in sich einen inneren Ort der Kraft – der Ort, der ihr auch geholfen hatte, Ima zu heilen, ein Ort der Magie und Energie, durch den sie wieder Mut bekam und die Zuversicht, dass es weiter gehen würde. Das war neu und hätte sie erschrecken sollen, aber sie war schon viel zu aufgedreht für Furcht oder Angst – für sie stand fest: Sie musste hier weg. *Das war nicht das Ende!*

Kapitel 3

Sie griff wieder an die verwunschenen Gitter und sie brannten wie Säure an ihren Händen, aber diesmal ließ sie nicht locker – da war dieses Tor, es musste doch hinausgehen, irgendwo musste doch ein Riegel oder ein Schlüssel sein! Sie konzentrierte sich und versuchte mit ihrer inneren Kraft etwas zu bewirkten, aber nichts rührte sich. Frustriert warf sie sich trotz der Schmerzen gegen das Gitter und hörte nun ein gequältes Flüstern. Der Wassermann sprach mit ihr. „Lass es einfach, du kommst so nicht hinaus, nur wenn in dir der Drachenzauber rein ist, wirst du entkommen!" Sie drehte sich um und sah, dass seine dunkelgrünen Augen etwas geöffnet waren. Er hatte sich halb auf die Unterarme gestützt um zu sprechen und sie anzusehen und rutschte schon wieder zur Seite. Anisha sagte das erste, was sie dachte: „Drachen – was soll das, und wer bist du?" Er drehte sich stöhnend zu ihr und antwortete: „Ich bin Dylan, Sohn des Wasserkönigs, die Hexe hat mich beim Perlensuchen gefangen." Sie war so überwältigt, dass sie das erste sagte, was ihr einfiel „Wie, Perlen suchen? Wozu? Frauen sind doch Perlenfischerinnen!" „Schon, aber es ist meine Berufung, mich als Prinz würdig für eine Frau zu erweisen, wenn sie die goldene Perle besitzt, so lautet zumindest die Weissagung." Anisha verstand die Welt nicht mehr und so ungläubig klang ihr Stimme: „Eine goldene Perle – das kann es nicht geben, die Weissagung taugt doch gar nichts – man muss lieben. Mit Liebe kommst du weiter und nicht mit Berufung und Weissagung. Wie willst du jetzt überhaupt zu einer Frau kommen? So wie jetzt kommst du nicht weit. Hast du denn etwas Besonderes oder etwa Zauberkräfte?" Anisha war so aufgewühlt, dass sie die Gefahr, das Gefängnis kaum wahr nahm, und ohne viel nach zu denken redete. Sie konnte sich kaum bremsen. Dylan antwortete geplagt: „Eigentlich ja, mir wurde meine Seelenkraft und mein Wasserzauber genommen und so werde ich nie aus diesem furchtbaren Verlies herauskommen. Es muss aber die goldene Perle sein – vielleicht ist sie auch ein Symbol – ach ich weiß es nicht, alles ist schlimm und ich fühle mich furchtbar!" Während er sprach, klang seine Stimme immer leiser. Anisha hörte seine Verzweiflung und begann langsam ihre eigene Ohnmacht zu fühlen. Sie wollte ihm aber trotzdem helfen und sagte: „Deine Zauberkräfte und deine Seelenkraft können doch nicht weg sein – du bist doch ein starker Mann, oder?" Dylan seufzte tief: „Eigentlich ja, aber ich kann mich kaum noch bewegen." Inzwischen stiegen Angst, Wut und Anspannung in Anisha weiter an, aber sie wollte es sich nicht anmerken lassen. Ihre Gedanken rasten – *wo war sie hier bloß gelandet, und wie sollte es weitergehen? Dieser Dylan – er würde ihr wohl nicht helfen können und wie konnte Seelenkraft geraubt werden? Was war ein Drachenzauber?* Das alles beunruhigte sie extrem und sie fand keine Lösung, denn das schien jetzt alles echt, kein Albtraum wie früher. Um sich selbst abzulenken sprach sie weiter: „Reiß dich zusammen, so geht das nicht. Wer macht überhaupt sowas mit Menschen oder Tieren – warum ist denn der Fisch da drin?" Dylan antwortete: „Ich weiß es nicht, aber er ist ein Albinowels." „Aha, das soll mir was sagen… und wer macht so etwas furcht…" Anishas Stimme versagte plötzlich. „Ich bin das" – sagte eine neue grausame Stimme „und ich werde dir auch deine Seelenstärke und den Wasserzauber nehmen. Sie wird mich stärken, so dass ich über die Aquati aller Wasser herrschen kann." Anisha drehte sich um und sah eine undeutliche dunkle Figur. Einmal erschien sie wie eine große dünne Frau, dann sah Anisha wieder nur Algen oder Schlammschwaden, mit glühenden Punkten durchsetzt, die auf der anderen Seite der Tür in dem dunklen Wasser waberten. „Und wer bist du?" „Ich bin die große Wasserhexe, ich herrsche über die Dunkelheit im Wasser und werde alles Helle und den reinen Zauber unterwerfen." „Alles Helle – was soll das sein?" „Alles Sonnige, Reine, Edle – jemand wie dieser Prinz, der noch an das Gute glaubt, der meint, alles würde gut enden, der noch träumt." „Und was soll das mit dem Zauber?" Anisha kam sich jetzt tatsächlich wie in einem ihrer Albträume vor – erst der schöne Weiher, nun dieses Gefängnis mit einer verrückten Wasserhexe. Das konnte doch nicht wahr sein! Sicher hatte sie schon von Wasserhexen gehört – der Hafenmeister hatte sie auch ein Wasserhexe genannt. Das waren Wesen, die Weiher und Bäche schützen sollten, aber in den Geschichten war nie jedoch von einem bösartigen dunklen Wesen wie dieser die Rede. Das konnte sie gar nicht glauben. Während sie sich versuchte zu fangen, hatte diese Wasserhexe das Gittertor in der Nachbarzelle geöffnet. Sie kümmerte sich nicht um Anisha und ihre Fragen, denn nun glitt dieses furchtbare Wesen in die Zelle des weißen Fisches und griff mit knochigen Händen, die in nadelspitzen Krallen endeten, nach dem Tier, das gepeinigt in die hinterste Ecke floh, zitterte und furchtbare gequälte Laute ausstieß. Anisha schrie vor Entsetzen auf, und dann blieb ihr das Wort im Hals stecken, denn neben der Hexe sah sie jetzt Ebru, der einen dunklen Reif um den Hals trug. *Wie konnte er hier sein – sie hatte ihn doch in der Stadt gesehen. Was konnte er? War er mächtig?* Anisha drehten sich die Gedanken im Kopf, sie fühlte sich furchtbar. Die Hexe öffnete mit einer Geste nun ihre Gefängniszelle und Ebru glitt hinein. Hinter ihm schloss sich die Tür, Anisha rang panisch nach Atem. Nun wurde sie von ihm an den Armen gepackt und nach hinten gedreht, bevor sie etwas machen konnte. Gleichzeitig verwandelte er sich in einen schlangengleichen Fisch, schwarz mit dunkelroten Schuppen und wellenden Flossen, die in nadelspitzen Stacheln endeten, giftgrün glühenden Augen und einem großen Maul voller spitzer Zähne. Inzwischen konnte Anisha sich durch die Berührung dieses Fischwesens, das auch Ebru war, vor Ekel und Entsetzen fast nicht mehr bewegen. Eine Gänsehaut folgte der anderen und sie spürte eine tiefe Kälte. Währenddessen glitt er wie ein riesiger Aal um ihren Körper. Als er merkte, dass sie sich versuchte zu wehren, berührte er sie mit seinen Flossen immer und immer wieder und sie zitterte im Krampf. Anisha wand sich in der Tortur, sie litt entsetzlich, war aber noch so voll Kraft, dass sie sich weiter wehrte und plötzlich keine Schmerzen mehr wahrnahm. Inzwischen war die Zelle so intensiv von einem goldgelben Licht erfüllt, dass sie kaum noch etwas sehen konnte. Anisha drehte verzweifelt den Kopf hin und her auf der Suche nach einer Lösung und sah Furchtbares. Diese Wasserhexe war inzwischen in Dylans Zelle und stach mit ihren Krallenhänden jetzt auf ihn ein, so dass er schon aus mehreren Wunden blutete. Im Hintergrund sammelten sich fahlweiße Fische mit schwarzglühenden Augen. Sie hatten anstelle von Mäulern Saugnäpfe mit spitzen Haken am Rand, bereit die blutenden Wunden auszusaugen. Es wurde immer schlimmer. Das ging gar nicht! Anisha kochte das Temperament über und ohne auf Ebru zu achten, der immer noch an ihr entlang glitt, warf sie sich voller Energie noch einmal gegen die Gitterstäbe und wie durch ein Wunder öffnete sich das Tor. Ebru war erstarrt, immer noch war er das Schlangentier und hing an ihr aber Anisha spürte nun ihre innere Kraft, ihren eigenen Zauber wie das goldene Licht. Sie drehte sich um. Intuitiv formte sie einen Schwall Wasser in ihren Händen und schob ihn Richtung Ebru und er wurde tatsächlich weg von ihr gegen die Gitter gedrückt und wand sich. Sie spürte endlich seine Kraft und Macht über sie schwinden. Dann drehte sie sich um, damit sie endlich aus diesem unvorstellbar grausigen Ort hinaus entfliehen konnte. Als Anisha vor dem Zellentor stand, kollidierte sie mit der Wasserhexe und da verlor sie jede Hemmung. Sie trat zu und schlug um sich. Überall, wo sie die Hexe berührte, entstanden bei ihr Schuppen und vor ihren Augen verwandelte sich die Hexe in einen großen dunklen Fisch mit schwarzen glühenden Augen und einem Maul voll spitzer Zähne. Mit aufgerissenem Maul schwamm dieses Untier auf sie zu, doch bevor sie irgendetwas machen konnte, denken konnte, schoss ein fahler Blitz an ihr vorbei – der weiße Wels hatte sich befreit und griff voller Wut an. Die beiden Tiere kämpften verschlungen und der Wels bekam jetzt schnell die Überhand. Als die Wasserhexe nach unten gedrückt wurde, verschwand sie in einem schlammigen Strudel. Ebru verschwand nicht. Er war immer noch ein Fisch und klebte an dem Gitter, ein schleimiges Netz zog inzwischen über seinen Kopf. *War sie das gewesen? War das Wasserzauber?* Sie hatte keine Zeit nachzudenken, sie wandte sich Richtung der Zelle mit dem verletzten Wassermann. Dylan lag immer noch auf der Seite, atmete etwas leichter, bewegte sich jedoch immer noch kaum. Anisha fühlte sich etwas besser und kräftiger, war jedoch zu tiefst entsetzt und aufgewühlt und wollte einfach nur weg von diesem furchtbaren Ort. Aber sie konnte Dylan einfach nicht liegen lassen. Er hatte mit ihr gesprochen, sie ernst genommen und Unsägliches erlitten. Anisha glitt in die offene Zelle und zog Dylan an den Armen hoch. Einen Arm über ihrer Schulter gelegt, verließen sie die Zelle und ließen sich von dem Wasserstrom wegziehen. Im Augenwinkel sah sie noch einen silbernen Fisch fliehen und auch der weiße Wels suchte das Weite, nicht jedoch ohne ihr noch einen Schubs zu geben, der sie gut voranbrachte. Er rieb sich dabei kurz an ihr und dann war er weg. Sie vermeinte eine Stimme zu hören, rau und leise: „Danke, Tochter". Aber das konnte ja nicht sein, ihr Vater war doch tot. Sie durfte sich jedoch nicht weiter darum kümmern, denn Dylan stöhnte nun gequält neben ihr, als er versuchte sich zu bewegen. Anisha war völlig verzweifelt. *Wo sollte es denn hingehen?* Zu dem Weiher konnte sie nicht zurück. Sie wusste nicht einmal, wo sie jetzt war. Auch ihre Kräfte schienen wieder zu schwinden – der Kampf mit Ebru und der Hexe war einfach zu viel gewesen. Sie waren inzwischen am Ende des Tunnels angekommen und Anisha schob mühsam ein weiteres Tor auf, die ihr von der Strömung aus der Hand gerissen wurde. Bevor sie sich Gedanken machen konnte, strömte das Wasser um sie immer schneller und schneller, und sie wurden weggerissen. Sie schossen durch mehrere Tunnel, stürzten kopfüber einen Wasserfall herunter. Sie prallten an Felsen, wurden immer weiter katapultiert. Dann trieben sie einen schnell fließenden Fluss mit eisigem Wasser entlang. Irgendwann fielen sie in einen großen Weiher. Verzweifelt klammerte sie sich jetzt an Dylan, der sich immer noch an ihr festhielt, aber sie wurden von einer unerbittlichen Strömung immer weitergezogen. Anishas Erschöpfung nahm überhand und sie merkte, wie sie das Bewusstsein verlor. Das letzte, was sie sah, war eine grünweiße Gischt und ein hassverzerrtes Gesicht und sie hörte Dylan flehen: „Verschone sie, sie hat mich gerettet."

Kapitel 4

Anisha kam langsam wieder zu sich und sie fühlte sich entsetzlich, denn ihr ganzer Körper schmerzte. Sie lag bis zum Kinn zugedeckt auf einem weichen Lager – das war besser als das Verlies. Vorsichtig öffnete sie die Augen einen Spalt und riss sie erschrocken auf, als neben ihr eine hohe Stimme schrie. „Sie ist wach, nun können wir sie foltern!" Erschreckt fuhr sie hoch. Ein Junge von ungefähr zwölf Jahren saß neben ihr auf einem Holzklotz und lachte sie aus. Er war zierlich und hatte dunkelgrüne lockige Haare, die Augen waren schwarz, hatten aber grüne Reflexe. Er hatte nur kurze zerrissene braungrüne Hosen an. Sie starrte ihn an, war von den Augen fasziniert und fragte: „Und wer bist du, was soll das?" Ihre Stimme klang rau und sicher nicht freundlich. Aber das war dem Bengel egal – er hatte sie ärgern wollen. „Oh, ich bin Yanus, ich soll auf dich aufpassen – du hast ja Dylan wiedergebracht." „Ja, ich war an einem dunklen Ort, dort war es fürchterlich. Und wo bin ich, was war vorhin, was passiert jetzt?" „Ja, das Verlies der Wasserhexe ist grausam – die Geschichten sind gruselig. Es kommt fast nie jemand zurück, der von ihr gefangen wurde. Du hast aber Dylan wiedergebracht und bist jetzt bei uns, und Mam entscheidet, was aus dir werden soll." „Was, warum, was entscheiden?" Anisha richtete sich auf ihrem weichen Lager auf, denn das klang besorgniserregend. Sie wollte schon weiter fragen, aber plötzlich wurde das Wasser wieder eisig kalt und schlammig aufgewirbelt. Sie hörte ein hasserfülltes Zischen: „Du kleine arrogante Füßlerin, wie konntest du nur mir meine Schätze stehlen, ich hasse dich, du wirst eines elenden Todes sterben. Nun hole ich mir das Meine zurück!" Und wieder stand vor ihr dieses widerliche Wesen, dass nur Wut, Aggression und furchtbaren Wahnsinn ausstrahlte. Anisha zuckte erschreckt zusammen und dann kochte in ihr Wut hoch – Wut über alles, was passiert war, was nun passieren sollte. Das hatte sie nie gewollt, sie wollte nur leben und eine Familie und keinen Hass, Streit oder etwa Krieg. Ihre Hände bewegten sich wieder in einer schöpfenden Bewegung nach vorne und ganz automatisch schob sie das Wasser energisch vor sich in die Richtung der Gestalt. Es bildeten sich Luftblasen vor ihren Händen, die immer schneller durch das Wasser schossen. Das Schlammwesen vor ihr wand sich und fiel in sich zusammen, aber Anisha hörte eine schmerzerfüllte Stimme voll Hass kreischen und dann Worte, Sätze, die sich im Nichts verloren. Ihr wurde schwindelig und sie fühlte einen furchtbaren Druck auf der Brust, sie hatte das Gefühl Watte in den Ohren zu haben. Sie hörte noch: „Nichts ist vorbei, ich werde dich töten, der Fluch der… " Dann schlug über ihr die Dunkelheit zusammen und sie wusste nichts mehr. Anisha wachte stöhnend auf. Ihr Kopf dröhnte und ihr wurde über den Arm gestrichen. Das fühlte sich wieder besser an – aber was war jetzt los? Vorsichtig öffnete sie erst ein, dann beide Augen und sah Dylan neben sich sitzen, der sie mit großen Augen ansah. Er hatte die Hand schon vorsichtig zurückgezogen. Er hatte neue Kleidung in Brauntönen an und sah schon deutlich besser aus als in dem Verlies. Neben ihm saß eine erwachsene Frau mit grünlich dunklen Haaren, traurigen Augen und tiefen Falten an den Mundwinkeln, die nur seine Mutter sein konnte – so ähnlich waren sie sich. Anisha zog die Decke bis zu den Schultern hoch und setzte sich langsam auf. Dylan schluckte mehrmals und sagte mit rauer Stimme: „Wie heisst du –ich möchte dir danken!"Sie wollte sprechen, konnte aber nur hauchen: „Anisha.Was war denn das?" Er drückte ihr wortlos die Hand. Die Frau schaute sie mit einer Mischung aus Mitleid und Respekt an und antwortete: „Das war die Schwarze Wasserhexe. Sie hat es irgendwie durch unsere magische Barriere geschafft, aber du hast sie tatsächlich für einen vollen Zyklus von zwölf Monden verbannt. Nun liegt der Fluch der Drachen auf dir und du musst fünf Perlen des Wasserzaubers suchen und sie in dem so bestimmten Zeitraum zurückbringen. Es ist ein Fluch, der nur in großer Not wirkt und viel Kraft braucht. Ich kenne dich nicht, aber du hast schon große Taten vollbracht, so dass Noemi aus ihrem Raum gekommen ist, wieder in der Gruppe am Alltag teilnimmt und mit uns spricht. Was noch wichtiger ist, du hast Dylan zurückgebracht. Das war großartig und mutig von dir, was du gemacht hast und macht uns Hoffnung. Ich muss mich bei dir entschuldigen. Ich dachte, du gehörst zu ihrem grausigen Gefolge und du hättest meinen Sohn entführt, zusammen mit der Wasserhexe. Aber sie wollte nur dich und deinen Wasserzauber – das ist wahrhaftig seltsam." Anisha schaute sich langsam um, denn ihr war schwindelig, ihr Kopf pochte, ihr Magen rebellierte. Sie schluckte und dann wendete sie sich den anderen zu. „Ich weiß gar nicht, was ich gemacht habe", begann sie und dann erstarrten alle, denn eine alte Frau die in der Tür gestanden hatte hob die Hände und blickte mit glühenden Augen starr, als wäre sie nicht selbst. Die langen weißen Haare umspielten sie im zarten Wasserstrom, die Lippen bewegten sich erst lautlos und formten immer lauter Worte – sie intonierte wieder und wieder: „Wenn das goldene Licht aller Wasser sich trifft, wird die Dunkelheit schwinden." Immer und immer wieder wiederholte sie die seltsamen Sätze, bis sie erschöpft in sich zusammensank. Anisha verstand überhaupt nichts. Eine andere Frau kam und führte sie fürsorglich weg. Dann sahen sich alle schweigend und erschöpft an. Dylans Mam meinte nach einer Weile: „Das war Noemi und sie hatte seit ewigen Monden wieder eine Vision, das ist für sie ein Segen und eine Entlastung. Aber jetzt ist Abend. Wir legen uns jetzt schlafen. Morgen werden wir schlauer sein, heute geht ja gar nichts mehr. Komm, Anisha, hier ist eine Kleinigkeit zum Essen, leg dich wieder hin, heute Nacht wird dir nichts passieren." Erschöpft ließ sich Anisha zurück auf das Lager gleiten – alle Muskeln schmerzten, die Übelkeit ließ nur langsam nach und an Schlaf war nicht zu denken. Sie hielt nun ein kleines Stück eingewickelter Algen in der Hand – an Essen war aber nicht zu denken. Die Gedanken schossen ihr durch den Kopf, Gefühle wühlten sie auf, alle die überwältigenden Ereignisse seit ihrem Geburtstag, wann immer das gewesen war – sie hatte völlig das Zeitgefühl verloren – kamen hoch. Sie dachte wieder an ihre

Mutter, die sie so sehr vermisste und die sich Sorgen machen musste. Sie befasste sich mit ihrer Veränderung, die ihr so natürlich erschien, was sie jetzt auch wunderte. Sie dachte an Dylan und hoffte ihn näher kennenzulernen. Narius war anders, er fehlte, war aber nicht wichtig – das alles schoss kunterbunt durch ihren Kopf. Ihre Gedanken kreisten weiter: *War der Fisch ihr Vater gewesen und wie konnte ein Fisch ihr Vater sein? War er verzaubert, was war passiert, wie konnte jemand zu einem Fisch verzaubert werden? Was war mit dem Amulett?* Als sie an ihre Brust tastete, fühlte sie noch die Umrisse und wie ein Versprechen drang eine wohlig kräftigende Wärme in ihre Fingerspitzen und sie fühlte sich etwas besser. Langsam ging ihr Kopfweh zurück. Ihre Gedanken drehten sich aber weiter im Kreis. Das alles war unvorstellbar und wunderbar, aber auch unheimlich. Sie versuchte sich zu beruhigen, ruhig zu atmen, was nur ganz langsam gelang. Sie war einfach zu überwältigt, fand keine Lösungen oder neue Ideen. Das Wasser wurde schon langsam heller, als sie endlich in einen ruhelosen Schlaf verfiel. Nach einem viel zu kurzen Schlaf wachte Anisha erschöpft auf – ihr Gehirn hatte in ihren Träumen weiter gearbeitet und Gedanken flitzten weiter wie ein Fischschwarm durch den Kopf. Sie bewegte sich vorsichtig. Es ging fast schmerzfrei – wenigstens ein Fortschritt. Nun sah sie sich das erste Mal richtig an. Sie hatte zwar keinen Spiegel, berührte aber vorsichtig mit ihren Händen, die blasser als früher und leicht grünlich erschienen, ihr Gesicht. Ihre Augen, ihre Nase, der Mund – alles war da, sie zog eine Haarsträhne nach vorne und sah ihr dunkles lockiges Haar, das nun jedoch viel mehr kupferfarbene Strähnen hatte als früher. Sie schaute an sich herunter und errötete, da sie nackt unter der Decke lag. Vorsichtig schaute sie weiter unter die Decke. Ihr Körper sah gleich aus wie früher und ihre Beine waren auch da – keine einzelne große Flosse. Ihre Beine waren etwas schlanker, länger und sie hatte perlmuttfarbene Schwimmhäute zwischen den Zehen. Die Zehennägel hatten sich in stumpfe Krallen verändert, die grünlich glänzten. Anisha setzte sich auf und zog die Decke hoch. Sie bewegte ihre Füße um den Effekt zu sehen und merkte die neue Kraft, die sie hatte. Sie betrachtete ihre leicht glänzenden Nägel und fand sie hübsch. Sie fühlte sich als sie selbst und das war erleichternd und sie hatte jetzt Hunger. Ihr Blick glitt in dem kleinen Raum herum über einen Baumstumpf, der wie ein Tischchen dastand, weiter zu einer kleinen Truhe bis hin zu einer Tür, die nur zugezogen war. Sie hörte die Anderen sich rühren und plötzlich musste sie an ihren Vater denken. Sie kannte ihn nicht, aber sie kannte teilweise die Geschichte ihrer Herkunft aus den Abendgeschichten der Mutter! *Vielleicht war er ja hier!* Leise Hoffnung machte sich in ihr breit – nun hatte sie etwas zu fragen. Sie stand vorsichtig auf – das ging ohne Schmerzen! Ermutigt machte sie zwei Schritte zu dem hübschen Baumstamm, auf dem grob gewebte Kleidung lag. Sie zog die Teile auseinander und war über die Qualität erstaunt. Der Stoff fühlte sich fast wie Baumrinde an, war aber anschmiegsam. Sie zog das Oberteil und die weite Hose an, sie passten gut. Nun tastete sie auf ihre Brust und spürte aber nichts mehr von dem Amulett. E war unabdingbar ein Teil von ihr geworden. Als sie den Hals hoch strich spürte sie ihre seidigen Kiemen und war wieder überwältigt – so viel Neues in so kurzer Zeit! Dann versuchte sie vergeblich ohne Kamm ihr Haar zu bändigen und nahm schließlich ein Band, um es im Nacken zu binden. Neben dem Band lag noch ein Lederband mit einem kleinen gelblichen Anhänger, der wie ein Fisch aussah. Das legte sie sich um den Hals. Schuhe suchte sie vergeblich. Sie drückte die Türe auf und ging auf Frühstückssuche. Als sie vor dem Eingang des Raumes stand, merkte sie, dass sie in einer Höhle war. Der Gemeinschaftsraum war leicht zu finden, da dort bereits lautstark gesprochen wurde. Sie glitt durch die Türe und setzte sich still auf die Eckbank, um mit einem Schrei aufzufahren, denn in ihrem Oberschenkel steckte etwas Spitzes. Sie drehte sich um sich und sah einen großen schwarzen Dorn, den sie herauszog. Als sie sich umsah, sah sie Yanus in der Ecke kichern. *Dieser Lausbub! Na warte, dem würde sie es heimzahlen!* Bevor sie jedoch etwas sagen oder machen konnte, kam Mam wütend angeschossen und packte den Bengel am Nacken und Ohr und beutelte ihn. Dabei regnete es Vorwürfe – *uuh, da wollte sie sich nicht mit einmischen!* Yanus wurde in die Ecke gesetzt, die Strafe war, nichts zu sprechen und sitzen zu bleiben. Da saß er in seinen zerrissenen Hosen und grinste sie verschmitzt an und sie konnte einfach nicht böse sein. Nun kam Mam auf sie zu. Sie war ähnlich gekleidet wie sie, die Farben gedämpft, wenig Schmuck bis auf ein ähnliches Halsband. Sie holte sie aus der Ecke und begrüßte sie mit einer herzlichen Umarmung. Sie fragte nochmal genau nach ihrem Namen und stellte sich dann als Dylans Mutter und Clanführerin vor. Ihr Name war Marila. Anisha fühlte plötzlich einen Kloss im Hals – das klang ja fast wie der Name ihrer Mutter – Irala. Sie rang nach Worten und platzte einfach heraus: „Das klingt ja wie meine Mutter Irala und kennst du vielleicht meinen Vater?" Marila schaute sie an und ihre Stimme klang plötzlich sehr heiser „Deine Mutter heisst Irala? Dann musst du die Tochter von Sorav sein. Warst du eine Luftatmerin? Kommst Du aus dem Dorf auf dem See?" Anisha holte tief Luft und brachte mühsam ein „Ja" heraus. In ihr tobte es, sie kämpfte mit den Tränen, ihre Augen brannten. Alle anderen im Raum waren inzwischen verstummt und erstarrt, sie sahen sich unsicher an. Marila rang um Fassung, etwas was Anisha nie von der energischen Frau erwartet hatte. Sie schluckte mehrfach und erst nach einiger Zeit setzte Marila nochmals zum Sprechen an und auf den zweiten Versuch konnte sie ganz heiser sagen: „Sorav ist verschwunden – wir wissen nicht einmal ob er noch lebt, es ist schon lange her und wir haben nichts mehr von ihm gehört und es ist niemand da, der von ihm träumen könnte. Irala wurde verzaubert, über dem Wasser bei den Luftatmern zu leben, damit sie hier nicht gefangen und gefoltert wurde." Dylan war inzwischen dazugekommen. Er sah immer noch furchtbar aus. Die Wunden verheilten nur langsam, aber seine Augen waren lebendiger und er konnte sich schon besser bewegen als am Vortag. Er legte Anisha die Hand auf die Schulter und drückte sie leicht. „Sorav war – nein ist – der zweite Führer unseres Clans und ein großer Krieger, und er fehlt so sehr! Wenn du seine Tochter bist, hast du bestimmt den Wasserzauber, denn du stammst aus einer magischen Familie!" Amulett, Magie, Wasserzauber – Anisha war überwältigt, obwohl sie ihre Kräfte immer mehr spürte. Sie schaute auf ihre Hände und dachte an ihre Kraft, ihre Magie. Innerlich bewegte sich etwas und als sie die Hände zu einer Schale formte und sich konzentrierte, entstand darin eine kleine glühenden Kugel, so groß wie eine Murmel, die sich drehte. Sie spürte die starke Energie, die sich entwickelte und brachte die Handflächen zusammen, um niemand zu verletzen. *Der Wasserzauber war da!* Wieder kam in ihr Hoffnung hoch – Hoffnung, den Fluch durch die Suche zu brechen, einen Fluch, den sie weder wirklich verstand noch etwas darüber wusste. Hoffnung auf eine Zukunft und eine Familie. Bevor sie jedoch weiter denken konnte, knurrte ihr Magen so laut, dass Dylan beinahe lachen musste. Obwohl er sofort sein Gesicht schmerzlich verzog, nahm er sie mit in den nächsten Raum zum Frühstück. Hinter ihr folgten noch einige Wassermenschen in den Raum – Aquati hatte Dylan gesagt – und setzten sich langsam auf halbe Baumstämme. Jeder bekam eine zugedeckte Schale. Dylan holte ihr extra eine eigene Schale und setzte sich neben sie. Vorsichtig hob Anisha den Deckel und sah eine Art Mus mit Algenstreifen. Jeder hatte ein breites Holzstück in der Hand, sie bekam eins von Marila, und löffelte das Mus in den Mund, dann folgte eine Alge. Vorsichtig versuchte Anisha die Mixtur. Sie schmeckte gut – nussig und etwas nach Fisch. Alle aßen still, Anisha merkte, wie sie immer wieder gemustert wurde, aber niemand begann etwas zu erzählen und erst nach einigen Minuten wagte sie doch etwas zu fragen. „Wo sind wir eigentlich – das ist doch kein Schloss." „Warum ein Schloss?" „Naja, Dylan hat gesagt, er sei der Sohn des Wasserkönigs – und ich dachte immer, Könige wohnen in einem Schloss!" Die Stille, die folgte war zum Schneiden und Marila antwortete erst nach einer Pause mit brüchiger Stimme: „Wir nicht mehr – wir sind geflohen, denn unser Schloss wurde erobert. Es liegt nun im Gebiet der schwarzen Wasserhexe, unser König, mein Mann, wurde wahrscheinlich vernichtet, denn wir haben seinen Körper nie gefunden und keiner träumt von ihm. Dein Vater verschwand, als er ihn versuchte zu retten." Anisha fehlten die Worte, was sollte sie dazu noch sagen – so viel Trauer klang in den Worten. Still aß sie weiter. Sie war so in Gedanken versunken, dass sie gar nicht merkte, wie Marila sie wieder ansprach. Sie zuckte zusammen und schaute irritiert hoch, denn ihre Gedanken waren so weit weggewesen – bei Wesen, die sie sich nicht vorstellen konnte, und wieder bei Fischen, diesmal bei den beiden Welsen, die sie getroffen hatte. Der dunkle Riese, der sie umkreist hatte und der weiße narbenbedeckte, der ihr so geholfen hatte, und der Karpfen mit den goldenen Augen. Immer wieder musste sie an diese Tiere denken, die Magie in ihnen war für sie so stark fühlbar gewesen, das wurde ihr jetzt erst klar. „Anisha, worüber hast du nachgedacht? Du bist ja ganz weggewesen! Ich möchte mit dir nachher über deine Magie sprechen. Wir sollten schauen, wie stark sie ist, damit sie dir bei deiner Suche helfen kann." „Ah, ja – gerne, sie kommt und geht, aber da ist sie, ich spüre sie." Da kam die alte Frau vom Vortag, die so junge Augen hatte, von hinten wieder in die Gruppe und direkt zu Marila und Anisha. Sie musterte sie mit einem prüfenden Blick und meinte: „Anisha, wir beide müssen das üben – wenn das stimmt, was du erzählst, sind wir möglicherweise verwandt und da kann ich dir am besten helfen. Ich bin Noemi." Anisha drehte sich nun doch sehr erstaunt zu ihr hin, das hätte sie nicht erwartet. Sie musterte ebenfalls diese Noemi und je länger sie schaute um so mehr sah sie etwas von ihrer Mutter in den Gesichtszügen – als sei ihre Mutter spontan vierzig Jahre älter geworden. Auch hörte sie eine gewisse Art des Ausdrucks, der Betonung in ihrer Stimme, die sie einfach an ihre Mutter erinnerte. Sie mussten verwandt sein – aber das war Anisha weniger wichtig als die unerwartete Unterstützung und das selbstverständliche Entgegenkommen, das sie plötzlich erfuhr. Noemi schien zu schnell gealtert, denn sie sah die fast aufrechte Haltung und spürte aber die schlechte Belastbarkeit. Das schien Noemi egal zu sein, denn sie schritt jetzt mit weiten Schritten zu Anisha, um sie in eine geschützte Ecke außen an der Höhle zu bringen. Dort lag ein Baumstumpf und große runde Steine am Boden. Noemi setzte sich mühsam hin und rieb ihre Schultern, dann krampfte sie die Hände ineinander. Offensichtlich rang sie nach Worten. Anisha beobachtet die Qual der älteren Frau und plötzlich tat sie ihr einfach leid. „Du wolltest mir doch etwas zeigen – wegen dem Wasserzauber und der Suche und dem Fluch, wie können wir den anfangen?" Noemi warf ihr einen erleichterten Blick zu. „Ja, der Wasserzauber, die Suche nach den Perlen, es ist immer so, dass es irgendwie beginnt. Wenn du die erste Perle von uns bekommst wird es bald darauf ein magisches Ereignis geben und dann geht deine Suche los. Der Fluch zieht an dir, die Suche musst du bis zum Ende, bis zur fünften Perle, durchziehen und es muss in dem Zeitraum der zwölf Monde sein, sonst wirst du auf immer in ein Tier verwandelt und wirst so dein Leben fristen. Die erste Perle bekommst du, wenn du offiziell in den Clan aufgenommen wirst." Anisha wurde beim Zuhören ganz nervös. Sie fühlte sich plötzlich wehrlos, hilflos, sehr unsicher – wo sollte sie denn suchen, wo sollte es den hingehen? Als sie das dann sehr leise sagte, antwortete Noemi, dass die Suche eigene Regeln habe, sie würde innerlich den Drang spüren und so erkennen wo es hinging. „Aber damit du nicht wehrlos und hilflos bist – obwohl das eigentlich gar nicht so ist – helfe ich dir, deinen Zauber weiter zu wecken." Also begannen beide zu üben, die innerliche Fokussierung, die Vorstellung, um was es gehen sollte und was erreicht werden sollte. Anisha lernte schnell das Wasser als die Grundlage allen Zaubers zu sehen und die magischen Kugeln, die sie formte, gezielt entstehen zu lassen und in der Größe zu verändern. Sie konnte es nicht lassen und schoss eine kleine Kugel nach Yanus, der neugierig vorbei schwamm. Sie traf ihn am Oberschenkel und er quietschte erschreckt auf, lachte dann wie verrückt los und nahm ein Kieselchen, das er in ihre Richtung schnippte. Dann ging es los, sie schossen sich gegenseitig an und hatten einfach Spaß. Das Gelächter lockte einige Clanmitglieder an, auch Dylan schaute hin und hatte ein leises Lächeln im Gesicht. Dann nahm Noemi einen Stock und zeigte Anisha, wie sie ihn unter Wasser schwingen konnte und erklärte ihr einfache Bewegungen, die sie lernen konnte, um sich zu wehren. Anisha dachte an die Tänze von früher und drehte sich geschickt im Wasser. Der Stock lag ihr vertraut ähnlich einem Ruder in der Hand und schnell hatte sie die Grundlagen verstanden. Sie wunderte sich darüber und machte sich das erste Mal Gedanken über ihre Herkunft, über Kämpfen, über Krieg. Es waren neue und fremde Vorstellung, die sie als sehr beunruhigend empfand. *Dylan hatte gesagt, dass ihr Vater ein Krieger sei – konnte sie auch eine Kriegerin werden? Was müsste sie dafür tun?* Sie hatte die vage Vorstellung, dass das mit Gewalt und Tod zu tun haben würde und das wühlte sie auf. Sie blickte in den See hinaus und machte sich nun doch Gedanken über Noemi und die mögliche Verwandtschaft. Sie hatte sich so sicher und wohl bei ihr gefühlt, aber die Gelegenheit, zu fragen war vergangen. Noemi war sehr resolut von Marila geholt wurden – sie sollte vor dem Abendbrot noch ruhen. Viel zu schnell verging der Tag und das Wasser wurde fahl, als der Abend kam. Die Aquati sammelten sich zum Abendessen. Anisha merkte jetzt erst, wie wenig Kinder da waren, da war Yanus und einige Mädchen, aber sie sah keine Babys oder Kleinkinder. Die Aquati waren wieder sehr still geworden, viele sahen eingefallen und voller Kummer aus. *Was war hier passiert? Konnte ein Krieg so zerstörerisch sein?* Anisha wurde immer nachdenklicher. Nach dem Abendessen saßen alle zusammen, es war dunkel, aber sie hatten einige Äste und Steine zu gedämpftem Glühen gebracht, so dass die Schatten grünlich durch das Wasser flackerten. Alle waren ruhig und bewegten sich kaum, manchmal war leises Stöhnen zu hören. Anisha fühlte sich schlecht, als würde es ihr zu gut gehen. Marila rührte sich nach einer Weile und sagte zu Noemi: „Bitte erzähle unsere Geschichte, damit wir uns erinnern und Anisha mehr versteht, wohin sie gehört!" Noemi dachte kurz nach, seufzte und begann erst stockend und dann immer flüssiger zu berichten: „Früher – als die Erde noch ganz mit Wasser bedeckt war und Wolken den Himmel verdunkelten, vor der Zeit des Regenbogens, gab es zehn Drachen – die Urväter der Wesen dieser Erde. Damals tobte ein fürchterlicher Krieg, in dem die Drachen und ihr Gefolge gegeneinander kämpften. Ihr müsst wissen: Drachen sind so mächtig, dass sie die Grundstruktur der Welt verändern können, denn sie sind die Herrscher, aber auch die Schützer der

Elemente. Sie leben überall – im Wasser, in der Erde, auf dem Land und in der Luft. Sie haben unendliche Macht und können sich in jedes Lebewesen verwandeln. In diesem ersten grausamen Krieg wurden viele der Drachen verletzt, aber auch viele Wesen der Erde getötet. Die Drachen des Wassers sind unsere Urväter, sie besaßen als Erste den Wasserzauber. Wer den starken Wasserzauber besitzt, weil in ihm das Drachenblut rein und stark fließt, der kann das Wasser zur Waffe formen, aber sich auch mit Wasser schützen und heilen. Er kann zaubern und sich verwandeln. Es ist eine wunderbare, aber auch gefährliche Macht, die viel Verantwortung mit sich bringt. Diese Fähigkeiten wurden in zehn Perlen eingeschlossen, die in jeder Generation wiederauftauchen, denn sie haben in sich auch den Zauber der Unvergänglichkeit. Wenn einmal der Fluch der Suche ausgesprochen wird, ist er unweigerlich mit ihnen verbunden. In dem Zwang, der so entsteht können, immer nur fünf Perlen gefunden werden. Keiner weiß warum, aber Frauen können fünf Perlen finden und Männer auch – Anisha, du kannst nur fünf Perlen finden, mehr nicht, und es geht nur, weil du Jungfrau bist und von der Sonne geküsst." Anisha saß in ihrer Ecke und ihr war heiß und kalt. Sie spürte in den Worten bereits den Zwang der Suche und in sich die Zweifel, ob sie es schaffen würde. Sie spürte die Last der Verantwortung und machte, ohne es zu wollen ein Geräusch und richtete sich auf, so dass Noemi sich unterbrach und sich ihr zuwendete. Sie erkannte, in welcher Verfassung Anisha war. Sie stand auf und ging mühevoll zu ihr. Dann nahm sie ihre Hände und sprach ihr zu. „Anisha, lass dich nicht unterkriegen. Das Leben und der Wasserzauber sind stark in dir und du bist mutig. Du wirst es bestimmt schaffen – du bist Iralas Tochter!" Anisha war sehr berührt von dieser Zuwendung einer fast fremden Frau, so dass sie intensiv den Händedruck erwiderte und sich dann deutlich beruhigter wieder hinsetzte – sie spürte nun wieder mehr positive Gedanken und hielt sich daran. Noemi nahm die Erzählung wieder auf: „Jeder kann Perlen besitzen, aber niemand weiß, ob diese Perlen magisch sind, denn nur durch die eigene Macht, durch den eigenen Wasserzauber und durch die Suche wird die Magie der Perlen aktiviert. Die magischen Perlen der Suche sind anders, aber keiner von uns hat je die Suche erlebt und so gibt es in unseren Geschichten nichts davon." Marila beugte sich zu Noemi und flüsterte ihr etwas ins Ohr. Noemi Augen fokussierten wieder und nach einer kurzen Pause nickte sie und sprach weiter. „Ach ja richtig, der letzte Krieg – er war so schlimm, eigentlich will ich gar nicht darüber sprechen, aber ich muss, damit wir alle verstehen und uns erinnern. Nach dem Ende des ersten Kriegs trennten sich die Völker – die einen gingen aufs Land und nahmen ihre Haustiere mit. Die in den Wind zogen, nahmen die Vögel der Erde, ein Teil ging ins Wolkenreich – sie leben auf den eisigen Gipfeln der Berge und im ewigen Eis. Keiner weiß genau, wie sie sind. Ein großer Teil des Volks blieb im salzigen Wasser der Meere und ein Teil dieses Volkes zog aus dem salzigen ins süße Wasser, die Flüsse entlang bis hin zu den Seen und Quellen. Das sind die Völker über der Erde, aber es gibt noch ein weiteres Volk, von dem keiner weiß, woher sie kommen. In den tiefen Spalten der Erde leben die Dämonen, die in Kriegszeiten auftauchen und Verheerung schaffen. Sie haben aber keinen eigenen Zauber. Auch damals zur Zeit des großen Auszugs führten die Frauen und Mütter das Volk, denn die Männer waren für die Jagd und die Sicherheit zuständig. Das Volk, das ins süße Wasser zog, wurde von zwei Schwestern geführt – beide waren groß gewachsen: Eine hatte helle Haut, grüngelbe Augen und goldrote Haare, die andere hatte braune Haut, dunkelgrüne Augen und schwarzrote Haare. Sie hiessen Naya und Toya. Der Wasserzauber in ihnen sehr stark, denn in ihnen floss das Drachenblut heiß, so dass sie ihre Magie an alle ihre Nachkommen weitergaben. Es hieß, sie seien Drachenkinder. Das heißt, mindestens ein Elternteil war ein Drache." Noemi wendete sich Anisha zu, die wie aus einer tiefen Trance aufschreckte „Heute spüre ich den Drachenzauber in Marila und Anisha und auch Irala, deine Mutter, hat diesen Zauber. Er hilft ihr zu überleben." Anisha war so überwältigt, dass sie nichts sagen konnte. Noemi sprach auch sofort weiter. „Die Geschichte besagt, dass Toya in die Flüsse und Wasserfälle zog und

Naya in die Seen und Grotten, denn auch wenn beide sich von Herzen liebten, konnten sie es miteinander nicht aushalten. Die Völker ließen sich in Clans nieder, umso auch für sich Regeln des Miteinanders entstehen zu lassen. Um aber die Kontakte und Gemeinsamkeiten zu erhalten, entstand eine Tradition von Pflegekindern, die in jeder Generation fortgeführt wurde. Manchmal fanden die Kinder Partner und blieben in dem anderen Clan oder kamen mit dem Partner wieder zurück. Anisha, damit du verstehst – wir altern langsam, das heisst, Pflegekinder waren oft Jahrzehnte im anderen Clan aufgenommen. Diese Tradition wurde lange Jahre über viele Generationen gepflegt und die Clans formierten sich so, dass sie gut leben konnten. Naya hatte mehrere Kinder, irgendwann verschwand sie aber, doch ihre Nachkommen vermehrte sich. Marila stammt von ihr ab. Unser Clan so wurde so groß, so dass wir eine Königin und einen König bekamen, also bauten wir ein Schloss der Elemente, damit alle dort sicher leben konnten. Der Wasserzauber war stark und die Magie, auch die der Perlen hielt das Wasser der Quellen und Seen rein. Um das alles zu erhalten, lebten wir in Einklang mit der Natur und pflegten und schützten die Tiere und Pflanzen. Die alten Künste wurden bis auf die Kampfkunst gepflegt. Kampf mit Magie oder mit Waffen wurde wenig geschätzt, da er mit Tod und Brutalität zusammenhing. Einige wenige erhielten das Wissen trotzdem – zum Glück für unsere Rettung. In der Zeit vorher war Kampf oder Konfrontationen aber für fast alle unvorstellbar gewesen." Plötzlich unterbrach sich Noemi und wandte sich Anisha zu. „Deine Eltern wurden am Ende dieses Zeitalters geboren. Deine Mutter erlernte auch die feinen Künste der Handarbeit und die Magie des Heilens, dein Vater liebte Pflanzen und Tiere, lernte aber auch die Magie des Kampfes – so wird die Kampfkunst heute genannt." Dann erzählte sie weiter: „Inzwischen war der Einfluss der Völker auf dem Land, die Menschen heißen, gewachsen. Sie ersannen im Traum die Boote, da in ihnen weiter die Erinnerung an das Wasser, dem Ort ihrer Herkunft, schlummerte. Sie vergaßen aber auch vieles und lebten maßlos vom Wasser und seinen Lebewesen. Angeln, Netze und Reusen richteten großes Unheil an und ganze Gruppen von Lebewesen mit weniger Magie wurden dezimiert. Viele Fische verschwanden, die Krebse wurden fast ausgerottet und der Wasserzauber verlor an Kraft. Die Aufgabe der Clans war der Schutz des Lebendigen und unser Clan verbrauchten fast die ganze Zeit und Energie dafür." Anisha versteckte ihr Gesicht in den Händen und schämte sich für jeden Fisch, den sie je gefangen und gegessen hatte. Diesmal wendete sich ihr Marila zu, da sie ein entsetztes Geräusch gemacht hatte, und sagte tröstend. „Du konntest das nicht wissen und durch ihre Opfer haben die Lebewesen deinen Wasserzauber bestärkt, sie haben dir auch geholfen, als Luftatmerin zu überleben!" Die Worte brachten ihr nur wenig Trost. Sie machte sich weiter Vorwürfe und fühlte sich Schuldig für Schmerz und Tod anderer Lebewesen, gleichzeitig erinnerte sie sich wieder an den Karpfen, an den weißen Wels – Fische, die ihr geholfen hatten. Dazu kamen die vielfältigen Gefühle, die sie durch die Erzählung aufwühlten. Ihre Gedanken kreisten unaufhaltsam und raubten ihr jede Ruhe. Die anderen spürten ihre Qual und sahen sich unsicher an. Nur Dylan stand trotz seiner Schmerzen auf und kam zu ihr. Er berührte sie vorsichtig an der Schulter. Sie sah nach oben zu ihm, nahm seine Hände und sah ihn verzweifelt an – was hatte sie nur getan! „Du hast es nicht gewusst, aber die Fische wussten es und sie gaben sich freiwillig für dich hin. Quäle dich nicht so sehr – jeder von uns hat schon einmal ein Tier getötet, manchmal geht es nicht anders und wenn wir angegriffen werden, müssen wir uns verteidigen!" „Verteidigen – wo ist denn Krieg?" „Hier jetzt nicht, aber höre Noemi zu, denn Krieg ist furchtbar." Erschöpft setzte er sich neben sie und lehnte er sich zurück. Anisha fühlte sich schlecht, weil er sich so für sie angestrengt hatte. Ganz geheim war sie aber auch glücklich – außer ihrer Mutter hatte sich noch nie jemand um ihre Gefühle so sehr gesorgt wie Dylan, das tat einfach gut. Sie sah ihn wieder entspannt sitzen und wandte sich Noemi zu, die sich in der Zwischenzeit gestärkt hatte und nun weiter berichtete. „Wo waren wir – ja, viele von uns waren dadurch, dass sie ihren Zauber dauernd einsetzten, erschöpft, manche sogar durch die Angeln der Menschen verletzt. Langsam wurden wir weniger, die Stimmung wurde schlechter, dazu kamen schlimme Winter mit furchtbaren Überschwemmungen, das Tauwasser brachte Eisschollen aus den Bergen. So fiel es gar nicht auf, dass es keine Pflegekinder mehr gab, die vom Fluss kamen. Wir hätten eigentlich etwas merken müssen, aber das Wasser wurde schlechter, die Menschen fischten mehr, wir verausgabten uns immer mehr mit dem Wasserzauber zum Schutz des Wassers und der Wasserwesen. Irala war die letzte, die vom Flussvolk kam und da sie sich in deinen Vater verliebte, war es ganz natürlich, dass sie blieb. Wir kamen zuerst nicht darauf, dass sie geflohen war, denn sie sprach nur davon, wie beschwerlich ihre Reise gewesen sei – von der Flucht sagte sie anfangs nichts. Als sie und Sorav ein Paar wurden, vergaßen fast alle die Umstände ihrer Ankunft. Wir lebten zwar in einer unsicheren Zeit, denn es gab immer wieder Auseinandersetzungen, die jedoch weit weg vom Schloss waren. Wir glaubten uns trotzdem sicher, denn wer will schon Konflikte oder sogar Krieg wahrhaben – schon der Gedanke daran war unvorstellbar. Das ging so weiter, bis das grauenvolle Jahr der vollständigen Mondfinsternis kam. Ich hatte schon Monate vorher furchtbare Träume und grausame Visionen, in denen ich furchtbare Dinge sah – Monster, Kampf, Tod, Kummer, Verlust. Ich glaubte immer, ich würde die Vergangenheit sehen – den ersten endlosen Kampf der Drachenvölker – und verstand nicht, dass das ich die Zukunft sah. Nur in der vorletzten Nacht vor der Mondfinsternis wurden die Träume für mich klarer und ich sah die Gesichter der Kämpfenden – und erkannte unseren Clan, unseren König und verstand nun viel zu spät, dass ich tatsächlich die nahe Zukunft sah. Ich berichtete meine Träume den anderen, aber fast keiner wollte sie hören oder nahm sie ernst, denn ich hatte immer wieder Visionen, die nie vollständig wahr wurden. Dazu war ich die einzige, die derartige Träume hatten – alle anderen, die auch Visionen hatten, berichteten von traumlosen Nächten und konnten mich so überhaupt nicht verstehen. Von den anderen verstand keiner, dass eine Vision immer nur das Fragment einer Realität ist und nie das Gesamte darstellen kann. Marila, Irala und Sorav waren einige der wenigen, die mir glaubten, weil sie mir vertrauten. So kam die Nacht der Nächte – eine Mondnacht in der der Sonnenschatten den Vollmond vollständig verdecken würde. Wir hatten am Tag die Toten in der Höhle besucht und geehrt und blieben über Nacht hier im Weiher, daher waren nur wenige Krieger dabei, der Rest bewachte das Schloss. Wir lagen alle oben an der Wassergrenze und beobachteten, wie der Mond dunkler und dunkler wurde, wie die dunkelrote Corona entstand und glühende Blitze aussendete. Das All hauchte schwarz auf uns nieder. Alle waren in Ehrfurcht verstummt und in dem Anblick versunken, da hörten wir ein grausames dumpfes Heulen. Nur wenige kannten noch die Bedeutung. Anisha, dein Vater war einer von ihnen, und sie schreckten entsetzt auf, denn das war das Angriffsheulen von Kampftruppen. Ungläubig schauten sich alle an, bis Marila und Yuval mit einem lauten Schrei „Angriff, Angriff" alle aufschreckten und eine Schlammwand hochschießen ließen. Sorav brachte die wenigen Wächter in eine Angriffsposition, Irala war schon bei den Müttern und Kindern und trieb sie in die Richtung der Höhlen, die hatte sie mit Marila vorbereitet, da sie mir und meinen Träumen geglaubt hatten. Das Flussvolk griff an und die Krieger waren in der Überzahl, im Kampf trainiert, sie hatten unendlich viele Waffen – Speere, Dolche, Schwerter Zweizack, Netze. Wir wurden von der Menge der Kämpfer überwältigt und verstanden erst, nachdem der Angriff blutig und brutal wurde, als die ersten von uns gnadenlos niedergemetzelt wurden, dass das Flussvolk mit den Dämonen der Tiefe einen Pakt geschlossen hatte, denn keiner kämpft so blutrünstig wie Dämonen. Sie schrecken vor nichts zurück, weil sie keinen eigenen Zauber haben. Wir waren so wenige und hatten fast keine Waffen. Unsere Speere waren weggestellt, wir hatten nur Dolche, die Netze waren alt und vermodert und Zweizack waren Dekorationen an der Wand. Die geringe Zahl der Kämpfer bewaffnete sich also mit Dekorationen und Dolchen und hielt mit der Kraft des Wasserzaubers die Feinde zurück. Wir konnten nicht verstehen, wie das geschehen konnte, was der Grund war, aber was jetzt passierte, war furchtbar. Irala öffnete die alte kleine Waffenkammer und holte Waffen – alles was noch funktionierte. Viele nahmen Steine und Holzstöcke zur Verteidigung. Alle verteidigten sich, aber die richtig kämpfen konnten, litten für alle – Yuval stellte sich mit seiner ganzen Macht des Drachenzaubers als König des Süßwassers den Feinden entgegen. Als er erschöpft und verletzt zurückgedrängt wurde, übernahm Sorav den Kampf und ich unterstützte ihn. dabei wurde mein Haar weiss. Irala kämpfte vor den Höhlen, sie gab ihren ganzen Zauber, um die anderen zu retten und musste mit ansehen, wie viele Kinder starben oder im Dunkel des Schlamms verschwanden und wurde selbst schwer verletzt. Marila war damals mit Dylan schwanger und sah alles aus der Höhle. Aber Irala konnte trotz ihrer Verletzungen die Familien, die es geschafft hatten, durch einen Steinschlag, der den Eingang gut verschüttete, retten. Die Feinde wurden zurückgedrängt, aber alle Kämpfer büßten bitter – entweder wurden sie verwünscht oder verzaubert oder vernichtet. Seitdem ist nichts mehr, wie es war. Als ich Irala fand, stand ihre Mutter, die Königin der Flüsse, über ihr und wollte sie töten. Ich nahm meine Magie, alles was ich noch hatte, fast meine ganze Lebenskraft und so meine Jugend, und verwandelte Irala in eine Luftatmerin, denn es gab die alte Sage, dass unser Volk nur durch die sonnengeküsste Luftatmerin, die durch das Wasser gehen kann, gerettet werden kann. Das war eine meiner Hoffnungen. Durch meinen Fluch wurde Toya zur Schwarzen Wasserhexe. Im schwarzen Schlamm gefangen kämpft sie wieder um ihre Macht, ihre Truppen wurden durch Yuval und Sorav verwünscht und das einzige, was ihr geblieben ist, sind Wut und Hass. Sie zog sich in unser Schloss zurück, das in einem Sumpf versank. Nur selten kann sie aus ihrem Bereich heraus, wenn sie jemand findet und fangen kann, kommt er in die Verliese und wird zuerst gefoltert und dann verwandelt – so wie es beinahe Dylan gegangen ist. Yuval verschwand am Ende des Kampfes und ich hoffe weiter, dass er verwandelt wurde – manchmal sehe ich ihn doch in meinen Träumen. Alle Überlebenden haben keine Kraft mehr, sie haben Albträume und sehen immer wieder das Blut durchsetzte Wasser, hören die entsetzlichen Schreie der Sterbenden. Sorav wurde schwer verletzt. Als er wieder kräftiger wurde, erkannte er, dass Irala weg war und verstand, was passiert war. Da ging er auf die Suche und ist seitdem auch für uns verloren. Jeder hat Angehörige und Freunde verloren, fast alle Kinder sind gestorben oder von den Kriegern des Flussvolks oder den Dämonen entführt worden und die Zukunft ist düster. Wir sind die Letzten unseres Clans, die gegen die Dunkelheit kämpfen – und wir verlieren immer mehr. Seit du gekommen bist, habe ich das erste Mal wieder Visionen, als sei ein Tor in mir wieder offen. Du bist eine Hoffnung, ein erster Lichtstrahl in der Dunkelheit. Wenn du genug Wasserzauber hast, kannst du, wenn du die Perlen findest, den Fluch brechen und wir können wieder frei leben." Anisha saß erstarrt da, Yanus war auf ihren Füßen eingeschlafen, Dylan lag völlig in sich gekehrt wieder neben seiner Mutter. Sie sah die eingefallenen Gesichter, in denen sich tiefe Verzweiflung spiegelte. Marila sah fahl aus, strich verzweifelt Dylan über den Kopf, er sank wieder mehr und mehr in sich zusammen. Noemi blickte Anisha an und ihre Blicke verhakten sich, ohne Worte, nur durch den Wasserzauber spürte Anisha die Energie der anderen Frau. Dann nickte Noemi, als sei nun alles klar. Anisha lehnte sich zurück – sie wusste nicht, wie viel Zeit vergangen war, aber sie verstand nun so viel mehr. Sie erkannte für sich, dass sie bestimmt war, den Fluch zu brechen und sie war entsetzt, aber dann spürte sie tief in sich eine Kraft und Wut auf die Ungerechtigkeit, so dass sie beinahe vor sich selbst Angst bekam. Das kannte sie von sich gar nicht, aber sie hatte von Noemis Opfer gehört und das sollte nicht umsonst sein. Sie erkannte, dass sie die Suche nach den Perlen auf sich nehmen würde, auch wenn sie nicht wusste wie, und sie merkte, dass sie wirklich eine Frau des Wassers, eine Aquata war. Alles vorher war nicht ihr Leben gewesen, das begann jetzt. Hier war der Ort ihres Schicksals und hier war ein Mann, ja, der erste Mann, zu dem sie sich hingezogen fühlte, denn sie spürte trotz seiner jetzigen körperlichen Schwäche Dylans innere Stärke, sie kannte seinen Mut. Er hatte mit ihr aller Risiken zum Trotz in dem Verlies gesprochen, er hatte sie im Wasserstrom festgehalten und mitgenommen, er hatte sie vor der Wut seiner Mutter geschützt. Das war für sie der erste beruhigende Gedanken dieser Nacht. Noemi war müde verstummt und lehnte sich nun stöhnend nach hinten, die alte Qual, die Verluste standen ihr ins blasse Gesicht geschrieben. Alle saßen regungslos da. Yanus war wieder aufgewacht und rutschte jetzt zu Marila hinüber. Er schaute zu ihr auf und bat sie: „Erzähl nochmal wie die Drachen sind!" „Das machen wir morgen Abend – es ist schon spät und wir haben morgen viel zu tun." Er wollte erst aufbegehren, merkte aber doch, wie müde alle waren und mit einem Schmollen setzte er sich hin. Schnell begannen seine Augen wieder zu funkeln und er schien etwas zu wollen, aber er sagte dann doch nichts, zog seine Beine an und wiegte sich hin und her, wie selbstvergessen hielt er sich dabei an Marilas Bein fest.

Kapitel 5

Die Stille vertiefte sich weiter, bis Noemi sprach: „Wir feiern trotzdem, weil es eine Zukunft geben muss!" Alle schauten verwirrt auf, bis Marila darauf kam: „Ach so, das Fest der Wiederkehr! Ja, Dylan ist wieder da und Anisha ist gekommen, Wir wollen sie würdig in unseren Clan aufnehmen, da sie Dylan das Leben gerettet hat. Wir beginnen morgen!" Der nächste Morgen begann mit klaren Wasser, von Sonnenstrahlen durchleuchtet, so dass die Festvorbereitungen gleich nach dem Frühstück begannen, an dem mehr Clanmitglieder teilnahmen als Anisha vorher gesehen hatte. Jeder bekam eine Aufgabe und als Anisha noch erwähnte, dass sie einundzwanzig Jahre geworden war, wurde der Geburtstag sofort mit vorbereitet. Anfangs war sie erstaunt, dann begann sie sich zu freuen und machte mit deutlich besserer Laune als am Abend bei den Vorbereitungen mit. Der Bereich vor der großen Höhle, in der alle wohnten, wurde fein gesäubert und mit hellem Sand bestreut, Mit großen Kieseln wurden Muster gelegt, die Außenwand der Höhle geputzt und Schilf verarbeitet – Körbe wurden geflochten, Schalen gereinigt und gestapelt und Kränze gewunden, die Bänke nach draußen getragen, ein freier Platz reserviert, Kleidung geschmückt. Alle hatten großen Spaß. Es wurde sogar gescherzt und hin und wieder kam ein Lachen hoch. Yanus trieb mit allen sein Unwesen, bis er in die Ecke geschickt wurde, weil er unerträglich war. Das hielt ihn aber nicht davon ab, jedes Gespräch in Hörweite zu kommentieren. Erst als er sich hinlegen musste, wurde es ruhiger. Anisha merkte nun, wie viele Aquati hier lebten und um was sie sich alles kümmerten. Da konnte nicht einfach eine Ecke sauber gemacht werden – erst musste geprüft werden, ob da nicht Fischeier lagen – und wenn ja, dann wurde da erst einmal nichts gemacht. Die Eier wurden vorsichtig eingesammelt und in einen abgeschiedenen Bereich gebracht, in dem Fische großgezogen wurden. Auch andere Tiere wie kleine Krebse oder Insektenlarven wurden vorsichtig entfernt und in einem sicheren Abstand wieder frei gelassen. Im Bereich für Fische sah Anisha seltsame Gebilde. Es waren grob geflochtene Körbe, in denen die Fische je nach Alter aufgezogen wurden. Sie blieben darin, obwohl sie herausschwimmen konnten, das war erstaunlich! Dann sah sie noch einen abgetrennten Bereich, in dem verletzte Fische gepflegt wurden. Sie sah die Einschränkungen der Tiere und die Würde, mit der die Schmerzen von ihnen ertragen wurden und ihr brannte das Herz. Sie wollte gerne helfen. Als sie die Hand auf den Rand eines Korbes legte, spürte sie in sich wieder Wärme entstehen, genauso wie damals bei Ima. Jetzt wusste sie, dass das ihr Wasserzauber war. Sie ließ ihn zu und erlebte, wie das Wasser in dem Korb hell wurde und die Tiere sich darin badeten. Als das Wasser wieder die normale grünliche Farbe hatte, waren die schlimmsten Wunden geheilt und die Fische, die schräg im Wasser gelegen hatten, konnten wieder gerade schwimmen. Anisha war ganz erfüllt, blieb aber still und auch die Fische, die sie mit wachen Augen anblickten, machten keine außergewöhnlichen Bewegungen. Das war ihr Geheimnis. Mehrere Clanmitglieder konnten beim Reinigen und Vorbereiten des Festbereichs nicht mithelfen, weil sie die Algenfelder und Schilfbegrenzung pflegen mussten. Besonders das Schilf war die magische Barriere gegen Eindringlinge von außen. Dadurch wurden die wenigen Wächter unterstützt. Auch Dylan fühlte sich etwas gestärkt, so dass er bei der Schilfpflege mithelfen wollte, aber als er außerhalb des Schilfwalls stand, brach er zusammen. Erschreckt zogen ihn die anderen in den Schutz des Schilfs und dort kam er zum Glück wieder zu sich. Der Fluch der Wasserhexe war ungebrochen, er war nur in den Höhlen und im magischen Schutzraum des Clans sicher. Dylan war entsetzt und verkroch sich in seinem Raum, bis Marila seine Abwesenheit bemerkte und ihn dort herausholte. Sie stand in seiner Tür und er saß noch erschöpft und verzweifelt auf seinem Bett, den Kopf in den Händen. Das hielt sie nicht davon ab, in ziemlich laut zurechtzuweisen. Sie erklärte ihm kurz und knapp, dass es so einfach nicht gehen würde. Er sei eine eigene Person und kein Opfer der Wasserhexe, er sei ein Königssohn und habe so Verantwortung und alle würden an einer Lösung für ihn und seinen Wasserzauber arbeiten. „Egal, was passiert ist – wir sind Aquati, wir verstecken uns nicht – wir sind stark und besiegen das Böse! Lass dich nicht unterkriegen! Wir schaffen das und das Fest wird gefeiert – denn du bist wieder hier und nicht in dem furchtbaren Verlies, in dem so viele schon vernichtet wurden!" Dylan schien bei diesen Worten etwas Hoffnung zu schöpfen und zu merken, dass es ihm doch wieder etwas besser ging. Er hob langsam den Kopf und nach einer kurzen Pause meinte er: „Vielleicht ist es ein Teil des Fluchs, dass ich mich immer wieder so schwach fühle. Ich bin doch eigentlich ganz anders! Also werde ich dagegen kämpfen!" Dann stand er auf und ging zu seiner Mutter. Anisha hörte das Gespräch mit, da sie gerade zu ihrem Zimmer schwamm und beide lautstark diskutierten. Hoffnung machte sich in ihr breit und Respekt vor Dylan, der sich gegen sein Schicksal stellte. Sie spürte eine Wärme in sich, wie noch nie, ihr Herz schlug schneller und sie merkte, wie sie errötete. Eilig huschte sie in ihren Raum um sich umzuziehen, denn sie sollte gemeinsam mit Marila tief in die Höhle schwimmen um Vorräte zu holen. Noemi nahm sie aber auf die Seite und sagte ihr, dass sie helfen würde, die Heiligen Objekte bei den Gräbern zu holen. Anisha war beeindruckt und überlegte, was das wohl zu bedeuten hatte. Marila wartete schon ungeduldig und beide schwammen tief in die Höhle, um die heiligen Objekte zu holen, durch die sie,wie Anisha verstand, in den Clan aufgenommen werden sollte. Gemeinsam machten sie sich in die hinteren Höhlenbereiche auf zu den Geheimnissen in der Tiefe des Gebirges. Der unterirdische Fluss wand sich unter und auch zwischen den ersten Hügeln. Das Wasser, durch das sie gegen die Strömung hielten, wurde immer fahler und tiefgrau, dann doch wieder unerwartet durchsichtig und glasklar, als sie durch sonnendurchstrahlte Wasserlöcher dicht am Boden entlang glitten. Wenn Anisha nach oben schaute, sah sie sogar teilweise den Himmel mit blauen Wolken durchstrahlen, an den Rändern der Wasserlöcher hing das schlaffe braungrüne Gras des letzten Jahres bis in das Wasser. Dann blickte sie wieder nach vorne und tauchte gemeinsam mit Marila in einem lichtlosen Gang ab. Weiter und weiter ging es in die unergründliche Tiefe, bis sie den Eingang einer unterirdischen Höhle erreichten, die sanft durch grüngelb leuchtende Algen auf unzähligen Stalagmiten erhellt war. Es war eine wunderbare Tropfsteinhöhle. Die Oberfläche des unterirdischen Sees lag glatt und still da bis auf einzelne Tropfen, die mit einem zart klingenden Geräusch auf die Wasseroberfläche aufschlugen. Anisha verfolgte fasziniert, wie sich dann Ringe auf der Oberfläche bildeten, um sich ins Nichts auszubreiten. Als sie ihren Blick weiter schweifen ließ, sah sie die Bewohner der Höhle. Weiße augenlose Fische und glasig weiße Lurche mit breiten Köpfen und stecknadelgroßen grüngelben Augen mit blutroten Kiemen am Hals glitten mit eng an den Körper angelegten Gliedmaßen durch das mystische Licht. Sie erschrak vor den fremdartigen Wesen, aber Marila beruhigte sie: „Das sind die Wächter und die verlorenen Seelen – sie werden dir nicht tun." „Verlorene Seelen – was heißt das?" „Die Fische – das sind die Seelen der Aquati, die gestorben und nicht weitergezogen sind. Mehr kann ich dir nicht sagen, weil ich auch nicht mehr weiß. Vielleicht sind sie auch verwandelt worden – du kannst Noemi später fragen." Beide ließen sich auf riesige runde Steine am Rand des Höhlenbereichs nieder, um kurz inne zu halten. Anisha lag eine Frage sehr am Herzen: „Marila, wer ist eigentlich die Schwarze Wasserhexe – es war gestern so viel.". Die Antwort kam schnell: „Die Schwarze Wasserhexe, das ist das, was von der Königin der Flüsse übriggeblieben ist. Sie ist dunkel, ihre Magie ist schwarz und zerstörerisch – wir opferten alles und auch wenn wir sie nicht vernichten konnten, unser Wasserzauber war stärker und sie konnte bis jetzt nicht wieder zurück. Sie lebt seit der Schlacht mit wenigen Getreuen im Schwarzen Moor und hat dort mit dem Rest ihrer Macht eine Bastion in unserem Schloss errichtet. Dort ist das furchtbare Gefängnis mit den Verliesen und da hatte sie dich hingezogen. Ich habe keine Ahnung, wie sie zu uns in den Höhlenbereich kommen konnte – es ist ein Zeichen von Veränderung." Anisha nickte und meinte: „Ja, es ist furchtbar dort. Sie foltern und verändern Wassermenschen und Fische, auch Ebru ist dort." Marila wurde blass und konnte nur leise hauchen: „Ebru – sie hat immer noch Kontakt zu den Wasserdämonen – das ist furchtbar!" Damit konnte Anisha überhaupt nichts anfangen und ging in sich. Marila hatte sich wieder aufgerichtet und Anisha meinte nur: „Wenn das so ist, dann kann ich sie mit den Perlen besiegen?" Marila schien abwesend und meinte nur: „Vielleicht, auf alle Fälle geben die Perlen Kraft und lösen Zauber. Vielleicht machen sie unsere Zukunft besser – es kann eigentlich nur besser werden." Sie gestikulierte nun in die hintere Hälfte der Höhle und sie glitten in den Bereich: „Hier sind die Gräber und die heiligen Objekte." Sie hielt vor den Gräbern an. Es waren faustgroße schillernde Muscheln, die über die sandige Hinterseite der Höhle verteilt waren. Anisha schaute sich lange um. „Wo ist das Grab, nein, die Muschel meines Vaters?" Marila schaute sie traurig an. „Sie ist nicht da, genauso wie die meines Mannes – und ihre Seelen sind auch nicht da." Anisha begann zu grübeln und nach einer Weile meinte sie „Vielleicht wurden sie verwünscht." Marila war so in Gedanken versunken, dass sie erst nicht antwortete und dann zuerst zu einer kleinen Seitenhöhle glitt, in der topfförmige Steingefäße gelagert waren. „Schau, hier drin sind die Objekte, die unseren Schutz und unsere Kraft verstärken." Beide betrachteten die Gefäße, dann hob Marila mehrere Deckel und Anisha sah, dass sie mit Perlen und Kristall gefüllt waren. Manche Kristalle sahen aus, als seien sie gesplittert, sie waren dunkel. Anisha sah die Sorge in Marilas Gesicht und blieb still. Nach einer Pause meinte Marila: „Wenn sie verwünscht sind – da wäre noch Hoffnung, denn beide konnten sich verwandeln, ihr Wasserzauber war stark, sie wurden meistens zu Welsen." Anisha fühlte sich etwas besser, hatte sie doch einen weißen Wels aus den Klauen der Schwarzen Wasserhexe befreit, aber sie wollte keine falsche Hoffnung wecken und sagte nichts. Still legten sie drei Töpfe in einen Schilfkorb und in gedankenverloren schwammen beide mit der wertvollen Last zurück. Der Tag war zu schnell

vergangen und es leuchtete kein Licht mehr von oben durch die
Wasserlöcher auf ihrem Weg. Der Abend kam schnell und das
Wasser war wieder lichtlos und grau. Da saßen wieder alle beim
Essen und Yanus ließ nicht locker. „Noemi, Marila bitte – die
Drachengeschichte!" Noemi blickte zu Marila und nickte ihr
zu – sie war noch viel zu erschöpft. Also begann Marila, auch
wenn sie von dem langen Weg heute müde war: „Anisha kennt
sich kaum in unserer Welt aus, auch wenn sie eine von uns ist.
so beginne ich am Anfang unserer Welt, die sich aus Wasser, Luft,
Feuer und Erde zusammen setzt. Sie wurde durch die Mächte
des Alls, das wir immer sehen, wenn der Vollmond scheint, geformt. Wasser war und ist immer das mächtigste Element und
daher ist der Wasserzauber der mächtigste dieser Welt. Jeder hat
ihn in sich, aber nur wenige haben soviel Zauber, dass sie ihn
magisch nutzen können. Die Beschützer unserer Welt sind die
Drachen, die von den Ersten Drachen, die mit den Elementen
zusammen entstanden, abstammen. Jeder Drache schützte ein
Element und es entstand der Erste Kampf. Die Elemente bäum-
ten sich damals vor unendlichen Zeiten auf und geboren wurden
die ersten Flüsse, Gebirge, Ebenen, Meere und Vulkane. Durch
die Macht der Feuerdrachen floss Lava, Wasser verdampfte, Wolken entstanden. Tiefe Gräben bildeten sich und die Welt stand
kurz vor dem Untergang. Durch die Macht der Liebe zwischen
dem Drachen der Luft und des Wassers konnte der Kampf, der
Streit, beigelegt werden und die Welt kam zur Ruhe. Ein Zeichen des Friedens war der erste Regenbogen, geschaffen aus der
Liebe des Drachen des Wassers und des Drachen des Lichts, in
dem das Wasser wunderbar alles verbindet. Sie erkannten, dass
sie nie wieder so einen katastrophalen Konflikt verursachen durften, da sie sonst ihre eigene Zukunft zerstören würden. Auch
andere Drachen bildeten damals Partnerschaften, die bis heute
halten. Sie zeugten Kinder, die sich auf die ganze Welt verteilten. Die Drachen von heute leben in ihren Königreichen und
manche weilen sogar direkt unter uns, denn sie können sich in
jedes Wesen verwandeln. Man sagt, man erkenne sie daran, dass
ihre Augen goldfarben strahlen können. Die Nachfahren der

Drachenkinder sind wir – die Aquati, auch die Menschen und die vielfältigen Lebewesen der Welt und alle besitzen einen eigenen Zauber – stärker oder schwächer, er ist aber immer da. Man sagt dass die Ersten Drachen noch leben, aber inzwischen tief mit ihren Elementen verbunden sind, sodass sie für uns nicht mehr sichtbar sind, sie beobachten aber alles und ganz selten, vor allem in Vollmondnächten und in unseren Träumen, spüren wir noch ihre Macht. Das muss für heute genügen – ich bin so müde, ich kann nicht weiter rzählen." Marilas Stimme wurde immer leiser, die Nacht schwärzte das kühl gewordene Wasser und alle gingen still zur Ruhe. Auch wenn die Stimmung nicht großartig war, wurde das Fest am nächsten Morgen weiter vorbereitet, das Essen gerichtet, der Raum weiter geschmückt, der Schilfwall sorgsam gesichert und alle zogen ihre beste Kleidung an. Anisha wachte spät auf und wollte trotzdem gleich helfen, da kamen schon zwei Mädchen oder waren es junge Frauen – es war so schwer zu sagen – zu ihr und stellten sich kichernd vor, Naia und Mela, und sie wollten ihr die Haare richten, denn viel mehr konnte keiner schmücken. Anisha hatte kaum Kleidung, aber wunderschöne Haare. Die beiden saßen geduldig hinter ihr und flochten die dicken Haare in einen komplizierten Zopf, in den sie Muschelstücke einfügten. Nebenher schwatzen sie ohne Unterlass und Anisha erfuhr so einiges, dass Dylan weiter am Schilfwall arbeitete, dass er noch nie eine Freundin gehabt hatte, dass der Schilfwall eigentlich nicht sicher sei, so viele hätten kleine Wege mit Steinen gelegt, dass Noemi ganz furchtbar, aber auch ganz lieb sei, und dass das Essen einfach langweilig sei. Anisha hörte nur zu und wunderte sich etwas – das klang ja fast wie Andrea, aber viel netter. Sie entspannte sich etwas, auch wenn in ihr weiter das Wissen um den Fluch wie ein übler Traum am Rand ihrer Gedanken waberte. Als alles fertig war, versammelten sie sich zuerst im Gemeinschaftsraum und halfen, vor der Höhle zusätzlich Sitze und große halbe Baumstämme als Tische aufzustellen und den Sand nochmals zu glätten. Hin und her ging es. Schilfbüschel wurden als Dekoration aufgestellt, mit der Zeit begannen sie sanft in Orange und Grün zu glühen und einzelne

Fische glitten fasziniert von den Farben heran. Anisha konnte sich gar nicht satt sehen. Endlich hatten sich alle beim großen Steinkreis vor der Höhle versammelt und das Fest begann, als alle ihre Plätze gefunden hatten. Noemi und Marila saßen vorn auf besonders geschmückten Sitzen. Noemi leitete die Festivität mit einer Rede ein: „Auch wenn die Zeiten hart und unsicher sind, haben wir doch nicht alles verloren. Unser Clan wird heute nach ungezählten Monden durch eine Verwandte, die uns unerwartet Hoffnung bringt, erweitert. Sie ist jetzt schon eine Heldin, hat sie doch Dylan wieder heimgebracht – das feiern wir heute und werden sie offiziell in den Clan als eine von unserem Blut, von unserem Wasserzauber aufnehmen! Anisha, komm bitte zu uns!" Anisha saß bei den anderen und dann hörte sie plötzlich, dass sie nach vorne sollte. Schnell stand sie auf, errötete tief und glitt nach vorne. Dieser Bereich war besonders geschmückt, die Kristalle aus den Gefäßen lagen in großen Schalen und leuchteten weißgelb und eine besondere Schale aus Bergkristall war mit den hell glänzenden Perlen gefüllt. Noemi lächelte sie an und nahm sie offiziell in den Arm. „Als Zeichen deiner Zugehörigkeit erhältst du eine Süßwasserperle. Sie soll dir Glück bringen und bei deiner Suche nach den anderen Perlen, die den Fluch besiegen, helfen." Mit diesen Worten griff sie in die Schale und nahm eine schöne weißglänzenden Perle heraus, die sie in Anishas Hand gleiten ließ. Sie drehte sich um und hob die Hand hoch, so dass alle die Perle sehen konnten, die sie vorsichtig zwischen den Fingern hielt. Alle Aquati waren jetzt verstummt. Dann nahm ihr Noemi das Halsband ab und Anisha zog ihre erste Perle auf – ein Hoffnungsschimmer, aber auch eine Last, und legte das Halsband wieder an. Alle standen und beugten die Köpfe in einer stillen Minute des Gedenkens. Dann richtete sich Noemi auf, breitete ihre Hände aus und ein helles Funkeln glitt über alle. „Nun kann das Fest beginnen!" Schnell regten sich alle und blitzartig war das Buffet belagert, Schalen wurden genüsslich gefüllt, Gespräche und Scherze flogen plötzlich doch durcheinander, alle waren aufgeregt und wollten lustig sein, Yanus machte seine Streiche. Anisha fühlte sich plötzlich allein, obwohl sie jetzt dazu gehörte. Die erste Perle fühlte sich fremd und kalt auf ihrer Haut an. Das Buffet hatte sie noch geschafft und sie hatte nun ihre flache Schale mit Deckel voll mit unbekannten Leckereien und keine Ahnung, wo sie sich hinsetzen sollte. Dazu kam inzwischen die nagende Sorge, wie sie die Wasserhexe wieder besiegen konnte. Die Gedanken kreisten und sie merkte, dass sie keine Lösung fand. Also wollte sie zur Ablenkung das Fest genießen. Sie suchte sich irgendwo einen Platz und schnell war sie von schwatzenden Mädchen und Frauen umgeben, die sie ausfragten, bis sie nicht mehr an ihre Sorgen dachte. Naia und Mela waren stolz, dass sie ihr die Haare gerichtet hatten und alle sprachen über lustige Sachen, machten Scherze und wollten den Alltag und den alten Kummer wenigstens für eine kurze Zeit vergessen. Dann war das Essen vorbei und es begannen Spiele. Männer und Frauen waren getrennt, aber jeder schaute zu den anderen, Blicke und Lächeln traf sich immer wieder, die schüchternen Mädchen wandten sich ab, aber auch einige Männer erröteten zur Freude der kichernden Mädchen und jungen Frauen. Dylan war bei den Männern, auch er warf ihr immer wieder Blicke zu und sie errötete wieder und wieder. Innerlich war sie aufgewühlt, als sie neue, unerwartete und sehr aufregende Gefühle in sich wahrnahm, wie sie noch nie gefühlt hatte. Als dann zur Wasserharfe getanzt wurde, trafen sie sich endlich. Beide waren plötzlich sehr schüchtern und stumm und Anisha errötete zu ihrem Ärger schon wieder. Im Tanz berührten sie sich immer wieder kurz an den Schultern und an den Hüften, aber trauten sich nicht, enger zu kommen. Anisha war innerlich zerrissen und sie sah die Unsicherheit, ja Qual in Dylans Augen, dessen blasse Wangen inzwischen doch durchblutet waren. Auch er erschien aufgewühlt, fand nur wenige Worte. Beide wussten, dass sie für ihre Suche fortgehen musste. Trotzdem blieben sie im Tanz zusammen, suchten keine neuen Partner und blickten sich tief in die Augen. Die Zeit verging unbemerkt und es wurde spät. Als hätten sie sich abgesprochen, fassten beide sich wortlos an der Hand und verschwanden aus dem Kreis der Tanzenden. Sie glitten durch das Wasser, bis sie eine stille Ecke am Rand des Schilfwalls fanden und endlich allein waren. Dylan stand zuerst wortlos da, schluckte mehrfach, dann begann er entschlossen: „Ich weiß gar nicht – nein, so stimmt es nicht, also, erst mal: Danke, danke dass du mich gerettet hast und danke, dass du geblieben bist, dass du zu uns gefunden hast – meine dummen Worte am Anfang. Ich weiß gar nicht mehr, ich habe das von den Perlen erzählt, deswegen war ich eigentlich gar nicht dort, aber vielleicht doch." Er redete und redete, bis ihm die Worte ausgingen. Anisha stand überwältigt da. Ein paar Mal hob sie die Hände, setzte zum Reden an und wusste eigentlich gar nicht, was sie sagen sollte, bis sie die Lücke im Wortfluss fand. „Dylan, ich mag dich, du bist besonders, ich möchte mehr Zeit mit dir verbringen, aber ich weiß nicht wie!" Er schaute sie an und sie sah in dem jetzt wieder blassen Gesicht plötzlich die Augen funkeln. „Ich mag dich auch, und ich will dich kennen lernen, auch nach der Suche – egal, wie lange es dauert. Du bist für mich einzigartig." Wie von selbst fanden sich ihre Hände und plötzlich lagen sie sich in den Armen und Anisha versprach, wieder zu kommen, da drückte er sie ganz vorsichtig an sich und sie strich mit dem Finger zart über seine Lippen. Ihre Lippen näherten sich mehr und mehr und ihre Augen begannen zu glühen, innerlich spürte Anisha eine brennende, aber großartige Hitze. Beide wollten sich das erste Mal küssen, aber Anisha spürte wieder – und diesmal hasste sie das – eine Veränderung und wieder hörte sie das ekelhafte gehässige Zischen der Wasserhexe um sich und in sich: „Hab ich dich wieder, das ist meine Strafe für dich, du Widerwärtige – nur wenn du bei dir bleiben kannst, wirst du wieder du selbst werden!" Mit diesem weiteren Fluch löste sich Anishas Körper in unzählige Wasserblasen auf, die an die Oberfläche stiegen. Sie spürte den brennenden Zauber der Hexe, sah, wie ein Beobachter von außen ihrer Veränderung zu, sah den verzweifelten Blick Dylans, sah, wie seine Lippen sich bewegten, hörte ihren Namen. Sie war Anisha und sie hatte Wasserzauber – das war das letzte, an was sie sich erinnerte, als sie sich in einem anderen Körper spürte und als Vogel mit milchweißem Gefieder flügelschlagend aus dem Wasser stieg. Mit jedem Flügelschlag verschwanden aber die Erinnerungen an ihr bisheriges Leben.

3. Buch – Zeit des Kampfes

Kapitel 1

Anisha war ein Vogel, sie flog und wusste es nicht. In der Macht der Verwandlung hatte sie sich vergessen und genoss nur das Fliegen – ihre strahlend gelben Augen nahmen alles auf, und stolz glitt sie auf dem Wind, spiegelte sich in einem See und blickte herablassend auf die Erde und das Wasser – hier flog sie, keinem anderen Vogel gleich, schneller und geschickter als alle anderen. Sie traf wohl immer wieder auf Vogelschwärme und hörte die Rufe der Vögel, aber sie sagten ihr nichts. Sie hörte tiefe tönende Rufe eines Schwarms großer Vögel mit langen Hälsen und roten Köpfen, die zielstrebig in Reihe flogen. Die Flügel schlugen ruhig und rhythmisch und forderten sie regelrecht auf, sich anzuschließen, aber in ihr brannte eine andere Flamme, die sie in eine andere Richtung zog. Sie flog weiter und traf nach einige Zeit auf einen anderen Schwarm kleinerer dunkler Vögel mit hellen Bäuchen und grünen Augen, die sich mit spitzen hellen Schreien verständigten. Sie schossen scheinbar in einem Durcheinander durch die Luft, es lag jedoch eine wunderbare Logik dahinter – aber auch das sprach sie nicht an. Sie wusste nur, dass sie dem Wasser folgen musste, das sollte genügen. Sie flog an einem verschneiten Gebirge vorbei, glitt an einem mächtigen Gletscher entlang und spielte entlang der Wasserfälle, die aus den Eismauern gespeist wurden und deren schäumendes Wasser blauweiß aus dem Gletscher hervorstürzte um in der Tiefe zu verschwinden. Nachts glitt sie im Schlaf weiter und genoss dann die wunderbare Schönheit der Farben des Sonnenaufgangs. Hunger und Durst kannte sie nicht. Sie empfand mit jedem Flügelschlag ihre Kraft und Geschicklichkeit. Die weißblauen Wolken über dem Gletscher des Hochgebirges zogen sie magisch an und als sie die Flugrichtung dorthin änderte, gelangte sie alsbald in eine andere wunderliche Welt. Sie flog in einem Wald ohne Anfang und

Ende, dessen eisige Bäume gefrorene Blätter und Blüten aus wasserklarem Eis geformt hatten. Sie bewegten sich im leisen Wind und klirrten zart, wenn sie aneinander stießen. Sie lagen dicht an dicht und der Klang der Blätter stieg mit jedem Flügelschlag des Vogels in die Höhe. Weit in der Tiefe dieses wunderbaren Waldes sah sie ein goldenes Leuchten, aber wohin sie sich auch wandte und wie schnell sie mit den Flügeln schlug, sie konnte nicht dahin gelangen. Je länger sie in diesem Zauberwald flog, desto mehr entstanden zwischen den Blättern aus den Blüten rote Perlen, die wunderbar glühten. Sie schossen wie Tropfen einer Fontäne in alle Richtungen und wenn sie den Vogel berührten, lösten sie sich in Nichts auf und der Vogel, der Anisha war, fand so die eine oder andere Erinnerung an sich wieder. Hin und her flog sie und berauschte sich an den Klängen, an den bizarren Formen und den einzigartigen Farben. Sie spiegelte sich in den Eisblättern und suchte den Weg. Nun hörte sie ein Murmeln, Stimmen aus dem Nichts, die sprachen – sie hörte die Worte und verstand sie nicht. Diese und noch viel mehr Worte hörte sie und fand sie sinnlos, ja albern, denn sie sagten ihr nichts. Immer höher flog sie und sah sich umgeben von einem Kaleidoskop der Farben, die sich zu einem vollkommenen Regenbogenkreis fügten. Dorthin führte ihr Weg und mit kräftigen Flügelschlägen durchquerte sie den Regenbogen und fand sich hoch über dem Gebirge in eisig blauer Luft wieder. Weit in der Ferne sah sie eine große Wasserfläche und in ihrem Kopf stieg wieder der Gedanke auf, dass sie dahin musste. Ganz langsam kam in dem Anishavogel das Gefühl zurück, dass sie nicht immer ein Vogel gewesen war, sondern jemand – wer, das wusste sie noch nicht, aber eben eine Person. Also flog sie weiter, durch Nebelschwaden und tiefziehende Wolken aus dem Gebirge über bewaldete Berge bis ins Tiefland und dann entlang sommerlicher Felder, immer weiter den Fluss entlang, weiter getrieben von einem inneren Druck, der nicht locker ließ, immer mit Blick nach vorne. Sie flog durch Tag und Nacht, tagsüber brannte das Sonnenlicht und nachts kühlte das All ihre Flügel. Innerlich stieg in ihr mehr und mehr ein Gefühl von Selbst auf, einzelne Gedanken blitzten auf, mehr Gefühle und Bilder. Gefühle von Liebe, aber auch Einsamkeit, Bilder einer Perle, funkelnde Augen, die sie zärtlich anblickten, ein Name, der ihr noch nichts sagte. Sie wusste, dass sie das betraf, verstand aber nicht warum. Ein neuer klarer Morgen kam und sie flog weiter mit der aufgehenden Sonne hinter sich. Die glitzernde Wasserfläche vor ihr breitete sich mehr und mehr aus und bedeckte nun fast den ganzen Horizont. Das große Wasser zog sie magisch an und sie folgte dem unsichtbaren Ruf. Trotzdem bewunderte sie die immer größer werdenden Wolken, die sich über den Tag vor dem klarblauen Himmel bildeten und sah unter sich deutlich näher die breite Mündung des grünblauen Flusses mit vorgelagerten hellen Bereichen. Auf dem Fluss bewegten sich kleine bunte Segel und folgten dem Wind. An diesem Tag begann der Wind schon am späten Vormittag mit böiger Kraft zu wehen und die Wolken wurden schnell größer und grauer, die Ränder scharf gezogen. Unter sich sah Anisha die Wolkenschatten kontrastreich über das Land ziehen. Wieder kam ein Vogelschwarm auf sie zu. Interessiert wechselte sie die Richtung zu ihm und schlug kräftig mit den Flügeln, da diese Vögel ähnlich wie sie aussahen. Es waren aber Silbermöwen. Die Möwen sahen den weißen Vogel und stürzten sich grell schreiend und wild hackend auf sie. Anisha, der Vogel, schrie entsetzt auf und floh vor den angreifenden Vögeln aus mehreren Wunden blutend in die nächste Wolke, die dunkelgrau und hoch aufgetürmt war. Das hätte sie lieber nicht tun sollen, denn es war eine Gewitterwolke, in der Regen und Eis sie peitschten. Blitze zuckten um sie herum und ein Blitz streifte sie weißglänzend und glühend heiß. Da merkte sie, wie eine zweite Perle wie ein kleiner kugelförmiger Blitz auf ihr Lederband glitt. Das brannte entsetzlich und sie verstand nun, dass sie durch den Zauber der Wasserhexe in einen Vogel verwandelt worden war. Sie spürte sich selbst wieder und auch die Lippen von Dylan auf ihren Fingern und erinnerte sich an seine Augen, seine Nähe, sein Wesen und die Gefühle, die sie für ihn hatte. Sie verstand nicht, wie es dazu gekommen war, aber sie spürte neue Kraft in sich und mit jedem Flügelschlag kehrten mehr Erinnerungen zurück, auch die ihrer Verpflichtung, der Suche nach den Perlen. Nun spürte sie wieder den Fluch, der auf ihr lastete. Das Gewitter tobte jedoch weiter um sie und sie konzentrierte sich jetzt auf das Überleben. Als hätte sie einen inneren Kompass floh sie in Richtung der weiten Wasseroberfläche. Das Gewitter wütete, der Hagel prasselte gnadenlos auf sie herunter und sie quälte sich immer mehr durch unvorhersehbare Windstöße. Sie konnte kaum noch mit den Flügeln schlagen, als sie von einem zweiten Blitz getroffen wurde, der sie so sehr ins Taumeln brachte, so dass sie kopfüber und betäubt an weißen Felsen entlang in das tobende Wasser stürzte.

Kapitel 2

Sie musste im Meer sein, denn das Salzwasser brannte an ihrem ganzen zerschundenen Körper und sie wand sich verzweifelt. Sie nahm sich wieder völlig als sie selbst wahr und war über die Ereignisse erschrocken. *Wenn das der Beginn der Suche war, dann war das furchtbar!* Sie war inzwischen unter die Wasseroberfläche gesunken und die starke Strömung und die heftigen Windstöße drückten sie weiter und weiter nach unten. Sie rang nach Luft, sank immer tiefer, die Flügel ermüdet, von den Wunden ermattet, aber ihr Wasserzauber erhielt sie am Leben und auch die brennenden Wunden hielten sie wach. Sie spürte ihre ureigene Kraft und nahm sich als vollkommenes Lebewesen des Wassers wahr, mit ihren ganz eigenen Grenzen, Kopf, Körper, Arme und Beine, und mit diesem inneren Bild besiegte sie den Zauber der Schwarzen Wasserhexe und wurde wieder zu Anisha, der Aquata. Völlig erschöpft mit einem zerschundenen Rücken und schmerzenden Gliedern lag sie am Meeresboden und fiel in einen tiefen traumlosen Schlaf. Nur langsam kam sie wieder zu sich. Sie bewegte sich und stöhnte, sie fühlte sich völlig erschöpft, Muskeln, die sie noch nie gespürt hatte, schmerzten unerträglich. Sie schaute sich um und fand sich in sandig vernebelten Wasser. Das Salzwasser prickelte perlend über ihre Haut und sie hatte einen salzig bitteren Geschmack auf den Lippen. Sie begann langsam zu schwimmen und glitt in eine starke Drift. Jetzt erkannte sie die Kraft der Gezeiten, denn das Wasser zog immer stärker, so dass sie dicht über dem Meeresboden in einer rasenden Strömung trieb. Anisha schoss regelrecht ins Meer hinaus und konnte sich nicht dagegen wehren. Kaum konnte sie Hindernissen, die sie nicht einmal richtig wahrnehmen konnte, ausweichen. Mit ihr trieben Algenstücke und tote Fische, das Wasser war aufgewühlt und trüb. Ihr wurde übel und sie würgte mehrmals. Sie konnte nicht zurück, es ging es nur voran – sie wollte und musste weiter, also schwamm sie mit dem reißenden Unterwasserstrom, um aus dieser ekelhaften Brühe herauszukommen. Endlich wurde das Wasser klarer und auch die Strömung ließs langsam nach. Anisha bewegte ihre Glieder, die inzwischen wieder ocker waren und begann weiter zu schwimmen. Jetzt konnte sie sich umschauen und als sie sich zu orientieren begann, sah sie vor sich mehrere Seile im Wasser hängen und hörte über sich Wellen unregelmäßig gegen ein Hindernis klatschen. Sie blickte nach oben und sah fast direkt über sich ein Boot. Schwarz und bedrohlich lag der lange Körper über ihr im Wasser und sie wollte sich schon davon abwenden, als sie den Grund für die Geräusche verstand. Die Fischer hatten ein riesiges Tier gefangen. Es war eine riesengroße dunkle Schildkröte. Anisha musste zweimal hinschauen, um das richtig zu erkennen, denn sie kannte bis jetzt nur niedliche kleine Wasserschildkröten, die in kleinen Tümpeln herum ruderten und sich auf dunkelgrünen Seerosenblättern gemeinsam mit bunten Schmetterlingen sonnten. So eine große Schildkröte hatte sie noch nie gesehen –grauschwarz, der Schild sah ledrig aus und sie hatte große kräftige Flossen anstelle von Beinchen mit Krallen. Bevor sie sich aber weiter Gedanken über die Größe und Farbe der Schildkröte machen konnte, erkannte sie, dass das mächtige Tier um sein Leben kämpfte. Die Fischer hatten Seile um die Flossen und Hals geschlungen und zogen sie mit gemeinsamer Kraft aus dem Wasser. Die Schildkröte fauchte und zischte und bewegte verzweifelt den Kopf hin und her, war aber den Fischern, die in der Übermacht waren, hilflos ausgeliefert. Anisha sah sich nach einer Waffe um, etwas mit einer Spitze oder ein Stock, ein Stein, aber nichts war zu sehen, nur Seegraswiesen und Sand. Sie spürte in sich hinein und nahm ihren Zauber wieder wahr – ja, er war noch da, das war großartig! Sie sammelte ihre Kräfte und schwamm zur Ankerkette. Sie konzentrierte ihre Kraft in ihre Hände, lenkte den Zauber auf die Kettenglieder, die sie so in Nichts auflöste. Die Strömung war immer noch kräftig und fast sofort begann das Schiff zu treiben und sich sogar langsam auf die Seite zu legen. Schnell kam ein aufgeregter Ruf von oben, aber Anisha hatte nicht genug, die Seile mussten weg, denn die Matrosen zogen trotzdem weiter an der Schildkröte. Sie konzentrierte sich und stellte sich die Seile vor, wie sie zu Wasser wurden und tatsächlich, mit einem lauten Klatschen fiel die Schildkröte von den Seilen befreit wieder ins Wasser zurück. Oben auf dem Boot, das nun immer schneller steuerlos in der Strömung trieb, rannten die Matrosen polternd herum und hatten endlich keine Zeit mehr für das gequälte Tier. Die Schildkröte glitt auf dem Rücken bewegungslos nach unten zum Meeresboden. Anisha war schnell an ihrer Seite und mit aller Kraft konnte sie das Tier noch auf den Bauch drehen. Nun sah sie auch die tiefen Risse und blutenden Wunden an den Flossen. Der Riese lag still am Meeresboden und hatte die Augen geschlossen, der Kopf sank nach unten. Das sah gar nicht gut aus. Anisha schob und drückte immer wieder am Kopf, am Schildrand, an den Flosse, bis sich der Kopf bewegte, die Augen langsam öffneten. Verwirrt schaute die Schildkröte sie an, schlug dann mit den Flossen und schwamm weg. Anisha war enttäuscht, und suchte sich eine Richtung zum Weiterschwimmen, da wurde sie von hinten berührt. Schnell drehte sie sich um und war beeindruckt. Die Schildkröte war doch wiedergekommen und rieb sich jetzt vorsichtig an ihr, sie machte leise Geräusche wie ein schnurrendes Kätzchen. Dann schaute sie Anisha direkt und sehr bewusst an, drehte sich um und verschwand nun mit mächtigen Flossenschlägen im tiefen Blau des Meeres. Das tat gut! Anisha fühlte sich seit langem wieder besser, sie hatte helfen können – einfach so. So wie sie es von früher kannte, als sie Fische heimlich aus Reusen befreite, Frösche aus eingetrockneten Tümpeln rettete und Entenbabys großgezogen hatte. Es war ein gutes Gefühl, das ihr wieder Kraft gab. Sie entschied sich, in die gleiche Richtung wie die Schildkröte zu schwimmen und merkte, wie das Meer langsam tiefer wurde. Um sie herum glitten jetzt viele bunte Fische allein oder in Gruppen, dann schossen Delfine über sie weg, um sich dann um sie zu scharen. Sie pfiffen und schnatterten und nahmen sie mit in die Gruppe. Anisha war sich zwar nicht sicher, was das sollte, kam aber mit. Immer wieder tollten die übermütigen Tiere um sie, drehten sich um sich oder sprangen elegant über Wasser, um dann mit einem lauten Klatschen zu landen, aber sie kamen immer wieder zu ihr und geleiteten sie weiter und weiter. Sie schwammen zusammen zu einer kleinen Insel weit draußen im Meer und glitten in eine wunderbare Lagune mit weißem Sand und blaublitzendem Wasser. Unter der Insel war der dunkle Eingang einer Höhle. Anisha schaute zweifelnd – wohin sollte das gehen? Aber genau avor stellten sich alle Delfine aufrecht mit dem Köpfen aus dem Wasser und schwammen rückwärts – wie in einem Tanz oder bei einer Parade. Es war tatsächlich ein Höhleneingang und aus dem Eingang kam sehr langsam eine riesige tiefgrüne Schildkröte geglitten, noch viel größer als die andere, das Schild war moosbedeckt. Über dem Moos schwammen kleine glasklare Fische mit gelben Augen, die immer wieder in die Moosfäden abtauchten. Die Schildkröte hatte große goldene Augen, der Kopf schimmerte perlmuttfarben und sie hielt eine wunderschöne zartblaue Perle im Maul. Vorsichtig und langsam kam sie auf Anisha zu, die merkte, dass sie sich nicht fürchten musste und still auf der Stelle blieb. Die Schildkröte bewegte mehrmals den Kopf, als wollte sie mit Anisha sprechen, sie machte knarzende Geräusche, die wie eine fremde Sprache klangen. Auf alle Fälle klang sie freundlich und Anisha streckte vorsichtig die Hand aus, um sie auf eine der großen Flossen zu legen. Zart strich sie darüber und als sie die Hand zu einem Gruß heben wollte nickte die Schildkröte plötzlich so heftig, dass Anisha doch verstand, dass sie die Hand jetzt vorstrecken sollte. Da ließ die Schildkröte die Perle in Anishas Hand fallen. Sie fing den Schatz des Meeres auf und legte beide Hände um die Perle, damit sie sie ja nicht verlor. Nun verstand sie die Tiere um sich und hörte ganz leise viele feine Stimmen, die ihr wieder und wieder dankten. Dann klang eine sanfte Stimme in ihr: „Danke, du hast meinen Sohn gerettet!" Sie war sehr gerührt, hatte sie doch das gemacht, was sie immer gemacht hatte – retten, unterstützen. Der Dank war so rein und klar, dass sie tief berührt war. Sie verbeugte sich tief vor der Schildkröte und drehte sich mit einer Verbeugung im Kreis, um allen zu danken, dann erst nahm sie ihr Lederband vom Hals und fädelte die Perle auf. Sie befestigte das Lederband wieder sicher um ihren Hals. Als sie sich wieder umsah merkte sie, dass nun ein leichter sandiger Nebel aufstieg und die Delfine übermütig davon schossen. Die wunderbare Schildkröte war plötzlich auch verschwunden. Anisha war etwas traurig, aber auch sehr aufgewühlt, da sie einerseits den Druck des Suche, die Qual des Fluchs fühlte, andererseits von der Umgebung und den neuen Tieren, die sie eben erst kennengelernt hatte, begeistert war. Sie spürte den Druck, weiter zu ziehen deutlich, wollte aber doch so sehr diese Insel, die ein wahrhaftig einmaliger und für sie exotischer Ort war, erkunden. Außerdem hatte sie gemerkt, dass sie neue Kleidung brauchte. Sie beschloss, einmal um das Eiland herum zu schwimmen, um wenigstens davon mehr zu sehen, denn das war die erste Insel im Meer, die sie je gesehen hatten. Sie hatte immer gewusst, dass es das Meer gab – alle Flüsse endeten im Meer, so hatte es auch ihre Mutter in den Abendgeschichten erzählt, so hatten es die Matrosen auf dem Boot berichtet, aber keiner hatte von der Größe des Meeres berichtet, von den erstaunlichen Tieren, von dem Salzgeschmack auf den Lippen, von den Strömungen, von der tiefen Magie in diesem Wasser. Das wollte sie spüren, kennenlernen – danach würde sie auf die hohe See weiter schwimmen, denn dorthin spürte sie einen inneren Zug aus der Tiefe ihres Selbst. Sie begann ihre Umrundung der Insel und kam an glitzernden Sandbänken und farbenreichen Korallenstöcken vorbei, die bizarr wie Unterwassertische zum Meeresspiegel hochstrebten und von bunten Fischschwärmen umgeben waren. Sie sah die grellfarbigen Clownsfische, die in und mit den Korallen lebten, ihre Reviere verteidigen. Nah am Boden waren riesige vielfarbige Krebse, die eilig von Höhle zu Höhle glitten, Ammenhaie und andere wunderbare, für sie namenlose Meeresbewohner. An der Putzerstation, die sich geschützt gegen die Strömung an einem großen Felsen befand, sammelten sich Fische aller Größen und Formen – vom mächtigen Manta, der wie ein riesiger Tänzer begleitet von schwarzweiß gestreiften kleinen Fischen seine Kreise zog, bis zum nervösen Regenbogenfisch. Und um alle herum schossen eilig die Putzerfische.

Sie sah die Remora, die Fischhalter von Fisch zu Fisch wechseln. In,den schwarzen Höhlen unter den Korallen sah sie Hummer die ihre Scheren territorial nach vorne streckten und die geheime Muräne, die drohend das mit nadelspitzen Zähnen bewaffnete Maulöffnete. Als sie in eine Höhle hineinschauen wollte, schoss ein Krake heraus und blies ihr eine Tintenwolke ins Gesicht. Sie fuhr zurück, aber da war er verschwunden. Sie war so überrascht, dass sie die anderen Jäger, die Schwarzspitzenriffhaie und die Stachelrochen gar nicht wahrnahm. Die Haie schlichen um sie herum, wurden aber durch ihren Wasserzauber und die Magie der Insel abgewehrt, sonst hätte das Erlebnis ein schlimmes Ende nehmen können. Von all dem merkte sie nichts und glitt immer wieder auf dem Rücken durch das laue Wasser. Sie fand ein Algenfeld und hielt inne, um sich Kleidung zu machen. Sie webte aus den breiten Pflanzen zwei rechteckige Stücke, die Schulterbänder flocht sie und nun genoss sie ihren Wasserzauber, denn mit einer Handbewegung verband sie alles zu einem Kleidungsstück, einer kurzen Tunika, die sie mit einem erleichterten Seufzer überstreifte. D gestaltete sie eine kurze Hose. Nun war sie ausgestattet und es konnte weitergehen. Über ihr spielten die Sonnenstrahlen in den kleinen Wellen, einzelne Blätter und die eine oder andere Kokosnuss wurden vorbei getrieben. Begeistert nahm sie alles in sich auf, um dann zielsicher sich hinaus aufs hohe Meer zu wenden. Die Delfine tauchten wieder auf und begleiteten sie einige Zeit, um sich dann mit einem freundlichen Pfeifen zu verabschieden.

Kapitel 3

Anisha zog weiter, Tag um Tag schwamm sie, immer dem inneren Druck folgend. Über sich die Wasseroberfläche, an der sich der Himmel spiegelte und die durch Wind und Regenschauer aufgewühlt wurde, unter sich ein immer tieferes Meer, das mit dem tintenfarbenen Blau der Tiefe lockte. „Noch nicht!", sagte es in ihr, und sie schwamm an der Oberfläche weiter im Vertrauen auf ihre Intuition. Sie kam an Algenfeldern vorbei, die kleinen schwimmenden Inseln glichen, unter denen junge Fische und Schildkröten lebten, über ihr jagten die Seevögel und immer wieder sah sie Fischerboote in der Ferne. Ihre Haare wuchsen lang und wurden dicker, verfilzt. Ohne ihr Wissen ließen sich erste Muscheln und Algen in ihrem Haar nieder, durch den Wasserzauber wuchsen sie an. Anisha schwamm weiter. Je weiter sie auf das Meer kam, umso weniger Boote und Lebewesen begegnete sie. Das Wasser wurde immer dunkler, die Wellen mächtiger. Nachts döste sie und machte sich immer mehr Sorgen, denn sie wusste nicht, wie viel Zeit vergangen war – sie hatte diesen Zyklus der zwölf Monde, aber würde sie es schaffen, die restlichen Perlen zu finden? Drei hatte sie, aber sie glaubte nicht, dass alles so einfach sein könnte – das Meer war groß und weit und sie folgte gerade einem inneren Gefühl, mehr hatte sie nicht. Sie wurde immer unruhiger, auch hatte sie wieder furchtbare Träume, wenn sie doch kurz einschlief. Die Träume waren von Blut und Gewalt erfüllt und sie schreckte wieder und wieder entsetzt auf. Dann kreisten ihre Gedanken und die Sorge wurde größer und größer: War das ihre Zukunft? Wie würde sie die anderen Perlen finden? Was würde passieren, wenn sie zu einem Vogel oder einem anderen Ter verwandelt würde? Oft lag sie dann nachts auf dem Rücken direkt unter der Wasseroberfläche und versuchte sich an der Unendlichkeit des Alls und dem Zauber der Milchstrasse zu beruhigen. Immer wieder und immer häufiger kam bei ihr ein tiefes Gefühl der Einsamkeit auf, die Hoffnungslosigkeit war drückend. In diesen Augenblicken suchte sie Kraft in den Erinnerungen. Dann dachte sie an ihre Mutter, die einsam im Dorf war, nur langsam verstand sie wirklich, dass ihre Mutter verzaubert war. Dann dachte sie an das Amulett, durch das sie im Wasser überlebt hatte. Wenn sie dann weiter nachdachte, verstand sie aber die Eigenschaften des Amuletts auch nicht wirklich. Es schien ein Teil von ihr geworden zu sein – wie konnte ihr vorher ein Teil gefehlt haben? Woher kam das Amulett, was war mit den Drachen, was hieß Drachenblut? Sie grübelte und suchte in den Erzählungen, die sie von Noemi und Marila gehört hatte. Vielleicht hatte sie tatsächlich Drachenblut und es wurde durch das Amulett aktiviert? Das war die einzige Antwort, die ihr einfiel. Leider konnte sie dadurch ihre aktuelle Lage auch nicht ändern, denn die Suche ging weiter. Dann grübelte sie weiter: Würde ihre Mutter je zurückkehren können? Wer hätte die Magie, könnte sie als Tochter ihre Mutter retten? Dann glitten ihre Gedanken zu Ima und Amos – beide hatten irgendetwas gewusst, sie hatten sie aufgenommen und geschützt und sie war gegangen, als der Wasserzauber sie gerufen hatte. Sie mussten sie suchen oder um sie trauern. Anisha entschloss sich, einen Weg zu suchen, mit beiden in Kontakt zu kommen. Ebru war auch über Wasser gewesen, irgendetwas würde klappen. Und dann kehrten ihre Gedanken und Gefühle immer und immer wieder zu Dylan zurück. Dylan, der so anders als alle anderen war, Dylan, der in ihr Gefühle geweckt hatte, Gefühle, die ihr immer wieder neue Hoffnung gaben, weiter zu machen. Manchmal glaubte sie ihn zu sehen – wie durch einen Tunnel, hinter Glas – wie er am Schilfwall arbeitete, endlich die Steine fand, durch die der Schilfwall durchbrochen war, sich mit Yanus um irgendetwas stritt, wie Marila dazu kam um ihn zu holen. Einmal sah sie Noemi, wie sie etwas ordnete, ah, die heiligen Objekte und sich dann umsah, als würde sie Anisha spüren. Alles das erlebte sie wie Fragmente aus einem großen Bild. Der Morgen danach brachte Einsamkeit aber auch wieder Hoffnung, mit diesem Wissen und dem tiefen Mut in ihr schwamm Anisha weiter. Inzwischen war sie weit draußen auf hoher See und die Wellen waren beeindruckend, Schaumkronen bildeten sich und das Zischen des Meeres begleitete sie in jedem Augenblick- Manchmal prasselten kurze Schauer nieder. In der Ferne sah sie oft große Fische in der Gischt springen, teilweise mit spitzen Schnauzen, die wie Schwerter aussahen und riesigen Rückenflossen, die wie Segel aufgestellt in allen Farben des Regenbogens funkelten. Dann schossen wieder große silbrig glitzernde Fische in riesigen Schwärmen an ihr vorbei. Sie hörte immer wieder Töne, teilweise Worte, die aber meistens wie Befehle klangen – bei den Schwärmen schienen Worte in gemeinsame Gedanken zusammenzufließen, so schienen die ganzen Fische sich zu synchronisieren ohne zusammen zu stoßen. Erstaunlich. Sie spürte jetzt wieder eine Strömung, in der sie trieb, und sah die Sonne über sich den Tag durchschreiten. Nachts erkannte sie die Strecke, die sie zurückgelegt hatte, an den neuen Sternen am Himmel. Sie merkte, dass sie sich in Richtung Süden bewegte. In der tintenblauen Nacht tauchte langsam ein neues Sternbild auf mit kreuzförmig angeordneten weißgelb strahlenden Sternen, das immer höher am Himmel stand. Sie wagte nicht, in die Tiefe des Meeres zu tauchen und lag nachts oft nahe unter der Oberfläche des Ozeans und beobachtete die Sterne im tiefblauen All. Sie sah den zunehmenden Mond, der selten von ziehenden Wolken verdeckt war. Tagsüber fielen ihr mehr und mehr lange Algenstreifen auf, an denen blasenförmige Körper hingen. Wenn sie hinschwamm, um zu sie anzuschauen, wurden sie größer und unter diesen seltsamen Gebilden schossen schwarze Fische mit weit geöffneten Mäulern hervor, die offensichtlich das Ganze verteidigten. Anisha ließ sie in Ruhe und sich weitertreiben. Sie beobachtete lieber die Wasseroberfläche – die Klarheit in den Wellen, den Schaum, der beim Aufschlagen auf das Wasser entstand und verging, die Fische und andere Lebewesen, für die sie keine Namen hatte, die sich jetzt immer wieder in der Dünung wiegten. Dann dachte sie auch an früher – an die Zeit vor dem Wasser, wie es war, an die damalige Einsamkeit, das

Nicht-verstanden-werden und an jetzt, an den Druck der Suche und die damit verbundene Unsicherheit, die sie trotzdem lieber hatte als alles vorher. Dabei gingen ihre Gedanken automatisch wieder zu Dylan und ihrer Mutter zurück und sie merkte, wie wichtig beide für sie waren und wie sehr ihr die beiden fehlten.

Kapitel 4

Es war eine klare Vollmondnacht und ein Wetterwechsel kündigte sich an. Die Wellen waren schon beim Sonnenuntergang ruhig, der Wind flaute ab. In der Höhe zogen erste Wolkenfelder auf. Der honiggelbe Mond spiegelte sich auf den dunklen stillen Wogen, die plötzlich durch viele große Tiere aufgewühlt wurden. Riesenhafte grauschwarz gestreifte Haie tauchten aus dem Nichts der Tiefe auf. Anisha schrak zusammen und wollte schon wegschwimmen, als sie beim zweiten Blick sah, dass die beeindruckenden Tiere keine Zähne hatten und mit weit geöffnetem Maul einfach nur durch das Wasser glitten. Fische wie sie noch nie gesehen worden waren, tauchten aus dem tiefen Blau der Tiefe auf – lange, fast schlangengleiche Fische mit roten Köpfen, kleinen Mäulern mit spitzen Zähnen und langen wellenden Flossen am Rücken und durchsichtigen Flossenreihen am Rumpf standen senkrecht im Wasser. Sie funkelten grün und weiß. Andere Fische, die wie grünbraune aufgeblasene Bälle mit Stacheln aussahen, umkreisten sie in Spiralen. Dazwischen schossen immer wieder Schulen von kleinen silbern funkelnden langgezogenen Fischen herum, die blitzartig die Richtung wechselten. Auf dem Wasser sah sie aus dem Nichts aufgetauchte rotweiß geringelte Schlangen gleiten. Aus der Tiefe blinkte es jetzt grün, gold, weiß. Dann sah sie riesige Körper unter und an sich vorbeigleiten und neben ihr tauchte prustend eine Gruppe riesiger Wale auf. Ihre Atemluft legte sich wie ein funkelndes Nebelfeld über das Wasser. Schwarzblaue nassglänzende Rochen sprangen in Gruppen in die Luft und schlugen mit ihren großen Flossen, um dann wieder elegant einzutauchen. Mehrere große Fische, die selbst beinahe wie der Vollmond aussahen – weißlich und fast kreisförmig – lagen seitlich auf dem Wasser. Fasziniert beobachtete Anisha dieses außergewöhnliche Treffen. Kein Tier griff das andere an, alle lagen nach der ersten Aufregung in den wieder ruhigen Wogen und schienen den tintenschwarzen Himmel, der vom strahlenden Sommermond und den blauweiß funkelnden Sternen erleuchtet war, zu genießen. Stille breitete sich aus – kein Schnauben, kein Flossenklatschen, ein Gefühl innerer Ruhe und Zusammengehörigkeit wurde immer stärker spürbar. Anisha sah bei einigen der Tiere die Augen golden glühen und fühlte sich an den großen Karpfen erinnert. Die Magie, die sie schon damals spürte nahm sie erneut und viel intensiver als früher wahr und spürte ihre eigene innere Kraft wachsen. Die Nacht verging langsam und sie begann sich zu entspannen, sie fühlte sich zugehörig. Da begann ohne Vorwarnung das Wasser zu toben und zu wogen, es bildeten sich Wirbel und Anisha musste kämpfen, um nicht tiefer unter Wasser gezogen zu werden. Aufgewühlt und ängstlich schaute sie sich um – die Nacht war so schön gewesen, woher drohte ihr Gefahr? Unter ihr war das Meer, in dem sie sich langsam sicher gefühlt hatte, plötzlich unvorhersehbar und bedrohlich geworden. Sie überlegte, ob sie sich wieder in einen Vogel verwandeln sollte, aber gleichzeitig befürchtete sie, so das Ziel ihrer Suche zu verlieren, denn sie spürte, dass sie auf dem richtigen Weg war. Bevor sie weiterdenken oder planen konnte, sprang im schäumenden Wasser einer der riesigen Rochen in die Höhe und klatschte diesmal mit dem Bauch auf, in dem Sprühnebel war er nicht mehr zu erkennen. Sie suchte nach ihm, aber er war verschwunden. Sie spürte einen Zauber und als sie sich orientieren wollte, wurde sie ohne Vorwarnung mit kräftigen Händen an den Fußknöcheln gepackt. Zornentbrannt beugte sie sich nach unten um ihre Knöchel zu befreien, sie hatte aber keine Chance, denn in einem Strom von Luftblasen wurde sie in irrer Geschwindigkeit in die Tiefe des Meeres gezogen. Sie hatte keine Zeit für Angst. Der schnelle Druckunterschied lastete quälend auf ihr und sie hatte furchtbare Kopfschmerzen. Ihre Glieder wollten ihr fast nicht mehr zu gehorchen. Trotzdem wehrte sie sich weiter, versuchte ihre Magie zu nutzen und trat immer wieder gegen die Hände, die sie festhielten. Irgendwann wurde es dem anderen zu viel – es musste ein Mann sein, denn sie sah immer wieder breite muskulöse Schulten und wehende schwarze Haare – und er schaute wutentbrannt nach oben. „Höre endlich auf, du hast sowieso keine Chance – wir haben dich." Diese völlig sinnlos klingenden Worte machten sie jetzt panisch und noch entschlossener, sie wehrte sich mehr und mehr, bis sie im Nacken wie von einem Dorn gestochen wurde und danach wusste sie nichts mehr. Nur langsam wachte sie wieder auf und sah alles dunkel und verschwommen. Sie rührte sich und stieß an Steine oder Mauern. Sie hob den Kopf langsam und da hockte der Wassermann, jawohl das war er, vor ihr und sah sie mit orange glühenden Augen an. Anisha musterte ihn nur kurz und fand ihn seltsam – er war schwer gebaut, muskulös und die Haut war dunkel, so dass seine Zähne weiß unter einer großen Nase im Gesicht blitzten. Sie sahen teilweise fast wie Reißzähne aus – als seien sie geschliffen worden. Er hatte Markierungen auf der Stirn und um die Augen, die ihn wohl bedrohlich aussehen lassen sollten. Sie spürte seinen Wasserzauber und war nicht beeindruckt, sie fand ihn nicht nett. Dann begann er wieder zu sprechen und sie musste sich anfangs anstrengen den Worten zu folgen, aber dann verstand sie ihn: „Du bist gerade richtig, dich brauchen wir, du kommst mit und du wirst ausgebildet." Bevor sie etwas sagen konnte, sich bewegen konnte, ging er um sie herum und legte ihr ihr von hinten ein Halsband an. Als sie sich aufbäumen wollte, stach sie wieder eine Nadel oder ein Stachel in den Nacken und sie spürte wieder das glühende Brennen. Diesmal wurde sie nicht ohnmächtig, sondern spürte eine fremde Kraft in ihren Gliedern. Der Mann musterte sie kritisch und meinte dann nur: „Siehst du, es geht doch. Komm jetzt mit." Anisha wollte eigentlich nicht, merkte jedoch, dass er sie unter seinem Bann hatte, denn konnte sie sich nicht erwehren. Ihre Wut schoss hoch und sie schwor sich, dass sich das ändern würde. Wenigstens hatte sie kein Kopfweh mehr und konnte sich wieder fast normal bewegen. Sie schien mehr Kraft zu haben. Sie wusste sowieso nicht, wo sie war und spürte den Druck der Suche nicht, also folgte sie ihm als er nach unten schwamm. Zusammen tauchten sie tiefer, als sie je im Meer gewesen war. Sie konnte immer besser sehen und war trotz der Gefahr, die sie fühlte, fasziniert. Nach einiger Zeit schien das Gift oder was immer in dem Stich war nachzulassen und sie spürte nun doch wieder den Druck der Suche und erkannte, dass dieser Schritt, auch wenn sie ihn nicht freiwillig machte, nötig war. Aber das behielt sie für sich – sie traute diesem Wassermann nicht, er hatte Dinge gesagt, die sie nicht akzeptieren konnte. Er schien sie wie eine Untergebene oder ein niederes Wesen zu sehen und das war sie nicht. Tiefer und tiefer tauchten sie in das nachtschwarze Nichts des Ozeans, das doch voller Leben war. Auch hier gab es Fischschwärme, die aber in wunderbaren Farben glühten. Farbig pulsierende Wesen, die wie durchsichtige Blasen aussahen, glitten lautlos vorbei. Mehr als einmal mussten sie Tentakeln oder riesigen Flossen von Tieren ausweichen, die nur schemenhaft sichtbar waren. Auch hier gab es Haie, die jedoch schnell abdrehten, sobald sie diesen Wassermann sahen. Manchmal glaubte sie golden glühende Augen zu sehen. Wenn sie sich jedoch dorthin wandte, war da nichts. Mitunter sah sie nur verschwommen, irgendetwas war von diesem Gift jetzt in ihr, das sie immer wieder spürte. Sie kamen an einer großen kreisförmigen Senke vorbei und Anisha spürte eine Bewegung in ihrem Gesichtsfeld. Automatisch drehte sie den Kopf in die Richtung und sah eine weiß durchstrahlte wabernde Formation. Zuerst dachte sie, dass ihr Sehvermögen wieder schlechter geworden war, dann erkannte sie einen Quallenschwarm. Es waren unzählige Tiere, die über einem riesigen Polypen schwebten. Einzelne Quallen bewegten sich in ihre Richtung und sie sah ein tiefgrünes pulsierendes Licht mit einem goldglühenden Punkt in der Mitte der Tiere. Sie hatten lange glasige Tentakel, die sie hinter sich wie die Fäden einer Falle herzogen. Als ihr Fänger – eine andere Bezeichnung fiel ihr nicht ein – das bemerkte, gestikulierte er heftig und bedeutete so, schneller zu schwimmen. Erst als die Quallen hinter ihnen im Schwarzblau der Tiefsee verschwunden waren, wurde er wieder langsamer und schien wieder entspannter. Anishas Anspannung ließ dagegen nicht nach. Weiter ging es nach unten, bis sie vor sich eine unterirdische Felsenkette auftauchen sah, davor breitete sich eine sandige Ebene aus, die von einzelnen kleinen Felsformationen und einer Unzahl von Tierskeletten übersät war. Elfenbeinweiß leuchteten die Wirbelsäulen und riesenhafte Schädel von Walen, Delfinen und vielen anderen Meeresbewohnern auf, um in Rot oder Grün kurz angestrahlt zu werden und dann im Nichts wieder zu verschwinden. Dazwischen wucherten immer wieder Algen und Muscheln wuchsen in Büscheln um Löcher mit gelbgrünen Rändern im Boden. Anisha traute ihren Augen nicht, als sie Blasen, perlend aus dem Boden, aufsteigen sah und unterseeische heiße Quellen erkannte. Sie tauchten auf ihrem Weg nah an einigen der dieser seltsamen kleinen Lebensräume vorbei und sie sah mit Erstaunen den Tierreichtum – die langbeinigen Garnelen, die blau, grün, rot aufleuchteten und immer in Bewegung waren, seltsame kleine kriechende Tiere in schillernden Farben, die das Wasser filterten, Büschel von weißen Muscheln, die mit geöffneten Muschelschalen tiefrote Kiemen in der Strömung schweben ließen und sich in dem aufsteigenden heißen Wasser wiegten, kleine fahlbraune räuberische Fische mit riesigen Mäulern mit nadelspitzen Reißzähnen, die auf der Lauer lagen, und fahlweiße Krabben mit dicht behaarten Scheren, die auf Beute warteten. Wunderbar und einzigartig. Als sie einmal innehalten wollte, kam der Wassermann schnell zu ihr, packte sie am Arm und wollte sie weiterziehen. Sie wehrte sich und konnte sich befreien, aber er sah sie bedrohlich mit Augen, die wieder glühten an, so dass sie ihm folgte. Anisha fühlte den Zwang, innerlich bäumte sich alles in ihr auf, aber sie merkte, dass sie nichts tun konnte. Sie glitten weiter durch das Wasser, das je nach dem wie nah die Quellen sprudelten sogar ziemlich warm war, hin zu den ersten Hügeln vor dem Unterseegebirge. Die bizarre Landschaft raubte ihr den Atem und sie vergass kurz ihre schwierige Lage. Der Wassermann, dem sie gerade folgte, sprach weiter kein Wort, sondern musterte sie immer wieder. Sie verstand nicht, was er wollte. Dann sah sie eine tiefe dunkle Stelle im ersten Berg, auf die sie zuschwammen. Es war der Eingang zu einem Tunnel, tief im Meer, in den sie nun mit der Strömung hineinglitten, ihr innerer Drang der Suche zog sie auch dahin und sie folgte diesem seltsamen Mann. In dem Tunnel, der wie eine riesige Röhre nach unten führte, war es tiefdunkel und sie sah fast nichts von ihrer Umgebung, nur ganz selten leuchteten einzelne helle Punkte auf – Augen von Tiefseefischen, leuchtende Krebse oder bizarre Gewächse – wie Kakteen der Tiefsee. Sie spürte die Strömung, die langsam wieder schneller wurde, Neben sich nahm sie eine Bewegung wahr – einige Pottwale, die wie Geister schweigsam neben ihr durch die Tiefe glitten. Langsam bemerkte sie weitere Veränderungen – jetzt schwammen mehr Fische und andere Lebewesen, mehr glühende Punkte, die ähnlich wie Glühwürmchen blinkten. Vor sich nahm sie eine zunehmende Helligkeit wahr – ein grauer Bereich im Schwarz, der langsam größer wurde. Sie versuchte etwas langsamer zu schwimmen und merkte aber, wie sie jetzt von der Strömung immer schneller mitgerissen wurde. Dann schoss sie aus dem Höhlenmund heraus. Sie wirbelte herum und dann konnte sie endlich stoppen und starren. Unter und um sie herum war eine Stadt, fast so groß wie die einzige andere Stadt, die sie je gekannt hatte. In einer Spalte entlang der Bergkette ganz in der Tiefe wälzte sich ein glühender Lavastrom, der heißes sprudelndes Wasser nach oben steigen ließ, so dass trotz der Tiefe hier angenehm warme Wassertemperaturen und ein diffuses oranges Licht herrschten. Die Stadt war teilweise in die Felswand gebaut, teils auf einem Plateau, davor schien ein sandiger Bereich zu sein. In riesigen Höhlen waren oft mehrere einstöckige Gebäude eingebettet, aus Felsen zusammengesetzt, ganz schlicht – ein Fenster, eine Tür, aus der Licht schien. Auf dem Plateau standen Gebäude, teils niedrige, offensichtlich ältere Gebäude, mit wenigen Stockwerken und abgerundeten Dächern – als wären riesige Schilde darübergelegt worden, aber auch hohe Gebäude mit mehreren Stockwerken, die in spitzen Dächern endeten, unten breit und nach oben zusammenlaufend mit vielen Fenstern, Balkonen. Und überall waren Meermenschen – sie schwammen, saßen auf den Balkonen und schauten den vielen Tieren zu – Schwärmen von funkelnden Riesenquallen, Schulen von bizarren Tiefseefischen, immense Kalmare, die entlang ihrer Körper glühten und

Walen, die sich an bestimmten Stellen immer wieder sammelten. Sie bemerkte, dass viele der Tiere auch weiter schwammen. Es schien sich um eine unterirdische Wegkreuzung und einen Rastbereich zu handeln, denn sie sah Gruppen von riesenhaften Trögen, die mit Futter verschiedenster Art gefüllt waren, die von den Tieren umschwärmt waren. Nun sah sie ihren Fänger oder Jäger – sie war sich immer noch nicht sicher, wie sie über ihn denken sollte – das erste Mal richtig an.

Kapitel 5

Sie musterten sich gegenseitig und verächtlich schaute er sie an, als sei sie minderwertig. Das konnte sie nicht verstehen, denn sie war ein Wesen des Wassers wie er. Er begann wieder mit einer unangenehm kratzenden Stimme zu sprechen und diesmal verstand sie ihn viel besser. „Ich bin Kaleo, der Prinz der Nautici, und du gehörst jetzt mir und wirst für mich kämpfen." Das hörte sie mit Verwundern und Entsetzen – *was sollte das*? Bevor sie etwas antworten konnte sagte er „Warte hier bei deinesgleichen, bis ich dich hole, wage nicht wegzuschwimmen!" Dann verschwand er in einer dunklen Wolke. Was für ein grober Kerl. So wie er sprach, sah er aus. Sie fand ihn abstoßend, hatte aber wenig Wahl, denn in der jetzigen Lage kam sie nicht weg von diesem erstaunlichen Ort. Sie schaute sich um, bemerkte nichts um sie herum, was ihr zusagte. Also suchte sie „Ihresgleichen", was immer damit gemeint war. Anisha glitt geschmeidig durch das Wasser um einige Felsen. Ihr war als träume sie, alles sah jetzt unwirklich und wieder etwas verschwommen aus. Um sie herum wurde das Wasser plötzlich heller, türkisfarben durch Lichtstrahlen, die das Wasser durchdrangen – gelb, grün, orange. Sie fühlte sich so anders, dass sie sich keine Gedanken darüber machte. Die Felsen wurden größer, lagen teils aufeinander, so dass immer mehr Grotten entstanden, in den hellgrünes Seegras wuchs. Wie in Lichtungen im Wald lebten dort auch Tiere, kleine Fische, rundlich oder lang gezogen mit Flossen in den Farben des Regenbogens, kleine Wesen, die wie Miniaturdrachen aussahen, dunkelgrün mit lila Streifen, am Boden lagen zartgelbe Kugeln, ordentlich in kreisförmigen Vertiefungen, die wie Nester aussahen, aber nicht aus Zweigen bestanden, sondern mit sehr viel Mühe fein aus Muschelstücken geformt waren. Dieses kleine Tiefseeparadies wurde von großen grauweiß gestreiften

Seepferdchen bewacht, die in Gruppen im Rhythmus der Wasserströmung auf und ab schwebten. Sie erschienen wachsam, aber auch sehr niedlich anzusehen, bis Anisha eine der Kugeln hochheben wollte. Als erstes schwamm das größte der Seepferdchen heran, schaute sie an und blies Wasserblasen. Anisha war verunsichert – *was sollte das* **bedeuten?** – und behielt die Kugel, in der sich jetzt etwas bewegte – also doch ein Ei – in der Hand. Was sollte sie tun? Das Seepferdchen war sehr aufgeregt und versperrte Anisha den Weg zum Nest. Und dann blies es nochmals Wasserblasen. Das Wasser veränderte sich. Als würde eine Quelle aktiviert werden, stiegen überall Blasen perlend auf und die Seepferdchen verwandelten sich in große Nadeln, fast wie Speerköpfe, die bunt gestreift waren. Erst standen sie senkrecht, dann waagerecht und wurden immer schneller. So schwammen sie auf Anisha zu, die immer nervöser wurde, denn noch hatte sie immer das Ei in der Hand. Währenddessen wurden auch die Bewegungen im Ei immer hektischer und plötzlich brach die Eihülle und eine kleine Nase kam heraus. Alle erstarrten und die Eihülle löste sich langsam in Streifen auf. Auf Anishas Hand saß ein türkisfarbener Minidrache mit goldenen Augen. Ihr ging das Herz auf. *Sah der süß aus! Hieß das, das die Drachen in der Geschichte wirklich oder waren das andere Wesen?* Anisha war so in Gedanken verloren, dass sie fast zu spät merkte, wie der Kleine sie anschaute und das Mäulchen öffnete. Ein Wasserstrom schoss direkt auf sie zu. Sie merkte gerade noch rechtzeitig, wie heiß er war und konnte den Kopf wegdrehen. OK, das war wirklich was anderes. Vorsichtig setzte sie den Minidrachen in das Seegras und er krabbelte sofort zu seinen Freunden und Geschwistern. Die Seepferdchennadeln hatten sich jetzt als Wachen überall aufgestellt. Nun verstand Anisha, dass die Seepferchen sie eigentlich schützen wollten – kochend heißes Wasser blasende Babydrachen! Sie setzte sich, um alles zu beobachten. Tief in ihr rührte sich etwas, als würde eine Quelle das erste Mal sprudeln, aber das war für sie nicht wichtig. S vergaß ihre schwierige Situation im Farbenspiel der Drachenbabys. Irgendwann wurde es ihr zu viel zu warten und sie wollte weiter. Sie drehte sich um und glitt in die

Richtung des freien Meeres um die Stadt herum. Als sie die sandige Ebene erreicht hatte, kam ihr eine Gruppe von Nautici entgegen. Alle waren bewaffnet und sahen Kaleo ähnlich – dunkel und kräftig, viele waren tätowiert. Bedrohlich stellten sie sich halbkreisförmig vor ihr auf, so konnte sie nicht weiter. Der Mann in der Mitte starrte sie an und kam dann auf sie zu. Anisha wurde immer nervöser, bis sie Kaleo wiedererkannte. Als er vor ihr stand, veränderte sich sein Verhalten. Er lächelte jetzt und sah erleichtert aus. Viel freundlicher als vorher sprach er sie an: „Da bist du ja! Hast du dich ausgeruht, geht es dir besser? Ich nehme dich zu uns nach Hause, tut mir leid, wie ich vorher war."
„Ich muss sowieso weiter, also fing ich an einen Weg zu suchen."
Die anderen schauten sich aufmerksam um, als würden sie Kaleo schützen wollen, schienen aber nicht angespannt oder besonders wachsam, eher wie Leibwächter, die einfach die Umgebung absicherten. Das war seltsam, war Kaleo wirklich jemand Besonderes? So wie er sich verhalten hatte, hatte sie das nicht gedacht. Sie glitt auf ihn zu und alle drehten sich um und bewegten sich in Richtung der Stadt. Ihre Blicke glitten gleichgültig durch das Wasser. Anisha hatte das Gefühl, dass keiner die kleinen Drachen sah, als sie an dem jetzt hell leuchtenden Bereich vorbeikamen, hatte aber Bedenken zu fragen und kam einfach mit. Sie sprachen nur wenig und antworteten eigentlich nicht richtig auf Anishas Fragen, sie erfuhr nur noch einmal, dass die Nautici hier lebten. Anisha kam sich weiter sehr seltsam vor. Während ihrer sehr schleppenden Unterhaltung waren sie in der Stadt an einer der größten Hütten angekommen. Eine ältere kräftige Frau, die Kaleo so ähnlich sah, dass sie seine Mutter sein musste, trat gemeinsam mit zwei weiteren Frauen aus dem Eingang und musterte Anisha kritisch. Kaleos und ihre Augen trafen sich über Anishas Kopf, beide nickten sich zu. Anisha dachte, dass sie sich begrüßten. Sie nahmen Anisha in die große Hütte und sie luden sie ein, sich zu setzen. Anisha setzte sich auf eine Matte und zog die Beine an. Die Situation war seltsam, ganz anders, als sie es bei den Aquati kennengelernt hatte. Niemand sprach richtig, nur kurze Kommentare flogen hin und her und mit ihr sprach

niemand richtig. Sie wurde müde und achtete immer weniger darauf. Dann kam jemand in den Raum mit einer Steinplatte in der Hand, auf der lange dunkle zusammengerollte Teile lagen und zugedeckte Schüsseln standen – offensichtlich etwas zum Essen – und stellte sie auf einen niedrigen Tisch. Kaleo gab ihr eine dieser langen dunklen Rollen. Sie sah aus wie ein Stück Fisch in Algen eingewickelt. Anisha hatte seit langem nichts mehr gegessen und merkte erst jetzt, wie hungrig sie war. Sie biss in die Rolle und genoss die Mahlzeit. Währenddessen sah sie aus dem Fenster und beobachtete andere Wassermenschen, Nautici, hatte dieser Kaleo sie genannt, die vorbeiglitten, auch Kinder, die offensichtlich Seepferdchen als Haustiere hatten, denn oft war eines um den Arm gewunden, manche hatten Aale dabei, die bunt gestreift waren – es sah faszinierend aus, bis sie merkte, dass ihr schwindelig wurde und die Geräusche immer lauter und chaotischer wurden. Irgendwas war in der Mahlzeit gewesen. Sie wollte aufstehen, fühlte aber ihre Beine nicht mehr und dann spürte sie wieder einen furchtbaren brennenden Stich im Nacken und wusste nichts mehr.

Kapitel 6

Anisha wachte auf und fühlte sich furchtbar, alle Muskeln schmerzten und sie fühlte sich anders als sonst, viel angespannter als früher. Vor ihr stand eine bedeckte Schale mit Essen, aber sie hatte keinen Hunger. Sie sah sich um, fand sich in einem düsteren Raum ohne Ausgang auf dem Boden liegend, aber sie konnte sich auch kaum bewegen. Also drehte sie sich mühsam zur Wand. Als sie wieder den Kopf hob, zog eine glühende Hitze durch ihren Körper und Kaleo kauerte neben ihr. Sie verzog ihr Gesicht. Diesmal sprach er mit ihr. „Komm, du musst etwas essen, dann geht es dir besser. Iss, das tut dir gut!" Er gab ihr ein Stück Alge mit eingewickelten Fisch. Sie hielt es in ihren zitternden Händen, biss ab und schluckte mühselig, dann wurde ihr wieder schwindelig – so schnell, dass sie nicht einmal wütend werden konnte und tauchte wieder in ein schwarzes Nichts weg. Irgendwann erwachte Anisha wieder mit einem kochend heißen Körper, die Muskeln spannten, es war furchtbar. Sie spürte in sich einen gnadenlosen Zorn, der ihr fremd war. Sie war wieder in einem anderen Raum, lag aber nun auf einer niedrigen Pritsche unter einer zerrissenen Decke. Bei diesem Raum konnte sie einen Ausgang sehen. Sie konnte sich wieder bewegen und das Halsband war weg. Als sie sich vorsichtig reckte und umsah, merkte sie, dass sie wie in einem großen Käfig mit anderen Wesen, die keine Wassermenschen waren, eingesperrt war. Da waren Kraken, die durch Magie verändert waren, denn sie hatten anstelle der letzten Tentakel etwas ähnliches wie Beinpaare, auf denen sie stehen konnten. Fische, die lange Flossen wie Arme hatten, riesige aalartige Wesen mit seltsamen Köpfen – alle sahen anders aus als normal – verändert in einer Art, die sie als falsch empfand- Sie spürte die dunkle und negative Magie und ihr wurde übel. Sie setzte sich um aufzustehen. Was sie machen wollte, wusste sie noch nicht, aber bevor sie etwas tun oder sagen konnte, kam ein riesiger Wassermann auf sie zu und fuhr sie durch das Gitter an. „Du Fisch, komm mit, du hast keine Rechte, du lernst jetzt kämpfen für den Feuerring." Das Tor öffnete sich und die anderen Wesen zuckten teilweise vor ihm zurück. Andere versuchten bedrohlich da zu stehen, eine griff ihn an, aber der dunkle Riese packte ihn nur mit einer Hand und schleuderte ihn weg. Er kam jetzt direkt auf Anisha zu, packt sie am Arm und zerrte sie aus dem Käfig. Sie verstand überhaupt nichts und hatte auch keine Chance etwas zu fragen, denn er zog sie unerbittlich hinter sich her. Sie merkte nur noch, wie er sie auch im Nacken packte. Wieder stach sie etwas, aber diesmal wurde sie nicht ohnmächtig, nein, sie spürte ihre Kräfte wachsen und noch etwas anderes, als würde ihr Wasserzauber angegriffen. Sie verstand nun, das sie für einen Fisch gehalten wurde, warum konnte sie nicht erkennen. Sie hatte aber gerade auch keine Chance, etwas dagegen zu sagen oder zu tun. Sie folgte der dunklen großen Gestalt und fand sich in einen Trainingsbereich, einem rechteckigen Raum wieder, der aus dem Stein gehauen schien, der Boden war mit schwarzem grobkörnigen Sand bedeckt. Am Rand lagen auf behauenen Quadern grauschwarze Kleidungsstücke, Oberteile und Hosen. Sie suchte sich etwas Passendes und spürte, dass das Material wie raues Leder war. Wie kleine Zähne glitt die Oberseite über ihre Haut, als sie mit der Hand darüberfuhr. Als sie sich anzog, merkte sie, dass die Kleidung aus unverwüstlicher Haifischhaut gefertigt war. Daneben lagen verschiedene Schwerter. Als sie genauer hinsah, merkte sie, dass es stumpfe Trainingsschwerter waren. Als sie wieder hoch sah, stand da Kaleo und suchte ihr ein passendes Schwert aus und dann begann ihre Ausbildung zur Kämpferin. Erst musste sie neben ihm stehen und seinen Bewegungen folgen. Auch wenn das Schwert schmal war und eher wie die lange Spitze eines Spießes aussah, war das schwerer als gedacht. Sie folgte den Anleitungen und merkte schnell, wie sie mit dem zusätzlichen Widerstand im tiefen Wasser umgehen musste und ihr half das Tanzen, das sie früher so genossen hatte. Sie nutzte ihre Gelenkigkeit, um sich nun zu verteidigen, zu wehren und zu siegen – denn das war für sie das ultimative Ziel. Siegen um zu überleben, Siegen um weiter zu kommen, Siegen, um die nächste Perle zu finden – das war der Gedanke, durch den sie immer wieder durchhielt, der ihr Kraft und Ausdauer gab. So merkte sie, dass sie immer noch sie selbst warr. Nach jedem Ende der Trainingseinheiten bekam sie etwas zu essen und dann wieder den furchtbaren Stich – dann schlief sie oft wie erschlagen. So ging es weiter und weiter. Sie hatte das Gefühl für Raum und Zeit verloren, keine Vorstellung, wann es Tag oder Nacht war – es war immer düster. Langsam merkte sie eine Wirkung des Giftes – ihre Fingernägel wurden immer härter und spitzer, manchmal hatte sie das Gefühl, hinter sich eine Flosse zu spüren, wenn sie kämpfte, dann wieder nicht. Sie fühlte sich oft seltsam. Nach einiger Zeit nahm sie an Trainingskämpfen teil. In diesen Kämpfen wurde die Geschicklichkeit und Geschwindigkeit geprüft. Niemand sollte aber verletzt werden. Ihr erster richtiger Kampf war gegen einen Fisch, der magisch verändert war. Es war tatsächlich ein Fisch, denn er sprach nur in Gedanken mit ihr und was er sagte, war erschreckend: „Du bist eine der hellen, ich werde mich für dich opfern!" Sie wollte ihn nicht töten, so war es ja abgesprochen gewesen, aber er griff immer aggressiver an, bis auch sie von aggressiver Wut beherrscht wurde. Sie tötete ihn beinahe mit dem Trainingsschwert, konnte sich gerade noch zurückhalten. Das war seltsam, denn eigentlich war sie so nicht – und solche wilden unkontrollierbaren Gefühle kannte sie bei sich nicht. Der nächste Kampf war nicht anders, aber der Gegner war wohl ein Nauticus gewesen – seltsam, er sah aus, als sei er durch Magie verändert. Bei ihm war sie gnadenloser, griff ihn immer wieder an, bis er sich schwer verletzt zurückzog. Nach mehreren Kämpfen dieser Art mit ähnlichem Ausgang bekam sie ihre eigene Kammer – eine Entlastung, denn nun konnte sie tiefer schlafen. Aber sie war weiter sehr verunsichert, denn sie war tief unten im Ozean und es gab kein Tageslicht. Sie konnte die Tage nur am Schlafen, Essen und Trainieren messen, verlor aber vollkommen ihr Zeitgefühl. Das machte ihr manchmal Angst, denn wenn es ihr etwas besser ging, erinnerte sie sich an ihre Suche und an Dylan. Zum Glück hatte sie immer noch das Lederband. Dieses Lederband mit dem Fisch und den Perlen war ihr durch alle Herausforderungen wunderbar geblieben. Wenn sie die Kette mit den Perlen durch die Finger gleiten ließ, kamen viele Erinnerungen zurück, ihre innere Stärke und ihre Wassermagie wuchs. Das kam oft vor den Stichen in den Nacken. Dieses Gift, das sie teilweise taub für Schmerzen und manchmal müde machte, ließ sie gleichzeitig geschickter und agiler werden und ihre Reaktionsschnelligkeit nahm zu. Nach einer offensichtlich kurzen Zeitspanne, denn sie wurde irritiert von den anderen Kämpfern gemustert und auch der riesenhafte Trainer grunzte erstaunt, bekam sie ein scharfes Schwert und eine Rüstung,die sie über ihrer Kleidung tragen konnte. Das Schwert war schwarz und glänzend, die Spitze sah einem gerade gebogenen Dorn ähnlich, es hatte nur einen kleinen Handschutz. Die Rüstung bestand aus zwei Teilen für den Oberkörper und Bauchbereich, Arm- und Oberschenkelschützern und war mehrfarbig – Rot und Schwarz flossen in faszinierenden Mustern ineinander und sie fühlte sich wie die Schale eines Tieres an – hart, mit einigen kleinen hakenförmigen Dornen, ähnlich der Schale eines Hummers oder einer riesengroßen Krabbe. *Aber so einen großen Hummer oder Krabbe gab es doch gar nicht*, dachte Anisha – sie sollte eines Besseren belehrt werden.

Kapitel 7

Wenn sie nach dem Kampf verletzt war, ging sie zum Heiler, einem alten Nauticus, der schon hinkte und vorgebeugt war. Er konnte mit seiner Magie oder heilenden Pasten fast jede Blessur schnell heilen. Oft schaute er sie mitleidig an, denn sie kam inzwischen fast täglich, aber sie sah auch Respekt in seinen Augen und ein Wissen, dass er aber nicht mit ihr teilte. Er sprach nur wenig mit ihr, offensichtlich hatte er Angst, wovor konnte sie sich aber nicht vorstellen. So etwas hatte sie in ihren schlimmsten Albträumen nie geträumt – nie hatte sie sich vorgestellt, eine Kämpferin, eine Kriegerin zu werden. Und wenn auch das Gift das Seine tat – tief in ihr erkannte sie einen Teil ihrer Selbst, geboren aus ihrer Eigenwilligkeit, der es nie zugelassen hatte, sich selbst aufzugeben. Dann erkannte sie immer deutlicher, dass ein Teil von ihr das Kämpfen genoss. S setzte sich, soweit es die Zeit zuließ, damit auseinander, dass auch diese Seite zu ihr gehörte. Eine Eigenschaft, mit der sie sehr vorsichtig umgehen musste, da sie auch ihr Temperament kannte und ihr bewusst war, dass das Gift ihre Charakterstärke und ihre inneren Werte beeinflusste, Veränderungen, die sie nicht immer verstehen oder kontrollieren konnte. Anisha beschloss, sich nicht unterkriegen zu lassen, auch wenn das nun ihr Lebensinhalt war – täglich üben, kämpfen, verletzt werden, geheilt werden, schlafen, irgendwann essen, schlafen, kämpfen und dazwischen wieder Stiche im Nacken, gnadenlose Wut und kein Zeitgefühl. Sie fühlte sich immer mehr wie eine überspannte Bogensehne, die gerade noch aushielt. Sie kämpfte weiter, oft mit oder gegen Kaleo und auch gegen andere Nautici und magische Wesen und sie merkte, wie sie immer besser wurde. Ihr Schwert wurde langsam ein Teil von ihr, dass sie immer selbstverständlicher einsetzte. Sie erkannte die Intensität des Giftes und bemerkte erschreckt wie sie sich verändert hatte – ihr ungestümer Charakter wurde wilder, ihre Reaktionen in den Kämpfen aggressiver. Ihre Fingernägel wurden immer schärfer, teilweise nutzte sie dies in den Kämpfen. Als sie einmal allein trainierte, konnte sie die Nägel wie Pfeile abschießen. Sie erschrak, merkte aber, dass sie sofort nachwuchsen. Diese neue Fähigkeit behielt sie für sich. Immer wenn sie Zeit hatte, überlegte sie, wie sie dieser Lage entkommen könnte, denn ihre Suche war ihr nun wieder völlig bewusst. In ihren Träumen sah sie oft Dylan und einen anderen, älteren Mann, der sie ernst ansah. Sie hoffte, dass das ihr Vater war, und tat alles dafür, noch besser zu werden – sie wollte weiter, sie wollte zurück. Bei den Aquati lag ihr Leben und ihre Zukunft. Sie wollte eine Familie. Jedoch – egal, was sie überlegte, was sie plante, sie fand keinen gangbaren Weg. Auch wenn sie ihren eigenen Raum hatte, war es trotzdem wie in einem Gefängnis und sie bekam inzwischen Angst vor dem Gift, vor den Stichen, denn sie bemerkte mehr und mehr die Veränderungen. Oft beobachteten sie Wassermänner und sie wurde gemustert, oft begierig oder verächtlich. Wenn es so war, sprachen diese Männer oft mit Kaleo, der immer den Kopf schüttelte. Sie kümmerte sich nicht darum, war aber froh, dass niemand sie bekam – wofür auch immer, denn die Gespräche, die Blicke sahen widerlich und begehrlich aus. Die Angst, benutzt zu werden, ein Objekt der Begierde zu sein war bei diesen Situationen immer präsent und löste bei ihr eine tiefe Furcht aus. Auch das war etwas Neues, denn wo immer sie vorher gewesen war, war sie als Frau respektiert worden – sie konnte sich immer noch nicht vorstellen, dass man sie für einen Fisch halten könnte. *Wie kamen diese Nautici nur darauf? Und warum war ein Tier ein niederes Wesen?* Sie übte bei jeder Gelegenheit allein in ihrem Raum, um besser zu werden und spürte in sich immer neue Fähigkeiten. Ihr Wasserzauber veränderte sich und sie lernte damit umzugehen. Sie konnte – wohl durch das Gift – inzwischen Stacheln aus ihren Fingergelenken hochschießen lassen und sie beim Schlag mit der Faust nutzen. Sie konnte ihre Nägel gezielt immer wie Geschosse abschießen und immer häufiger spürte sie etwas wie eine Flosse hinten an den Armen, durch die ihre

Bewegungen geschmeidiger wurden. Die Kämpfe, die sie antreten musste, wurden brutaler. Sie wurde immer wieder verletzt, aber wenn sie in den Raum der Heilung kam, erhielt sie auch immer wieder das Gift, das stärkte und auch heilte. Sie fühlte sich danach immer schlecht, aber sie erkannte auch, dass sie mit ihrem Wasserzauber sich nur wenig heilen konnte. Durch die Wirkungen des Giftes verfügte sie über zu wenig innere Kraft. Trotzdem half es ihr, sich selbst immer wieder wahr zu nehmen, bei sich zu bleiben. Anisha merkte, wie sie zu einer Kriegerin wurde und auch wenn sie nicht töten wollte, musste sie kämpfen, um zu überleben und zu fliehen. Also wurde sie ständig besser, auch wenn sie versuchte, viele ihrer Fähigkeiten zu verstecken. Manche Techniken konnte sie für sich behalten und das war wie ein geheimes Glühen, ein Versprechen an die Zukunft, zu überleben. Sie war nicht sicher, wie viel Kaleo davon mitbekam, auch wenn er regelmäßig mit ihr trainierte. Er fragte nicht, sie sagte nichts und niemand anderes schien etwas zu merken. Damit war sie zufrieden. Sie hatte ihre Rüstung und ihr Schwert und war gut trainiert. Ohne Vorankündigung kam der Tag des großen Übungskampfes. Der riesige Wassermann riss sie am Morgen von ihrem Lager hoch, sie musste sich sofort anziehen, dann drückte er ihr eine Dosis Gift in den Nacken und zerrte sie zu ihrer Rüstung und dem Schwert, die im Trainingsraum deponiert waren. „Lege die Rüstung an und komm mit mir", hieß es ohne Kommentar. Ihr blieb nichts anderes übrig. Als sie ihm hinterher eilte, drehte er sich kurz um. „Gut, heute ist dein erster echter Kampf – versage ja nicht, denn die Herrscherfamilie wird dich auch prüfen!" Ihr Magen zog sich zusammen und ihre Wassermagie schoss innerlich nach oben, reinigend und klärend und kraftgebend. Sie sah kurz ein goldenes Licht, doch als sie sich umschauen wollte, war alles weg und die Sicht war dämmerig wie immer. „Herrscherfamilie – wer ist das?" „Kaleo kennst du schon – das ist der Prinz, und Kaimana, die Königin, wird ebenfalls anwesend sein – eine große Ehre für jemand wie dich!" Sie öffnete noch den Mund, aber die Zeit für Fragen war vorbei, denn sie standen vor der Trainingsarena. Sie ging durch das

Gittertor. Nur kurz schoss ihr währenddessen durch den Kopf, dass Kaleo als Prinz versagt hatte, er war nicht ehrenvoll. Dylan war ehrenvoll. An mehr konnte sie nicht denken, denn nun stand sie in einem ringförmigen Raum, gegenüber ein zweites Gittertor und musste sich fassen und für den Kampf vorbereiten. Der Boden erschien durch den weißen grobkörnigen Sand etwas heller und der Bau hatte keine Decke. Als sie nach oben schaute, sah sie ganz weit oben Wellen, die hell beleuchtet waren. Es war also Tag – aber sie wusste, dass sie nicht wegkam, denn um sie waren diese riesigen dunklen Nautici und einer von ihnen kam auf sie zu. Es gab es keine Zeit mehr zu denken, hoffen oder zu planen, denn sie erhielt nun einen furchtbaren Auftrag: „Du kämpfst nun und tötest deinen Gegner – sonst stirbst du." Tiefes Entsetzen machte sich in ihr breit – *das sollte doch ein Übungskampf sein, sie wollte doch ohne Grund niemand umbringen!* Aber bevor sie nur etwas sagen konnte, ging auf der Gegenseite ein Tor hoch. Ein dunkles Wesen füllte die Öffnung fast völlig aus. Sie sah den Gegner und verstand die Herkunft ihrer Rüstung – es war ein riesenhafter Hummer. Er sah dreimal so groß aus wie normal und trotz der Größe war er nicht langsam. Er raste mit rotglühenden Augen und geöffneten Scheren auf sie zu und sie konnte sich gerade noch in die Höhe abstoßen. Sie schoss über ihn weg und hinter ihn – dachte sie, aber er hatte schon gewendet, schneller als sie es sich vorstellen konnte und kam blitzartig auf sie zu. Seine Antennen glänzten silbrig und schienen verstärkt, auch die Scheren sahen viel größer und stärker als onst aus, aber auch schwerer. Trotz der Hektik des Anfangs hatte Anisha sich sammeln können. Nun griff sie konzentriert an und zielte auf die Antennen und dann auf den seitlichen Leib, denn nur wenn er vor Schmerzen sich nicht mehr bewegen konnte, hatte sie eine Chance an den Kopf zu kommen. Die Scheren kamen ihr gefährlich nahe und eine der Antennen durchbohrte ihre Schulter. Da spürte sie Wut, ja glühenden Zorn in sich hochschießen und kannte nun keine Gnade mehr. Sie stieß sich wieder vom Boden ab und schoss an den schnappenden Scheren vorbei. Sie griff brutal mit dem Schwert an, immer schneller stach sie wieder und wieder zu. Nochmals stieß sie sich nach oben ab und stand dann auf der Schulterpartie des Monsters. Sie schlug erst die Augenpaare ab und dann gleich eine der Scheren. Der Hummer bäumte sich noch einmal auf und Anisha rutschte seitlich herunter. Er schlug in seiner Verzweiflung und seinem Schmerz mit den vorderen Beinpaaren nach ihr, kratzte über ihre Rüstung, während sie die Gelegenheit nutzte. Anisha machte einen Ausfallschritt zur Seite und nach vorn und schlug ihm mit der letzten Kraft den Kopf ab. Er kippte zur Seite, auf sie zu, und sie konnte gerade noch ausweichen. Erschöpft und aus mehreren Wunden blutend setzte sie sich in eine Ecke und die Wut legte sich langsam. In ihr machte sich jetzt große Trauer breit, denn sie hatte das erste Mal in ihrem Leben ohne jeden Grund getötet. Am Rand des Kreises sprangen die Zuschauer – anscheinend die Königsfamilie und Gefolge – auf und jubelten. Kaleo kam auf sie zu um sie zu loben, aber sie drehte den Kopf weg. Er meinte nur: „Wir haben nun eine weitere Rüstung – und es gibt ein Festessen! Komm, wir gehen zum Heiler." Aber sie wehrte ab und kehrte allein durch die dunklen Tunnel in ihre Zelle zurück. Sie hatte genug vom Tag, von Nautici, von allem. Sie legte sich hin und konzentrierte sich auf ihre Wunden und spürte nach langer Zeit wieder ihren eigenen Wasserzauber, der half, die Wunden völlig zu schließen. Dann schlief sie einen ganzen Tag. Als sie wieder wach war, bekam sie etwas zu essen und das Training ging weiter. Kaleo kam jetzt seltener zum Training und ihr war es recht – sie mochte ihn nicht. Ihr war der dunkle Riese, der alle trainierte, lieber. Er stellte keine Fragen, wollte nichts von ihr als Training. Das Training wurde noch intensiver, länger und brutaler als sie es sich je hatte vorstellen können und sie schlief jetzt durch die dauernde Erschöpfung fast immer traumlos und hatte kaum Zeit zu denken. Nur ganz selten kamen Augenblicke, in denen sie sich an früher, ganz früher, über dem Wasser, an die Mutter, an ihren Geburtstag wie durch einen Nebel erinnerte. Das waren auch die Augenblicke, in denen sie ihren Wasserzauber spürte. Dann spürte sie sich und machte sich wieder Gedanken, wie viel Zeit vergangen war. Die Sorge um die Zeit gab ihr die Kraft weiter zu machen und jeden Tag wieder im Trainingsring zu stehen. Auch die Stiche mit dem Gift, sie wusste nun, es war das Gift des Stachelrochens, wurden seltener. Sie merkte, wenn sie das Gift nicht bekam, dass sie sich übel fühlte. Also kämpfte sie, um gut zu sein und um das Gift zu bekommen. Sie merkte, wie sie abhängig wurde und das machte sie wütend, aber sie war hilflos. Trotzdem gab sie den Gedanken an Flucht nicht auf. Nach einer endlos scheinenden Zeit kam der riesige Trainer nach dem letzten Kampf eines langen anstrengenden Tages auf sie zu. Auch wenn sie mutig war, war sie von seiner Größe immer beeindruckt und war schnell angespannt. Er achtete nicht darauf, sondern sagte nur: „In zwei Tagen ist ein besonderes Ereignis. Es ist die Nacht des Blutmondes und du wirst vor der Königsfamilie in der großen Arena des Feuerrings um dein Leben kämpfen. Wenn du überlebst, wirst du vielleicht frei gelassen oder sie wollen dich zum Spielen." Anisha fühlte sich schlecht. Sie wollte niemanden, gegen den sie nichts hatte, töten, aber sie wusste, ihr blieb nichts anderes übrig. Nach dem riesenhaften Hummer war noch einer der magisch veränderten Fischartigen ihr gegenübergestellt worden, den sie auch getötet hatte. Das hatte ihr große Trauer bereitet, da sie Tiere liebte und respektierte, und danach kamen noch andere, an die sie gar nicht denken wollte. Aber vielleicht war dieser Kampf endlich eine Möglichkeit zu fliehen, denn diese Hoffnung gab sie nicht auf. Inzwischen war ihr auch klar, dass sie nichts tun oder sagen konnte, um nicht als ein Fisch, der durch einen Zauber verwandelt worden war, gesehen zu werden. Nachdem was sie inzwischen gesehen und gelernt hatte, war diese Idee nicht einmal so absurd, trotzdem fand sie die Haltung der Nautici weiter nicht nachvollziehbar. Sie wusste, dass sie inzwischen eine gute und gefürchtete Kämpferin war und wenn sie ihrem Temperament die Zügel lockerte und den Zorn kommen ließ, wurde sie schnell – so schnell, dass sie jeden Gegner bis jetzt besiegt hatte. Dazu trainierte sie weiter heimlich mit dem Stock um noch gelenkiger zu sein. Trotzdem fand sie das Kämpfen zur Belustigung anderer widerlich. Mit schwerem Herzen legte sie sich nach einem Trainingstag, an dem sie an ihre eigenen

Grenzen gegangen war, erschöpft auf ihr Lager, um nach unendlichen Zeiten wieder zu träumen. Sie spürte Dylan, wie er an sie dachte und wie er mit sich und seinem Wasserzauber kämpfte, sie erinnerte sich im Traum wieder an die Wasserhexe und merkte nach dem Aufwachen, wie sie wieder etwas zu sich selbst fand.

Kapitel 8

Der Morgen kam und mit grimmiger Stimmung stand sie auf, flocht ihr Haar zum Zopf. Wenigstens hatte sie ihre Unterkleidung aus Haifischhaut. Als sie in den Gemeinschaftsraum kam, aß sie etwas, dass wie trockenes Holz schmeckte und wartete schon auf den Giftstich im Nacken, der ihr Blut zum Kochen bringen würde. Das wütende Fieber stieg in ihr und sie ballte immer wieder die Hände, um nicht zu toben. Die anderen musterten sie beinahe ängstlich, sie hatte dafür aber keine Zeit. Sie legte ihre Rüstung an, nahm ihr Schwert und wurde von einer der wenigen Frauen, die ebenfalls Wächterinnen und Trainerinnen waren, durch pechschwarze Tunnel in die Arena des Feuers gebracht. Sie hatte ihre Rüstung an und ihr Schwert schon in der Hand. Hocherhobenen Hauptes trat sie in die Arena und stellte sich breitbeinig hin. Sie würde kämpfen und siegen! Dann ging das andere Tor auf und ein riesiger blaurot gemusterter Krake, der auf zwei Beinen ging, kam heraus und stand auf der anderen Seite. Um sie schossen tiefrot flackernde Feuerzungen hoch. Durch die Flammen sah sie schemenhaft Gestalten. Sie hatte jedoch keine Zeit sich umzuschauen, denn ihr Gegner hatte keine Geduld und kam bereits langsam und bedrohlich auf sie zu. Sie musterte ihn und erkannte ihn wieder. Ein Widerling, der immer mit seinen Kräften geprotzt hatte. Sie wusste nicht, ob er ein Krake war, der magisch verändert worden war oder ein Nauticus, der magische Fähigkeiten hatte. Möglicherweise sogar das, denn er konnte sprechen. Auch jetzt verspottete er sie wieder. Höhnisch nannte er sie ein jämmerliches Wesen, ohne Hirn, ohne Kraft, die sich nur mit ihrem Schwert ohne Magie verteidigen konnte. „Du kannst doch nur durch das Gift gegen mich antreten – eigener Zauber, was für ein eigener Zauber – ich habe dich nie leuchten sehen, du bist jämmerlich, nur ein Fisch!" So ähnlich und noch viel schlimmer prasselten seine verächtlichen Worte auf sie nieder. Er hoffte wohl, sie so zu entmutigen. Anisha ignorierte seine Worte, sie konzentrierte sich auf diesen

Gegner, der versuchte, sie jetzt schon, vor dem Kampf zu überwältigen. Sie hatte Geschichten gehört, heimlich und leise von den Tieren, die verändert wurden, die berichteten, das Übeltäter der Nautici auf Zeit magisch verändert wurden und dann in einem Kampf wie diesem die Chance hatten, sich zu rehabilitieren und ihr schien, als wäre das so ein Kampf. Diese Möglichkeit wollte sie diesem abscheulichen Wesen nicht geben, aber dazu musste sie überleben. Sie musterte die Tentakel und sah, dass an jedem Ende eine Kralle herausstand. Wenn er sie damit erwischte, war es vorbei. Also nahm sie ihre Grundhaltung ein und spürte in sich ihre Kraft und ihre Wut hochsteigen. Heute nutzte sie die Eigenschaften des Stachelrochen-Gifts und konzentrierte sich auf ihre linke Hand. Stacheln schossen anstelle der Fingernägel heraus und sie würde sie wie Pfeile abschießen. Sie musste nur nah genug sein. Also musste sie von unten angreifen, D aber dazu müsste sie an den Tentakeln vorbeikommen. Sie begann ihn zu umschleichen, etwas, was er nicht erwartet hatte. Offensichtlich glaubte er, sie durch seine Worte so zu verängstigen, dass sie zu nichts mehr fähig war. Weit gefehlt! Ja, er musste ein Nauticus sein, denn er konnte keinen Tintenschwall ausstoßen. Das hatte sie schon in einem anderen Kampf bitter erlebt. Heute hatte sie aber so einen Vorteil. Weiter glitt sie um ihn und er begann sich zu drehen. Als sie in seinem toten Winkel war, ließ sie sich nach unten gleiten und stieß sich dann kräftig mit einer drehenden Bewegung ab, die sie schnell nach vorne antrieb. Als sie unter ihm vorbei glitt, schoss sie ihre Fingernägel ab und traf ihn zielsicher im schmerzhaftesten Bereich seines Körpers. Er brüllte gequält auf, aber sie stand schon wieder vor ihm. Sie hatte bei diesem Vorspiel nicht bemerkt, dass die Flammen heruntergesunken waren, damit die Zuschauer alles beobachten konnten. Es war offensichtlich, dass die Königsfamilie und die restlichen Zuschauer den Kampf genießen wollten. Anisha stellte sich wieder hin, gegen über zog gequält ihr Widersacher die Spitzen aus seinem Körper. Innerlich zog sich bei ihr alles zusammen, aber sie hatte keine Zeit für weitere Gefühle oder Gedanken, denn der Schiedsrichter – niemand anderes als ihr riesenhafter Trainer, hob eine große zackige Muschel hoch, um sie an einem Stein zu zerschlagen und so das Zeichen für den Kampf zu geben. Anisha wurde noch angespannter, auch ihr Gegner nahm wieder seine Position ein, als hinter ihr aus dem Nichts ein lauter Schrei, fast ein Brüllen kam. „Nein, nein, seit ihr wahnsinnig, das geht nicht, ihr habt eine der Unseren im Ring – wie konntet ihr nur! Ihr müsst sie freigeben, sie muss zu uns zurück!" Anisha konnte nicht anders, sie drehte sich etwas, um die Rufer zu sehen und wollte ihren Augen nicht trauen. In der großen Zuschauergruppe saßen zwei Aquati – mindestens sahen sie so wie ihre Clanmitglieder aus. Sie hatten blasse Haut und rote Haare. Und beide waren völlig außer sich. Kaleo und seine Mutter Kaimana saßen neben ihnen und es war deutlich, dass beide überhaupt nicht verstanden, um was es ging. Herrisch bedeutete Kaimana dem Schiedsrichter abzuwarten und meinte dann sehr laut und herablassend „Was soll das? Das ist doch nur eine Goldmakrele, die sich im Vollmond verwandelt hat, das ist doch keine Aquata!" „Doch, schau doch, sie sieht mir ähnlich, sie hat helle Haut und dieses Rot in ihren Haaren – und habt ihr sie wirklich mit dem Gift und eurer Magie verändern können in der ganzen Zeit?" Kaimana drehte sich zu ihrem Sohn um und fragte schockiert: „Kaleo, was sagst du?" Kaleo war sehr still geworden und erst nachdem jeder ihn anstarrte antwortete er deutlich leiser als sonst „Nein, es hat nie geklappt, egal, was wir versucht haben, am nächsten Tag waren die Veränderungen verschwunden. Wir mussten ihr immer häufiger das Gift geben." „Wie konntet ihr nur? Ihr wisst doch, was das Gift des Stachelrochens bei einem Nauticus oder Aquatus macht, wenn es mehr als einmal gegeben wird. Was habt ihr euch nur gedacht, schaut ihren Gegner an, das ist das beste Beispiel!" polterte der Aquatus temperamentvoll weiter und erhob sich in seiner ganzen Macht und sein Wasserzauber – ja, das war Wasserzauber wie Anisha ihn kannte – war um ihn spürbar wie ein funkelnder Mantel. „Sie muss da raus, raus oder unser Abkommen ist null und nichtig!" Anisha verstand nichts außer dass Rettung da war – Rettung, die sie sich nie erträumt hatte und sie spürte – ja, sie spürte wieder etwas außer Wut, Frust, Sie spürte Trauer, Hoffnung und sie fühlte, ja, sie fühlte eine unendliche Entlastung, dass sie doch nicht im Feuerring weiter kämpfen und töten musste. Es wäre zu furchtbar gewesen. Kaimana sah ihren Sohn nur mit glühenden Augen wortlos an und gestikulierte sehr deutlich, denn sehr still und gedrückt machte sich Kaleo auf den Weg, um Anisha aus dem Feuerring zu holen, dessen Feuer inzwischen verloschen war. Ohne ihr in die Augen schauen zu können nahm er ihre Hand und sie trat gemeinsam mit ihm über die Grenze der Arena. Es war, als würde der unendliche Druck eines weiteren Fluchs von ihr gehoben. Sie fühlte sich frei wie seit langem, aber auch verändert durch alles, was passiert war. Sie hatte jetzt Angst, große Angst, dass zu viel Zeit vergangen war, dass sie in der Suche versagen würde und Dylan und dem Clan nicht rechtzeitig helfen könnte. Für weitere Gedanken war jedoch keine Zeit, denn Anisha stand nun vor den zwei Aquati, die sie fasziniert in einer Mischung von Mitleid, Wut und Respekt betrachteten. Allen fehlten die Worte. Diese Aquati waren aus dem Nichts gekommen und hatten sich für sie eingesetzt –ein unvorstellbares Geschenk. In Anishas Kopf schossen die Gedanken hin und her – ohne Lösung, sie wusste nicht, was sie sagen sollte. Nach mehreren Anläufen brachte sie ein „Danke" heraus und dann musste sie die Aquata genauer anschauen und einfach sagen „Du siehst meiner Mutter ähnlich." Die beiden schaute sie weiter fasziniert sprachlos an. Dann sagte die rothaarige Aquata – und Anisha verstand sie sofort – „Das ist Liam und ich bin Enya und wir kommen aus dem Nordmeer und wie heißt deine Mutter?" „Irala" „Irala – das, das oh, sie lebt noch, oh, wir sind verwand und sie lebt noch – danke, danke!" Anisha fand sich sehr plötzlich in einer überwältigenden und fast erdrückenden Umarmung wieder, sie konnte nur noch keuchen. Liam schaute sie sprachlos an und öffnete den Mund. Bevor sie weitersprechen konnten, klangen tiefe Hörner dröhnend durch die unterirdische Stadt bis zu ihnen, die vor der Stadt neben dem Ring des Feuers standen. und alle schauten erschreckt auf. Dann kam ein Raunen auf, denn nun kam auch der König Kehikili zu der Gruppe dazu, ein riesiger Nauticus, dem Kaleo kaum in der Größe nachstand. Er war nicht zum Kampf im Feuerring gekommen, weil er sich mit den Weisen der Nautici, die Visionen gehabt hatten, beraten hatte. Sie hatten für den Blutmond Krieg und Vernichtung vorausgesagt. Sie hatten diese Visionen mit ihm geteilt und er kam nun mit seiner ganzen Leibgarde, die aus zwanzig dunklen Kriegern bestand. „Was ist los, was ist los!" kam aufgeregt von allen Umstehenden, Kehikili und Kaimana scharten sich um ihn. Alle Nautici, die in den Zuschauerreihen saßen und nur langsam aufgestanden waren, da keiner richtig verstanden hatte, warum der Kampf gar nicht richtig begonnen hatte, liefen zusammen zur Königsfamilie. Die Eltern rissen die Kinder hoch, damit sie nicht verletzt wurden. Kampfeslust kam auf und die ersten Augen glühten schon wild. Die Garde wehrte nur mit Mühe den Ansturm ab.

Kapitel 9

Bevor Panik hochkommen konnte dröhnte Kehikili schon los: „Die Tiefseedämonen greifen an. Unsere Weisen hatten das für einen Blutmond vorausgesagt, aber niemand glaubte, dass es schon jetzt soweit sei." Der König stand jetzt mit seiner Familie zusammen, aber bevor er etwas sagen oder planen konnte, drehten sich zwei alte Frauen, die nahe bei Kaimana und Kaleo gesessen hatten, zueinander und berührten sich an den Händen. Sie neigten die Köpfe und verwandelten sich in blutrote Fische mit Reißzähnen. Mit weit geöffnetem Maul stießen sie funkelnd grünes Wasser aus und wen es berührte, der schrie gepeinigt auf, denn die Haut bildete Blasen an diesen Stellen und löste sich ab. Sie versuchten zuerst Kaimana anzugreifen und als die Leibgarde eingriff, schlängelten sie sich immer schneller auf die Wachen los. Jeder reagierte nur noch, nichts konnte geplant werden. Enya, Anisha und Liam schauten sich in die Augen, nickten nur und gingen, als hätten sie es schon immer getan, Rücken an Rücken in Position. Anisha hatte ihr Schwert wieder in der Scheide, erinnerte sich aber endlich wieder an die Macht ihres Wasserzaubers. Sie formte in ihren Händen heiße Wasserkugeln und schoss sie auf die Fischwesen. Die erste Kugel traf und der rote Riesenfisch zuckte zusammen, versuchte aber trotzdem weiter durch den Angriff auf die Leibgarde Kaimana in eine Ecke zu treiben. Sofort unterstützte Liam Anisha und beide griffen mit Wasserblasen und heißen Wasserkugeln weiter an. Enya nutzte das Ablenkungsmanöver und zog ihr Schwert, dann glitt sie wie ein Schatten los, um die Gruppe von hinten anzugreifen. Gemeinsam kämpften sie und als Enya erst dem einen dann dem anderen Fischwesen den Schwanz abschlug, taumelten sie langsam zur Seite. So hatten nun auch Anisha und Liam Gelegenheit ihre Schwerter zu ziehen. Gemeinsam machten sie kurzen Prozess.

Mit dem Tod kam die Rückverwandlung und zwei Leichen trieben verstümmelt in den blutigen Schwaden der Strömung. Als sie sich umdrehte merkte sie, dass sie Kaleo bewundernd musterte. Sie fand das nur unangemessen und ignorierte ihn, da offensichtlich noch der wahre Kampf bevorstand. Kaimana schaute sehr erleichtert zu ihnen hin, als wollte sie etwas sagen. Sie hatte jedoch keine Gelegenheit dazu, da sie gemeinsam mit Kehikili schon damit beschäftigt war, die Krieger zu sammeln und die nicht kämpfenden Bewohner, die noch da waren, in den geschützten Bereich der Stadt zu schicken. Sie hatten sich durch diesen grausamen Angriff nicht beeindrucken lassen. Sie setzte aber alles daran, sie zu schützen und als Anisha das bemerkte, war sie trotz des Verhaltens ihr gegenüber bei ihrer Ankunft beeindruckt. Aber trotzdem traute sie ihr nicht und blieb bei Liam und Enya. Bei ihnen spürte sie den bekannten und sicheren Wasserzauber und auch eine andere Verbindung, die sie gerade nicht definieren konnte. Jeder Stadtbewohner wollte aber kämpfen und in erster Reihe stehen. Anisha erkannte nun auch die grundsätzliche Haltung der Nautici. Allen war die Magie des Kampfes wichtig und wurde hochgeschätzt, daher gab es auch Kämpfe, die für die Zuschauer nicht unbedingt eine Ablenkung waren, sondern auch eine Chance, Kampf und Gewalt mitzuerleben, wenn sie selbst nicht kämpfen konnten. Dafür wurden Veränderungen durch Gift, Magie, Verletzungen und sogar Tod toleriert. Es war sogar eine Ehre für die anderen in der Arena zu kämpfen und vielleicht sogar zu sterben. Anisha war diese Haltung fremd, denn für sie war klar, dass jemand selbst kämpfen musste und auch mit den Konsequenzen leben musste, nicht ein anderer als Ersatzkämpfer, der sich quälte und litt. Das bewegte sie sehr und wühlte sie auf, aber gerade jetzt konnte sie überhaupt nichts tun. So waren alle Nautici gerade sehr erhitzt und aufgewühlt und wollten ihre Tradition leben. Daher konnten erst die Gruppe der Weisen, alte Nautici, die weiße Strähnen in den Haaren hatten und deren Augen perlmuttfarben leuchteten gemeinsam mit der Königsfamilie erreichen, dass Kinder, Mütter und ältere Männer, wenn auch nur zögerlich, bereit waren, in die Stadt zurückzukehren, um sie auf diese Weise zu schützen und zu verteidigen. Während geplant und die Planungen umgesetzt wurden, begannen sich bereits die Krieger in Gruppen im Bereich des Feuerrings und etwas weiter entlang der Stadt kampfbereit in Verteidigungsstellung zu positionieren. Einige hatten Gefäße mit Steinen neben sich. Die Steine begannen langsam grün zu glühen. Andere standen neben ihren Reittieren – große und muskulöse Wesen, die einen Kopf ähnlich wie ein Hund hatten mit einem Maul voller Reißzähne und einem Körper beinahe wie ein riesenhaftes Seepferdchen. Die Haut sah wie Haifischhaut aus – dick, unzerreißbar und grau mit schwarzen Streifen, der Schwanz endete in einen farbigen Stachel. Als alle, die nicht mit der Armee kämpften, endlich sicher in der Stadt waren, kehrten die Weisen zu den Kämpfern zurück und gaben jedem Krieger etwas in die Hand. Sie kamen dann auch zu Anisha. „Du hast gelitten, du hast gekämpft, du bist würdig, die Rote Perle zu erhalten", sprachen sie und gaben ihr eine dunkelrote Perle. „Diese Perle kannst du nur tragen, weil du das Gift des Stachelrochens überlebt hast. Es bringt dir Kraft, Magie und Ausdauer." „Kann ich deswegen die Stacheln an den Fingerknöcheln ausfahren?" „Ja, und nun kannst du im Zorn klar denken." Anisha konnte nun besser akzeptieren, was mit ihr passiert war und eher verstehen, dass alles mit der Suche zusammenhing – nur, warum hatte sich Kaleo so verhalten? Er schien sie zu mögen, hatte sie sogar trainiert. Sie erkannte, dass sie ihn nicht abstoßend fand, aber nicht respektieren konnte, auch wenn er offensichtlich einer Tradition folgte, einer Tradition, die aus ihrer Sicht sinnlos war und die er hätte hinterfragen können. Da waren keine positiven Gefühle, nichts wie früher bei Narius oder Dylan. Dylan war wieder in ihren Gedanken – für ihn würde sie kämpfen und überleben. Sie zog die rote Perle auf ihr Lederband auf und fühlte sich etwas besser. Nun hatte sie vier Perlen und einen weiteren Teil der Suche hinter sich, aber den Kampf vor sich. Eine Herausforderung, der sie sich stellen würde! Inzwischen stellten sich die Krieger in Gruppen von acht auf, die Königsfamilie war von der Leibgarde umgeben, die kein Lebewesen mehr durch ließen und alle hielten jetzt ihre dunkelrote

Perle in der Hand, die sie dann an ihrer Rüstung befestigten. Sie
musterte die anderen Krieger. Erst bei genauem Hinsehen bemerkte Anisha, dass die Hälfte der Leibwache, aber auch der
Krieger Frauen waren. Die grimmigen Gesichter voll Kampfeslust hatten im gemeinsamen Ziel sich selbst verloren. Die rote
Perle schien alle auf die Höhe ihrer Kraft zu bringen oder sie
hatten das Gift des Stachelrochens bekommen. Das alles und viel
mehr ging Anisha durch den Kopf. In dieser Runde von Kriegern fühlte sie sich trotz des drohenden Kampfes erstaunlich sicher. Die Reiter der Tiefsee waren noch im Hintergrund. Anisha war auf ihre Aufgabe in der Armee gespannt. Anisha sah sich
weiter um und blickte vor der Stadt auf die sandige Senke, die
teilweise von bizarren Felsen bedeckt war und an die sie sich inzwischen wieder erinnern konnte. Der Sand sah normalerweise
wunderschön aus, aber heute stiegen aus Spalten Schwaden von
schwarzen Blasen hoch, ein roter Nebel zog aus den dunklen Tiefen des Meeres auf und gleichzeitig hallte alles von einem tiefen
grausamen Heulen wieder, als würden viele Wesen, aber auch
Wassermenschen gleichzeitig brüllen und grölen. Hinter dem blutigen Nebel sah sie schattenhaft Gestalten –, Wesen, wie sie es sich
nicht vorstellen konnte. Langsam glitt eine Armee auf sie zu, wie
sie bizarrer nicht sein konnte. Die ersten Reihen bestanden aus
den Ausgeburten der Tiefsee. Große fischartige Wesen mit drei-
eckig zulaufenden Mäulern voll von spitzen Zähnen, Tiefseekra-
ken mit riesigen rotglühenden Augen und schnappenden Schnä-
beln, riesenhafte Krebse und Haie, die mit aufgerissenen Mäulern
alle Zahnreihen fletschten. Dahinter sahen sie Reihe um Reihe
von dunklen Kriegern. Jeder schien unvorstellbar groß und hatte
einen funkelnden roten Umhang und einen Speer oder Zweizack.
Als sie genauer hinsah, waren es keine Umhänge, sondern flos-
senartige Schwimmhäute – als seien alle verzaubert. Die Augen
ohne Pupille glühten weiß, die spitz zulaufenden Zähne waren ge-
bleckt. Neben sich bemerkte sie das Wirken eines Zaubers und als
sie sich umschaute, waren alle um sie auch verändert. Jeder hatte
Stacheln ausgefahren, manche zeigten ähnliche Schwimmhäute.
Anisha konzentrierte sich und stellte sich als Kriegerin vor. Sie war

so aufgedreht, dass es ihr nicht schwer viel und ihr Wasserzauber tobte in ihr. Sie spürte Stacheln vom Kopf über den Rücken und außen an den Unterarmen. In der rechten Hand hielt sie ihr Schwert, das auch wie ein langer Stachel aussah, an der linken Hand waren die Fingernägel zu nadelspitzen Krallen geworden. Sie hatte ihre Rüstung an und das musste genügen. Liam musterte sie mit Respekt, schien etwas sagen zu wollen, was jedoch nicht möglich war, denn nun zog sich ihr Teil der Armee mit der Königsfamilie gezielt zum Stadtrand zurück und stellten sich wieder in den Gruppen auf um zu kämpfen, zu verteidigen und zu überleben. Sie stand zusammen mit Liam und Enya, als der Kampf begann. Das Wasser war inzwischen noch nebliger, auch durch den Sand der hochgewirbelt wurde, und die Angreifer schienen aus dem Nichts zu kommen. Zuerst schossen blaugrün gemusterte riesige Haie heran. Sie kamen in Gruppen und sehr gezielt. Ihre blutrot glühenden Augen blickten böse und schienen sie verschlingen zu wollen. Sie hatten Krallen an den Flossen, dazu das zähnefletschende Maul. Sie versuchten sich zu verbeißen und dann zu schütteln, umso den Gegner zu zerfetzen. Anisha kämpfte und lernte schnell, wie sie am schnellsten einen Hai tötete. Sie zog ihm mit dem Schwert einen Schlag über das Maul, so dass er betäubt wurde, im Herunterziehen trennte sie eine Flosse ab. Wenn der Hai dann seitlich im Wasser lag, schlug sie die Schwanzflosse ab und schlitzte im Zurückziehen den Leib auf. Es war furchtbar und das Wasser verdunkelte sich weiter vom schwarzen Blut der Tiere. Nach der Angriffswelle der Haie kamen die Kraken, die versuchten, sich auf die Gegner zu setzen, um zu würgen und mit dem Maul, das wie ein Vogelschnabel aussah, zu schnappen und so zu töten oder einfach Stücke aus dem Feind zu reißen. Dazu verdunkelten sie zusätzlich das Wasser mit Tintenschwaden. Anisha trennte Tentakel ab, stach Augen aus, zerstückelte Körper und das Blutbad ging weiter. Dann kamen die Ungetiere der Tiefsee. Wieder und wieder griffen Tiere an, die aus einer anderen Zeitalter herausgerissen schienen – große walartige Riesen mit vier Flossen und zahnbesetzten riesigen Mäulern, riesige Muränen, die beißenden Nebel aus dem Maul spien und dann versuchten, ihre Gegner schlangengleich zu erwürgen, riesige Quallen, die sich auf die Kämpfer setzten, um sie zu ersticken und dann zu verdauen, in dem sie Säure ausschieden. Sie zielten besonders auf die Königsfamilie, die sich mit allem möglichen Zauber und Waffen wehrte. Auch sie standen Rücken an Rücken. Durch ihre Magie hatten sie einen schillernden Schutzschild um sich errichtet. Er hielt viel aus, wurde aber besonders durch die Muränen immer wieder durchlöchert. Anisha hatte kurz Zeit um innezuhalten und da sah sie, wie Kaleo mit seinem Zauber den Schild wieder vervollständigte. Es schien nicht das erste Mal zu sein und ihm lief eine schwarze Flüssigkeit wie Tränen aus den Augen. Kaimana lag fast bewegungslos am Boden und Kehikili stand über ihr. Anisha kämpfte weiter, in der nächsten Pause sah sie, dass nun alle drei wieder standen. Auch wenn sie die Königsfamilie nicht mochte, war sie erleichtert, denn sie taten alles für ihr Volk und suchten keine Vorteile für sich. Alle anderen wurden von den magisch veränderten Kriegern angegriffen und das Kämpfen und Morden ging endlos weiter. Anisha hatte keine Zeit mehr zum Denken, sie reagierte nur noch, immer in der Dreiergruppe mit Liam und Enya. Nur aus den Augenwinkeln und in kurzen Pausen sah sie die Reiter der Nautici aus dem Hintergrund angreifen, sie konzentrierten sich vor allem auf die Ungetüme. Gezielt griffen sie die Köpfe und Flossen an und mehr als einmal sah sie eines der Reittiere mit seinem Stachel zustechen um den Gegner zu quälen. Anscheinend waren die Stacheln mit Gift versetzt, da die gestochenen Tiere häufig an furchtbaren Krämpfen litten und so schnell zum Opfer wurden. Sie konnte das jedoch nur kurz wahrnehmen, ihr Kampf war aufreibend genug. Sie wechselten sich anfangs ab, so dass immer einer kurz ausruhen konnte, aber als die Angriffswelle der Krieger kam, war es vorbei. Sie standen zu dritt da und kämpften und wehrten sich, immer und immer wieder, es hörte nicht auf, ein Krieger nach dem anderen sank vor ihnen nieder, denn auch sie hatten Wassermagie und schossen mit Wasserstrahlen, bewegten die Felsen um zu zerschmettern. Anisha merkte, dass sie ihre Fingernägel wieder und wieder abschießen konnte, und wo sie traf, entstanden schwärende schwarze Wunden. Sie kämpften weiter und weiter, manchmal glaubte sie einen goldenen Schein um sich zu sehen, dann spürte sie wieder neue Kräfte, aber das blutige Morden hörte nicht auf und sie wurde immer verzweifelter, bis ein durchdringender Ton wie eine Fanfare durch alle Kämpfer und über dem Schlachtfeld vor der Stadt hallte. **STOP** Das hörten alle und ließen verwirrt voneinander ab. „Ihr Toren – warum zerstört ihr euch?" Die Worte tönten laut und übermächtig über das gesamte Schlachtfeld. „HÖRT AUF! Krieg ist keine Lösung." Fast alle schauten sich irritiert um, manche schauten sich verwirrt an, hoben ihre Waffen, um sie dann wieder sinken zu lassen und dann war unversehens so klar, wer das gesagt hatte. Die Silhouette eines riesigen roten Drachens, einzigartig in seinen Proportionen, funkelnd durch glänzende Schuppen, dargestellt mit einer glühenden goldenen Aura, zeigte sich allen, um wie ein Wetterleuchten wieder zu verschwinden. Alle waren erstarrt, jeder war erschöpft und nun zutiefst berührt. Alle schauten sich für eine lange Zeit wortlos an, dann wurden Schwerter in die Scheiden gestoßen. Seufzer stiegen auf und die Krieger verbeugten sich voreinander und trennten sich ohne Worte. Die Kämpfer der Tiefsee drehten sich um und verschwanden mit den letzten überlebenden Tieren in der lichtlosen Schwärze einer großen Spalte, die sich in der Zwischenzeit aufgetan hatte. Die überlebenden Verteidiger der Stadt sahen sich betäubt an und alle kehrten langsam wieder auf den Platz zurück, an dem alles an diesem Morgen begonnen hatte, Unvorstellbar, dass das so kurz her war. Nur langsam begannen sich alle umzuschauen, dann begann die Suche nach Verletzten, die Bergung der Toten. Stöhnen und Jammern begann erst leise, wurde mit der Zeit lauter und lauter.

Kapitel 10

Der Tag war grausam gewesen. Anisha war jetzt seit dem frühen Morgen wach und der Kampf hatte kräftezehrende lange Stunden gedauert. Sie hatte sich am Ende wie im Nebel gefühlt, sich selbst nicht mehr gespürt, nur noch reagiert, gewehrt, angegriffen und getötet. Nun blickte sie das erste Mal wieder um sich und sah, was von dem Schlachtfeld noch übrig war. Am Boden und kurz darüber lagen und schwebten Leichen von Lebewesen, die vor kurzem noch wuterfüllt gekämpft hatten. Teilweise lagen Krieger tot oder schwer verletzt aufeinander, die Reittiere schwammen ohne Reiter suchend über die Fläche. Das Wasser war von roten und grünen Blutschwaden durchzogen, teilweise sammelte sich das Blut der Toten in Vertiefungen auf dem Meeresboden. Anisha, Liam und Enya standen immer noch zusammen. Die drei drehten sich zueinander und musterten sich. Jeder war durch den Kampf gezeichnet, auch wenn die Verletzungen nicht schlimm waren und bis jetzt kaum schmerzten. Respektvoll grüßten sie sich als Kampfgenossen und Liam sah sie beeindruckt an. „Ich habe schon lange niemand mehr gesehen, in dem der Drachenzauber so stark ist. Du kämpfst wie eine der alten Heldinnen!" Anisha wusste nicht, was sie sagen sollte. Sie hatte ihr Wissen und Geschick, dass sie sich angeeignet hatte, angewendet – mehr nicht. Als sie das anmerkte, wollten die beiden das nicht gelten lassen. Sie wiederholten das Lob und luden sie zu sich in das Nordmeer ein. Enya sagte: „Wenn deine Suche vorbei ist, wenn du frei bist, komme uns besuchen, wir müssen viel reden – wir sind verwandt, aber ich verstehe nicht genau wie. Wer war denn dein Vater?" „Ich kenne ihn nicht, bin ohne ihn aufgewachsen." Während sie noch sprachen, kamen Kehikili und Kaimana zu ihnen. Sie wollten ebenfalls mit Enya und Liam sprechen, aber Liam hatte es plötzlich sehr eilig. Er sagte nur, dass sie wiederkommen würden, der Kampf sei gut gewesen und sie müssten los, bevor die Strömung der Tiefsee, die in den Norden floss, wieder die Richtung änderte. Schnell wurden Versprechungen und Pläne ausgetauscht und nichts und niemand konnte die beiden Aquati halten. Sie schienen nun beinahe unter Druck zu stehen, kaum, dass sie noch erwähnten, dass sie zu einer anderen Zeit zu Verhandlungen zu den Nautici wiederkommen würden. Sie wollten nur noch weg. In einem kurzen Gespräch vor dem Abschied dankte Anisha Liam für seine Unterstützung, für ihre Rettung aus dem Feuerring, der das aber als ganz normal sah. Das seien Familienbande, da kümmere man sich, das sei selbstverständlich. Weiter wollte er nicht sprechen, lud sie aber nochmals herzlich, fast dringend ins Nordmeer ein. Nach einem kurzen Abschied machten sich beide auf den Weg, jedoch nicht ohne nochmals das Versprechen des Wiederkehrens gegeben zu haben. Liam hatte auf seine einzigartige Art nur angemerkt, dass zusammen kämpfen doch ein Vertrauensbeweis sei, daher sollten sich die Nautici wirklich keine Sorgen machen. Nach diesen Worten hatte er sich gemeinsam mit Enya in die Höhe abgestoßen und war in die schnellfließende Strömung eingetaucht, die sie schnell weggetrieben hatte. Sie waren auf dem Heimweg! Anisha war immer noch aufgedreht und durch den schnellen Abschied von Liam und Enya zerrissen. Sie spürte nun erst, was passiert war und erkannte, was sie getan hatte, und ihr wurde beinahe schlecht. Dieser Kampf, dieses Morden – unvorstellbar. Und ihre Retter – sie hatte keine Zeit gehabt und sich kaum bedanken können. Das würde sie nachholen. Wenigstens hatte Enya ihr beim Abschied die Jahreszeit genannt und sie wusste nun, dass sie noch vier Monde hatte, um wieder nach Hause zu kommen. Dieses Wissen war eine riesige Entlastung, da sie in der Tiefsee völlig das Zeitgefühl verloren hatte. Nun stand sie allein da und die Erschöpfung nach dem Kampf wurde für sie schmerzhaft spürbar. Der Energieschub durch das Gift und die Kampfeshitze ließen schnell nach und sie spürte jetzt schmerzhaft jede Verletzung, wenn sie sich nur bewegte. Kaleo kam auf sie zu, seine Augen glühten nach den Anstrengungen der Schlacht

immer noch. Sein Haar hatte sich aus dem Zopf gelöst und waberte um ihn herum. Auch er hatte gut gekämpft und nur wenige Verletzungen. Er berichtete erfreut, dass beide Eltern sogar
unverletzt geblieben seien. Er lobte sie sehr und sage ihr, dass sie
nun zum Urvater abtauchen würden. Der musste die Zukunft
entscheiden, da sie ja eine Aquata war und dazu noch mitge-
kämpft hatte. Anisha war irritiert, *wer war der Urvater?* Diesen
Namen hatte sie noch nie gehört! Sie wollte fragen, aber sie waren schon auf dem Weg und schwammen durch die Stadt an allen Bewohnern vorbei und zurück zu den Bergen und der Höhle. Anisha sah mit Erleichterung, wie viele Nautici überlebt
hatten und dass die Stadt kaum verwüstet worden war. Kaleo
schwamm sehr eilig vor ihr her, als würde er ein Gespräch ver-
meiden wollen. Sie hatte so keine Gelegenheit zu fragen, spürte
in sich aber ein inneres Gefühl der Sicherheit. Es passte zu diesem „Urvater" zu schwimmen und bis jetzt hatte sie ihr Gefühl
noch nie getrogen, also kam sie mit. Sie bemerkte, dass nur wenige Felsen, die mit magischer Kraft geschleudert worden waren, Gebäude getroffen, aber nicht völlig zerstört hatten. Darüber war sie froh, aber auch über die Tatsache, dass es weiter ging,
denn sie spürte den Druck der Suche wieder stark in sich. Sie kamen hinter der Stadt zu der grossen Spalte neben dem Tunnel,
durch den sie vor langer Zeit gekommen waren. Heute war die
Spalte lichtlos und sie tauchten tief in die Dunkelheit, so tief, dass
das Wasser immer heißer wurde und begann auf der Haut zu
brennen. Blasen perlten aus dem Nichts immer wieder hoch und
bizarre Wesen, für die Anisha keine Namen hatte, beobachteten
sie aus Felshöhlen mit glühenden Augen. In der Tiefe sah sie nun
ein rotglühendes Licht und erkannte, dass sie einem der Unter-
wasservulkane näherten. Unter ihnen waberte jetzt Lava und
strömte in alle Richtungen, glühend heiße Blasen stiegen auf.
Als sie am Lavasee angekommen waren, setzten sie sich auf einen Lavabrocken am Rand. Das kochend heiße Wasser umspülte sie, aber sie schienen durch einen Zauber geschützt, so dass das
Wasser von der Temperatur erträglich war. Kaleo schloss die Augen, nahm die Hände vor der Brust zusammen und beugte sich

vor. Er bedeutete ihr, das Gleiche zu tun. Also beugte sich Anisha auch vor und merkte gleichzeitig wie ihre Gedanken wieder klarer wurden, sie sich selbst wahrnahm. Dann öffnete sie die Augen und sah vor sich etwas absolut Erstaunliches, ein riesiger goldener Kreis mit einer nachtschwarzen Spalte in der Mitte. Sie kniff die Augen zusammen und drehte den Kopf hin und her um zu verstehen, was sie da anblickte. Nach einer Weile erkannte sie, was sie da sah: Es war ein immenses Auge, das sie betrachtete. Dahinter sah sie schemenhaft einen tiefroten Drachenkopf funkeln. Und sie hörte die gleiche tiefe Stimme von vorhin in ihrem Kopf: „Du gehörst nicht zu uns und doch bist du ein Teil von uns, aber nicht hier. In dir fließt das Drachenblut stark – es ist lange her seitjemand mein Nest gesehen und die Eier berühren konnte! Mein Nachfahre hat dir Schlimmes angetan, das kann ich nicht tolerieren. Zur Wiedergutmachung hast du drei Wünsche frei." Es war ein ungeheuer großer Drache und nun verstand sie auch die Geschichten, die sie während ihrer Zeit des Trainings über die Magie des Kampfes, über die Kraft des Wassers und der Unverwundbarkeit der Krieger hier gehört hatte. Das waren die Wassermänner der Südsee, die Nautici und sie waren Nachfahren der Vulkandrachen der Tiefsee. Sie wunderte sich nur über die Gegner – waren das wirklich Dämonen gewesen, sie hatten alle irgendwie ähnlich ausgesehen. Vielleicht tobte hier ein ähnlicher Kampf wie einst zwischen Naya und Toya? Das war für sie zwar vorstellbar, aber eine Antwort war ihr jetzt wirklich nicht wichtig. Wichtig war, weiter zu kommen, die Suche nach den Perlen zu beenden. Das zählte für sie. Anisha war hier wieder sie selbst, bei dem Drachen war ihr Kopf klar und alle Erinnerungen da – die Schmerzen, die Zärtlichkeit von Dylan, aber auch ihre Taten, für die sie sich furchtbare Vorwürfe machte, wollte sie doch niemandem schaden. „Kind", dröhnte die Stimme des Drachen, der sie als Person mit allen Gefühlen und Gedanken wahrnahm, „jeder schadet irgendwann jemand anderem, auch du hast das früher schon gemacht, das ist ein Teil von dir." Und sie verstand für sich, was sie getan hatte, als sie sich ganz am Anfang von der Wasserhexe befreien konnte, was sie mit Ebru getan hatte – auch das war ein Teil von ihr. Sie erkannte das Gut und Böse oft sich verwirrten und als sie zur Seite sah, merkte sie, wie erschöpft Kaleo war und welche Last auf ihm lag. Ihre Wut auf ihn verflog – auch er hatte versucht, es richtig zu machen. Er hatte ihr manchmal sogar geholfen, und er hatte seine Fehler eingestanden. Das konnte sie respektieren. Die Gedanken schwirrten im Kopf, aber plötzlich waren alle Wünsche klar: „Ich möchte frei sein, um heim zu kehren. Der Ring des Feuers soll vernichtet werden, damit nie wieder ein Lebewesen zum Vergnügen anderer kämpfen muss und getötet werden kann. Kaleo soll seiner echten Liebe begegnen." So sprach sie in ihren Gedanken und spürte eine zarte Berührung ihrer Seele. Der Drache antwortete ihr: „In dir fließt wirklich das Drachenblut stark und rein und du bist großzügig und edel. Du denkst mehr an andere als dich, deswegen musst du weiterreisen, auch sehe ich deine mächtig drängende Suche nach den magischen Perlen. Du bist und warst immer frei zu gehen, aber ich gebe dich nochmals frei, den Heimweg musst du aber selber finden. Deine Wünsche werden wahr sein!" Nach diesen Worten verschwand er aus ihrem Bewusstsein. Sie stand auf und atmete tief ein. In diesem Augenblick schoss ein heißer Wasserstrahl auf Anisha zu und wirbelte sie weg vom Vulkan, weg von Kaleo, durch dunkle Gänge in der Tiefe des unterseeischen Gebirges, bis sie wieder weit weg aus einer Höhle regelrecht katapultiert wurde und wieder draussen im Meer war, so weit weg, dass sie sich nicht mehr auskannte. Sie war immer noch tief unten und begann wieder an die Meeresoberfläche zu schwimmen, aber sie merkte, dass ihre Konzentration immer schlechter wurde und sie glitt nur weiter. Irgendwann merkte sie, dass das Wasser immer kälter wurde. Sie fiel wie in eine Trance und träumte von Dylan, wie seit langem nicht mehr. Ihre Sehnsucht wurde stärker und sie merkte, wie sehr er ihr fehlte und wie tief ihre Gefühle für ihn waren. Ihre Suche wurde wieder fühlbar wie am Beginn, vor dem Gift und sie erinnerte sich ganz bewusst daran – an die Perlen und dass immer noch eine fehlte. Sie trieb aber immer noch in einer starken Strömung, aus der sie nicht herauskam. Durch die Trance fehlte ihr der Willen etwas zu verändern, also glitt sie weiter und weiter. Nur langsam wurde sie nach oben getragen. Das klarblaue Wasser wurde noch kälter. Über sich sah sie Eisberge ziehen und fremdartige Tiere, die beinahe wie Vögel mit Fischflossen anstelle von Flügeln aussahen, schossen um sie ins Wasser und tauchten neben ihr um in riesigen silbrig schimmernden Fischschwärmen zu jagen oder in der dunklen Tiefe zu verschwinden. Die Sonne schien fahl auf die spiegelglatte Wasseroberfläche, ohne das Wasser zu wärmen und die Kälte kroch tief in ihre Knochen. Die Zeit schien still zu stehen. Sie glitt langsam wieder tiefer und schwamm nun in einem Eismeer und fühlte sich schlecht. Das Gift, dass sie immer wieder bekommen hatte, fehlte ihrem Organismus und arbeitete sich aber gleichzeitig aus ihrem Körper heraus. Alle Muskeln krampften sich immer wieder furchtbar und quälend zusammen. Aus Nase und Augen kamen Schleimfäden, manchmal hatte sie das Gefühl, aus jeder Pore ihres Körpers zu bluten. Sie ekelte sich vor sich selbst und hatte andauernd furchtbare Muskelschmerzen und ihr Kopf schien zu platzen. Immer wieder hatte sie das Gefühl, alles wie durch einen Nebel zu sehen. Wieder und wieder tauchten Tentakel, riesige Augen und zahnbesetzte aufgerissene Mäuler auf, ohne dass sie erkennen oder verstehen konnte, was das für Lebewesen waren. Manchmal schien ein goldener Schein an ihr vorbei zu gleiten, aber meistens trieb sie jetzt in einer tiefschwarzen gallertartigen eisigen Masse. Nur mit äußerster Kraft konnte sie träge weiterschwimmen – der Gedanke des Fluchs, die Suche nach den Perlen – nach der letzten Perle – half etwas, wenn die Gedanken klar waren, aber sie fühlte sich oft hilflos und verlassen. Ihre Schwimmbewegungen waren schwerfällig und unkoordiniert. Dunkle Gedanken die sie noch nie gefühlt hatte, stiegen in ihr auf, die Hoffnungslosigkeit erschien unerträglich und sie begann sich über den Sinn ihrer Suche, den Sinn ihrer Erlebnisse, den Sinn des Lebens Gedanken zu machen. Ihre Gedanken waren wie in Watte eingepackt und langsam. Sie erschienen ihr fremd und beängstigend, als seien sie nicht die eigenen. Das beschäftigte sie wieder so stark, dass sie mit ihren Gedanken nicht weiter kam – sie schlief ein und trieb weiter.

Kapitel 11

Irgendwann wachte sie auf und ihr Kopf war viel klarer und sie konnte sich wieder ohne Schmerzen bewegen. Aber sie fühlte sich so erschöpft, als hätte sie einen ganzen Tag ohne Pause trainiert. Sie erinnerte sich noch schemenhaft an ihre Gedanken und Überlegungen, die ihr jetzt sinnlos erschienen – *sie lebte ihr Leben, mit allen Konsequenzen – das war einfach so!* Als sie das für sich geregelt hatte, drehte sie sich zur Orientierung um und sah etwas Furchtbares. Ein Rudelvon Tigerhaien griff unweit von ihr ein neugeborenes Walkalb an. Die Mutter, ein riesiger Blauwal, schütze es verzweifelt von einer Seite, aber mehr schaffte sie nicht. Anisha spürte die Angst und Verzweiflung der Walkuh und Wut stieg in ihr auf. Ohne zu zögern schwamm sie kampfbereit auf die Haie zu und zog währenddessen ihr Schwert, dass ihr gemeinsam mit der Rüstung geblieben war. Sie griff an, aber die Haie kreisten sie ein. Anisha wehrte sich, wie sie es gelernt hatte, nutzte ihre neuen Fähigkeiten ohne Bedenken und verletzte zwei Haie. Dann stürzten sich die anderen auf ihre sterbenden Gefährten und ließen von ihr ab. Der Kampf war nur kurz gewesen, aber anstrengender als gedacht. Anisha fehlte die nötige Energie um weiter zu schwimmen und sank langsam erschöpft durch die Blutschwaden der sterbenden Haie in die Tiefe des Meeres. Sie glitt bewegungslos nach unten, auch ihre Gedanken waren wieder langsam und träge. So merkte sie nicht sofort, dass sie gehalten und getragen wurde und nicht tiefer sank. Die Walmutter war unter sie geschwommen und stützte sie mit der Schwanzflosse. Sie hielt solange still, während sie nur mit den Brustflossen langsam weiter glitt, bis Anisha wieder etwas Kraft gesammelt hatte und ihre Glieder bewegen konnte. Das Baby kam von der Seite zu ihr geschwommen und schaute sie mit seinen wunderbaren großen Augen vertrauensvoll an, dann rieb es sich vorsichtig an ihr. Anisha, die gerade wieder schwimmen wollte, wurde beinahe von der Flosse der Walkuh in die Tiefe gedrückt. Das Kuscheln des Walbabys fühlte sich an, als würde sich ein rundes Pony neben und beinahe auf ihr wälzen, aber sie strich ihm über den Kopf und der kleine Wal war offensichtlich glücklich. Er schwamm um sie und die Mutter herum und nickte dauernd begeistert mit dem Kopf, bis seine Mutter einen leisen Laut ausstieß. Da kam er wieder brav an ihre Seite und es ging weiter. Anisha fühlte sich willkommen, einfach angenommen, wie sie war – das war etwas, was sie nicht erwartet hatte. Sie wollte sich verabschieden, aber die Walmutter nahm sie wieder auf ihre Flosse. Anisha merkte, wie gut das tat, sie entschied sich, fürs Erste nicht alleine weiter zu schwimmen. Sie hatte nun auch Zeit zum nachdenken und planen und überlegte auch, ob die Wale ihr nicht mit dem Weg nach Hause helfen könnten – *wenn es so weit war, würde sie fragen*. Mit diesem ersten positiven Gedanken seit langem rutschte sie von der Flosse der Walkuh herunter und schwamm mit. Die beiden Wale nahmen sie einfach mit und nach einer Weile merkte Anisha, dass sie auf eine große Walherde zu hielten. Die Walkuh mit dem Baby begaben sich in die Mitte. Anisha hielt dort inne und schwebte auf der Stelle, die beiden kreisten in einem faszinierenden Rhythmus um sie herum. Anisha war begeistert und konzentrierte sich – anfangs war da ein Murmeln und dann konnte Anisha die Wale verstehen – das „Danke, Danke, Danke" von allen. Jeder einzelne Wal kam zu ihr und berührte sie ganz zart mit der Nase und am Schluss glitt ein uralter Wal mit vielen Narben an der Nase und an den Flanken vorsichtig und langsam direkt auf sie zu und hatte eine wunderschöne blauweiße Perle auf der Nase liegen, die ließ er in ihre Hände fallen. Anisha konnte es nicht fassen, sie rang verzweifelt nach Worten, die Gefühle überschlugen sich in ihr und sie fühlte sich wie elektrisiert. Nach all den Anstrengungen und Qualen hatte sie es endlich geschafft! Als sie wieder sprechen konnte, sagte Anisha „Danke, unendlichen Dank!", denn das war die letzte Perle, die fünfte Perle, und nun konnte sie tatsächlich wieder zurückkehren – zu ihrer Familie und zu Dylan und möglicherweise zu einer gemeinsamen Zukunft. Sie zog die letzte Perle auf die Lederkette und spürte unerwartet neue Kräfte in sich wachsen. Inzwischen war es Nacht. Als sie an die Oberfläche tauchte, sah sie das Sternbild des Südens, das helle Kreuz, dass sie schon gesehen hatte, als Kaleo sie in die Tiefe des Ozeans gezogen hatte, hoch am Himmel stehen und sie sah den Vollmond. Sie hatte jetzt noch drei Monate Zeit für die Rückkehr und die Rettung ihres Clans und um den Fluch zu brechen. Sie war aber am anderen Ende ihrer Welt, tief im Süden – wie sollte sie zurückkommen, denn den Weg kannte sie nicht. Anisha wurde unruhig, verunsichert sah sie sich um. Sie wollte ihre neuen Freunde nicht mit Fragen belästigen, alle waren gut zu ihr gewesen. Die Wale umkreisten sie weiter und wieder verstand sie die riesigen und wunderbaren Tiere: *Komm mit uns, unsere Wanderschaft bringt dich wieder in bekannte Gewässer!* Dankbar sagte sie zu und blieb im Schutz der Herde. Lange zogen sie durch die Meere und Anisha lernte so viel von den sanften Riesen. Sie wurde beim zweiten Vollmond, den sie zusammen erlebten, als Ehrenmitglied in die Herde aufgenommen, weil sie kein Wal war, aber Großes geleistet hatte. Anisha schätzte das sehr und nahm ihre Aufgabe des Wachens und Schützens sehr ernst. Kein Hai konnte sich unbemerkt nähern, ohne dass sie nicht ein Zeichen gab. Vor allem lernte sie die Sprache der Wale, das Singen und auch die Geschichten, von den langen Wanderungen, von den Tiefen des Meeres, vom Kalten Meer, in dem es so viel Futter – den Krill und die kleinen Fische – gab, von Geburten und vom Tod, denn der Tod war immer da, weil sich die Wale nur durch ihre Größe und sonst nicht verteidigen konnten, aber auch von der Hoffnung, von neuem Leben, von dem einzigartigen Zyklus, in dem diese wunderbaren Tiere lebten. Die Reise zurück in den Norden war wunderbar, denn nun war sie nicht allein und sie erlebte das Meer in seiner einzigartigen Vielfalt viel intensiver, auch weil sie sich in und mit der Herde sicherer und freier fühlte. Sie beobachtete die vielfältigen Fischschwärme und die Jäger der Fische, Haie, Vögel, Delphine, andere Wale. Sie sah Barracudas, die im Verband jagten, und erlebte, wie Thunfischschwärme aus der Tiefe tauchten, um mit unvorstellbarer Geschwindigkeit wieder in der Tiefe des Meeres zu verschwinden. Jeder Fisch riesig und einzigartig. Sie sah silberne Sardinenschwärme und wie sie sich in einer funkelnden Kugel zur Verteidigung sammelten. Durch die Angriffe von allen Seiten – Vögel, die Pfeilen gleich ins Wasser schossen, Delphine, die in Gruppen angriffen, Seelöwen, die sich ihren Anteil holten und die Riesen des Meeres, die Wale, die mit ihrem immensen Maul wie ein gnadenloses Sieb durch das Wasser fuhren, dezimierte sich ein großer Fischschwarm in kurzer Zeit auf wenige Schuppen, die glitzernd im Nichts des Ozeans verschwanden. So lernte sie auch jagen und den Respekt des Jägers vor der Beute, durch die sie weiter Kraft bekam, denn nicht immer waren Algenfelder da, von denen sie sich ernähren konnte. Sie sah riesige Quallen, die nur durch ihre Größe und bizarre Schönheit auffielen, und für viele Tiere Beute waren. Sie lernte aber auch die unvergleichlichen bunten, aber extrem giftigen Quallen wahrzunehmen, die kleinen Schiffen gleich auf der Oberfläche des Ozeans glitten und ihre todbringenden Tentakel, in denen jedes kleinere Wesen kläglich starb, um der Nahrungskette zu dienen. Sie lernte Wetterwechsel anhand des Flugs der Meeresvögel und der Wellen viel genauer als früher zu erkennen und bestimmen, um darauf zu reagieren, und immer wieder verteidigte sie die Wale und schützte das Walbaby, das immer größer wurde. Sie hatte aber auch Zeit zu nachzudenken und zu fühlen und ihr kamen wieder gute und stärkende Gedanken. Positive Gedanken an die Zukunft, Hoffnung, Vertrauen in ihre eigene Stärke. Sie versuchte sich an den Kampf vor der Stadt, an den Ring des Feuers zurückzuerinnern, aber da war noch viel im Dunkel, die Erinnerungen der Tiefsee waren nebelhaft. Nur wenige Fragmente waren ihr bewusst, sie erinnerte sich an zwei Aquati, wusste aber die Namen nicht mehr und war verwirrt, weil sie doch bei Nautici gewesen war. Nur wenn sie mit dem Finger über die rote Perle glitt, erinnerte sie sich an den Drachen. Das waren ihre eigenen, wahren Erinnerungen, keine Phantasien – das half etwas. So konzentrierte sie sich auf die Walherde, auf das Spielen mit dem kleinen Wal, auf das Schwimmen, auf die Heimkehr zu den Aquati. An dem Tag, bevor der Mond zum dritten Mal voll wurde, bemerkte sie endlich eine Veränderung im Wasser. Der Salzgehalt wurde langsam weniger, die Strömung veränderte sich, und sie spürte ein süßes Sehnen im Herz. An diesem Tag kam die alte Leitkuh zu ihr und Anisha spürte ihre Worte in sich – die Sprache des Wals durchfloss sie wieder wie Musik und sie erfuhr Zauberhaftes: „Heute ist eine besondere Nacht, die Nacht des Wiedersehens und der Freude. Heute treffen wir uns alle und schwimmen dann weiter ins Nordmeer." An diesem Abend glühte das Plankton weiß, die Wale glitten dunklen Schatten gleich durch das Wasser und genossen die reichhaltige Nahrung. Hinter sich zogen sie einen glühenden Schweif. Als der volle Mond hoch am nachtschwarzen Himmel stand, entstand in der Tiefe des Ozeans eine Unruhe. Es tauchten drei riesenhafte Albinowale auf, gefolgt von den Walbullen der Herde, die ihre eigenen Wege verfolgt hatten und sich nun wieder mit den Weibchen vereinten. Eng umschlungen glitten die Paare durch die Nacht, durch die drei weißen Wale beschützt. Einer der Wale schwamm direkt auf Anisha zu und sie sah die Augen golden glänzen. Um den Wal erblickte sie die lichte Gestalt eines Drachens und sie fürchtete sich., Sie verstand seine Worte in ihrem Innersten „Lege dich auf meinen Rücken, du bist Blut von meinem Blut, dir wird nichts passieren." Sie glitt nach oben und sank auf den breiten Rücken und er tauchte mit ihr tief und weit und gab ihrer Seele neue Kraft. Sie verlor die Angst vor der Tiefsee, die sie ohne ihr Wissen weiter begleitet hatte, denn sie sah mit der Hilfe dieses Drachens die lichtlosen Tiefen als die Wiege des Seins, immer eine Gefahr, aber auch eine Sicherheit, eine einzigartige Schönheit und eine Chance. Sie erkannte, dass sie das alles durchlebt hatte, die Prüfungen bestanden hatte und so zu den Aquati zurückkehren konnte. In dieser Nacht reinigte sich ihre Seele von den Resten des Giftes und ihre Gedanken klärten sich. Sie erinnerte sich nun wieder an alles und nahm sich mit allen Veränderungen wahr. Ihre Augen brannten und kurz verkrampfte sich wieder alles in ihr, als ihr alle ihre Taten und Gedanken bewusst wurden, aber sie bekam weiter Energie und Wasserzauber und konnte so ihre Stärke fühlen – es war einzigartig. Sie genoss so mit klarem Geist das erste Mal die Tintenschwärze der Tiefe des Ozeans, hatte keine Ängste mehr, keine Befürchtungen, von irgendwelchen Wesen gefangen zu werden, wusste sie sich doch sicher und wusste sie, dass sie sich nun verteidigen konnte. Sie hatte in dieser Nacht Zeit, das Gelernte und Erfahrene zu überdenken und auch, wenn nur teilweise zu verstehen. Sie erkannte, dass sie nie alles wirklich verstehen würde, aber besser damit umgehen konnte, wenn sie es einfach annahm. Bei der letzten Erkenntnis musste sie schmunzeln, denn Geduld und Hinnehmen war nicht immer ihre Stärke. Aber dieses Schmunzeln zeigte ihr auch, dass sie wenigstens etwas gelernt hatte. Dankbar glitt sie beim ersten Leuchten des Sonnenaufgangs vom Rücken des wunderbaren Tieres. Bevor sie etwas sagen konnte, verschwanden die weißen Riesen wieder in die Tiefe des Meeres. Anisha glitt jetzt hoch an die Wasserfläche und sah die letzten Sterne im ersten klaren Blau des frühen Morgens. Nun wusste sie, wo sie war und wie sie wieder zurückkehren konnte, zum Clan, zu Dylan, zu ihrer Zukunft.

Kapitel 12

Anisha schwamm zum Walkalb, das inzwischen schon groß geworden war, und zu seiner Mutter und verabschiedete sich. Auch von der Leitkuh, die sie mitgenommen hatte und von der sie die letzte Perle bekommen hatte, nahm sie Abschied. Die Walherde, die nun nach Rückkehr der Bullen angewachsen war, versammelte sich um Anisha, um sie als eine der ihren zu verabschieden. Allen fiel es schwer, aber alle waren sicher, durch die Wanderungen sich doch irgendwann wieder zu sehen, und die Leitkuh sprach leise: „Schwimme mit den Wellen, sie leiten dein Herz." Alle verharrten kurz in Gedenken und Hoffen und auch die Wellen verstummten kurz, dann trennten sich für jetzt die Wege. Anisha drehte auf der Stelle um und schoss regelrecht durch das Wasser, um den Hals das Lederband mit den fünf magischen Perlen, durch die sie die Zukunft vielleicht verändern konnte. Sie durchquerte das inzwischen flach gewordene Meer, schwamm gegen die Gezeiten, wich Fischerbooten aus, die wieder häufiger im küstennahen Wasser fuhren und nahm sich trotzdem immer wieder Zeit, Netze und Ankerketten mit ihrem Zauber zu vernichten und so auch viele Fische und andere Tiere zu befreien. Sie spürte den Dank und die Freude und das gab ihr zusätzliche Kraft, durchzuhalten und ohne Pause weiter zu schwimmen. Sie merkte kaum den Wechsel von Salz- zu Süßwasser, so sehr brannte in ihr jetzt das Heimweh. Dylans Bild stand immer vor ihrem inneren Auge, er fehlte ihr so sehr und dazu kam die Sorge, wie es allen ging. Ihr Clan, jawohl IHR Clan, brauchte sie und sie hatte die Suche durchgehalten und sie hatte alle Perlen! Sie fand sich endlich im Delta des großen Flusses, über den sie als Vogel verwandelt geflogen war, und schwamm weiter gegen den Strom, über Wehre und Engen, hangelte sich an weiß schäumenden Wasserfällen hoch, weiter und weiter strebte sie und gönnte sich kaum

Pause. Anisha schwamm durch Tag und Nacht. Inzwischen spürte sie, wie sie gegen die Zeit kämpfte und hoffte nur, nicht zu spät zu kommen. Sie dachte keinen Augenblick an ihre eigene Verwandlung durch den Fluch, sie dachte an die Grausamkeit der Schwarzen Wasserhexe und fürchtete Schlimmes für die Aquati, für Dylan, nur darum kreisten ihre Gedanken. Obwohl ihre Kräfte langsam nachließen, gönnte sie sich weiter keine Entspannung. Kaum, dass sie innehielt um etwas zu essen, denn mit immer größerer Sorge beobachtete sie die Zunahme des Mondes. Der Fluss wurde endlich ruhiger und die Strömung nahm etwas ab. Sie erreichte einen der großen Seen, die zu den Quellen des Flusses gehörten und sie wusste, dass es zu den Aquati kein langer Weg mehr war. Anisha hoffte nur, dass ihre Kräfte ausreichten, sie hatte nichts mehr zum Essen und keine Zeit mehr zum Jagen. Dieser See war malachitgrün und sie konnte ihn entspannt durchschwimmen, war doch die Strömung kaum spürbar. Er war so schön, die Farbe so verlockend, dass sie am liebsten verweilt hätte, um ihn zu erforschen, aber ihr Eigensinn und die brennende Furcht, zu spät zu kommen, ließ sie weiter durch die unendlich scheinende Wasserfläche schwimmen und nicht in die Tiefe gleiten, um die Wasserfarbe und den Seegrund zu erleben. Aber in der Entspannung merkte sie nun erschreckend, wie ihre Kräfte weiter nachließen und ihre Angst stieg, denn sie musste einfach weiter. Sie kämpfte mit sich und ließ sich zur Entlastung gleiten, dabei begann sie doch ohne es zu wollen nach unten zu sinken. Da erhielt sie plötzlich Begleitung. Aus der Tiefe des wunderbar grünen Sees tauchten zwei riesige Fische auf, ein grauschwarzer Wels und ein weißer Wels mit vielen Narben an den Flanken, zwei mächtige Tiere, die ohne weiteres wie Leibwächter neben und vor ihr schwammen. Sie erschrak zuerst vor den Fischriesen, aber dann erinnerte sie sich an ihre ersten Tage im Wasser, an das erste Treffen mit diesen außergewöhnlichen Wesen und den Wasserzauber, den sie bei ihnen gespürt hatte. Siefasste Mut und aktivierte ihre letzten Reserven.- Es musste einfach weiter gehen. Sie schwamm weiter und fand nun durch die Unterstützung auch die Tiefe im See mit der geringsten Gegenströmung, die sie am leichtesten bewältigen konnte. Und sie schwamm hinter dem weißßen Wels, was zusätzlich entlastete. Ihr Herz pochte immer schneller und sie konnte sich kaum noch halten – *wann war der Weg endlich zu Ende!* Nichts anderes zählte mehr. Sie glitt mit ihrer Eskorte aus dem See weiter in einen schmalen schnell strömenden Fluss, aber sie nahm die Gegenströmung kaum wahr, Durch die Unterstützung der Welse waren ihr neue Kräfte gewachsen und nun war sie gedanklich ganz bei Dylan. *War es ihm so schlecht gegangen, ohne Wasserzauber, ohne Kraft – würde er durchgehalten haben? Würde er sie überhaupt wieder wollen, so wie sie geworden war?* Sie war durch das Jahr verändert, nicht nur äußerlich, sondern auch innerlich. Sie hatte durch die Suche nach den Perlen, durch die Herausforderungen und Qualen vieles erlitten und gelernt, sie war jetzt eine Kriegerin, keine junge Frau mehr, die verwirrt bei den Aquati angekommen war. Zweifel wollten hochkommen, aber sie kämpfte gegen diese negativen Gedanken, konzentrierte sich auf die Rückkehr zum Clan und den Moment des Schwimmens. Ihre Muskeln schmerzten inzwischen und ihre Bewegungen wurden langsam kraftlos und fahrig, aber sie musste weiter! Sie erinnerte sich nun an die Kraft, die ihr der Weiße Wal in der unvergesslichen Nacht gegeben hatte, an den Zauber, den sie damals gespürt hatte, und sie fand doch ungenutzte Reserven, die sie weiterbrachten. Nun war sie froh über die Gegenströmung, die durch riesige Felsen teilweise verstärkt wurde. Sie musste ihre ganze Kraft und ihr Können mit voller Konzentration einsetzen, um voran zu kommen und sie hatte so keine Zeit mehr zum Denken, zum Zweifeln, nur noch Gedanken des Durchhaltens. Sie kam an eine groß geschwungene Flusskurve, die sie mit viel Kraft bewältigte, danach wurde der Fluss tief und sie konnte aus der Strömung auftauchen und sich so etwas entspannen. Anisha kam jetzt zum Zugang – aus ihrer Sicht – des nächsten Sees. Sie glitt hindurch, hielt kurz inne, um sich zu orientieren und sie spürte es – sie war zurück! Sie spürte es im Leuchten des Wassers und sah am Ende des Sees noch undeutlich einen Schilfgürtel. Das Wasser hier war so klar, dass sie die eisigen Berggipfel sah. Im Augenwinkel sah sie den großen Karpfen mit den goldenen Augen. Als sie sich nach ihm umdrehte, war er verschwunden. Ohne weiteres machte sie sich auf die letzte Etappe mit dem Ziel vor Augen. Die beiden Welse schwammen jetzt hinter und über ihr. Als sie weiter durch den See vorangekommen war, sah sie, dass der Schilfgürtel tatsächlich der magische Schilfwall war und sie erkannte im Hintergrund den Höhleneingang und spürte ihre Verbundenheit zu den Aquati und diesem besonderen Ort. Es war wie ein wärmender Sonnenstrahl in ihrem Inneren – sie fühlte sich endlich zu Hause. Als sie weiter schwamm, sah sie Bewegung vor dem Schilfwall. Ihre Sorge stieg, aber da sah sie Dylan stehen. Er wartete zusammen mit Noemi und Marila. Sie hatten sie kommen sehen. Er war immer noch hager und schmal, aber er stand stolz vor dem magischen Schilfwall! Und es waren keine Feinde in Sicht – was für eine Erleichterung! Anisha hatte nur noch einen Gedanken: *Er hatte es geschafft, den Zauber der Wasserhexe zurückgedrängt und mehr zu seiner Stärke gefunden,* und sie schoss auf ihn zu, in seine weit geöffneten Arme. Ohne Worte umarmten sie sich innig und schauten sich nach einer ewig erscheinenden Zeitspanne endlich wieder in die Augen.

4. Buch – Zeit des Zaubers

Da löste sich der Knoten im Lederband und die magischen Perlen rutschten an ihrer Brust herunter. Anisha befreite sich mit einem Schritt schnell aus der Umarmung und fing alle Perlen in ihren Händen auf. Dylan schaute sie jetzt bewundernd an. Er verstand nun, dass sie die Suche tatsächlich bewältigt und beendet hatte. Seine Augen glitten mit Achtung über die Perlen, auch Noemi und Marila sahen beeindruckt aus. Anisha nahm die Perlen w fasziniert wahr. Wie wunderbar sahen sie aus. Sie glänzten und funkelten in allen Farben: Weiß, Rot, Blau, Gelb, Grün. Sie hörte in sich hinein und nahm die magische Kraft der Perlen wahr und den Sinn dieser zauberhaften Perlmuttkugeln. Sie nahm die gelbe Perle und liep sie ins Wasser gleiten. Das immer noch schlammig fahle und von Algen durchsetzte Wasser vor dem Schilfwall wurde schnell heller, klarer und reiner und ein zögerndes Lächeln machte sich auf allen Gesichtern breit. Alle blickten sie jetzt erwartungsvoll an, die Hoffnung in ihnen deutlich spürbar. Die anderen Perlen lagen weiter groß und rund in Anishas Hand. Und ihr Zauber umhüllte sie wie ein warmes helles Tuch. Sie spürte die unendlichen Möglichkeiten und kämpfte mit sich. Sie hatte den machtvollen Zauber zu helfen und zu heilen, aber sie merkte plötzlich, dass sie gar nicht wusste, was sie wirklich mit den Perlen erreichen konnte, wer diesen besonderen Zauber wirklich brauchte und was dieser Zauber alles bewirken würde. Sie hatte sich während der ganzen Zeit der Suche nie Gedanken über die Fähigkeiten der Perlen Gedanken gemacht. Viel zu sehr hatte sie ans Überleben und Zurückkehren gedacht. Sinnend schaute sie zuerst auf die Perlen, fand da aber keine Lösung. Sie blickte etwas verzweifelt um sich, denn die Zeit des Perlenzaubers war jetzt, das spürte sie. Ihr war nun klar, dass sie mit dem Perlenzauber Macht über Überleben und Zurückkehren hatte – aber für wen? Sie sah wie durch einen Schleier Noemi und erinnerte sich an ihre Kraftlosigkeit, ihre große Schwäche durch den Verlust ihrer Jugend, die sie hergegeben hatte, und ihr herzliches Willkommen. Aber Noemi bemerkte ihren Blick schnell. Sie sah direkt in Anishas Augen und schüttelte entschieden den Kopf. Als nächstes dachte sie an Marila, die so allein und gequält war, sie sollte doch Herrscherin sein. Aber als Anisha zu ihr blickte, hatte sie schon den Kopf in ihre Richtung gewendet und bewegte überdeutlich ihre Lippen. Anisha sah so deutlich das NEIN, dass es das auch nicht sein konnte. Dann dachte sie an ihre Mutter, aber deren Zauber erschien ihr so verschleiert, da fand sie keinen Zugang. Sie drehte den Kopf weiter hin und her und bemerkte nun wieder die beiden großen Schatten hinter sich im Wasser. Beide Welse schwammen nun direkt auf sie zu und sie sah in ihre Augen, die sie verzweifelt musterten. Sie spürte jetzt die furchtbare Not der beiden und hörte in sich eine Bitte – eine Bitte um Rettung aus einer unerträglichen Lage. Sie zuckte vor dieser Qual zurück, aber dann riss sie sich zusammen, denn sie hatte die Möglichkeit durch den Perlenzauber zu helfen und vielleicht sogar zu heilen. Sie winkte die beiden Riesen zu sich und der Weiße Wels schob den Dunklen nach vorne. Er beugte seinen Kopf und wie selbstverständlich nahm sie die grüne Perle und setzte sie dem dunklen Wels auf die Stirn. Die weiße Perle setzte sie dem Weißen Wels auf die breite Stirn. Langsam begann das Wasser zu leuchten. Dann, als sei es ganz selbstverständlich, drehte sie sich um und sie legte die blaue Perle Dylan in die Hand. Er drückte seine Hand mit der Perle sofort gegen seine Stirn. Sofort spürte Anisha innerlich große Erleichterung, sie hatte intuitiv das Richtige gemacht! Das sie umgebende Wasser begann jetzt hell zu glühen und zu toben und die Macht des Wasserzaubers, die Magie der Perlen zeigte sich in den funkelnden Wirbeln um alle drei. Dylan war der erste, der sich verwandelte – in einen großen, kräftigen Aquatus mit glühenden blauen Augen. Er sah wie ein Krieger aus und war auch so gekleidet. Seine Augen funkelnden kurz golden auf, als er Anisha zärtlich anblickte und sie wortlos in eine liebevolle Umarmung zog. Sie genoss es sehr, drehte sich aber sofort um, damit sie weiter das Wunder der Verwandlung beobachten konnte. Neben ihnen wanden sich die großen Fische wie im Krampf und

langsam sahen alle die Veränderungen – zwei Silhouetten ver-
dichteten sich zu Kriegern der Aquati. Sie taumelten kurz, standen dann fest auf ihren Füssen und sahen sich lange sprachlos
an, kamen langsam aufeinander mit ausgestreckten Händen zu,
dann folgte ein langer Schritt und sie lagen sich in den Armen.
Es war Yuval und Sorav, Anishas Vater. Marila kam mit ausgestreckten Händen ebenfalls nach vorne, als würde sie gezogen –
stand da doch ihr Mann, die Liebe ihres Lebens und König der
Aquati, zusammen mit seinem treuesten Krieger.

Kapitel 1

Durch die Aufruhr der Rückkehr und den Zauber der Rückverwandlung waren viele andere Aquati vor dem Schilfwall gekommen und standen jetzt erstarrt und tief berührt da. Nur langsam
erkannten sie auch die Veränderung bei Dylan und bemerkten,
dass Anisha tatsächlich zurückgekehrt war. Alle erinnerten sich
nun an den Fluch und begannen mit einander zu tuscheln. Hoffnung machte sich breit. Dieses Wunder an Heilung, die Rückkehr von verloren geglaubten Aquati, die erstaunliche Rückkehr
des Königs, veränderte so viel – die übrigen Clanmitglieder sahen Anisha völlig anders an und sie spürte den Respekt der anderen. Sie wurde mit Erstaunen gemustert und viele wendeten
sich ihr zu und grüßten, andere dankten mit einem freundlichen
Handgruß oder gar einer Verbeugung. Alle waren überwältigt
und deutlich durch den Perlenzauber gestärkt, denn das war der
erste Tag der Hoffnung nach langer, langer Zeit. Anisha konnte
das gar nicht fassen und wieder einmal glühten ihre Wangen tiefrot. Sie lehnte sich weiter an Dylan, der sich jetzt aber plötzlich
krampfhaft an ihr festhielt. Als sie zu ihm hochsah, erkannte sie,
dass er wieder blass geworden war und angespannt stand – sah er
doch das erste Mal in seinem Leben seinen Vater, der gerade seine geliebte Ehefrau nach unendlichen Zeiten wieder traf. Er
schien innerlich zerrissen, wollte er doch den Vater begrüssen,
aber seine Mutter war schon bei ihm und beide nahmen nur sich
wahr. „Nein, ich bleibe bei dir", murmelte er zu Anisha und sie
lehnte sich dichter an ihn, um ihm so zu zeigen, wie sehr er für
sie wichtig war, wie furchtbar er ihr gefehlt hatte. Als er das merkte, glitten seine Arme um sie und er zog sie zärtlich an sich. So
verweilten sie und genossen das einzigartige Erlebnis der Heimkehr eines Königs. Anisha war überwältigt. Sie hatte die Suche
bewältigt, alle Perlen gefunden. Sie war rechtzeitig gekommen

und in ihr war die Macht des Perlenzaubers. Sie hatte Dylans Fluch vollends gebrochen und Yuval und Sorav, ihren Vater, zurückverwandelt. Sie spürte, wie der Druck der Suche langsam in ihr verschwand und sie hatte so wieder Raum für Neues. Aber ihre Sorge um die Rache der Wasserhexe war nicht vergangen – noch waren die zwölf Monde nicht ganz vorbei, Vollmond war in zwei Tagen, aber jetzt, da Hoffnungslosigkeit und Trauer von Hoffnung und Zukunftschancen vertrieben wurde, da Träume wieder begannen, wollte sie darüber nicht sprechen. Sie nahm die rote Perle, die sie immer noch in ihrer Hand hielt, und zog sie wieder auf ihr Lederband mit dem weißen Fisch – diese Perle würde sie für einen besonderen Notfall gut aufbewahren. Als sie sich umwenden wollte, spürte sie kräftige Hände, die sie s zurückdrehten und dann sah sie ihren Dylan richtig und nahm ihn wahr, wie er wirklich war, ohne eine Verzauberung, er als Aquatus, er als Person. Nichts war mehr von dem verhungerten, kraftlosen und verzweifelten Mann zu sehen. Stolz blickte er sie mit glänzenden Augen an und dann lagen sie sich nochmals in den Armen und ihre Lippen trafen sich endlich zu einem kurzen aber intensiven Kuss – nur kurz, denn alle Clanmitglieder waren um sie und sie spürten viel mehr in sich, dass sie nur miteinander erleben wollten. „Du bist die goldene Perle, du bist zurückgekommen, ich hatte doch recht", sagte er mit einem strahlenden Lächeln, das sich in Anishas Augen reflektierte und dann sagten sie gleichzeitig „Ich liebe Dich wie mein Leben" und spürten die einzigartige Verbindung, die sie durch die ganze Zeit begleitet hatte. Während Yuval und Marila immer noch Augen nur für sich hatten, kam der andere Krieger fast zögerlich auf Anisha zu. Er war groß gewachsen mit langen kräftigen Gliedern, die von alten Narben übersät waren. Sein Schritt war unregelmäßig, schwingend, als sei das Gehen ungeübt. Er schien nicht zu wissen, wie er seine Arme, seine Hände halten sollte. Sein Gesicht war hager und kantig geschnitten und die dunklen Augen lagen tief in den Höhlen. Langes schwarzgrünes Haar umspielte ihn bis zur Hüfte. Er war bis auf ein Lendentuch, dass Noemi ihm gegeben hatte, die schnell für ein Willkommen auf ihn zugekommen war, unbekleidet. Er stand wortlos, unsicher vor ihr und erst Noemi, half, dass er den Mut aufbrachte Anisha in die Augen zu blicken. Sie schauten sich beide lang an und suchten erfolglos nach Worten, bis er endlich mit einer tiefen, rauen Stimme, an die sie sich sofort erinnerte herausbrachte: „Meine Tochter, mein Vermächtnis, du hast mich befreit, ich danke dir!" Anisha konnte nur schüchtern nicken, sie kannte ihn ja nicht. Das war ihr Vater, sie war überwältigt. Sie musterten sich gegenseitig und sahen die Narben, die beide trugen, denn auch Anisha hatte durch ihre Kämpfe Narben erhalten, die sie inzwischen stolz trug. Sie sah Achtung und Stolz in den Augen ihres Vaters und ein kleines Funkeln, als er sah, wie besitzergreifend Dylan sie im Arm hielt. Anisha machte einen vorsichtigen Schritt nach vorne und sah ihren Vater weiter an. Beide fassten Mut und nahmen sich an den Händen und musterten sich gegenseitig – sie mussten sich noch kennenlernen. Sie schauten sich weiter wortlos an. Beide wussten noch nicht, über was sie sprechen sollten. Dylan und Noemi waren jetzt auch sprachlos. Anisha suchte ein gemeinsames Thema und fragte ihn nach ihrer Mutter. Als sie sah, wie sich sein Gesicht verzog, bereute sie die Frage, obwohl sie ihr so am Herzen lang. Seine Hände drückten ihre stärker, fast schmerzhaft und Sorav berichtete kummervoll: „Deine Mutter, meine Irala, starb jetzt im Winter. Es muss sehr schnell gegangen sein, denn sie war noch warm, als sie in ihrer Decke im Wasser begraben wurde. Ich hatte schon länger in mir gespürt, wie es ihr immer schlechter ging und war bei ihr im Wasser, aber die Strömung zog sie so schnell weg – ich weiß nicht, wo sie ist." Anisha war tief entsetzt und traurig. Sie hatte doch so oft an ihre Mutter gedacht und immer geglaubt, sie zu spüren. Neben ihr rang Noemi kurz die Hände, um aber dann in sich zu versinken, ihr Gesicht schien abwesend und seltsamerweise verschwand die Trauer, die sich zuerst gezeigt hatte. Dylan sah es und runzelte die Stirn, Anisha nahm es nur ansatzweise wahr, denn Sorav sah jetzt entsetzlich traurig und sehr verzweifelt aus – brachte er seiner Tochter doch als erstes eine schlimme Nachricht. Sie wollte etwas sagt, trösten, doch sie wusste nicht wie, also blickte sie ihn an und zeigte ihm sich selbst mit ihren Wasserzauber. Er nahm es wahr und seufzte, schien etwas erleichtert. Aber beide merkten, dass sie sich auch in dieser traurigen Situation verstanden. Das entlastete etwas und dann traten beide weiter aufeinander zu und nahmen sich tatsächlich das erste Mal in den Arm. Ganz vorsichtig strich er ihr über die Haare. Anisha war trotzdem voll Kummer, denn sie hatte den wunderbaren Augenblick der Verwandlung und des Treffens mit einem furchtbaren Thema überdeckt und das quälte sie. Trotzdem merkte sie eine tiefe Beziehung zu ihrem Vater, der den Mut hatte, ihr die Wahrheit zu sagen und hoffte gegen alle Regeln auf eine positive Zukunft. Sie konnte einfach nicht ganz glauben, dass die Mutter tot war. Es war ihr, als würde sie immer noch eine Verbindung spüren, etwas, was tief in ihrem Inneren lag. Es erschien ihr so irrational, dass sie darüber nicht sprechen wollte, aber sie fühlte so sicher einen kleinen goldenen Funken der Hoffnung. Dann traten sie voneinander weg und Dylan fing sie wieder auf. Bevor sie jedoch weiter sprechen konnten, hielten alle inne, denn gleichzeitig war noch ein großartiges Ereignis passiert – Yuval und Marila hatten sich nach der Trennung durch Magie, Zeit und Raum wieder gefunden. Der König, der durch die Schwarze Wasserhexe nicht getötet werden konnte und den sie aus Wut verwandelt hatte, war zurückgekehrt. Alle konnten es kaum fassen, denn niemand hatte noch gehofft oder geträumt, dass diese alten furchtbaren Zauber gelöst werden könnten. Sie standen immer noch voreinander und schauten sich wieder und wieder tief in die Augen und ein machtvolles goldenes Glühen war um sie, als sie auf einander zutraten um sich endlich wieder an den Händen zu berührten und dann nach einer unvorstellbar langen Zeit der Trennung und des Kummers endlich in einer tiefen Umarmung zu versinken. Beide schienen kurz die Welt zu vergessen, so sehr waren sie in den Anblick des anderen versunken. Anisha sah einen funkelnden Schein um ihre beiden Köpfe, der wie ein glitzernder Schleier sich über alle legte. Marila – Anisha konnte immer noch nicht fassen, dass sie eine Königin war – und Yuval, der König, drehten sich um traten nun vor die Gruppe, vor die letzten Mitglieder des Clans. Sie winkte Dylan zu sich. Er stand still und überwältigt da und erst nach einem Schubs von Anisha ging er fast zögerlich zu seinen Eltern. Als er dort war, nahm seine Mutter seine Hand und stellte ihn offiziell Yuval, seinem Vater, als den überlebenden Kronprinz vor. Beide blickten sich lange wortlos an, dann sagte Yuval etwas sehr leise und Dylan lächelte strahlend und richtete sich auf und drehte sich gemeinsam mit seinen Eltern zum Clan. Dann stand er das erste Mal zusammen mit seinen Eltern vor den Aquati. Alle hoben glücklich die Hände und einzelne Jubelrufe wurden laut. Die Königsfamilie verbeugte sich vor allen und die erste Anordnung war ein großes Fest, das Fest der Wiederkehr, zu planen. Da wurden die Jubelrufe noch viel lauter und gingen schnell in den ersten Planungen unter, denn alle waren seit langem wieder hoffnungsvoll. Yuval blickte nun zu Sorav hin, und neigte den Kopf. Sorav blickte kurz zu Anisha, nickte mit dem Kopf und ging dann zu seinem alten Freund, der stolz von seinem Sohn begleitet wurde. Jetzt konnten sie wieder durch ihren Wasserzauber den Schilfwall durchqueren um zum Schutz der Höhlen zu gelangen. Alle sahen hoffnungsvoll aus.

Kapitel 2

Anisha blickte um sich und fühlte sich plötzlich allein, aber Noemi kam jetzt sofort zu ihr und sah sie mit einem wissenden Blick an. Sie legte ihr fürsorglich den Arm um die Schulter und brachte sie in den Raum, in dem sie vor langem, vor beinahe einem Jahr – vor der Suche – geschlafen hatte. Beide setzten sich auf das Lager und Anisha löste mit einem Seufzer die Gurte der Rüstung. Als sie bequem saß, nahm Noemi einen grobzinkigen Kamm in die Hand und half Anisha den Zopf, den sie vor ewigen Zeiten geflochten hatte – bevor sie in den Feuerring gestiegen war – langsam zu lösen. Die Haare waren verfilzt, ließen sich aber langsam lösen und mit jedem Zopfteil, der ausgekämmt wurde, entwich dem Haar ein wenig Meersalz und der Duft stieg beiden in die Nase. Anisha fand so wieder die eine oder andere Erinnerung – an schöne und an traurige Ereignisse, an Mut und Entgegenkommen, an Treue und ihr Herz wurde leichter. Noemi sog den Duft tief ein und seufzte. „Ich hatte nicht gedacht, je wieder Salzwasser zu riechen", hauchte sie und als Anisha sie erstaunt musterte, erklärte sie endlich, dass sie noch zu den Ersten gehörte, die aus dem Salzwasser gekommen waren und dann musste Anisha, der in diesem Augenblick einiges klar wurde doch nachfragen: „Du hast doch gesagt, wir seien verwandt." Da fand sie sich in einer herzlichen Umarmung und hörte ganz leise: „Ja, ich bin deine Großtante, aber die anderen, die Clanmitglieder, sollen es noch nicht wissen." „Aber Dylan und mein Vater?" „Dylan wird es von Marila erfahren, sie weiß alles und Sorav – er weiß es sowieso." Das beruhigte Anisha und gemeinsam lösten sie den Zopf. Danach ließ sie Noemi alleine. Anisha bewegte entlastet den Kopf und merkte nun erst, wie lang ihr Haar gewachsen war, sie kämmte jetzt noch weiter, bis sie wieder ein gutes Gefühlt hatte. Sie spürte nun auch alle Muskeln und mit leisem

Stöhnen legte sie ihre Rüstung mit dem Schwertgürtel vollends ab, schlüpfte aus der Tunika aus Haifischhaut und legte alles ordentlich in eine Ecke. Dann ließ sie ihre Finger durch den weichen braungemusterten Stoff der bereitgelegten Kleidung gleiten – wie anders war das. Sie kleidete sich schnell an, gürtete sich aber wieder mit ihrem Schwertgürtel. Die Waffe war inzwischen ein Teil von ihr geworden. Die Haare schob sie nach hinten. Nun spürte Anisha ihre große Erschöpfung und merkte ihre Müdigkeit, hatte sie doch seit Tagen nicht mehr geschlafen, und kaum etwas gegessen, daher sie hatte auch brennenden Hunger. Zum Glück war es nun Abend und es gab etwas zu essen. Noemi war schon im Gemeinschaftsraum. Sie sah sie bei Marila sitzen, beide tief im Gespräch. Anisha setzte sich irgendwo zu den anderen und begann zu essen ohne zu schmecken, was es war. Schnell kamen Fragen über Fragen von allen und sie merkte, wie sie immer erschöpfter wurde. Als sie kaum noch die Worte verstand und ihre Gedanken langsam wurden, zog sie sich in ihren Raum zurück und legte sich auf das weiche Lager. Sie war jetzt so müde und überwältigt, dass sie in dem Wissen zu Hause zu sein, kaum noch die Decke hochziehen konnte, bevor sietief und fest einschlief. In der Tiefe der Nacht hatte sie wieder einen Traum. Die Wasserhexe kam auf sie mit rot glühenden Augen zugeschossen, sie hatte den Mund geöffnet und versuchte ihr den Kopf abzureißen, aber diesmal war Anisha im Traum vorbereitet. Sie zog ihr Schwert und stach wieder und wieder zu, dann quoll tintenschwarzer Schlamm auf und versuchte sie zu ersticken. Sie wachte auf und merkte, dass sie sich in der Decke völlig verwickelt hatte und befreite sich. Anisha prüfte mit allen Sinnen, ob eine Bedrohung kam, spürte aber nichts. Beruhigt legte sie sich hin und schlief einige Stunden tief und fest. Das Frühstück war sehr aufregend, hatte sich doch die Gruppe vergrößert. Yuval, Marila und Dylan saßen am Kopf des Tisches, daneben Noemi und Sorav. Anisha kam verspätet und aufgewühlt nach dieser unterbrochenen Nacht und wollte sich nur in eine Ecke setzen und etwas essen. Sie wurde jedoch von Dylan und Yanus unerbittlich geholt und musste sich oben an den Tisch neben Noemi setzen. Sie errötete zu ihrem Ärger wieder, freute sich dann jedoch so sehr, wieder zurück zu sein, dass sie negative Gefühle vergaß, nachdem auch noch ihr Magen so laut knurrte, dass alle um sie es hörten und lachten. Es war ein großartiges Frühstück und Yanus fragte sie wegen der Suche und den Perlen aus. Er war von den Walen und besonders von dem Walbaby begeistert. Als ihr nichts mehr einfiel, wollte er ihr Schwert sehen, dass sie aus Gewohnheit angelegt hatte und dann hatte er Fragen über Fragen wegen Kampftechniken. Erst als Noemi sich einmischte, kamen sie auf andere Themen zu sprechen. Anisha spürte erneut das herzliche Entgegenkommen des Clans, das ihr wieder und wieder sagte, dass sie dazu gehörte. Nach dem Frühstück begannen alle mit Plänen für das Fest. Alle standen auf, um mit den Vormittagsaufgaben zu beginnen. Anisha war von den vielen Aquati überwältigt. Sie merkte, wie lange sie allein gewesen war und wie sehr sie Gesellschaft noch belastete. Sorav sah mehrmals zu ihr hin und es schien ihr, als wollte er zu ihr kommen, aber Yuval kam auf ihn zu und die beiden vertrauten Freunde zogen sich in eine Ecke zurück. Anisha war etwas enttäuscht, sie hätte so gerne mit ihrem Vater gesprochen, aber dann sah sie, wie Noemi und Dylan mit Yanus, der in dem Jahr sehr gewachsen war, aber immer noch Unsinn machte, in ihre Richtung schauten und dann auf sie zukamen. Sie schob ein längeres Treffen auf, sie und Sorav mussten sich wirklich langsam kennenlernen und auch die Kraft haben über den Tod ihrer Mutter zu sprechen. Das war ein völlig unerwarteter Schlag und Anisha merkte, dass sie überhaupt nicht damit umgehen konnte, auch die Hoffnung, die sie gestern verspürt hatte, war für sie jetzt nicht greifbar. In ihr zog sich alles zusammen und ihre Freude, wieder da zu sein, ihren Vater zu haben, verschwand mehr und mehr, um einem unheimlichen, belastenden Gefühl Raum zu geben. Sie fühlte sich wie kurz vor dem Kampf im Feuerkreis und dann erinnerte sie sich an die Hoffnung, die sie damals trotz allem gespürt hatte. Die Hoffnung in ihr, dass sie doch etwas mit ihrem Wasserzauber beginnen könne, die Hoffnung auf eine Zukunft. Sie horchte trotzdem tief in sich hinein, tiefer als sie es je getan hatte und wagte wie seit langem nicht mehr, sich ihre Mutter vorzustellen – und da nahm sie wieder einen glühenden Funken wahr, als wäre nicht alles verloren. Daran hielt sie sich und hoffte.

Kapitel 3

Anisha richtete sich auf. Sie hatte überhaupt nicht gemerkt, dass sie sich zusammengekrümmt hatte und lächelte zuerst ihrem Vater, der sich in der Ecke nach ihr umgedreht hatte, und dann Dylan, der schon fast vor ihr stand, zu. Auch Noemi stand die Sorge ins Gesicht geschrieben, aber Anisha lächelte weiter und begann sich nach einer Aufgabe umzuschauen. Das war schwierig, denn jeder war schon beschäftigt. Egal, wen sie fragte, alle sagten, dass sie sich ausruhen sollte. Also suchte sie Dylan, der inzwischen mit seinen Eltern sprach. Er drehte sich sofort zu ihr um und holte sie in den Kreis. Mirala lächelte sofort und nahm sie in den Arm und auch Yuval schaute gütig und drückte sie kurz in wortloser Dankbarkeit – lächeln konnte er noch nicht, zu sehr lag noch die Last der langen Verwandlung auf ihm. Auch er hatte wie Sorav noch Schwierigkeiten länger zu sprechen. Die Verwandlung hatte einen hohen Preis gekostet. Anisha erkannte langsam, wie viel Kraft es beiden genommen hatte, ihr Selbst, ihre Persönlichkeit, sich in der Verwandlung nicht zu verlieren und sie erinnerte sich selbst, wie es ihr gegangen war, als sie ein Vogelwar. Unvorstellbar, wie viele Monde beide durchgehalten hatten! „Danke, dank dir – du hast den Zauber so wunderbar eingesetzt. Ich hätte das nie am ersten Tag gedacht, da warst du so anders." „Damals hätte ich das von mir auch nicht geglaubt – jetzt ist wirklich vieles anders!" Beide schauten sich wortlos an, aber sie spürten, dass alles passte. Anisha erkannte sein großes Entgegenkommen und spürte seinen Kampf mit der Realität. Da legte ihm Marila die Hand auf den Arm und in diesem Moment löste sich in ihm wieder eine Spannung. Sie spürte, wie sein Inneres sich ordnete und er sich mehr und mehr als Aquatus und König fühlte und so wieder in seine herausragende Position zurückfand. Sein eiserner Wille, weiterzumachen, im Augenblick für die Zukunft zu planen, beeindruckte Anisha und gaben ihr ebenfalls Kraft. Marila und er waren nun auch gemeinsam mit Noemi und allen die zuständig waren mit den Vorbereitungen für das Heimkehrfest beschäftigt. Der Tag verging erstaunlich schnell – Anisha und Dylan halfen Sorav und den anderen Clanmitgliedern beim Verstärken des Zaubers am Schilfwall. Das dauerte einige Zeit und in den Pausen sprachen sie nur kurz miteinander, noch zu überwältigt vom vergangenen Tag. Lieber halfen sie den anderen beim Vorbereiten des Heimkehrfestes und versuchten sich vor den Streichen von Yanus zu retten. Irgendwann kam der Nachmittag. Das Wasser wurde wieder fahl und grau, aber alle machten noch weiter, so groß war die Vorfreude.

Kapitel 4

Da zog Dylan Anisha von der Gruppe am Schilfwall weg und meinte nur: „Komm, wir suchen uns eine Ecke, wir haben so viel zu besprechen." Gleichzeitig wurde er blasser und die Augen leuchteten mehr. Anisha merkte, wie sie errötete. Sie konnte nur nicken und sich an seiner dunklen sanften Stimme, die so anders geworden war, berauschen. Sie glitten hinter ein Schilfbüschel und dann in den Höhleneingang. Dort suchten sie sich eine geschützte Nische, weg von allen und standen voreinander. Beide musterten sich ausführlich. Anisha bemerkte erstaunt Dylans Schwertgürtel und auch er sah ihre Waffe. Beide zogen gleichzeitig die Augenbrauen hoch und sagten gleichzeitig „Was, du auch?" Dylan war der erste der sprach: „Ja, ich war als Kind im Nordmeer, dort erhielt ich die ersten Lektionen, übte dann weiter. Ich bin froh, dass ich auf meiner Suche nur den Dolch dabeihatte. Das ist meine alte Waffe, die ich seit vielen Jahren habe und ich habe einfach das Gefühl, dass ich sie bald brauchen werde." „Ja, ich habe auch das Gefühl – und bei mir ist es inzwischen Gewohnheit. Ich habe dir so viel zu erzählen, wir müssen Techniken vergleichen!" „Ja, aber gerade, jetzt – jetzt möchte ich etwas anderes!" Damit setzten sie sich hin und saßen sich nach einer unendlichen Zeit wieder allein gegenüber. Beide blickten sich plötzlich sprachlos in die Augen und schluckten. Fast schüchtern hob erst Dylan und dann Anisha eine Hand und beide Handflächen trafen sich. Beide spürten ihre Verbindung wie ein feines Vibrieren, das sich auf den ganzen Körper ausbreitete. Fast automatisch strich Dylan mit der anderen Hand Anisha über die Wange und sie legte ihren Kopf in seine Handfläche. Sie seufzte tief, denn nun spürte sie ein unendliches Wohlgefühl – als wären sie eins. Beide schauten sich wieder tief in die Augen und dann hielt sie nichts mehr. Anisha hatte kaum noch Zeit an ihre

Zweifel zu denken. Dylan sah nur sie, wie sie war und ihr ging es nicht anders. Sie küssten sich tief umschlungen und Anisha fühlte in ihrem Inneren eine wunderbare Hitze aufsteigen, wie sie es noch nie erlebt hatte. Gleichzeitig spürte sie seinen muskulösen Körper durch die Kleidung. Sie hatte nie gedacht, dass nur eine Berührung so intensiv und intim sein konnte, genoss es aber in vollen Zügen. Immer hektischer wurden ihre Bewegungen, ihre Hände strichen an seinen Seiten herunter und er eroberte ihren Körper mit seinen Händen. „Dylan, Dylan, du hast mir so sehr gefehlt!" brachte sie noch heraus und ihm fehlten die Worte. Er schluckte mehrfach mit aller Kraft und brachte doch mühsam heraus: „Ja, du mir auch, aber wir müssen bis nach der Hochzeit mit der tiefsten Erfüllung warten – wir sind die Zukunft des Clans, aber kuscheln und küssen geht – zum Glück!" Ihre Enttäuschung verschwand in einem intensiven Kuss, danach glitten seine Lippen an ihrem Hals herunter und er vergrub sein Gesicht in ihren Haaren. Nun spürte sie seine Hand, die an ihrem Bein hochfuhr und die Hitze tief innen kochte wieder hoch, je höher er strich und sie mit seinen Fingern verwöhnte. „Oh mach weiter, bitte mach weiter!" brachte sie heraus, und spürte wieder seine Lippen. Sie genoss das Beisammensein, die tiefe Intimität und erkannte, dass die Zeit für mehr wirklich noch nicht bereit war. Und sie spürte Respekt vor Dylan, der sie schätzte und als Frau würdigte und dieses unverhoffte Geschenk vertiefte ihre Gefühle weiter. Beide waren tief umschlungen und strichen zärtlich und intensiv mit den Händen am ganzen Körper des anderen entlang, bis sie völlig erschöpft, aber sehr zufrieden in einen leichten Schlaf fielen. Anisha wachte als erste auf, ihre Instinkte hatten sie vor einer drohenden Gefahr gewarnt. Als sie sich umschaute, sah sie, dass aus den Tiefen Inneren der Höhle sind ein schwarzroter Schlammfaden wand, der immer dicker wurde. Mit ihm kamen furchterregende Tiere. Lange pechschwarze Fische, fast wie glänzende Aale mit pupillenlosen weißen Augen, durchsichtige Fische mit riesigen spitzen Zähnen und rotglühenden Augen und andere Wesen, die so furchtbar aussahen, dass Anisha für sie keinen Namen fand. Langsam ohne das Wasser aufzuwühlen glitten diese furchtbaren Geschöpfe aus der Höhle und breiteten sich auf dem Vorplatz aus. Sie wendete sich Dylan zu, der ebenfalls die Augen offen hatte und still neben ihr lag. Bedächtig wendete er sich zur Seite und hob den Schwertgürtel auf und und legte ihn geübt an. Anisha tat es ihm gleich. Als beide fertig bekleidet mit der Waffe in der Hand standen, nahm er sie an der Hand und zog sie langsam und still durch das unbewegte Wasser in die hintere Seite der Nische. Da gab es eine größere Lücke im Stein, als sei ein Teil herausgebrochen, durch die sie aus der Höhle entkommen konnten. Wachsam schaute Dylan heraus und schien noch keine Feinde zu sehen, um dann wie ein dunkler gefährlicher Schatten vor ihr zu sein. Sie glitten weiter vorsichtig durch die Lücke, ohne etwas zu berühren, und waren nun am Rand des Schilfwalls, wo die Wächter noch nichts bemerkt hatten. Dylan schloss konzentriert die Augen und die Wächter fuhren herum, auch im Wohnbereich wurden Bewegungen deutlich. Anisha spürte die Warnung Dylans, wie ein Murmeln am Rand ihres Bewusstseins und sie fühlte ihre Zugehörigkeit zum Clan. Das gab ihr noch mehr Energie. Offensichtlich wussten alle schnell Bescheid und innerhalb kürzester Zeit sammelten sich viele im Gemeinschaftsraum. Andere brachten sofort die wenigen Kinder in Sicherheit. Das alles geschah in völliger Stille.

Kapitel 5

Das widerliche schlammige Wasser breitete sich weiter im Vorhof aus, konnte jedoch nicht alles verdunkeln. Es machte vor dem Schilfwall halt. Dann bildete sich ein roter Wirbel, der in einem fahlen Blitz zusammenfiel. Und nun stand wieder das dunkle Wesen da, heute mehr denn je einer schwarzgrün schillernden Mumie gleichend. Die Schwarze Wasserhexe war wieder da und erhob sich drohend, sie wollte sich ihren Teil des Fluchs sichern. Anisha erkannte ohne Zweifel: Die Zeit ihrer Suche war um und der Fluch, der vor zwölf Monden über sie verhängt worden war, musste nun endgültig durch sie gebrochen werden. Widerlich, hässlich und bedrohlich erschien die Wasserhexe, nur machte sie Anisha nicht mehr so viel Angst wie früher, sie kannte nun ihren eigenen Wasserzauber viel besser und konnte kämpfen. Sie spürte jedoch immer noch die Macht in diesem grausamen Wesen und beobachtete nun wie in der Arena der Südsee die Gegnerin. Sie fühlte sich durch die Anspannung fast wie dahin zurückversetzt und ihre Fähigkeiten waren ihr so präsent wie lange schon nicht. Das Einzige, was sie bedauerte, dass sie ihre Tunika aus Haifischhaut heute nicht angezogen hatte. Dann wäre alles wie immer gewesen. Dylan hatte offensichtlich ähnliche Gedanken, denn er stand bereit neben ihr, das spitze Schwert in Position. Er stellte für sie eine große Sicherheit dar. Stolz machte sich in ihr breit, ihr Dylan war ein Wasserzauberer und ein Krieger. Ihre innere Kraft wuchs, sie war nicht mehr allein. Die Wasserhexe sah Anisha und starrte sie an. Anisha nahm die Macht und den dunklen Zauber intensiv wahr, aber sie stemmte sich mit ihrem eigenen Wasserzauber dagegen. Nach einer Weile wurde es ihr zu viel, sich nur mental zu wehren, sie spürte in sich die Aggression, die sie in der Südsee bei sich gefunden hatte und damit wuchsen ihre Kräfte. Ohne den Fokus von der Wasserhexe zu lassen, reckte sie sich, rollte die Schultern und weckte ihre Kampfeswut. Plötzlich waren wieder die Stacheln an den Unterarmen da und auch ihre Nägel wurden zu langen Krallen. Sie stieß sich mit voller Kraft ab und schoss auf die –Schwarze Wasserhexe zu, die das nicht erwartet hatte. Voller Zorn griff Anisha an und zog ihr die Krallen tief über die Brust. Die Hexe bäumte sich auf und wollte zurückschlagen, aber Anisha ließ das nicht zu. Sie zögerte nicht und ihr Schwert der Wasserhexe in die Brust. Siedrehte die Klinge, wie sie es gelernt hatte. Die Schwarze Wasserhexe blutete schwarz aus vielen Wunden, ihre Arme fuhren nach oben, nach vorne, versuchte noch etwas zu fassen, zu gestikulieren, einen Fluch zu gestalten, aber Anisha schoss jetzt ihre Nägel wie Pfeile auf sie ab und traf wieder und wieder in den Brustkorb. Da sank sie in sich zusammen, um in einem silberschwarzen Wirbel in der Tiefe des Sandes zu verschwinden. Das Wasser leuchtete kurz auf und alle Aquati hofften auf ein Ende, bevor der Kampf noch begonnen hatte. Aber es bildete sich wieder ein Wirbel und nun stand Ebru da, bog den Kopf mit weit geöffnetem Mund und gefletschten Zähnen und heulte. Als sei das ein Zeichen, begann sich der Sand wie ein Teppich auf dem Boden hin und her zu bewegen, quoll hoch und Dämonenkrieger stiegen aus der Tiefe auf. Sie stellten sich in Gruppen auf und eröffneten ohne zu zögern den Kampf. Wie ein Rudel Hyänen begannen sie die Aquati zu umzingeln. Die erste Gruppe griff sofort Anisha, Dylan, Marila an, die anderen stürzten sich auf Sorav und Yuval, die als erfahrene Krieger herausragten. Die anderenDämonen versuchten die übrigen Aquati anzugreifen, die sich so gut es ging, in den anderen Höhlenteil zurückzogen hatten und den Eingang wenigstens teilweise mit den Türen verschlossen. Die Holztüren waren mit Magie verstärkt, mussten aber weiter verteidigt werden, doch dank Anisha war genug Kraft da und sie konnten die Barriere halten. Das frustrierte Heulen der Angreifer zeigte diesen Erfolg an. Nach mehreren Versuchen wandten sich auch die meisten dieser Dämonen den kämpfenden Gruppen um Anisha zu. Es wurde brutal und blutig, Anisha kämpfte wie in Trance, aber alle ihre Fähigkeiten kamen hoch und sie tobte wild gegen die

Gegner. Irgendwann fand sie sich Rücken an Rücken mit Dylan wieder. Beide holten tief Luft, drehten sich zu einander, sahen sich nur kurz an, nickten entschlossen und dann ging es weiter. Sie griff den nächsten Dämon an und er hatte keine Chance an sie heranzukommen. Er attackierte sie mit einem kurzen Speer, aber sie war schon unter seiner Deckung durchgetaucht und dann war sie gnadenlos – wie bei den Haien – und ein weiterer toter Dämon sank ins Wasser. Nicht weit von sich sah sie Sorav und Yuval in einem tödlichen Tanz einen Gegner nach dem anderen verstümmeln oder töten. Sie ließ sich aber nicht ablenken, denn jetzt stand Ebru vor ihr und sie spürte seinen verdrehten Zauber – der Mischling, der sich für besser als die anderen hielt und doch nichts eigenes war. Sie nahm sich keine Zeit, über den Zauber, den sie fühlte Gedanken, zu machen. Ebru griff sie mit seinen Waffen, zwei langen schwarzen Dolchen, an und sie wehrte sich mit ihrem Schwert und ihren Krallen, Als er nicht an sie herankam, kämpfte mit seinem schwarzen Zauber und sie schlug zurück. Tief in sich fand sie die Kraft, die die Wale befreit hatte und ohne zu zögern nutzte sie ihren Zauber, Kugeln in der Hand zu formen und auch als Waffe zu nutzen. Ihre magischen, die sie wie einen Hagelschlag abschoss, glühten weiß und golden. Ebrus Augen wurden groß, als er das Gold sah, und er hielt kurz inne – das war sein Verderben, denn sie durchlöcherte ihn regelrecht mit ihrem Zauber und als er anfing zu taumeln, griff sie wieder mit dem Schwert an. Sie hoffte ihn zu vertreiben, doch er hörte nicht auf und griff nun mit einem Zweizack an, den er aus dem Nichts zu holen schien, und versuchte sie aufzuspießen. Da erinnerte sie sich an den Kampf mit dem Riesenhummer, schoss unter seinem Angriff durch und verletzte ihn mit dem Schwert am Kampfarm. Als er taumelte, durchbohrte sie ihn mit ihren Krallenhänden. Er blutete grünschwarz aus vielen Wunden und war so stark verletzt, dass auch er in einem rotschwarzen Wirbel in sich zusammensank. Trotzdem kämpften die übrigen überlebenden Wasserdämonen gemeinsam mit den Fischwesen mit furchtbarer Ausdauer weiter ohne nachzulassen. Dylan und Anisha, Sorav und Yuval wehrten sich weiter mit ihren Schwertern und als die Arme zu müde wurden, um eine Waffe zu halten, mit ihrem Wasserzauber. Sie schossen Wasserstrahl um Wasserstrahl und heiße Wasserkugeln gegen die Feinde, dann stießen sie Felsen durch das Wasser, alles ohne eine bleibende Wirkung. In einem kurzen Augenblick, während Anisha und Sorav eine Schlammwand hochschießen ließen, planten Dylan und Yuval einen Steinschlag. Marila hielt währenddessen vor dem Höhleneingang mit Noemi und wenigen weiteren Aquati durch. Inzwischen war das Wasser durch den aufgewühlten Sand und Blutschwaden nebelig. Tote und Verletzte lagen am Boden oder schwebten in der leichten Strömung des dunstigen Wassers aber der Kampf ging trotzdem immer weiter. Anisha erinnerte, sich kurz an die Südsee, aber heute kam kein Drache, um den Kampf zu schlichten, heute mussten alle bis zum bitteren Ende durchhalten.

Kapitel 6

Vater und Sohn standen sich jetzt wie Ringkämpfer gegenüber anfangs mit gebeugten Köpfen und leicht erhobenen Armen, aber mit offenen Händen. Dann legten sie sich ihre Hände gegenseitig auf die Schultern, hoben die Köpfe blickten sich in die nun weißblau funkelnden Augen. Sie gingen kurz in die Knie und schoben sich gegenseitig nach oben. Gleichzeitig schoss aus ihrer Mitte ein Wasserfontäne in die Höhe und dann seitlich weiter an die Wände – der Wasserstrahl fräste regelrecht Steine ab, die wie Geschosse auf die Dämonen zu rasten und auf sie einhämmerten, immer und immer wieder, bis sie beinahe völlig von Geröll bedeckt waren. Als das passierte, begannen die ersten Kämpfer im Sand zu versinken. Die Fischwesen flohen ebenfalls in die Tiefe des Sandes und die Überlebenden des Clans schauten sich wie im Nebel an. Sie begannen zu verstehen, was eigentlich passiert war und dass sie gesiegt hatten. Anisha sah sich immer noch in Trance, in Kampfeswut, um und erblickte Marila, wie sie Noemi stützte. Beide bluteten aus mehreren Wunden, aber weit schlimmer war ein lebloser schlanker Körper, der vor ihnen lag. Das ernüchterte sie furchtbar. Yanus war tot, er hatte sich für den Clan, für Marila geopfert und die Dämonen hatten ihn regelrecht hingerichtet und von oben bis unten den Leib aufgeschlitzt. Er war verblutet und keiner konnte etwas tun – keiner hatte Worte dafür. Als sie das erkannte, fiel sie innerlich zusammen, alle ihre Kräfte verließen sie und sie musste ihre ganzen restlichen Reserven aktivieren, um nicht auch äußerlich zusammenzubrechen. Sie stützte sich auf ihr Schwert und kämpfte um Fassung. Auch dieser Kampf war wieder furchtbar gewesen, Anisha fühlte sich elend und gefühlsleer. Als sie die wabernden Blutschwaden sah, stiegen in ihr wieder alte Erinnerungen hoch und sie hatte das Gefühl wieder auf dem Schlachtfeld in der Tiefsee zu sein. Nur hatte sie jetzt das Gefühl, dass das Blut wie ein bleierner Schleier auf sie herunterdrückte. Sie schluckte und schloss mehrfach die Augen. Dann konzentrierte sie sich auf die guten Erinnerungen – auf den Rhythmus der Wale und stellte sich das Walbaby vor. Immer und immer wieder atmete sie in diesem Rhythmus, bis sie sich endlich ruhiger fühlte. Dann öffnete sie die Augen und die grausamen Bilder der Erinnerung waren für jetzt verschwunden. Sie prüfte nun ihren Körper und erkannte, dass sie kaum verletzt war. Sie hatte mehrere tiefe Kratzer und Schrammen an Armen und Beinen, der Rücken schmerzte, aber sie konnte sich völlig normal bewegen, blutete schon nicht mehr, alles war nicht schlimm. Anisha hatte gekämpft und gesiegt. Das war ein weiterer Kampf, den sie nicht gewollt hatte, und mit dessen Folgen sie leben musste. Sie merkte wieder, dass sie gern kämpfte, dass sie den Zauber und die Wut dazu in sich hatte, aber dass die Folgen immer schlimm, entsetzlich, unvorstellbar, nicht in Worte fassbar waren. Dieser Teil in ihrem Leben, dieser Teil von ihr, war für sie schwer auszuhalten und aktuell hatte sie keine Lösung dafür. Die Qual, die sie in sich spürte, konnte sie aber nicht jetzt lösen – andere brauchten ihre Hilfe. Die Wasserhexe und Ebru waren besiegt, aber sie zweifelte, dass sie tot waren. Der Zauber der Wasserhexe war zu stark und Ebru war ein Teil von ihr, aber fürs erste waren sie zurückgetrieben, ihre unheilvollen Pläne zerstört. Es belastete sie immer, wie viel Magie Ebru hatte. Die Vorstellung der Macht von Halbdämonen war entsetzlich. Sie prüft ihr Schwert und reinigte es kurz an einem Schilfblatt. Dann blickte sie wieder um sich und erkannte den hohen Preis des Sieges – außer Yanus lagen weitere Körper leblos am Boden – wer es war, konnte sie nicht erkennen. Alle Überlebenden waren verletzt und erschöpft. Der Kampf hatte von allen so viel gefordert, dass keine Siegesfreude aufkommen wollte. Anisha fühlte tief in sich hinein und holte ihren Wasserzauber, um den Verletzten zu helfen, zu heilen und zu entlasten. Sie begann von einem zum anderen zu gehen. Und sie heilte und bekam Dankbarkeit, gab Hoffnung und erhielt oft einen Händedruck, der so viel mehr als Worte sagte. Diese guten Reaktionen lösten

ihre innere Qual etwas. Sie war entlastet, dass sie nicht nur töten und zerstören, sondern auch heilen konnte. Neben ihr half
Dylan und auch Yuval kümmerte sich um die Verletzten. Diese
gemeinsame Tätigkeit gab ihr zusätzlich Energie und Ausdauer
und sie erkannte die innere Stärke von Yuval, der in dem Kampf
wieder zu sich und seiner Position als König gefunden hatte. Aber
er war immer ein Teil seines Clans. Es war nicht wichtig, wie
viele noch da waren, sondern dass jemand da war. Nur das zählte und das beeindruckte sie. Marila und Noemi waren bei den
Unverletzten, die aber tief erschüttert waren, und genauso Zu-
sprache und Unterstützung brauchten. Manche saßen mit blick-
losen Augen da, die Arme um sich selbst geschlungen, manche
wiegten sich, wie einst Yanus, einige hatten sich in sich selbst
mit den Nägeln verkrallt, als wollten sie sich verletzen. In vielen
Augen stand die Schuld, überlebt zu haben. Genau diesen standen Marila und Noemi bei, um zu entlasten, zu lösen und so
das Überleben des Selbst der Person zu sichern. Anisha erinnerte sich, dass alle den letzten Kampf, als der Blutmond war, erlebt hatten und sie wagte sich nicht vorzustellen, welche Erinnerungen bei diesen Clanmitgliedern heute hochkamen. Hatte
sie doch schon mit sich gekämpft, um wieder im Augenblick zu
sein. Sie sah aber, dass viele sich entspannten und einfach lange
und wortlos in den Arm nahmen. Sie wandte sich wieder den
Verletzten zu und heilte weiter.

Kapitel 7

Als Anisha sich nach einiger Zeit umsah, merkte sie, dass Sorav fehlte. Sie hatte ihn am Ende des Kampfes noch gesehen und nicht gemerkt, wie er verschwunden war. Schnell war sie besorgt, quälte sie doch weiter die Angst, dass er wieder verwünscht wäre. Suchend schaute sie sich angespannt um, bis ihr jemand sagte, dass er in eine der Schilfhütten der Wachen am Rand des magischen Walls geschwommen sei. Sie fand ihn in der zweiten Hütte verkrümmt in der Ecke liegen, das Gesicht zur Wand gewendet, die Beine zuckten leise. Vorsichtig schüttelte sie ihn und dann heftig, weil er nicht reagierte. Er drehte sich langsam und gequält um und sie sah Schmerz und Verzweiflung in seinen dunklen Augen, und sie sah eine furchtbare Wunde in seinem Bauch, wo er von einem Schwert tief getroffen worden war. Es sah aus, als hätte er versucht auszuweichen, aber trotzdem hatte die Schwertspitze die gesamte Haut tief bis zu den Muskeln aufgerissen. Er blutete kaum noch, sah noch fahler aus als vorher. Er blickte sie jetzt verwirrt an und sie merkte, dass er beinahe zurückschreckte, bis sie ihm ihre Hände auf die Arme legte und so ihren Wasserzauber zeigte. Dann stöhnte er auf und hauchte: „Oh meine Tochter, was soll das nur. Wieder Kampf, Verlust und Tod – ich kann das nicht mehr aushalten." Fahl flackerte die Silhouette des Welses um ihn und Anisha fürchtete ihn zu verlieren, jetzt da sie ihn doch erst gefunden hatte. Sie nahm ihre ganze restliche Kraft und Mut zusammen und legte die Hände auf seinen Brustkorb. Sie spürte so selbst, wie schlecht es ihm ging und merkte, wie furchtbar er sich fühlte, als er nun murmelte: „Lass es, es lohnt sich doch nicht." Anisha war entsetzt und sagte das erste, was ihr einfiel: „Doch es lohnt sich! Du bist mein Vater, endlich habe ich dich, ich brauche dich doch!" „Aber Irala – sie ist weg. Meine Liebe ist verloren, wie soll es weitergehen?" „Genau jetzt weiß ich, dass wir weiterleben müssen, damit wir sehen, wie es weitergehen soll. Wir werden etwas finden, da bin ich mir sicher." Ihr heilender Wasserzauber wirkte endlich und schien nicht nur das körperliche, sondern das seelische Leiden zu lindern, denn er drehte sich nun langsam weiter zu ihr hin und sah sie mit klarem Blick an. Er nahm ihre Hände und dankte ihr. Anisha berührte ihn vorsichtig an den Schultern und meinte nur: „Nein, ich will, dass du lebst, Yuval will das auch und wir brauchen dich als Heiler, ich bin noch nicht fertig!" Ohne weitere Diskussion legte sie ihm ihre Hände nochmals auf und heilte so lange, wie ihre Kraft reichte. Sie versuchte nicht nur seinen Körper zu heilen, sondern auch seine Seele zu entlasten und nahm dafür alle Kräfte zusammen. Die Wunde war fast verheilt, so dass er sich wieder gut bewegen konnte und er hatte nun auch ein feines Lächeln im Gesicht, da er wieder mehr von seiner inneren Stärke spürte. Anisha sah es und es wärmte ihr Herz, dass sie ihm Gutes tun konnte, nachdem sie kurz vorher noch Leben beendet hatte. Sie half ihm aufzustehen und dann besuchten sie gemeinsam die Verletzten und heilten und entlasteten nach allen Kräften. Der nächste Morgen war erneut von Trauer gezeichnet. Der unerwartete und grausame Kampf, der Verlust der Clanmitglieder und die Verletzten bedrückten sehr und alle saßen schweigend beim Frühstück. Yuval sah Marila immer wieder wortlos an, wieder und wieder hielten sie sich die Hände, aber ihre Gesichter waren ernst. Sorav saß mit völlig abwesendem Gesicht da, Dylan weilte still bei seinen Eltern. Der Kampf am Vortag und die Opfer hatten jeden an seine Grenzen gebracht. Anisha hatte es diesmal geschafft, sich in eine Ecke zu setzen. Sie wusste inzwischen, dass sie Dylan liebte, hatte aber große Zweifel, ob seine Eltern das akzeptieren konnten, da Dylan ja ein Königssohn war. Nach kurzer Zeit merkte Marila, dass sie nicht bei ihnen vorne saß und stand auf. „Komm doch bitte zu uns, das geht doch nicht, du hast uns so sehr geholfen, du gehörst nicht in die Ecke – keine Wiederrede!" Anisha kam zögernd nach vorn. Währenddessen sprachen Marila und Yuval leise miteinander, bis Yuval energisch nickte. Noemi schaute zu ihm hin und nickte mit einem leisen Lächeln. Als Anisha dann Platz nahm, und ihren Teller hinstellte, merkte sie, dass alle intensiv auf sie und auf Dylan blickten.

Kapitel 8

Alle sahen plötzlich sehr aufgeregt aus und sie sah manche sogar lächeln. Sie wurde tiefrot und fühlte sich sehr seltsam, sie wollte gar nicht im Mittelpunkt sein und die Blicke, auch wenn sie wohlwollend waren, belasteten sie doch. Schnell grübelte sie, was wohl sein könnte und hoffte nur, nicht irgendetwas falsch gemacht zu haben, denn sie hatte immer noch nicht wirklich das Gefühl, ein wirkliches Mitglied des Clans zu sein. Zu kurz war sie hier gewesen, zu viel war passiert. Marila und Yuval standen plötzlich auf und bedeuteten Anisha und Dylan ebenfalls aufzustehen. Dylan hatte ein feines Lächeln im Mundwinkel, Anisha hatte das Gefühl im Boden versinken zu wollen, auch wenn Noemi sie freundlich anlächelte. Als alle standen, begann Marila zu sprechen: „Wir sind Aquati und wir überleben. Der Preis ist oft hoch und die Trauer quält, aber aus der Vergangenheit gestalten wir Zukunft – und hier stehen zwei, die für uns Zukunft bedeuten. Anisha hat mit ihrem Wasserzauber zuerst den Weg ins Wasser zu uns gefunden und dann auf einzigartige Weise die verzauberten Perlen für uns geholt. Und obwohl sie nur kurz bei uns war, hielt sie dem Clan die Treue. Die Macht ihres Wasserzaubers zeigt ihre Zugehörigkeit zu uns. Sie ist wahrlich zu kurz bei uns, um unsere Traditionen zu kennen – aber Traditionen sind auch da, verändert zu werden. Nun steht sie hier, weil Dylan, mein Sohn, sie als seine zukünftige Frau, seine Herzensbegleiterin, auserkoren hat." Anisha dachte nicht, dass sie noch mehr erröten konnte – das Gefühl, im Boden versinken zu wollen, wurde noch stärker – da war ja der Kampf im Feuerring einfach gewesen! Aber es ging noch weiter. Dylan wendete sich zu ihr hin und hielt nun ein geflochtenes Band in der Hand. Auch er war tief errötet und rang nach Fassung. Mit Mühe sprach er: „Anisha, ich hätte nie gedacht, dass ich jemand finden würde, der so mutig und aufopfernd ist. Du bist großartig und ich weiß, du hast Angst, mir und meiner Familie nicht zu genügen, aber du tust das. Ich spüre die Verbindung zwischen uns und die wachsende Liebe. Deswegen möchte ich dich zum Vollmond in drei Monaten ehelichen." Mehr brachte er nicht heraus und sah sie hilfesuchend an. Anisha suchte nach einer Antwort, Sie merkte, dass sie ihm so viel sagen wollte, wie sie an ihn in der Tiefsee gedacht hatte, wie die Erinnerung an ihn ihr bei dem Entzug vom Gift in der Tiefe des Eismeeres geholfen hatte, wie sie die Verbindung zu ihm gespürt hatte, ie einen goldenen Faden, der sie heimführte. Sie erkannte mit Erschrecken, dass sie ihm nichts Materielles wie das Armband zurückgeben konnte und hoffte, damit nicht alle Regeln und Traditionen zu brechen. All das ging ihr durch den Kopf, aber das einzige, was sie sagen konnte, war. „Ja, ich liebe dich." Und sie hielt ihm die Hände hin. Dann legte er ihr das Band um das linke Handgelenk. Es war aus Schilffasern und seinen Haaren mit kleinen Perlen geflochten und glänzte wunderbar. Plötzlich flutete ein goldenes Licht über alle und jeder strahlte. Noemi schaut in ihre Richtung und Anisha sah Erstaunen in ihren Augen – *war sie das schon wieder gewesen?* Marila fasste sich und blickte zu Yuval, der mit einem zufriedenen Lächeln das Wort ergriff: „In drei Monaten dürft ihr euch das erste Mal wieder berühren und allein zusammen sein. Drei Monate habt ihr Zeit zu spüren und zu zeigen, wie sehr ihr euch respektiert, den Respekt ist eine der Grundlagen für Liebe. So sei es!" Anisha drehte sich um, damit sie sich zwei Plätze weiter neben ihren Vater setzen konnte. Da stand plötzlich das kleinste der Mädchen vor ihr und fragte in der einzigartigen direkten Art von kleinen Kindern „Warum hast du goldene Augen?" Sie war erstarrt und konnte nur stumm den Kopf schütteln. Als sie wieder den Kopf hob, stand Sorav neben ihr, schaute sie sehr konzentriert an und meinte nur „Dein Wasserzauber ist stark – wie in alten Zeiten!" Anisha wusste nicht, was sie davon halten sollte – das war zu kryptisch! Sie musste noch mehr von ihrer Herkunft erfahren. Sie musste mit ihrem Vater sprechen, aber das Frühstück verging ohne eine Gelegenheit und dann war er schon wieder verschwunden. Sie sah ihn erst später, als er mit Yuval zusammenstand. Der Morgen mit ihrer Verlobung – Anisha konnte es immer noch nicht fassen und drehte immer wieder das Armband um ihr Handgelenk – war wie im Nebel vergangen. Anisha nahm nun wieder die ganze Zerstörung nach dem Kampf wahr. Als sie beim Schilfwall und beim Reinigen des Sandes helfen wollte, hieß es von allen, dass sie doch zu den Verletzten sollte – die würden sie sehr dringend brauchen. Also verbrachte sie fast den ganzen Tag an Krankenlagern. Oft saß sie nur da und hielt die Hände und gab ihre Magie in den Händedruck, nicht viel wie es ihr schien, aber jeder dankte ihr und schien danach in besserer Verfassung. Dann rief sie Noemi zu einem der am schwersten verletzten Aquati – ein junger Mann, der tiefe Wunden im Rücken, aber auch am Unterleib hatte und sich wie wild auf seinem Lager hin und her warf und der seine Umgebung kaum noch wahr zunehmen schien. Immer wieder stöhnte er einen Namen oder schreckte vor unsichtbaren Gefahren zurück. Noemi saß verzweifelt neben ihm, denn er wurde zunehmend schwächer. Anisha kam dazu und spürte das flackernde Lebenslicht und eine große Qual. „Das ist Malu und er ist am Ende, denn seine Liebste wurde von den Dämonen getötet. Ihn hält gerade wenig am Leben, aber er ist ein großartiger Aquatus und braucht nochmal eine Chance!" „Ich mache, was ich kann!". Anisha legte beide Hände auf seine Schultern und konzentrierte sich. Sie spürte tief in sich hinein, in den magischen Bereich, der ihr geholfen hatte zu überleben, den Bereich, den sie für sich, aber auch für andere nutzen konnte und das goldene warme Licht stieg in ihr nach oben, bis sie selbst leuchtete. Dann, als sei sie ein übervolles Gefäß, floss es aus ihr über Malu wie eine heilende Welle. Mit der Macht des Wasserzaubers heilte sie seine körperlichen Wunden und hoffte, dass auch seine seelische Pein gelindert werden würde. Malu fiel endlich in einen tiefen Schlaf und lag nun ruhig mit einem leichten Lächeln im Gesicht da. Als sich Anisha seufzend wieder aufrichtete, sah sie Erstaunen und Ehrfurcht in den Gesichtern und sie sah viele, die besser als vorher aussahen. Das war erleichternd, denn sie war jetzt völlig erschöpft und der Kopf fühlte sich an, als sei er mit Wolle gefüllt. Als sie aufstand taumelte sie, aber Noemi stützte sie schnell und begleitete sie zu ihren Raum. Dort konnte sie sich endlich etwas ausruhen. Am Abend saß Anisha nach dem Essen mit Noemi, Marila und ihrer Familie und Sorav zusammen. Yuval hatte den Arm um Marila gelegt und Dylan schaute seinen Vater immer wieder an, oft berührten sie sich kurz. Die Stimmung war ruhelos, angespannt – keiner wusste, was er reden sollte, jedoch wollte keiner Ruhe aufkommen lassen. Die Ereignisse der letzten Zeit waren zu neu, zu quälend. Die Gespräche waren kurz, oft sprunghaft und verliefen sich dann, jeder war unzufrieden.

Kapitel 9

Anisha saß neben Noemi und suchte ein Gesprächsthema. Sie merkte, dass der Verlust von Yanus Noemi am meisten quälte. Auch wenn es kein schönes Thema war, drehte sie sich zu Noemi und fragte sie nach dem übermütigen Jungen, der so tapfer gewesen war. Noemi schloss kurz die Augen und alle wurden ruhig, aber dann begann sie doch zu sprechen: „Yanus war eigentlich schon ein Opfer des letzten Krieges. Er sah zwar fast wie ein Kind aus, als du ihn kennen gelernt hast, war aber schon viele viele Monde alt – genau wusste es niemand. Ich kann mir nur vorstellen, dass er so langsam erwachsen wurde, weil er keine Eltern hatte, die ihm Kraft geben konnten oder seinen Wasserzauber wecken konnten. Beide verschwanden in den Wirren der Kämpfe am Ende des Krieges und nur weil er ein Amulett seiner Mutter um den Hals hatte, wussten wir, dass er einer vom Clan war. Er wurde hier am Rand des Sees im Schlamm gefunden, schien damals ungefähr acht Monde alt. Er war ein ruheloses und schreckhaftes Kind und manchmal dachte ich, dass er auch in der Zeit des Krieges Furchtbares gesehen haben musste, denn er hatte, so klein wie er war, halb verheilte Dämonennarben am Rücken. Anfangs glaubten wir nicht, dass er überleben würde, aber irgendetwas hielt ihn am Leben. Auf alle Fälle fehlte ihm die Mutter, denn egal, was wir machten, er suchte sie immer und kam nie wirklich zur Ruhe. Auch nachts nicht. Er schlief immer schlecht und tagsüber konnte er sich nie konzentrieren, vergaß oft zu essen und bewegte sich andauernd. Er konnte nicht spielen und ich ertappte ihn mehr als einmal, wie er sich schon als kleines Kind mit Dornen selbst verletzte. Ich habe keine Ahnung, wie er Dornen fand, aber er hatte immer welche. So etwas habe ich noch nie bei einem Kind erlebt, es war unvorstellbar!" Anisha saß erstarrt da und erinnerte sich an den ersten

Morgen, als sie sich beinahe über ihn geärgert hatte und an den Unsinn, den er gemacht hatte. Nun spürte sie nur noch Trauer um einen Aquatus, der einfach nur überleben wollte. „Aber als er älter wurde, begann er etwas mehr zur Ruhe zu kommen. Er übernahm Aufgaben, die er auch zu Ende führte, er pflegte die jungen Fische und versorgte sie mit Nahrung. Das machte ihm richtig Spaß und er sorgte gut für sie, die Fische mochten ihn. Er fand jedes Ei und zog den Laich zuverlässig groß. Er konnte sich langsam auch länger hinsetzen und Geschichten hören und er konnte sie gut nacherzählen. Ich begann ihn als einen Lehrling zu sehen, und seit Anisha da war, wurde er auch endlich ruhiger und etwas ernsthafter. er begann langsam zu wachsen. Er war ein guter Aquatus und er wird immer fehlen. Durch ihn ist auch seine Familie ausgestorben. Seine Eltern waren schon lange im Königreich und gehörten zu den Kriegern um Yuval." Noemi hörte abrupt auf zu sprechen und vergrub das Gesicht in ihren Händen und alle saßen erstarrt da. In den Gesichtern spiegelten sich die Gefühle wieder, Yuval, der völlig zerrissen aussah, Marila, der die alte und neue Trauer ins Gesicht geschrieben stand, Dylan mit versteinertem Gesicht und verkrampften Händen, und Sorav, der wieder gequält und von Erinnerungen verfolgt aussah. Noemi hatte immer noch das Gesicht in den Händen und Anisha machte sich Vorwürfe, dass sie gefragt hatte. Sie musste wohl ein Geräusch gemacht haben, denn Noemi schüttelte sich und sah hoch: „Das musste gesagt werden, das ist unsere Vergangenheit und die Zukunft, in die wir gehen – damit leben wir! Das ist das Schicksal der Aquati." Mit diesen Worten kamen alle wieder zu sich und dann wurde über andere Themen gesprochen – die Gespräche wurden leiser und privater, Dylan und Anisha wechselten Blicke und erröteten, Sorav verabschiedete sich und auch Anisha und Noemi standen auf. Jeder suchte das Nachtlager, auch wenn der Schlaf noch weit war. Am nächsten Tag prasselte Regen auf das Wasser, das wogte und tobte. Alle bleiben in den Höhlen und versuchten sich etwas zu entspannen. Viele holten endlich Schlaf nach. Die folgenden Tage waren von Trauer und Gedenken an die Verstorbenen geprägt, Kleidung wurde genäht und die Verletzten erholten sich im Schutz der Gruppe und durch die Unterstützung der Heiler. Anisha hatte weiter viel zu tun, da sie am besten heilen konnte. Mit Freude sah sie, wie sich einer nach dem anderen wieder vom Lager erhob und sich wie vorher bewegen konnte. Das war ihr schönster Dank.

Kapitel 10

In der letzten Nacht vor Neumond schlief aber keiner und Seufzer klangen durch das Wasser. In der Nacht des Neumonds standen der ganze Clan in den neuen Kleidern vor der Reihe der Toten, die mit Schilf, Kristallen und Perlen würdevoll geschmückt waren. Still und fahl lagen sie da – Yanus, der sich für Marila geopfert hatte, würde nie wieder seinen Unsinn treiben, die zwei Mädchen, Ali und Nera, erinnerte sich Anisha, würden nie wieder lachen und flirten. Das waren die wenigen, die sie kannte, und die Reihe der Opfer war lang. Alle, die hier lagen, hatten sie aus dem Kreis des Clans verloren. Sie machte sich bittere Vorwürfe, dass sie nicht mehr kennengelert hatte. Heute stand sie alleine und hatte niemand, der sie trösten konnte. *Sie musste stark sein!* Jeder ging noch einmal nach vorne, um sich zu verabschieden, auch Anisha ging die Reihe entlang und fühlte sich innerlich leer. Nach ihr kam Malu, der endlich wieder allein laufen konnte. Er brach vor der Leiche von Nera zusammen, fiel auf die Knie, klagte und jammerte. Bevor sie sich umdrehen konnte, stand Sorav plötzlich bei ihm, zog ihn nach oben, legte ihm den Arm um die Schultern und sprach leise auf ihn ein. Und so kräftig wie Malu wieder körperlich war, lehnte er sich trotzdem an Sorav und so hielten beide durch, als Noemi mit dem Abschied begann. „Wir schicken unsere Clanmitglieder auf die Große Reise ins Tiefe Wasser, damit ihre Seelen Ruhe finden", intonierte sie und wiederholte es immer und immer wieder, bis jeder mitsprach. Als alle im gleichen Rhythmus intonierten, stieg ein funkelnder Schleier über den Leichen auf. Als das Wasser sich aufklarte, lagen wunderschöne schillernde Muscheln da. Noemi und Marila legten die Muscheln in einen extra gefertigten Korb aus dem Schilf des Schutzwalls und brachten sie die Muscheln an den heiligen Ort tief im Höhleninnern. Sie waren den ganzen Tag unterwegs. Als sie wiederkamen, brachten sie eine erstaunliche Nachricht, Die ganzen Fische, die dort gewesen waren, seien verschwunden und nicht zu Muscheln geworden, sie hätten gezählt. Das war ein erstaunliches Rätsel, zu dem keiner eine Lösung wusste. Als Anisha das hörte, breitete sich in ihr wieder einmal gegen jede Logik die Hoffnung aus, dass ihre Mutter lebte – und sie wünschte sich mit aller Kraft, dass dieser Wunsch wahr werden würde. Mit diesem Wunsch im Herz ging sie zu Bett und träumte wieder nach langer Zeit. Es war ein ganz anderer Traum als früher. Sie schwebte in einem klaren goldgrünen See und sie wurde von jemand gerufen, es hallte tief in ihr und sie schaute sich um, wollte so gern antworten, wusste aber nicht wie. Aufgewühlt wachte sie kurz auf, sah sich erschreckt um, sah aber niemanden und schlief schnell wieder ein.

Kapitel 11

Am nächsten Morgen wachte sie früh auf und fühlte sich erstaunlich gestärkt. Sie wollte etwas tun, wusste nicht genau was, da erinnerte sie sich an die Fische. Dort war es ruhig. Als sie aber zu den Fischplätzen ging, war Malu schon dort und kümmerte sich um die Nester und die Jungfische, da wollte sie ihn nicht stören und suchte Noemi. Sie fand sie bei Mirala, beide waren in Planungen für den Alltag vertieft. Also setzte Anisha sich für eine Weile dazu. Sie konnte so auch alle beobachten und als sie tagsüber herumging und sich umschaute, wurde sie immer wieder eingeladen, an einem Gespräch teilzunehmen, eine Kleinigkeit zu essen, einfach kurz innezuhalten. Jeder war stolz darauf mit ihr zu sprechen, denn jeder – bis auf sie selbst – sah sie schon als einen Teil der Gemeinschaft. Sie hatte immer mehr Probleme mit der Normalität einer großen Familie gehabt, einer Gemeinschaft, die sie erst in der Stadt kennengelernt hatte, etwas, das ihr wieder fremd geworden war. Sie erinnerte sich an die stillen Tage mit ihrer Mutter, die Abenteuer und Streiche als Kind und in ihr stieg wieder Kummer, Trauer und ein Gefühl der inneren Leere, des Alleinseins hoch, dem sie sich kaum entziehen konnte. Mit aller Kraft hielt sie die Erinnerungen aus der Tiefsee zurück, die sie wieder zu überwältigen drohten. Als es ihr schwindelig wurde, setzte sie sich hin und ballte ihre Hände mehrfach. So spürte sie sich wieder und war wieder Herrin ihrer Gedanken. Am Nachmittag zog sie sich in eine Ecke beim Schilfwall zurück und trainierte ihre Übungen, um kräftig und ausdauernd zu bleiben. Sie glitt durch die Sequenzen und fand so mehr innere Ruhe und Gelassenheit, der Knoten löste sich etwas. Als sie fertig war, hatte sie mehrere faszinierte Kinder als Zuschauer. Die mutigsten kamen zu ihr und wollten mit ihr üben, von ihr lernen, und sie versprach, am nächsten Tag wieder da zu sein. Die

Kinder blieben trotzdem bei ihr und erzählten und erzählten, bis die Mütter nach ihnen riefen. Anisha atmete erleichtert auf, denn sie wollte noch andere Dinge erledigen und vor allem mit ihrem Vater sprechen. Sie suchte ihn, aber er war für sie kaum erreichbar. So vergingen mehrere Tage. Entweder war Sorav bei Yuval oder in seiner Hütte. Er sah schlecht aus und zog sich von allen zurück. Anisha trainierte nun auch mit den Kindern, von denen einige eine bemerkenswerte Ausdauer zeigten. Sie fühlte sich so immer mehr als eine Aquata und konnte das auch für sich positiv sehen und genießen. Vor allem drängte sie so auch die schlimmen Erinnerungen zurück und es ging ihr etwas besser. Sorav erholte sich dagegen nur langsam. In den wenigen kurzen Gesprächen mit Anisha sprach er häufig von Irala. Immer machte er sich Vorwürfe, dass er lebte und Irala gestorben war und kam nie zur Ruhe. Anisha versuchte ihn zu trösten, ihn zu stärken, aber ihr gingen langsam die Worte aus. Wenn er doch schlief litt er an furchtbaren Albträumen und alle gewöhnten sich schnell daran, dass er mit einem markerschütternden Schrei mitten in der Nacht aufwachte. Teilweise verwandelte er sich dann sogar wieder in den weißen Wels und nur Yuval konnte ihn dazu bringen, sich wieder in einen Aquatus zurück zu verwandeln. Alle anderen erholten sich immer weiter auch wenn manche noch Albträume hatten. Sorav hingegen wurde wieder und wieder furchtbar heimgesucht und er verzehrte sich immer mehr in Schuldgefühlen und Planlosigkeit. Anisha versuchte bei jedem Gespräch ihn zu bestärken, dass es weiter ginge, aber er blieb verschlossen, ablehnend und ihre Kontakte blieben kurz, als hätte er Angst, ihr nahe zu kommen. Das einzige, was für ihn gerade wichtig war, war die Hochzeit, sein zweites Gesprächsthema mit ihr. Anisha befürchtete das schlimmste, sollte die Hochzeit aus irgendwelchen Umständen nicht stattfinden, Noch nie hatte sie jemand so gequält und ohne Lebenswillen gesehen. Ihr Vater hatte so viel durchgemacht, dass er bis auf sein tiefstes Inneres verletzt worden war. Sie versuchte immer wieder, etwas aus seiner Vergangenheit zu erfahren, aber er wehrte jedes längere Gespräch ab. Nach einigen Tagen saßen Anisha, Noemi und Dylan an einem

Nachmittag zusammen und begannen die Hochzeit zu planen, da kam leise Sorav dazu. Schweigend setzte er sich und Anisha spürte wieder die tiefe Verzweiflung und Hoffnungslosigkeit des Vaters, die ihr so viel Angst machte. Noemi schaute Sorav an und fragte ihn dann, ob sie etwas von ihm berichten durfte. Sorav antwortete erst nicht, knurrte dann ein undeutliches „Ja." Also begann Noemi in ihrer unvergleichlichen Stimme zu erzählen:

Kapitel 12

„Was ich nun berichte, erfuhr ich von Soravs Mutter und von
Sorav selbst. Ich berichte nur, was ich weiß, denn ich lernte ihn
erst, er langsam größer wurde, persönlich kennen. Sorav wurde
in den Zeiten der Unruhe und des Kampfes geboren. Seine Eltern, Draco und Alana, waren schon sehr lange ein Paar – sein
Vater war auch mit den Ersten aus dem Salzwasser gekommen,
ich kannte ihn jedoch nur wenig. Alana, deine Großmutter vä-
terlicherseits, Anisha, war deutlich jünger, aber trotzdem schon
alt, als sie nach zwei Fehlgeburten endlich noch einmal ein Kind
in sich wachsen spürte. Bereits zu diesen Zeiten stahl Toya, die
damalige Herrscherin der Flüsse, die jetzige Schwarze Wasserhexe, Babies, um sie magisch zu verändern. In Draco und Alanas
Adern floss starkes Drachenblut und sie fürchteten die Gier und
Grausamkeit von Toya, also versteckten sie sich. Alana erschöpf-
te sich in dieser dritten Schwangerschaft, die Ängste, wieder ein
totes Baby zur Welt zu bringen, müssen entsetzlich gewesen sein.
Aber durch die Unterstützung von Draco verlief die Schwangerschaft unkompliziert und nach den üblichen zehn Monden ent-
band sie zweieiige Zwillinge, zwei gesunde Jungen. Beide hatten
soviel Wasserzauber, dass sie einen Schutzzauber über die Kinder legen konnten. Alana war aber nun völlig ausgelaugt und
die Geburt raubte ihr die letzte Lebenskraft, sie starb zwei Tage
nach der Entbindung. Draco war am Boden zerstört, nur seine
Schwägerin, die ältere Schwester von Alana, die heimlich aus dem
Nordmeer gekommen war, konnte ihn noch stützen. Beide sahen, wie stark das Drachenblut in den Babies floss und es wurde
von ihnen eine harte Entscheidung getroffen um das Überleben
der Kinder zu sichern. Die Zwillinge mussten getrennt werden.
Jedes der Kleinen bekam ein Amulett um den Hals, in dem eine
Locke des Bruders war, denn sie waren ja zweieiige Zwillinge.

Sorav hatte schon damals dunkle Haare und sein Bruder Liam dunkelrote Haare." Anisha fuhr hoch, denn in ihr stieg eine Erinnerung auf an einen anderen Aquatus mit dunkelroten Haaren. *Wo hatte sie ihn nur gesehen?* Ihre Erinnerung war wie vernebelt, das wühlte sie auf. Sie merkte, dass Noemi sie anschaute und sie setzte sich zurück, um weiter die Geschichte zu hören. Noemi setzte sich zurecht und erzählte weiter: „Sorav blieb also da und Luana, Dracos Schwester, zog ihn im See auf oder versuchte es zumindest, den Sorav war ein wildes Kind, als sei er immer auf der Suche nach seiner zweiten Hälfte. Sein Bruder fehlte ihm, ob er es wahrnahm oder nicht, er war eigenwillig und tollkühn. Schon als kleines Kind bereit alle Grenzen zu testen und wenn möglich zu brechen. Immer wieder verschwand er tagelang in den Tiefen des Sees und kam völlig zerkratzt und abgemagert zurück. Er erzählte nie, was er gemacht hatte oder was passiert war. Einmal erzählte er mir doch etwas: Er hatte sich im Schilf ein Lager gemacht und gerade hingelegt, da wurde er von einem erzürnten Hecht angegriffen, der um sein Gelege fürchtete. Der Fisch schwamm mit drohend geöffnetem Maul auf ihn zu und Sorav schwamm, so schnell er konnte, hatte aber nicht mit der Wut und Beharrlichkeit des Fisches gerechnet. In seiner Verzweiflung drehte er sich blitzschnell um und schlug dem Fisch auf die Nase. Da drehte er endlich ab. Das nur als kleine Geschichte am Rand." Sorav bewegte sich abrupt, und Anisha sah, wie er errötete. Er knurrte etwas, äußerte sich jedoch nicht weiter als Dylan fragte, was los sei. Inzwischen wurde auch Anisha rot, denn sie musste plötzlich an alle Streiche, die sie als Kind gemacht hatte denken, und an ihre Reise und meinte sehr trocken: „Naja, bei mir war es nicht gerade anders", was ihr einen dankbaren Blick von ihrem Vater brachte. Er setzte sich aufrechter hin und meinte: „Wir sollten zum Abendessen gehen – die Geschichte ist noch lang!" Das Abendessen dauerte ewig und danach sah Noemi müde und Sorav fahl und erschöpft aus. Anisha merkte, dass beide am Rand ihrer Kraft waren, wollte jedoch so gerne mehr erfahren. Noemi meinte, nur bevor sie sich zurückzog: „Morgen mehr." Damit musste sich jeder abfinden. In dieser Nacht träumte Anisha wieder. Sie vermeinte die Stimme ihrer Mutter zu hören und wachte sitzend mit ausgestreckten Armen im Bett auf. Der Traum war so echt gewesen und sie hatte Schwierigkeiten zu erkennen, wo sie war. Ganz kurz dachte sie an die Kerker der Südsee, merkte aber schnell, dass sie wieder im See bei ihrem Clan war. Sie schüttelte den Kopf, legte sich wieder hin und nach einiger Zeit schlief sie wieder. Der nächste Tag begann entspannt, fast allewaren geheilt, wenigstens körperlich. Auch nachts schrien weniger Aquati im Schlaf gequält auf. Jeder war eher bereit zu lächeln und alle hatten wieder mehr Appetit. Während wie üblich zusammen gefrühstückt wurde, kamen wieder Alltagsgespräche auf und erste Pläne wurden gemacht. Noemi freute sich, Anisha zu sehen und beide waren schnell im Gespräch vertieft. Anisha fühlte sich bei ihr sicher und konnte offener über vieles reden als bei anderen. Manchmal wunderte sie sich und dachte darüber nach. Wenn sie in sich hinein fühlte, bemerkte sie die Verbindung zu Noemi. Sie hatte ja gesagt, sie sei ihr Großtante aber Anisha traute sich nicht weiter zu fragen. Die Verluste nagten noch zu sehr an allen und sie machte sich Sorgen um ihren Vater. Anisha war erleichtert als sie immer mehr wahrnahm, wie viele Clanmitglieder tatsächlich überlebt hatten, denn sie hatte sich nur um die Schwerverletzten gekümmert, und sie freute sich, als die wenigen Kinder wieder anfingen zu spielen. Sie beobachtete ihre Streiche und musste an Yanus denken. Das schmerzte sie und sie erkannte, wie nah auch bei ihr die Trauer war. Auch bei anderen Aquati sah sie in den stillen Blicken Trauer und in dem Lächeln, den Versuch zu vergessen. Jetzt verstand sie dieses leere Entsetzen, dass sie am Anfang, als sie mit Dylan aus den Fängen der Schwarzen Wasserhexe geflohen war, wahrgenommen hatte. Nun spürte sie einen Teil in sich und brauchte viel Energie, um auf andere, positive Gedanken zu kommen. Nach dem Morgenmahl standen einige Aquati weiter zusammen und planten weiter den Alltag, danach gingen sie in Gruppen zum Schilfwall und in die Aufzuchtbereiche der Fische. Sorav und Malu waren dabei und in ernste Gespräche vertieft. Die Frauen setzen sich hin, um zu nähen oder Vorräte zu bereiten. Jeder bemühte sich um ein Gefühl von Normalität. Yuval und Mirala gingen zu jeder Gruppe und man hörte deutlich die Erleichterung in den Gesprächen, manchmal klang sogar kurz Gelächter auf. Auch Dylan war immer wieder dabei und die Freude seiner Freunde, ihn wieder gesund dabei zu haben, war deutlich. Aber egal, was er machte, seine Augen suchten immer wieder Anisha, wenn sie nur irgendwie in der Nähe war. Das führte natürlich dazu, das gelacht und gescherzt wurde, alle genossen das und die Stimmung besserte sich.

Kapitel 13

Nach einer Weile merkte Anisha, dass sie eigentlich nichts zu tun hatte und schaute sich um. Da kam Noemi auf Anisha zu. „Komm, lass uns eine ruhige Ecke suchen und mit deinem Wasserzauber arbeiten. Er ist wunderbar und stark, aber manchmal macht er noch, was er will. Wenn du ihn gezielter und selbstverständlicher einsetzen willst, musst du lernen, ihn zu verfeinern und zu schärfen." Beide setzten sich gemütlich in eine geschützte sandige Ecke und blickten sich in die Augen. Anisha nahm Noemis gedämpfte Stimme wie eine sanfte Welle in ihrem Kopf wahr und erinnerte sich an das Gefühl des Hörens, das sie hatte, als sie den Drachen begegnete. Noemis Gedanken waren viel feiner, leichter zu verstehen. Sie fühlte sich endlich wieder jemandem nah und spürte nicht nur die Verwandtschaft, sondern auch die innere Nähe. Sie brauchten keine Worte. Entspannt saßen sie jetzt neben einander und ließen den Wasserzauber fließen. Welle um Welle kam Wasserzauber aus ihnen und der Rhythmus wurde immer ähnlicher. Nach einiger Zeit lag die Energie ihrer beider Wasserzauber so nah beisammen, dass sie gemeinsam eine große Welle wegschickten – eine Welle des Wohlwollens, des Kümmerns und des Heilens, die durch den ganzen See glitt. Überall leuchteten kleine Funken auf, es war ein magischer Moment. Als sich Anisha zurücklehnen wollte, um zu verstehen, was wirklich passiert war, entstanden am Eingang des Sees silbern funkelnde Wirbel und plötzlich erschienen statt der Wirbel Aquati.

Kapitel 14

Anisha saß sprachlos da. *Was war da geschehen, waren das Feinde?* Sie sprang auf und bedauerte, gerade heute ihr Schwert in ihrem Raum gelassen zu haben. Sie hatte sich endlich sicher gefühlt. Schnell suchte sie nach Steinen, um sie als Waffe zu nutzen und begann Wasserkugeln in ihren Händen zu formen. Aber Noemi stand plötzlich auf und Marila schoss von ihrer Seite mit ausgestreckten Armen durch das Wasser los. *Das waren keine Feinde!* Dort standen Clanmitglieder, die alle für tot und verloren gehalten hatten. Immer wieder entstanden jetzt die wunderbaren Silberwirbel und wurden zu Aquati. Es wurden so viele, die wiederkamen, dass auch Anisha verstand, warum hier das Königreich der Seen war und warum es ein Unterwasserschloss gegeben hatte. Da standen Männer, Frauen und sogar einige Kinder, die sich wie im Traum umsahen, auf die der eine oder andere zugestürzt kam, die sich gegenseitig ansahen und berührten, als könnten sie es nicht fassen, was passiert war. Gemurmel machte sie breit: „ich lebe, ich war ein Fisch, ich war ein Stein, ich war ein Vogel. Ich lag und konnte mich nicht rühren", Sie waren alle durch die furchtbare Magie der Schwarzen Wasserhexe verflucht gewesen. Nur langsam kam ein Murmeln auf und ein Seufzen, viele lagen sich sprachlos in den Armen und alle fragten sich, ob dieses wunderbare Ereignis durch den Sieg über die Wasserhexe oder den Zauber der Perlen zustande gekommen war. Keiner verstand es richtig. Anisha und Noemi blickten sich inzwischen still an und zogen sich zurück. Dieser Wasserzauber war mehr als machtvoll und niemand sollte erkennen, wie stark in ihnen beiden das Drachenblut floss. Anisha erkannte, dass alles was sie gesehen hatte, die Drachen, das goldene Leuchten, ein Teil von ihr darstellte. Sie hatte Drachenblut und so einen mächtigen Wasserzauber und ein wenig verstand sie die Kommentare zu ihrem

Wasserzauber. Sie blieb daher im Hintergrund, um das mit sich selbst zu klären. Sie erkannte, wie Draco und Alana es verstanden hatten, dass diese Fähigkeiten am besten unerkannt blieben. Während dessen berichteten die Wiedergekommenen, dass sie plötzlich wieder gefühlt und gesehen hätten und den Ruf des Clans, den Ruf nach Hause, gehört hatten und gefolgt waren – da seien sie wiedergekommen. Sogar Sorav kam aus seiner Ecke und stand dann bei einigen der wiedergekehrten Aquati, die wie erprobte Krieger aussahen, und begrüßte sie. Sie entfernten sich gemeinsam und Anisha sah sie später in einer der sandigen Nischen sitzen und sprechen. Sie sah mit Erleichterung, dass ihr Vater lebendig erschien und aktiv am Gespräch teilnahm, ja, es oft führte und sie hoffte, dass so auch sein Lebenswillen gestärkt würde. Noemi holte Anisha und ging gemeinsam mit ihr zu Marila, die jetzt von aufgeregten Frauen und lebhaften Mädchen umringt stand. Sie sagte nur: „Der Wasserzauber im Clan ist stark. Wir haben wirklich eine Zukunft". Marila schaute sie an, nickte nur sprachlos und drückte Anisha ganz spontan und sehr herzlich. Allen fehlten die Worte um auszudrücken, wie es ihnen wirklich ging. Aber die Sicherheit der Gemeinschaft war die größte Stabilität. Praktisch wie immer meinte Marila: „Bei so vielen Männern brauchen wir heute ein großes Mahl, lasst uns gleich beginnen!" Da mussten doch einige lachen und manche sogar kichern und in dieser guten Stimmung wurde das reichlich Essen für nicht nur für die Neuankömmlinge vorbereitet. Zur Essenszeit standen alle in einer langen Schlange und warteten auf eine Möglichkeit sich Essen zu holen und suchten dann einen Ort zum Sitzen und essen. Und plötzlich wurde der Raum sehr beengt – waren doch während des Nachmittags noch mehr Aquati aus dem Nichts aufgetaucht. Anisha stand weiter im Hintergrund und beobachtete erstaunt das Treiben. Sie war froh, über das, was passierte, hatte es aber immer noch nicht völlig verstanden, genau so wenig, wie sie mit Noemi weitergekommen war. Ihr Wasserzauber war ihr weiter ein Rätsel. Bevor sie jedoch wieder anfangen konnte zu grübeln, wurde sie von der reinen Freude der wiedergekehrten Aquati überwältigt, die oft über eine Wand, einen Stein oder über ihren eigenen Körper strichen. Es war ein Neuanfang nach den furchtbaren Verlusten des Kampfes mit der Schwarzen Wasserhexe, wie sie es sich nicht erträumt hatte. Marila und alle Frauen hatten hart gearbeitet und das Essen war gut und reichhaltig, so dass am Ende jeder satt wurde. Die Gespräche in den Gruppen waren gedämpft. Als alle fertig waren, suchten viele erschöpft nach einem Nachtlager. Fast alle der Rückkehrer hatten Angst in der Höhle zu übernachten und so ging Sorav mit seinen Kämpfern los und schnitt Büschel von dem Schilfwall ab. Daraus flochten sie Lagerstätten und mit einigen Ästen bauten sie kleine Behausungen ähnlich wie Zelten, so dass jeder einen Schlafplatz im Clan hatte. Schon jetzt zeigte Yuval ein besorgtes Gesicht und sprach leise und häufig mit Mirala. Anisha hörte Satzfetzen. Die Worte „Suche, Schloss, Moor?!" wiederholten sich immer wieder. Am nächsten Morgen kamen weitere zehn Aquati zurück und auch am Nachmittag brachten funkelnde Wirbel weitere Clanmitglieder. Alle halfen, Raum zu schaffen, Essen zubereiten, aber der Raum in der Höhle und im Bereich davor war jetzt wirklich zu eng. Yuval und Mirala mussten sich etwas überlegen. Sie beriefen einen Rat ein und luden Noemi, Sorav neben vier weiteren engen Beratern, die durch den Zauber der Rückkehr –, wie dies von allen benannt wurde, befreit worden waren und auch Dylan und Anisha ein. Alle setzten sich am Abend vor dem Essen zusammen, um zu überlegen, wie es weitergehen sollte, denn das Jahr verging. Über ihnen prasselte wieder Regen auf die wogende Wasseroberfläche und die Höhle war viel zu eng. Im Winter würde es überhaupt nicht gehen. Die Familien wollten und brauchten Raum um zu leben und es gab jetzt die Möglichkeit, wieder ein Königreich entstehen zu lassen. Aber wie? Alle waren ratlos, denn das alte Schloss war im Moor versunken und keiner konnte sich vorstellen, ob es überhaupt nach der grausigen Herrschaft der Schwarzen Wasserhexe bewohnbar wäre. Anisha erinnerte sich nur an das Verlies und den Gang, Dylan hatte zwar einen Eingang auf seiner Suche gefunden, berichtete jedoch, dass es furchtbar ausgesehen habe – zerfressene Steine, modriges Holz, auch der Eingangsbereich sei von Algen und alten Blättern bedeckt gewesen. Noemi hörte sich das alles an und dachte lange nach, während alle um sie herum diskutierten. Dann meinte sie: „Vielleicht versuchen wir es trotzdem, die Schwarze Wasserhexe hat zwar viel verändert, Wie wäre es, wenn Sorav und Dylan mich begleiten? Sie sind gute Kämpfer und stark und kennen sich dort aus. Ich werde meinen Zauber einsetzen und vielleicht können wir wenigstens einen Teil des Schlosses bewohnbar machen, so dass wir über den Winter kommen. Die Schwarze Wasserhexe ist zwar weg, aber wenn noch Fallen oder Gefangene da sind, können wir sie mit unserem Wasserzauber finden." Sie merkte, dass alle erschöpft waren und schlug vor: „Lasst uns essen und darüber schlafen." Damit waren alle einverstanden und mit einem neuen möglichen Plan für die Zukunft legten sich alle etwas gelassener schlafen. Bis auf Sorav, der trotzdem weiter gequält und angespannt war. Der nächste Tag brachte ein sonnendurchleuchtetes Wasser und machte die Entscheidung, nach dem Schloss zu suchen, leicht. Es war tatsächlich nur eine halbe Tagesreise entfernt. Als Noemi los wollte, kamen Diskussionen auf. Anisha stellte klar: „Ich komme mit. Ich bin eine Kriegerin und habe Wasserzauber." Sorav kam mit vier Kriegern: „Ich komme mit, aber wenn Gefahr herrscht, brauche ich meine Kämpfer!" Dylan stand daneben und sagte: „Ich komme sowieso mit. Ich habe den Eingang einmal gefunden!" Noemi schaute zu Marila und Yuval – was war da zu machen? Jedes Argument galt für sich und sie würden nicht lange für die Reise brauchen. Yuval nickte, meinte aber zu Anisha und Dylan: „Ihr kennt die Regeln – haltet euch daran." Beide nickten und waren froh, dass sie mit durften. Sorav sah nicht glücklich aus, am liebsten hätte er wohl Anisha dagelassen – aber was sollte er tun? Er knurrte nur kurz und gab dann das Signal zum Aufbruch.

Kapitel 15

Sie schwammen durch den See – in die entgegengesetzte Richtung, aus der Anisha heimgekehrt war. Sie erinnerte sich wieder an den Tag,, an die zwei Welse, die nun Aquati waren, an den inneren Zug, der ihr geholfen hatte, wieder zurückzukommen, an das Gefühl, dazu zu gehören – etwas, was sie nie über Wasser gehabt hatte. Seit langem erinnerte sie sich wieder an das Jahr in der Stadt und auch an Ima. *Hatte Ima etwas gewußt? Wenn ja, warum hatte sie ihr nichts erzählt?* Es erschien ihr immer deutlicher, dass Ima um ihre Herkunft wusste, aber sich niemanden anvertraut hatte. *Warum hatte sie das Geheimnis bewahrt? Was wußte Amos? Seltsam.* Sie machte sich darüber Gedanken, ob sie je wieder mit ihnen sprechen würde – *sie war ja einfach weggegangen!* Sie erinnerte sich das erste Mal wieder an den großen Karpfen, den sie gerettet hatte. *War das etwa der gleiche, den sie wieder getroffen hatte? War er verzaubert oder gar ein Drachen? Und Sorav – wie viel Kraft hatte seine Seele?* Seine innere Qual bedrückte sie und sie fühlte sich hilflos. Anisha merkte, dass sie die ganzen Fragen aufwühlten und sie einfach keine Antworten wusste, daher konzentrierte sie sich auf die aktuelle Situation und beobachtete heimlich ihren Vater. Er war mit den vier Kriegern in engem Kontakt und sehr beschäftigt. Auch wenn er ernst aussah, erschien er etwas lockerer. Das beruhigte sie doch. Als sie sich wieder umsah, befanden sie in einem flachen Flussbett, in dem viele Felsen wie Hindernisse lagen und das kalte Wasser eilig floss. Immer wieder flitzten braunweiße Vögel unter Wasser an ihr vorbei, die dann eilig wieder auf Steine am Rand mit Schnecken im Schnabel hoch hüpften. In den stillen Tümpeln hinter den Felsen sah sie viele bunte Fische, die vertrauensvoll um ihre Hände glitten. Immer wieder drängte sich die Gruppe vor einem Hindernis und es wurde noch schwieriger, als sie an einen großen Biberbau kamen. Trotz des Regens der letzten Tage war der Wasserspiegel so niedrig, dass sie durch den sandigen und schlammigen Boden kriechen mussten, um dann durch eine schmale Öffnung am Rand sich regelrecht durchzuschlängeln. Das hatte Zeit gebraucht und alle waren erschöpft und hungrig, als sie es endlich geschafft hatten. Bevor sie sich erholen konnten, schossen mehrere Biber auf sie zu, die sie eher irritiert als freudig musterten. Sorav glitt völlig entspannt auf sie zu und erreichte, dass alle schnell ruhiger wurden. Ein junger Biber kuschelte sich kurz in seine Armen. Anisha sah sein entspanntes Gesicht, die Augen ruhig und leuchtend und lächelte insgeheim. Dann kam der Kleine, der noch flauschiges Babyfell hatte, zu ihr und ließ nicht locker, bis er auch in ihren Armen lag. Er schaute sie mit schwarzen Knopfaugen voller Vertrauen an und sie musste ihn einfach kuscheln und hob lächelnd den Kopf und hatte kurz aber intensiv Blickkontakt mit ihrem Vater. Sorav wandte sich schnell ab, um nach den anderen zu schauen. Anisha merkte, dass er um Fassung rang und konnte es nicht verstehen. Alle hatten ihre Vorräte aus den Taschen geholt, aßen eine Kleinigkeit, dann ging es erholt weiter. Nun war das klare Wasser eisig kalt und schäumte noch mehr um die Felsen und Anisha befürchtete schon, dass es wieder zu flach werden könnte. Aber da kam endlich das aufgewühlte Wasser durch den Wasserfall, der aus einer Öffnung oben in der Bergwand in hohem Bogen schoss, und sie erinnerte sich, wie sie verzweifelt mit Dylan durch schnell fließendes Wasser und einen Wasserfall geflohen waren, aber damals war sie ohnmächtig geworden. Sie wechselte mit ihm einen langen Blick und beide nickten: das war der Hinterausgang.

6. Buch – Zeit für Zukunft

Kapitel 1

Auch andere kannten diesen Ausgang. Sorav musterte ihn kritisch und sah sich an der glitschigen bemoosten Wand um. Er holte Schwung und hing mit einer Hand an einem winzigen Vorsprung, denn verankerte er die Fingerspitzen der anderen Hand in einer Spalte und zog sich den Hang durch das sprudelnde Wasser hoch. Als er am Eingang angekommen war, sah er sich wieder suchend um und unter herabhängenden Zweigen fand er eine Stelle, die durchbohrt war. Er zog heftig an den Zweigen, bis er genügend in der Hand hatte und dann fühlte Anisha seinen Wasserzauber, durch den er damit eine Leiter formte. Die oberen Stücke führte er durch die Löcher und hielt die Hände darauf, danach waren sie fest verankert. Noemi schaute nach oben, lachte völlig unerwartet in sich hinein und meinte nur:„ Na, wofür Kinderstreiche gut sein können!" Sorav hörte es tatsächlich und sah plötzlich sehr schuldbewusst aus. Er räusperte sich mehrfach, als er eine einladende Geste machte. In besserer Stimmung, als alle gedacht hatten, kletterten sie langsam an der Leiter nach oben und kämpften sich durch das eisige Wasser, bis sie in den alten Gängen unter dem Schloss waren. Sie brauchten ihre gute Laune dringend, denn nun kamen sie zu den Verliesen, in denen so viele von ihnen gelitten hatten. Sie waren bis auf zwei grünschillernde Fische, die in einer winzigen Zelle gefangen waren, leer. Anisha und Noemi sahen sich wortlos an und fassten sich an den Händen. Der Rhythmus des Zaubers kam schnell und die magische Welle durchdrang alle Räume und schoss danach nach oben. Die grausamen alten Gitter waren so vernichtet und die Fische waren zu Aquati geworden. Beide waren bis auf die Knochen abgemagert und standen nur unsicher, stützten sich aber trotzdem. Scheu hoben sie den Kopf und Noemi schluckte schwer und kam vorsichtig auf sie zu. Fast zärtlich nahm sie die

Frau in den Arm und strich dem Mann über den Kopf und die Schultern. Anisha sah die Schwäche und die schlimme Lage der beiden mit Entsetzen, blieb aber im Hintergrund. Bevor sie jedoch etwas sagen konnte, sprach Noemi „Kommt mit, wir haben es geschafft, wir wollen das Schloss zurückholen!" „Aber die Wasserhexe – Toya – was ist mit ihr?", hauchte die Frau. „Sie ist fast sicher vernichtet, auch Ebru – und bei ihm bin ich mir ziemlich sicher, auf alle Fälle kommen sie nicht so schnell wieder!", antwortete Anisha, die sich jetzt doch durchgedrängt hatte. Beide starrten sie an und kamen auf sie zu, ihr wurde es schon unheimlich, als die Frau ihr vorsichtig über die Wange strich. „Du siehst aus wie Irala und Ala.", dann sackte sie mit einem Seufzer ohnmächtig zusammen. Anisha konnte gerade noch verhindern, dass sie durch die Strömung an die Wand getrieben und verletzt wurde, dann halfen ihr schon die anderen. Nun war der Weg vor ihnen offen. Weiter ging es, die beiden Aquati wurden abwechselnd von den Kriegern getragen. Die Höhlengänge waren dunkel, aber das Wasser war klar und kein Gegner zeigte sich. Nach langer Zeit durch endlose Gänge und Stufen, die doch immer wieder nach oben führten – jeder hatte völlig das Zeitgefühl verloren – sammelten sie sich vor ein Durchgang an dem die Reste verrotteter Türen hingen. Der Zauber, der das Holz erhalten hatte, war aufgebraucht und sie konnten die morschen Holzstücke gemeinsam zur Seite schieben, dann betraten sie eine große düstere Halle. Überall waren noch alte Zeichen eines Kampfes – moderige, zerfetzte Holzstücke, die Reste alter Barrikaden waren, und dunkelgrüne Felsen, mit glitschigen Algen bewachsen, über den Boden verstreut. Anisha stolperte über etwas und erkannte, das es sich um die Kante eines fast zerstörten Podiums handelte. Vor ihnen sahen sie die Sonne im Wasser durch ein großes eckiges Tor scheinen, an dem noch die Reste eines Schilfvorhangs in der Wasserströmung flatterten, der Boden davor war mit Steinen und Baumstämmen bedeckt. Alle suchten sich einen Weg durch den Raum und das Tor, das nach draußen führte. Nach dem sich alle umgedreht hatten standen sie schweigend vor einem riesigen weitläufigen Gebäude, das ganz

aus mächtigen Felsquadern gebaut war. Dunkel und bemoost ragte es über ihnen, ein mächtiger Turm an der Seite schien sogar
bis über die Wasseroberfläche zu reichen, an der anderen Seite
schien ein weiterer Turm in sich zusammen gefallen zu sein. Alle
waren tief beeindruckt. Nach einer Weile schüttelte sich Noemi
und blickte jeden an „Wieviel Kraft habt ihr. Schaffen wir den
Zauber zusammen?" Sorav atmete tief durch und meinte nur:
„Sollen wir nicht darüber schlafen, damit wir morgen mehr Kraft
haben. Außerdem sollten Yuval oder Marila dabei sein." „Ja, du
hast recht. Wer schwimmt zurück?" „Ich mache das", sagte Dylan und gemeinsam mit einem der Krieger machte er sich sofort auf den Weg. Es war schon spät am Nachmittag, denn sie
hatten mit der Befreiung der beiden Aquati und der Suche nach
dem richtigen Weg viel länger gebraucht, als sie gedacht hatten.

Kapitel 2

Die anderen setzten sich mit Blick zum Schloss zum Abendimbiss hin. Alle waren aufgeregt und hatte wenig Appetit, aber durch die Reise doch so viel Hunger, dass nach einer Weile alle Vorräte verzehrt worden waren. Dann setzten sie sich im Graudunkel des Abends zusammen. Noemi und Anisha hatten es den beiden geretteten Aquati so bequem wie möglich gemacht, beide waren sehr geschwächt, wollten aber keine Unterstützung. Sie beharrten darauf, auf Marila zu warten. Auch wenn alle von den Ereignissen des Tages müde waren, begann Sorav von sich aus zu sprechen. um weiter von sich zu erzählen. „Ich weiß nicht, wie lange ich berichten kann, aber du, meine Tochter, sollst mehr von meinem Leben wissen. Dann ist es für dich auch leichter, vielleicht etwas von dir zu erzählen. Meine Mutter war die Pflegeschwester von Marilas Mutter, daher wuchs ich im Königshaus auf, mein Vater war Berater und Freund des damaligen Königs. Ich war wirklich ein wilder Junge, hatte immer das Gefühl, als fehle mir etwas und ich musste es suchen. Das wird wohl mein Zwillingsbruder sein. Damals wusste ich das nicht, denn keiner wagte etwas über uns zu sagen aus Furcht, die geheimen Jäger der Schwarzen Wasserhexe würden etwas hören. Ich musste nur immer mein Halsband tragen. Damit ich abends endlich ruhig wurde, lernte ich früh kämpfen und meditieren und trainierte täglich. Durch die Übungen konnte ich meine quälende innere Unruhe und auch die brennende Wut etwas lindern." Anisha rührte sich und er schaute sie an und meinte nur: „Ich weiß nicht einmal, auf was ich wütend war, ich erinnere mich nur an eine furchtbare Leere und wie ich dagegen ankämpfte. Jedenfalls war ich talentiert und auch mein Wasserzauber zeigte sich früher als bei anderen. Ich konnte mich schon als Kind in ein anderes Wesen verwandeln. Ich erschreckte alle furchtbar, als ich mich mit sieben oder acht das erste Mal in einen riesigen Molch verwandelte. Yuval erkannte mich immer sofort und ärgerte mich, in dem er sich sofort in einen größeren Fisch verwandelte und mich jagte. Er war der Einzige, der mich so mochte wie ich war, auch als ich durch meine außergewöhnliche Magie arrogant und überheblich wurde und mir viele Freundschaften zerstörte. Andererseits merkte ich auch, dass viele nur meine Freundschaft suchten, weil ich mit dem Königssohn befreundet war. Zu dieser Zeit verschwand mein Vater. er war auf einem Besuch zu den Verwandten im Nordmeer gewesen, kam nie wieder zurück. Ich weiß nicht, ob er noch lebt – ganz selten träume ich von ihm. Ich fühlte mich alleine und missverstanden und zog mich von allen zurück. Da Yuval immer mehr Pflichten als Prinz zu übernehmen hatte, wurde ich immer einsamer. Die Einsamkeit nagte an mir und ich füllte die Leere mit Sport und Waffentraining. Zur Meditation fand ich nur noch selten Ruhe. Ich wurde ein Teil der Kriegerelite. Meine Tante half mir in dieser Zeit meinen Zauber zu erkennen und zu trainieren. Das füllte die Zeit, aber als ich älter wurde, sehnte ich mich nach einer eigenen Familie und die Leere des fehlenden Zwillingsbruders, so sehe ich das jetzt, war wie ein fehlender Körperteil. Ich fühlte mich oft wie eingeschränkt und verstand nicht warum. Also suchte ich Herausforderungen. Als ich alt genug war, wurde ich einer der Kundschafter und Jäger. Ich suchte für uns Verstecke und fand das Höhlensystem, in dem auch die Gräber jetzt sind. Ich bekämpfte schon damals die mutierten Monster der Wasserhexe. Es war blutig und brutal, aber es gefiel mir auch, denn ich dachte damals, dass ich so etwas Gutes tun würde. Oft wurde ich auch angegriffen oder musste gegen die Gewalten der Natur kämpfen. Dann tobte ich und ich fühlte mich in mir fremd – Wut, Frust, Kampfeslust kochten hoch und ich lebte mich aus. Es war keine gute Zeit für mich, aber es auch eine furchtbare Zeit für den Clan. Der alte König starb, als er von den Jägern der Königin der Flüsse, ja, Toya, in einen Hinterhalt gelockt wurde. Er wurde zu Tode gefoltert. Möglicherweise suchte er selbst sein Schicksal, den kurz vorher war die Königin an einer seltsamen

Krankheit, die ihre Haut zerstörte, gestorben. Yuval musste viel zu früh König werden und war nicht vorbereitet. Ab da nannte jederToya schon nur noch die Schwarze Wasserhexe. So bereitete sich die Schwarze Wasserhexe mit ihrem grausamen Heer auf einen Vernichtungsschlag vor. Wir spürten es in uns, im Wetter, im Strahlen des Vollmonds und wir fürchteten uns, denn es waren so viele schon gestorben, verschwunden, verloren und gegen die Wasserhexe konnten nur die mit starkem Drachenblut kämpfen – und es waren so wenig! Meine Stimmung wurde immer schlechter, ich reagierte nur noch gereizt, die innere Leere fraß an mir und ich wusste keine Lösung. Also war ich immer weniger zu Hause, denn es hielt mich dort auch nichts mehr. Als mein Vater verschwand, wurden seine Räume aufgelöst und durch eine furchtbare Überschwemmung in einem Frühling wurde ein Teil des Schlosses unbewohnbar. Wenn ich doch einmal zu Hause war, schlief ich in den Räumen von Yuval. Ich besaß nur noch meine Kleidung und mein Schwert. Trotzdem kam ich immer wieder, auch an einem strahlenden Sommermond, der das Wasser fast bis zum Boden erhellte. Die Jagd war wieder schlimm gewesen und ich war verletzt, frustriert, gereizt. Aber als ich zum Schloss schwamm, sah ich seit langem wieder ein goldenes Licht, etwa,s an das ich mich nur erinnerte, wenn ich mit meinem Vater allein war. Es war eine neue Aquata da, wohl von der Wasserhexe geflohen oder doch als Friedensangebot als Pflegekind geschickt – ich wusste es nicht. Ich stand erstarrt, so etwas Schönes hatte ich noch nie gesehen, ich spürte ihren Wasserzauber so stark wie noch bei keinem." Sorav's Stimme wurde immer leiser, und er schien in seinen Erinnerungen verfangen und sehr zu leiden. Er sah sie wortlos an und nahm ihre Hände. Da spürte Anisha die innere Verbindung und erlebte eine Erinnerung ihres Vaters an die Jagd: Sorav war allein. Heute fühlte er es mehr als sonst, die Einsamkeit kroch in die tiefsten Gedanken und dunkle Gefühle stiegen in ihm hoch. Er lag im Halbschlaf und die Träume glitten in Spiralen um ihn und kamen näher und näher. Tiefer glitt er in schwarzrotes Nichts, aus dem Funken stoben. Er stöhnte und wand sich, gequält in seiner Haut, konnte er doch der Verzauberung nicht entfliehen. Immer mehr brannten die Träume und die Funken durchbohrten seine Haut, die grässlich stank. Er riss die Augen auf und sprang heulend auf. Dann packte er seinen Zweizack und schoss durch das Wasser. Heute würde es kein Erbarmen geben. Er suchte und fand die Dämonen, die ihm die furchtbaren Träume geschickt hatten und schlich sich an, aalgleich glitt er durch die Schilfwedel und robbte sich durch den Schlamm an. Die Dämonen ahnten zu spät seinePräsenz und als sie sich aufrichteten, fiel er schon über sie her, rechts das nadelspitze Schwert und links den Zweizack. Er griff mit verzerrtem Gesicht an, durch seine glühenden Augen war er ihnen beinahe ähnlich, aber durch seine Wut war er ihnen an Kraft überlegen. Er durchbohrte mit dem Zweizack den ersten Dämon und drückte ihn gegen einen alten Baumstamm, bis die Spitzen im Baum einhakten, wendete sich zur Seite und machte kurzen Prozess mit dem zweiten. Der dritte Dämon war schneller, wilder und beide kämpften wie besessen. Langes Haar wehte im Wasser und schnell trübten erste Blutschwaden die Sicht. Anfangs versuchten beide durch leichte Verletzungen den anderen zurückzutreiben, als das nicht klappen wollte, schwammen sie aufeinander zu, um an einander vorbeizugleiten und dabei zu verletzen, zu töten. Sorav hatte inzwischen den kurzen dreieckigen Dolch in der Hand und zog ihn dem Gegner über die Brust. Als der zurückzuckte, stieß er mit dem Schwert nach und traf auf der rechten Seite. Er zog mit fast übermächtiger Kraft das Schwert nach unten, stieß gleichzeitig den Dolch in die Leiste des Dämon, um ihn schnell herauszuziehen und ihn – fast wie ein Gnadenstoß – dem Gegner in die Kiemen am Halsbeginn zu stoßen, dort zu drehen, bis das Blut im Schwall herausquoll. Dann wandte er sich um, den ersten Gegner vollends zu besiegen. Er holte mit dem Schwert aus und ein Kopf fiel in das schlammigblutige Wasser. Schweratmend stand Sorav vor dem Gemetzel, das er angerichtet hatte, und starrte vor sich hin. Um ihn stiegen Wasserblasen nach oben. Automatisch reinigte er seine Waffen. Dann verbeugte er sich vor den Toten und verschwand im fahlen Nichts der Nacht." Anisha setzte zum Sprechen an, da legte ihm schon Noemi die Hand auf die Schulter – „Sorav, lass uns schlafen, das ist gut so!" Alle nickten, denn natürlich hatte jeder an seinen Lippen gehangen. Anisha schüttelte sich, als würde sie aus einem Traum aufwachen und merkte nun erst, wie müde sie war. Sorav schien auch nur langsam zu sich zu kommen und sich durch die Berührung wieder zu fangen. Seine Augen waren wieder fokussiert und er stand auf, reckte und streckte sich.

Kapitel 3

Sorav war sehr erschöpft durch seine Geschichte, aber trotzdem bestimmte er noch Wachen, bevor sich alle hinlegten und in einen tiefen Schlaf verfielen. In dieser Nacht träumte niemand. Der nächste Morgen begann klar, das Wasser war eisig, als sich alle zum Frühstück hinsetzten. Sorav setzte sich das erste Mal neben Anisha und beide genossen die Nähe. „Ich hoffe, die Erinnerung war nicht zu schlimm, aber so war das im Krieg," „Nein, Vater. Ich muss dir noch mehr von meiner Zeit in der Südsee und dem Feuerring und von dem Gift erzählen und das mache ich das nächste Mal! Ich bin froh, dass ich endlich mehr von dir weiß, auch wenn es traurige Dinge sind." Bevor beide jedoch weitersprechen konnten, kam schon Dylan mit Marila und ungefähr zehn weiteren Aquati an. Sie hatten die Strecke in einer Rekordzeit hinter sich gebracht. Alle standen verstummt vor dem Gebäude und einige fielen auf die Knie, in ihren Gesichtern eine Mischung aus Freude und Kummer, die nur schwer zu ertragen war. Anisha fühlte sich unwohl und seit langem sehr hilflos. Nachdem sie lange wortlos gestanden hatten, kam Noemi auf Marila zu und beide hielten sich an den Händen, Dann drehten sie sich zu den zwei Aquati, die gerettet worden waren und noch fast bewegungslos in Decken gehüllt lagen. Marila holte Luft und ging zu der Frau, die bis auf die Knochen abgemagert war. Fast gequält klang sie, als sie die Frau zart an den Oberarmen berührte und sie mit ihrem Namen rief: „Shaya, meine Liebe, du bist zurück, bleibe bei uns, denn der König ist wieder da!" Währenddessen war Anisha dazu gekommen und sah, wie schwach das Lebenslicht von Shaya jetzt flackerte und dass sie helfen musste, egal, was sie gestern gesagt hatte. Gleichzeitig mit Marila legte sie ihre Hände auf und holte tief aus sich Lebenskraft und Lebenssinn. Sie hatte die Augen geschlossen und merkte so nicht, wie ihre Hände golden glühten, sie spürte nur die Wärme. Nach einem nicht messbaren Zeitraum fühlte sie, dass es genug war und wandte sich dem Mann zu, dem es nicht viel besser ging. Auch ihm legte sie die Hände auf und als sie merkte, wie er sich endlich rührte, öffnete sie die Augen, um einen goldenen Schein um sich zu sehen. Alle standen mit offenem Mund um sie herum. Sie fühlte sich seltsam und nicht ganz bei sich, etwas erschöpft, aber gut. Dylan hielt sich deutlich zurück, lächelte aber – er dachte an die drei Monate, aber Sorav und Noemi kamen auf sie zu und sahen stolz aus. Die Frau, die jetzt von ihrem Mann gestützt wurde, sah sie an und ihre innere Kraft war deutlich, auch ihre Stimme war wieder stark, als sie sprach: „Du musst Iralas Tochter sein und wenn das dein Vater ist, siehst du deinem Onkel viel ähnlicher. In dir ist das Drachenblut stark, danke, danke dass du mir geholfen hast!" Noemi stand neben ihr und meinte: „Das sind Shaya und Noel. Sie haben die Kraft der Weissagung." Anisha stand da und fragte „Mein Onkel, woher kennst du meinen Onkel?" Shaya schaute sie wieder an „Du kennst ihn doch, Liam mit den roten Haaren." Und in Anisha schien ein Schleier zu schwinden, ihre Erinnerungen wurden klarer und sie erinnerte sich an die zwei Aquati, die sie getroffen hatte, als sie im Feuerring kämpfen sollte und die schon mit ihr gemeinsam gekämpft und verteidigt hatten. „Liam, der mich aus dem Feuerring holte? Ddas ist mein Onkel? Und er ist Sorav's Bruder? Er lebt wirklich! Aber Irala, meine Mutter, sie ist gestorben!" „Spürst Du nicht etwas in dir, glaube mehr an dich!", war die einzige Antwort. Dann glitt Shaya wieder auf ihr Lager und schloss die Augen und fiel in einen tiefen Genesungsschlaf. Sorav war in der Zwischenzeit bei Dylan und den Anderen gewesen., Sie hatten das Schloss betrachtet, er hatte nichts gehört. Noemi war jetzt auch schon bei ihm und gemeinsam suchten sie in sich und in ihrem Wasserzauber ein Wissen, durch das sie das Schloss wieder bewohnbar machen konnten. Nach einer längeren, lebhaft diskutierten Planung entschieden sie sich dazu, im Halbkreis vor den Eingang zu sitzen, umso den Zauber in das Gebäude fließen lassen zu können. Als sie merkten, dass sie zu wenige waren, um den Eingang zu schließen, flochten sie Seile aus dem verzauberten Schilf, das Marila mit den anderen diesen Morgen mitgebracht hatte. Jeder bekam ein Seilende in die Hand, um sich so mit der Gemeinschaft zu verbinden. Marila saß an einem Ende, Noemi am anderen. In der Mitte Anisha, Sorav und Dylan, dazwischen alle anderen Aquati. Marila und Noemi begannen leise zusammen zu summen, dann steigerten sie den Ton, die anderen folgten dem Klang, der wie ein Surren klang, dann wanden sich die hellen Töne der Frauen darum und es entstand ein Lied ohne Worte. Jeder gab einen Teil seines Wasserzaubers und im Wasser entstanden durch die Kraft der gemeinsamen Magie goldene Blasen, die durch den Eingang in das Schloss glitten oder schossen, je nachdem wie stark der Wasserzauber des einzelnen war. Weiter sangen sie das Lied des Wasserzaubers und die Blasen wurden größer und kleiner, heller oder goldener, je nach Takt waren es Schwaden oder einzelne Blasenketten. Nach einiger Zeit wurde die dunkle Mauer heller und eingelassene Kristalle begannen pulsierend zu leuchten. Sie beendeten das Lied erst, als Noemi nicht mehr konnte. Alle anderen ließen die Seile, die sich jetzt langsam auflösten, ins Wasser gleiten und lehnten sich erschöpft zurück. Aber der Zauber hatte gewirkt. Das Schloss war ein verändertes Gebäude: es strahlte und glitzerte, jetzt sah es aus, als würde es sie wieder willkommen heißen. Auch das Wasser, das es umspülte, war klarer, reiner. Erste Fische kamen neugierig angeschwommen und an der Wasseroberfläche sammelten sich Enten und Gänse, dann sahen alle die majestätischen Schwäne mit Schwung landen. Das Leben schien Atem zu holen.

Kapitel 4

Sorav sprach als erster „Ich denke nicht, dass wir alles gereinigt haben, aber wenn wir morgen in jeden Raum gehen, können wir es schaffen. Heute müssen wir uns erholen!" Jeder holte sich von den frischen Vorräten und gemeinsam nahmen sie das Abendessen vor dem Eingang ein, um dann erschöpft schnell einzuschlafen, denn sie hatten den ganzen Nachmittag gesungen. Die Nacht war unruhig, da immer wieder der eine oder andere mit einem Schrei aufwachte, aber jeder kümmerte sich und entlastete so gut es ging und nach Mitternacht wurden alle ruhig. Am nächsten Tag wachten alle früh auf, Nach einem kurzen Frühstück, das die Vorräte fast aufbrauchte, gingen alle bis auf zwei Wachen ins Schloss. Schon die Eingangshalle war heller, Wände und Boden von leuchtenden Edelsteinen durchsetzt, das Podium war jetzt sichtbar und auf ihm die Reste von zwei steinernen Thronsesseln. Keiner hielt sich jedoch auf, zuerst mussten alle Zimmer durchsucht werden, dann konnte der Zauber gefestigt werden. Sie mussten schnell sein, denn sie mussten heute noch zurück zu der Höhle. In Zweiergruppen gingen alle los, um das verloren geglaubte Heim, sich wieder zu eigen zu machen. Am Anfang herrschte Stille, dann kamen immer wieder Ausrufe, einmal ein aufgebrachter Schrei, als ein Hecht vertrieben wurde, der tatsächlich in der kurzen Zeit nach dem Kampf eingezogen war. Immer, wenn Anisha in einen großen Raum kam, schaute sie sich um, ob etwas an die Wasserhexe erinnerte, aber die Räume waren kahl, der Boden mit Schlamm bedeckt, die Wände von graugrünen Algen überzogen, selten fanden sie Holzreste. Jeder Raum wurde mit Wasserzauber gereinigt, das Wasser geklärt – alles verlief ohne Zwischenfall. Als sich nach kurzer Zeit alle wieder versammelten, waren alle erstaunt, aber auch merklich erleichtert, dass die Reinigung so ereignislos gewesen war. Auch die Wachen konnten nichts berichten. Noemi wechselte mit Marila einen langen befreiten Blick. Beide lächelten seit langem. Endlich war etwas Gutes, wirklich Gutes passiert. „Wenn ihr heiratet, dann könnt ihr hier wohnen", meinte sie zu Anisha, die davon völlig überwältigt war. Das war beinahe zu viel, sie hatte sich die Höhle als Heim vorgestellt, dort hatte sie sich aufgenommen gefühlt. Das wollte sie nicht vergessen. „Oh, aber zuerst müssen wir alles wohnlich machen, und es sind immer noch vier Wochen!" „Ja, aber alle können sich jetzt richtig freuen!" „Können wir vor der Höhle heiraten und dann hierherkommen und feiern? Die Höhle bedeutet für mich so viel und in der Tiefe sind die Gräber. ch will das nie vergessen, auch nicht an meinem Hochzeitstag!" „Das ist ein wunderbarer Gedanke – ja, ich denke, wir machen es so!" Mit diesem schönen Plan machten sie sich auf den Rückweg, um eine außergewöhnliche Hochzeit, die erste nach langer Zeit, zu planen. Die Zeit, die sie für die Rückkehr brauchten, erschien kürzer und alle freuten sich schon darauf, vom Schloss zu berichten. De anderen standen schon vor dem Schilfwall. Yuval eilte Marila entgegen und nahm sie in den Arm. In seinem Gesicht spiegelte sich die Qual der Trennung und auch sie war sehr froh, wieder bei ihm zu sein. Zu lange waren sie getrennt gewesen. Beide glitten eng umschlungen schnell in ihren Raum, denn sie brauchten weiter viel Zeit für sich. Noemi setzte ein erstes Treffen für die Planung von Umzug und Hochzeit nach einem frühen Abendessen an. Anisha blickte sich um: Dylan war weg, Sorav war mit seinen Kriegern beschäftigt, Noemi war am planen. *Was sollte sie tun? Wo war Shaya?* Bestimmt ging es ihr noch nicht gut und außerdem hatte sie etwas von Liam erzählt. Anisha machte sich auf die Suche. Im zweiten Raum fand sie das Paar, beide erschöpft, auf einem weichen Lager gebettet. Sie sah wieder mit Schrecken die abgemagerten Gesichter und die zerbrechlichen Handgelenke der beiden. Sie setzte sich zuerst neben den Mann, Noel, wie sie sich erinnerte, der mit geschlossen Augen auf dem Lager ruhte und legte ihm die Hände auf die Unterarme. Innerlich ließ sie die Wärme ihres Wasserzaubers aufsteigen und leitete sie in seinen

Körper. Sie hatte ihre Augen halb geschlossen und sah den goldenen Schein, der den Raum erfüllte und Noel umhüllte. *Das war sie und das war ihre Kraft, sie konnte heilen, sie hatte Drachenblut, sie war anders.* Das alles ging ihr durch den Kopf, als sie sich für ihn Stärke und Kraft wünschte, Heilung und Freiheit. Immer tiefer sank sie in ihren Drachenzauber und spürte so seine gequälte und verletzte Seele. Ganz zart berührte sie ihn. Noel zuckte zuerst zurück, um sich dann in dem goldenen Glanz zu baden. Langsam merkte sie, wie es ihm besser ging und sie fand in sich den Raum, sich wieder zurückzuziehen. Sie war wieder bei sich, als sie die Hände von seinen Armen hob. Er hatte die Augen geöffnet und sah sie mit Erstaunen und Ehrfurcht an. Sein Brustkorb hob sich und er hauchte, „ein Drache", bevor er in einen heilenden Schlaf verfiel. Anisha spürte, dass sie noch viel Energie hatte und drehte sich zu Shaya, die alles still verfolgt hatte. Als sie zum Sprechen ansetzte, legte ihr Anisha schon die Hände auf und nach kurzer Zeit war auch bei ihr die Heilung weit vorangeschritten. Als Anisha den heilenden Drachenzauber beendete, merkte sie nun die eigene Erschöpfung und suchte ihren Raum um selbst zu ruhen. Sie schlief schnell ein und träumte. Es war ein erstaunlicher Traum, anders als alle, die sie je hatte. Sie sah sich auf der weiten Fläche vor dem Schilfwall und sie wartete. Aus der Ferne sah sie ein helles Licht und wusste, dass sie da hin musste. Als sie losschwimmen wollte, waren aber ihre Beine so schwer, dass sie nicht vom Boden loskam. Sie fing an zu strampeln und wachte auf. Sie hatte sich wieder einmal völlig in ihrer Decke verwickelt. Verwirrt schaute sie sich um und merkte erst nach einigen Minuten, wo sie war. Schnell stand sie auf, denn sie hatte furchtbar Hunger und sie hoffte, nicht zu spät zum Essen zu sein. Als sie den Vorhang zurückzog, sah sie erleichtert, dass sie gerade rechtzeitig aufgewacht war. Die anderen hatten sich gerade hingesetzt. Sie nahm ebenfalls Platz und der Traum war vergessen.

Kapitel 5

Als sie nach einer Weile aufblickte, merkte sie, dass sie von einem der zurückgekehrten Krieger gemustert wurde. „Du bist tatsächlich Sorav's Tochter", sprach er sie an und sie nickte. „Ja, ich bin Anisha, wie heißt du?" „Ich heiße Kafi und du hast mich zweimal befreit." „Was heißt das?" Anisha verstand nicht, was er meinte. „Naja, als du Dylan befreit hast, konnte ich das erste Mal fliehen. Und dann kam der Ruf zurück, durch den ich wieder zum Aquatus wurde." Anisha musterte ihn und sah, dass er ein ähnliches Halsband wie sie trug, aber der Fisch war silbrig. „Warum ist dein Fisch silberfarben?" „Weil ich Krieger bin und weil ich mich in einen silbernen Fisch verwandeln kann." Anisha schluckte und dachte an die Flucht aus dem Verlies. Nur am Rande konnte sie sich noch an alle die Wesen erinnern, zu schlimm war die Folter von Ebru und der Schwarzen Wasserhexe gewesen. „Ich kann mich kaum erinnern, aber würdest du davon erzählen?" Bevor Kafi etwas sagen konnte, kam eine Aquata, die Anisha kaum kannte, mit tiefgrünen langen Haaren und hellgrünen Augen von hinten dazu, legte ihm die Arme um die Schultern und drückte ihn. Als er sich erschrocken umdrehte, strahlte sie ihn an und auch er sah überrascht und sehr glücklich aus. „Meine Mia, oh Mia, du bist da!" Sie drückten sich, um sich dann kurz, aber intensiv zu küssen. „Ich habe so lange auf dich gewartet. Ich habe nicht glauben können, dass du verloren warst, denn dein Armband ist nicht zerfallen." Mit diesen Worten zeigte sie ihm stolz das Verlobungsband. Er nahm es in die Finger und drehte es vorsichtig. EEr zeigte deutlich, wie sehr er mit seinen Gefühlen kämpfte. Seine Stimme war rau, als er ihr seine Liebe wieder gestand und sie versteckte den Kopf in seiner Schulter. So blieben sie eine Weile, dann fassten sie sich und Mia fragte, wie es ihm ergangen sei. Zuerst berichtete er vom letzten Kampf und der verzweifelten Wut, mit der er und seine Mitstreiter die Dämonen zurückgetrieben hatten. Sie ergänzte ihre Erlebnisse, als sie mit Marila alle anderen in die Höhle gebracht hatten. Inzwischen waren alle anderen Gespräche verstummt und alle hörten fasziniert zu und Anisha fand sich zum Glück wieder einmal im Hintergrund. Kafi berichtete weiter und seine Stimme klang immer wieder gequält: „Als Krieger konnten wir uns schnell verwandeln und ich wurde zu einem silbernen Fisch. Als der Kampf zu Ende ging, verwandelte ich mich, aber durch den Fluch der Schwarzen Wasserhexe wurde ich in der Form fixiert, ich musste so bleiben. Verwirrt schwamm ich davon und in meiner Erinnerung fehlt ein langer Zeitraum, bis ich mich in einer Fischfalle und dann im Verlies unter dem Schloss wiederfand. Kurz darauf wurde auch Sorav in der Form des Albinowels in die Zelle neben mir gebracht. Wir erkannten uns nicht, merkten nur, dass wir keine Feinde waren. Ich hatte nur noch wenige eigene Gedanken, mehr eine vage Erinnerung, dass ich nicht immer ein Fisch gewesen war. Dann kam die Befreiung, die ich bis heute nicht verstanden habe, aber plötzlich war jede Zelle golden durchleuchtet. Das Wasser tobte, Fische, Aquati und der Halbdämon kämpften, und ich konnte fliehen. Vor mir flohen zwei Aquati, das merkte ich noch, dann wurde ich durch die Strömung in einen Seitengang getrieben und fand mich nach einiger Zeit in einem dunkelgrünen, von Algen überwucherten Quelltopf wieder. Die Quelle war fast versiegt und alte Blätter, Moose und Algenbärte durchsetzten das Wasser so dicht, dass ich kaum mit den Flossen schlagen konnte. Ich schob mich durch, es ekelte mich an. Als das goldene Licht geleuchtet hatte, waren meine Gedanken und Gefühle viel klarer gewesen, nun versanken sie wieder im Grau des Nichts. In der Seite war eine tiefe Grotte und da versteckte ich mich hinter einem moderndern Holzstück. Zeit hatte keine Bedeutung, es galt durchzuhalten. Wofür – das war mir oft nicht mehr sicher, aber ich versteckte mich und wartete. Nach einiger Zeit, ich kann nicht sagen, wie lange, wurde ich von einer goldenen magischen Welle durchflossen und spürte wieder den Ruf des Clans. So spürte ich mein Selbst und begann meine ureigenen Grenzen wieder wahrzunehmen. Ich erinnerte mich wieder, dass ich nicht immer ein Fisch gewesen war, sondern ein Aquatus, ja ein Krieger. Da wusste ich, dass ich mich wieder verwandeln konnte und zurückkehren. Ich schwamm aus der Grotte in den Quelltopf und stellte mir vor, wieder ein Aquatus zu sein – so wie ich immer ausgesehen hatte – und es funktionierte! Dann zog mich ein silberner Strom hierher. Ich fasse es immer noch nicht, und meine Mia ist da!" Seine Mia, die ihn während des ganzen Berichts die Hand gehalten hatte, beugte sich zu ihm und küsste ihn zärtlich. „Mein Liebster, ich bin so froh, Komm, ich zeige dir, wo mein Raum ist, du musst dich erholen". Er schaute sie an und nahm sie auf die Arme und hatte jetzt ein übermütiges Funkeln in den Augen, „Dann zeig mir den Weg, meine Süße!" Inzwischen hatten sich die anderen wieder gefangen und die Gespräche und Planungen begannen. Anisha hörte den Berichten der Zurückgekehrten zu und sie sah, wie sehr jeder unterstützt wurde. Das gab ihr Mut, darüber nachzudenken, auch einmal von ihrer Suche zu berichten. An diesem Tag wagten noch einige ihre Erlebnisse zu berichten und so konnten alle sich stärken und die Zukunft vorsichtig ins Auge fassen. Der Abend und der nächste Morgen vergingen mit viel Planung. Inzwischen waren so viele Aquati da, dass schnell klar wurde, dass sich mehr als die Hälfte sofort zum Schloss aufmachen musste, um es bewohnbar zu machen. Die anderen würden in Gruppen nachkommen und nur Anisha und wenige andere würden bleiben, damit sie sich angemessen auf ihre Hochzeit vorbereiten konnte. Noemi entschied sich mit weiteren zehn anderen zu bleiben. Yuval und Marila zog es zum Schloss, da gehörten sie hin und sie wollten es angemessen vorbereiten. Dylan kam mit ihnen mit. Sorav entschied sich, die Wachen und Kämpfer zu führen, wie in alten Zeiten. Er verabschiedete sich von Anisha, versprach aber, in der letzten Woche vor der Hochzeit zurückzukehren. Beide hielten sich an den Händen und waren wieder schnell wortlos, denn in Anisha kochte die Angst vor der Zeit nach der Hochzeit. *Was würde ihr Vater machen?* Ihm stand weiter die Trauer um den Verlust seiner Liebe und tiefe Hoffnungslosigkeit ins Gesicht geschrieben. Schnell drehte er sich weg und schwamm mit den Kriegern los. Anisha fühlte sich schlecht. Sie wollte ihren Vater, den sie noch nicht einmal richtig kannte, nicht so schnell wieder verlieren.

Kapitel 6

Anishas Träume begleiteten sie fast jede Nacht durch die letzten vier Wochen. Immer öfter sah sie den Mondstrahl und ein bizarres, aber unvorstellbar schönes Wesen, das auf sie zukam. Immer häufiger hörte sie ihren gehauchten Namen. Oft wachte sie auf und hatte die Arme ausgestreckt, einen Namen, den sie nicht nennen konnte, auf den Lippen. Tagsüber war sie oft allein. Noemi nahm sich zwar immer Zeit, mit ihr den Wasserzauber zu üben, war aber mit den anderen mit Vorbereitungen für die Heirat sehr eingespannt. Anisha kannte die Aquati, die da waren, kaum. Mia war mit ihrem Liebsten ins Schloss zurückgekehrt und die anderen waren mit den Verpflichtungen des Alltags beschäftigt. Es kamen zwar täglich Boten, um vom Schloss und den neuen Zeiten dort zu berichten, und den aktuellen Stand von den Vorbereitungen für die Hochzeitsfeier zu erfahren und verschiedene Dinge zu holen.

Anisha fragte regelmäßig nach Neuigkeiten, aber auch das war nicht tagfüllend. Sie übte weiter täglich ihre Schwertübungen und auch die Bewegungsabfolgen für den Kampf mit dem Speer. Sie fertigte sich dafür aus einem Ast eine Übungswaffe und genoss das Training sehr. Sie lernte in sich ihren Wasserzauber wahrzunehmen und zu stärken, mehr und mehr zu genießen. Immer wieder dachte sie an den letzten Kampf mit der Schwarzen Wasserhexe und an die Verluste, aber auch an die Zukunft. Sie hatten jetzt eine Schlacht gewonnen, aber das Böse war bestimmt nicht besiegt. Sie erinnerte sich an die Gedanken und Gespräche, während sie bei den Walen war. Gutes und Böses würde es immer geben. Wichtig war es, das Böse zu erkennen, sich davon nicht überwältigen zu lassen. Ihre Gedanken schweiften weiter und auch zu ihrer Hochzeit, die immer näher rückte und sie überlegte, ob es eine Hochzeitsreise geben würde und wenn ja, wohin. Sie erkannte, dass sie ins Nordmeer wollte, wusste aber auch, dass sie Ima und Amos nicht vergessen sollte. Für sie war immer noch ein Rätsel, wie Ebru Luft atmen konnte. *Was war das für ein Zauber? Lag es daran, dass er halb Dämon war? Wie hatte es bei ihr geklappt, dass sie ein Vogel geworden war?* Sie erinnerte sich nun, wie sie beinahe im Meer ertrunken war, bevor sie wieder zur Aquata geworden war. Sie grübelte, fand keine Antworten und merkte, dass sie wieder einmal, ob sie wollte oder nicht, Geduld haben musste. Also trainierte sie noch mehr. Trotzdem hatte sie immer noch viel zu viel Zeit für sich und merkte, dass sie sich wieder einsam fühlte. Das erschreckte sie, denn um sie waren doch viele Aquati und Lebewesen und sie war Mitglied des Clans. Andererseits hatte sie seit vielen Monden wieder Zeit nachzudenken und sich zu erinnern, nicht nur um zu grübeln. E war so viel passiert, dass sie manche Dinge und viele Ereignisse bedenken oder zu Ende denken musste, um sie verstehen zu können. Sie suchte eine stille Ecke und fand einen geschützten Platz am Ende des Schilfwalls. Er war nun kein Schutzzauber mehr nötig und so konnte sie einen kleinen Weg bahnen. Dort baute sie für sich mit Blättern und Borkenstücken ein weiches Lager. Wenn sie ihre Übungen hinter sich hatte, zog sie sich dahin zurück und blickte in den See. Dann ließ sie ihre Gedanken fließen und spürte in sich hinein. Sie erinnerte sich an die Zeit über dem Wasser, als sie sich auf die Steine am Hafen gesetzt hatte und an die Sonne in ihrem Gesicht, erinnerte sich seit langem wieder an den Hafenmeister, an den Ausflug und den Karpfen. Dann blickte sie nach oben, an die Seefläche, die über ihr sich in einem immerwährenden Rhythmus bewegte, an diese Grenze, an die sie noch nicht wieder heranwollte. Sie überlegte, wie es wäre, wieder Luft zu atmen. Immer wieder dachte sie über sich und die Reaktion der anderen nach. *War sie ein Drache? Wenn ja, warum merkte sie das nicht? Warum hatte sie manchmal goldene Augen und wie sah sie dann aus?* Fragen brachten Fragen und sie erkannte, dass sie keine Antwort fand und das Grübeln sie nicht voranbrachte. Mit halbgeschlossenen Augen sah sie vor sich hin und zuckte dann zusammen, denn plötzlich war der Karpfen vor ihr und blickte sie mit goldenen Augen ganz direkt an. Aber er war nicht allein, sondern eine Regenbogenforelle lehnte sich an seine Flanke. Anisha spürte Not des Tieres und streckte spontan die Hände aus. Das Tier glitt mühsam zu ihr und sie sah, dass eine Seitenflosse und die Kiemen aufgerissen waren, als die Forelle sich in ihre Hände gleiten ließ. Vorsichtig strich sie über den gequälten Körper, der sich etwas entspannte. Dann fand sie ihren heilenden Zauber in sich und ihre Hände glühten so lange, bis sie das Tier völlig geheilt hatte. Sie schob den Fisch wieder ins Wasser und mit einem kräftigen Flossenschlag verschwand die Forelle in der Tiefe des Sees. Ab diesem Tag war Anisha immer an der gleichen Stelle und immer warteten Tiere auf sie: Fische, Molche, Frösche, einmal lag ein verletzter Königsfischer oben im Wasser. Alle waren verwundet und brauchten ihre Hilfe. Sie heilte und rettete und die Tiere verschwanden immer wieder gekräftigt. Jedes Mal spürte sie Dank und Befreiung und das tat ihr gut.

Kapitel 7

Und wenn sie sich dann umschaute, war der eine oder andere der Aquati da. Sie kamen immer wieder, um nach ihr zu schauen, sie zu fragen, wie es ihr gehen würde, ob sie nach dem Heilen der Tiere müde sei, ob sie nicht etwas zu essen wolle. Anfangs reagierte sie ablehnend, dankend, aber die anderen ließen nicht locker. Sie hatten ihre Einsamkeit bemerkt und wollten helfen, einfach so, weil sie ein Clansmitglied war. Als Anisha das merkte, war sie beschämt, denn sie merkte, wieviel Mühe sich alle wegen ihr machten. Sie nahm dann diese Besuche, diese Sorge an und langsam beruhigte sich etwas in ihr. Ihre eigenen Sorgen und Nöte erschienen nebensächlicher, sie fand in sich Mut für die Zukunft und auch die Erlebnisse der Tiefsee, das Grauen des Kampfes, waren besser auszuhalten. Abends, wenn alle zusammensaßen, erzählte sie jetzt von ihrer Suche. Aber sie berichtete die schönen Erlebnisse. Sie erzählte von der Schildkröte, sie erzählte von den Algeninseln und den jungen Fischen, von den springenden Schwertfischen und von den Walen. Besonders das Walbaby wurde beliebt und immer wieder musste sie von den Steichen des kleinen Wals, der so übermütig getollt hatte, berichten. Die anderen genossen das und entspannten sich. Anisha merkte, dass auch ihre Geschichten Ruhe und Heilung für die Seelen der Aquati brachten und sie ihrem Clan, der ihr doch so sehr am Herzen lag, näherbrachte. Sie füllte damit auch ihre innere Leere, die Sehnsucht nach Dylan und manchmal vergaß sie die Sorge um ihren Vater. Oft lag sie abends im Bett und lächelte, das erstaunte sie. Dann bestimmte Noemi den endgültigen Hochzeitstermin. In sieben Tagen sollte es soweit sein, denn dann würde bei Vollmond die Planeten Venus und Uranus in einer wunderbaren Konstellation stehen. Eine Chance für Kraft und Liebe. Eine magische Konstellation, die für die Zukunft arbeiten würde. Fünf Tage vor der Hochzeit machte sich Anisha diesmal mit Noemi auf den Weg in die Tropfsteinhöhle, um die heiligen Objekte zu holen und um bei den Gräbern zu verweilen. Der Weg dorthin war völlig anders als beim letzten Mal. Durch ihren Zauber leuchtete Anisha die dunkle Höhle aus und es kamen keine Zweifel über den Weg auf. Nur als sie vor den Muscheln stand, drückte es ihr die Kehle zu. Es waren mehr als beim letzten Mal und Yanus lag hier – Yanus, der ihr so viel geholfen hatte, der immer Unsinn im Kopf gehabt hatte, der sein Schicksal mit vollen Zügen angenommen hatte und der für alle den höchsten Preis gezahlt hatte. Still stand sie zusammen mit Noemi und nahm die Erinnerung tief in sich auf. Am Rückweg waren beide still, Noemi war müde und kämpfte mit ihrer Ausdauer, Anisha war gedrückt und innerlich zerrissen, denn die Trauer war noch zu frisch und die Erinnerungen waren wieder quälend nah. In dieser Nacht schlief sie schlecht. Am nächsten Morgen setzte sich Anisha wieder in ihre Ecke, schloss die Augen und dachte das erste Mal bewusst an den Karpfen, denn sie wollte sich verabschieden. Als sie sich nach einer Weile umschaute, stand das Tier im Wasser vor ihr und sah sie wie schon einmal sehr bewusst an. Wieder bewegte er sein Maul, aber diesmal verstand sie in ihrem Inneren, was er sagte: „Kind der Elemente, Heilerin, eine neue Zukunft kommt." Anisha war sprachlos, bevor ihr etwas einfiel, war das wunderbare Tier in einem goldglänzenden Wirbel verschwunden. Reaktiv hob sie die Handflächen nach oben und glühende Punkte, die sich in kleine Blasen wandelten, tanzten über ihnen. Sie sahen wunderschön aus, aber sie spürte den Zauber, ein Zauber, der für alle war. Also verteilte sie mit einer großen Geste diese Blasen im See und es wurden immer mehr, die sich wie ein zartes Tuch über alles legten und langsam von allen Lebewesen und Pflanzen aufgenommen wurden. Sie hörte von den Aquati erstaunte Ausrufe und Noemi rief aufgeregt nach ihr. Anisha hielt still, das war ihr Geheimnis gemeinsam mit dem Karpfen. Außerdem fühlte sie sich noch nicht bereit, diese Fähigkeit mit jemand anderem als Dylan zu besprechen.

Kapitel 8

Am Ende dieses Tages kam wie versprochen Sorav gemeinsam mit den ersten Hochzeitsgästen zurück. Anisha erschrak, als sie ihn sah. Er war wieder hager, seine Haare waren offen und wehten um ihn, seine Augen sahen dunkel und gequält aus. Er konnte sie gerade noch kurz begrüßen, dann zog er sich in den Raum, den einst Marila allein und dann auch kurz mit Yuval bewohnt hatte zurück. Nur nachts kam er heraus und wachte zusätzlich zur regulären Wache. Anisha sah ihn nur am frühen Morgen zurückkehren. Ihre Sorgen um ihn stiegen und ihre Träume verunsicherten sie. Ihre Stimmung war seltsam, die Mischung der Gefühle war fast unerträglich. Sie sehnte sich nach Dylan, nach einem geordneten Leben, um gleichzeitig zu überlegen, ob so etwas überhaupt für sie in Frage kam. Dann fürchtete sie um ihren Vater, den sie gefunden hatte, um nun möglicherweise wieder zu verlieren. Manchmal kamen in ihr die schlimmen Erinnerungen hoch – von ihrer Suche, von früher, vom Kampf, von der Wirkung des Gifts und von ihrem Zustand in der tiefen Kälte des Ozeans und wie damals pendelten ihre Gedanken auch ins Negative. Alles kochte in einem heillosen Durcheinander in ihr, wie sie es noch nie erlebt hatte. Sie suchte Ruhe und fand sie in ihren Schwertübungen. Wenn sie sich auf ihre Haltung, auf den Schwung des Schwertes konzentrierte, waren ihre Gedanken geradlinig und klar, ihre Gefühle ausgeglichen und das war eine große Entlastung. Sie trainierte täglich und heilte die letzten Tiere, die kamen. Sie verabschiedete sich bei jedem einzelnen und sagte ihnen, wo sie zukünftig sein würde. Sie war nicht sicher, ob sie verstanden wurde, aber jedes legte den Kopf in ihre Hand und sie sah das als ein gutes Zeichen. Dazu machte sie nun an den letzten Vorbereitungen zu ihrer Hochzeit mit und fühlte sich wieder an ihren einundzwanzigsten Geburtstag

erinnert, als sie ihr Kleid und ihr Leben auf dem Land zurück-
ließ, um ins Wasser zu gehen. Jetzt bereitete sie gemeinsam mit
Clanmitgliedern ihr Hochzeitskleid aus feinen Schilffasern mit
Perlen und Kristall bestickt vor. Als sie mit den anderen dem
Kleid den letzten Schliff gab – sie war schon unruhig und wollte wieder lieber trainieren – kam Mia in den Raum. Sie begrüßte alle und strahlte so, dass Anisha gleich nach Kafi fragte. Mia
sprudelte ihre Neuigkeiten nur so heraus. Sie berichtete kurz
vom Schloss und den Räumen für Anisha und Dylan und dann
zeigte sie stolz ihr Handgelenk, an dem jetzt zwei Armbänder
hingen. Sie berichtete, dass Kafi noch einmal um sie angehalten
hatte und dass sie ausnahmsweise in zwei Monden heiraten würden. Bevor Anisha noch etwas sagen konnte fand sie sich in einer
heftigen Umarmung wieder. Mia drückte sie so stark sie konnte und dankte ihr wieder und wieder. Alle anderen waren jetzt
auch aufgeregt und Freude und Übermut machten sich breit, Die
Kommentare flogen nur so hin und her. Anisha hatte sich endlich vorsichtig aus der Umarmung befreit und erkannte, dass es
für Mia ganz normal war im Schloss zu wohnen. *Aber sie selbst?*
Sie würde auch in diesem Schloss wohnen. Das erschien ihr immer noch
unrealistisch. Sie erinnerte sich an Dylan, an alles, was passiert war
und alles erschien ihr etwas leichter. Alle anderen genossen die
Vorbereitungen weiter in vollen Zügen, sollte es doch die erste
Hochzeit seit langem werden. Die Stimmung war zwar oft vor
lauter Aufregung angespannt, aber alle freuten sich so, dass die
gute Laune immer überwiegend war. Täglich kamen jetzt Aquati
vom Schloss für die Feier und berichteten davon, wie schön das
Schloss sei, dass es beinahe wie früher sei und das fast alle Räume bewohnbar wären. Alle freuten sich. Anisha war gespannt,
kannte sie das Schloss doch nicht von früher. Am Tag vor der
Hochzeit wurde der Zeitpunkt der Zeremonie bestimmt, kurz
nach der Mittagszeit, wenn Sonne und Mond am Himmel standen und die Konstellation perfekt übereinstimmte. Dylan würde mit seinen Eltern und den anderen Aquati am Morgen kommen, umso den Bereich für die Zeremonie mit vorzubereiten.
Plötzlich lief die Zeit davon und Anisha wurde es mulmig. Sie

trainierte zur Entspannung und brachte kaum etwas beim Abendessen herunter. Sie konnte nicht mehr an den aufgeregten Gesprächen teilnehmen, ihre Gedanken wanderten und kreisten. Sie ging früh in ihren Raum und schaute sich nochmals um – das war die letzte Nacht hier und als unverheiratete Frau. Still stand sie da und drehte das Armband von Dylan versonnen um ihr Handgelenk. Er fehlte ihr und sie war froh, dass das Warten ein Ende hatte. Trotzdem hatte sie um ihren Vater Angst und dann war noch das kleine glühende Fünkchen Hoffnung. Sie beschloss, nach der Hochzeit nach ihrer Mutter zu suchen. Sie war inzwischen überzeugt davon, dass sie verwandelt war. Sie konnte immer noch nicht glauben, dass sie tot sein sollte. Sie würde das mit Dylan und ihrem Vater besprechen. Sobald sie ihn sprechen konnte, würde sie das vorschlagen, da musste er doch zusagen. Sie wollte alles dafür geben. Nach diesem Entschluss ging es ihr etwas besser. Dann tastete sie automatisch nach der letzten Perle am Lederband, die noch auf ihre Bestimmung wartete. Sie war von der ganzen Aufregung so erschöpft, dass sie sich früh hinlegte und dann schnell einschlief.

Kapitel 9

Mitten in der Nacht wachte Anisha plötzlich auf, als würde sie gerufen und sie wusste intuitiv, dass sie los musste, tief hinein in den See. Innerlich fühlte sie eine kochende Unruhe, eine Vorahnung machte sich breit, die sie nicht fassen konnte. Also zog sie aus alter Gewohnheit ihre Haifischtunika an und gürtete sich mit ihrem Schwert. Sie wollte auf alles vorbereitet sein. Heimlich machte sie sich auf, glitt im Gründunkel der Nacht an den Wächtern vorbei, durch den geheimen Gang am Rand des Schilfwalls hin zu ihrem Sitz und dann weiter hinaus in den See. Wie immer hatte sie ihre letzte Perle an dem Lederband mit dem kleinen Fisch um den Hals gelegt. Nach einer Weile merkte sie, dass ihr jemand folgte. Erschreckt drehte sie sich um und erkannte Noemi. Noemi, die ein völlig verändertes Gesicht hatte. Hoffen und Bangen machten sich in ihren Augen breit. Noemi, die ihr energisch folgte und nur sagte: „Kind, Anisha, das müssen wir gemeinsam machen!" Anisha verstand erst gar nichts, erkannte dann aber, dass Noemi genau in die gleiche Richtung schwamm wie sie und dann erschien alles plötzlich so klar, so einfach und unvermeidlich, denn sie sah vor sich die Mondstrahlen in der Mitte des Sees leuchten und tanzen. Dort war sie mit einem kurzen Schlagen der Füße und dann sah sie das Wesen ihres Traums, das aus der Tiefe in das Licht glitt, wie eine riesige Libellenlarve mit wunderschönen Farben, die im Licht sprühten und funkelten. Das Wesen kam mit geöffneten Beinen auf sie zu und beinahe bekam sie Angst, aber sie kannte das Wesen aus ihren Träumen, nie war ihr da etwas geschehen und sie erkannte, dass dem Wesen etwas fehlte. Anisha griff fast automatisch an ihren Hals und löste den Knoten. Dann zog sie die letzte Perle, die rote Perle, die sie unter großen Qualen und Entbehrungen gewonnen hatte, von dem Lederband. Und wieder wuchs die Perle in ihrer Hand, sah größer und strahlender aus, als es bei den anderen Perlen gewesen war. Anisha bewegte ihre Hand mit der Perle hin und her und erinnerte sich an alles, was sie erlitten, aber auch erreicht hatte und an den eigentlichen Sinn der Suche nach den Perlen. Zu retten, zu heilen, Zukunft zu schaffen. Währenddessen fing sich das Licht des Mondes auf dem Perlmutt und aus der Perle schossen rote und goldene Lichtstrahlen. Noemi, die neben ihr innegehalten hatte, legte nun ihre Hand mit auf die Perle, die jetzt eine wunderbare rotgelbe Farbe bekam. Sie hauchte: „Oh, dass ich das erleben darf!" Anisha schaute fragend zu ihr. „Ich erkläre es dir später, wenn wir diesen Zauber zusammen erfüllt haben!" Dann hatten beide keine Zeit mehr, denn sie wurden zu dem Wesen hingezogen und legten gemeinsam die wunderbare Perle zwischen die geöffneten Beine. Die Perle wurde von dem Körper aufgenommen und gleichzeitig platzte am Rücken die Haut, ein hellglühendes Wesen bewegte sich nun, anfangs langsam, als würde etwas ausschlüpfen, dann immer heftiger und die jetzt durchsichtige Außenhaut fiel ab, löste sich im Wasser auf. Die Helligkeit aus Mondstahlen und Glanz nahm zu. Anisha und Noemi hielten sich erstarrt an den Händen und konnte ihre Augen nicht abwenden. Langsam sahen sie eine Silhouette. Eine Aquata mit wehenden perlmuttfarbigen Haaren wand sich jetzt im Wasser, noch von Hautfetzen bedeckt, die sich aber schnell auflösten. Dann richtete sie sich mit einer Schwimmbewegung auf, wandte sich zu ihnen und Anisha verschlug es die Sprache, denn sie sah in die Augen ihrer Mutter. Wie konnte das nur sein – ihre Mutter lebte!

Kapitel 10

Starr stand sie da, völlig überwältigt, denn das war das letzte, was sie sich vorgestellt hatte – sicher hatte sie gehofft, zutiefst gewünscht, aber nie hätte sie an ein Wunder dieser Art geglaubt. Immer hatte sie in der Tiefe etwas gespürt, diesen goldenen Punkt, dieser kleine Glaubenstropfen, aber das jetzt – das war einzigartig. Sie machte eine Schwimmbewegung mit den Händen nach vorn, aber Noemi war heute schneller. Bevor sie etwas sagen oder machen konnte, lagen sich Noemi und Irala fest in den Armen. Ohne Worte drückten sie sich und drehten sich um. Da sah Anisha die Ähnlichkeit, die ihr von Anfang an aufgefallen war und die innige Zuneigung zwischen den beiden. Beide bestätigten es, in dem sie sich als geliebte Tante und Nichte begrüßten. Dann wurde sie mit in die Umarmung gezogen und sie spürte eine Nähe, eine Seelenwärme wie noch nie. Noemi konnte erst nach einiger Zeit wieder sprechen, dann erklärte sie Anisha, dass sie alle zusammen den Familienzauber gemacht hatten – etwas, was nur möglich sei, wenn in drei Generationen Drachenblut fließen würde – sie war ja die Großtante. Anisha hörte das alles wie ein Murmeln im Hintergrund, denn ihr war nur ihre Mutter wichtig. Irala nahm jetzt Anisha besonders in die Arme, herzte und küsste sie. „Ich hatte mir ja das Bein gebrochen, aber das heilte nur langsam. Seit du weg warst, ging es mir immer schlechter, als hätte ich einen Schutz oder eine Teil von mir verloren. Ich bekam Fieber, das nicht mehr wegging und im Fieber stürzte ich. Als ich merkte, dass es schlimm um mich stand, bat ich um ein Wasserbegräbnis in der Decke aus Fischhaut, die ich ja schon immer hatte. Mein Fieber stieg und stieg und alle dachten, dass ich gestorben wäre, also ließen sie mich ins Wasser gleiten. Ich war zu diesem Zeitpunkt nicht mehr bei mir. Ich erinnere mich nur noch, wie meine Arme und Beine sich veränderten, so dass ich

mich nicht mehr bewegen konnte. Dann träumte ich." So war
sie in eine riesenhafte Insektenlarve verwandelt worden und mit
der Kraft ihrer Träume hatte sie sich nicht verloren. Anishas Wasserzauber hatte sie zu ihr geleitet und so war sie durch die Seen
und Flüsse geglitten, und hätte Anisha nicht noch die rote Perle
gehabt, wäre sie zu einer Libelle geworden und hätte nur deren
Lebenszeit gehabt. Keiner verstand, wie es zu der Verzauberung
kam, war doch der alte Fluch von Noemi verändert worden, aber
alle waren über dieses wahrhaft magische Ende froh. In den strahlenden Augen aller war nicht erkennbar, wer glücklicher war und
das war ein unvergleichliches Geschenk. Die Nacht war kurz gewesen und müde und erschöpft kehrten sie über Anishas geheimen Weg durch den Schilfwall in die Höhle zurück. Sie waren
sich einig, dass Anisha sofort Sorav holen musste, denn ihm ging
es immer schlechter. Er hielt sich nur noch durch den Gedanken
an die Hochzeit am Leben. Als Irala das hörte, stieg ihre Sorge,
aber Anisha brachte Irala in ihren Raum und gab ihr Kleidung.
Dann machte sie sich sofort auf den Weg zu ihrem Vater. Sie
hoffte nur, dass er keinen Wachgang machte. Sie rüttelte an dem
Vorhang von Marilas Raum, um sich bemerkbar zu machen –
und da stand er schon vor ihr, schien wieder nicht geschlafen zu
haben. Er hatte wieder gewacht, um keine Albträume zu haben.
Seine Augen glühten überirdisch und schnell sah sie die Sorge in
seinem hageren Gesicht. Anisha riss sich zusammen um nicht he-
rauszuplatzen, schluckte mehrfach und brachte mühsam heraus
„Ich konnte vor der Hochzeit nicht schlafen und will dir den
ganzen Schmuck zeigen, den alle für mich gemacht haben und
auch das Kleid. Ich weiß, es ist dumm, aber ich möchte, dass du
mithilfst, was ich auswähle – außerdem bin ich so aufgeregt.
Komm bitte mit." Er sah sie an. „Ich konnte auch nicht schlafen – und das ist etwas Schönes, ich brauche etwas Schönes, ja
ich komme mit." Beide gingen zu ihrem Raum und Sorav hatte
sogar ein leises Lächeln auf den Lippen, das die Augen aber nicht
erreichte. Anisha nahm wieder einmal mit heimlicher Sorge das
Flackern des Welses um ihn wahr, aber er sagte trotzdem: „Meine schöne Tochter, du bringst Freude in mein Leben!" Als sie

vor ihrem Raum standen sah sie zu ihm auf und in ihr kochte Freude und Erwartung. Sie nahm seine Hände und fragte: „Vertraust du mir?" „Ja." „Dann bitte, schließ die Augen, bevor du in meinen Raum kommst, denn ich möchte noch ein ganz besonderes Schmuckstück heraussuchen und anlegen und dich damit überraschen." Noch während Sorav die Augen schloss, hatte Anisha schon das helle Licht ihrer Mutter gesehen, die ungeduldig die Türe öffnete. Anisha schob Sorav durch die Tür, glitt mit einem Lächeln aus dem Raum und zog die Tür zu, denn ihre Mutter strahlte wie noch nie. Still setzte sie sich außen hin und dann hörte sie so lange erst nichts, dass sie sich beinahe Sorgen machte, dann einen Schrei voller Glück, Qual und Freude und dann wieder Stille. Leise öffnete sie die Tür und schaute vorsichtig hinein und sah zwei eng umschlungene Aquati. Vier glühende Augen sahen sich an, zwei Lippenpaare trafen sich zu einem Kuss, der intensiver nicht hätte sein können. Anisha war überwältigt und sank zu Boden, ihre Gefühle ein fast unerträgliches Durcheinander. Sorav sah sie und dann verschwand sie in der kräftigsten Umarmung, die es gab. Er setzte immer wieder zum Sprechen an. Ihm fehlten die Worte und er drückte sie, bis Irala seinen Arm berührte, da sie merkte, wie Anisha langsam schwindelig wurde. Er ließ los und Anisha holte einmal Luft und dann schob Irala Sorav zur Seite und drückte ihre geliebte Tochter, die ihr so gefehlt hatte noch einmal an sich und dann kam Sorav wieder dazu. Eng verschlungen waren sie das erste Mal zu einer Familie vereint. Anishas größtes Hochzeitsgeschenk war Realität – ihre Eltern waren wieder vereint und sie waren eine Familie! Von den anderen hatte niemand etwas gemerkt, alle schliefen erschöpft nach den Tagen der anstrengenden Vorbereitungen oder dachten wahrscheinlich, dass Sorav wieder einen Albtraum hatte. Völlig überwältigt und immer wieder sprachlos glitten Irala und Sorav ungestört und eng umschlungen in seinen Raum und Anisha legte sich sehr spät, aber unendlich erleichtert hin und schlief seit langem endlich tief und fest. Nach nur zwei Stunden wurde sie von ihren Brautjungfern geweckt. Anisha öffnete die Augen und war sofort elektrisiert. Heute war der Tag, der ganz besondere Tag, auf den sie eigentlich ihr ganzes Leben gewartet hatte, ohne es zu wissen – die Vereinigung mit ihrem Herzenspartner, mit ihrem Liebsten zu Mann und Frau. Und ihre Eltern waren beide da! Das erschien so unglaublich, ein Traum, den sie nicht gewagt hatte zu träumen, eine Hoffnung, der sie keine Chance mehr gegeben hatte, war Realität. Sie kniff sich in die Arme um zu spüren, dass alles echt war. Der Schmerz bestätigte das und ihre Freude stieg. Alle jungen Frauen des Clans, die schon gekommen waren, und jetzt waren es wirklich viele, kamen gut gelaunt in ihren Raum, der ihr das erste Mal eng erschien. Jemand brachte etwas zu essen, kaum dass Anisha es herunterbrachte, so groß war der Kloss im Hals. Dann wurde sie angekleidet. Das knöchellange Kleid war aus feinen zart grünen Fasern gewirkt, wunderschön mit Muschelstücken und Perlen bestickt. Ihre langen Haare wurden gekämmt, geflochten und geschmückt. Das dauerte und Anisha konnte kaum noch stillsitzen. Sie versuchte sich zu entspannen, zu konzentrieren, Es ging einfach nicht. Ihre Gedanken schossen wieder einmal wie ein Fliegenschwarm durch ihren Kopf und als sie den Stoff des Kleids fühlte und sich darin, soweit es ohne Spiegel möglich war, betrachtete, erinnerte sie sich an ein anderes Kleid, dass sie vor über einem Jahr abgelegt hatte. Das Kleid, dass sie sich selbst genäht hatte und dass ihr eng geworden war, fremd, dass sie über dem Wasser gelassen hatte. Nun trug sie ein neues Kleid, nicht nur von ihr, aber gemeinsam mit anderen gefertigt. Sie machte sich Gedanken über dieses Geschenk und wie sehr sie sich darin wohlfühlte, sie hatte noch nie ein Kleid bekommen und nun war sie bereit eines anzunehmen mit allen Konsequenzen. Ihre Gedanken glitten zurück zu einem anderen Kleidchen, das sie sich aus Algen gemacht hatte und dann zu der Haifischtunika, die sie auch selbst gefertigt hatte und für die Tiere gestorben waren. Und sie erkannte die Preise, die sie gezahlt hatte und viele andere Menschen, Aquati, Tiere, Wesen, damit sie heute hier sitzen konnte und sich das erste Mal auf eine Zukunft freuen konnte. Sie gab sich ein geheimes Versprechen. Sie würde nie die Opfer der anderen vergessen und ihre Haifischtunika würde sie nicht hergeben, denn auch sie war ein Teil von ihr, ein Teil von ihren Erfahrungen, die sie hergebracht hatten. Dann dachte sie an den Feuerring und an den Kampf. *Was wäre ohne Liam gewesen? Würde sie heute hier sein?* Das konnte sie zum Glück nicht beantworten und sie merkte, wie froh sie darüber war. Und so gab sie sich ein zweites Versprechen – sie würde Liam wiedersehen, er war ja ihr Onkel! Und Sorav – ihr Vater – war der Zwillingsbruder. Er musste ihn doch kennenlernen – und sie erkannte, dass sie ihm noch nichts erzählt hatte! Weiter dachte sie: Sie würde eine Hochzeitsreise planen – ganz bestimmt, dann könnten sie ins Nordmeer schwimmen oder sich in Vögel verwandeln und fliegen. Dann überlegte sie, ob Dylan sich in einen Vogel verwandeln konnte, sie hatte nie gefragt. Dylan hatte erwähnt, dass er schon im Nordmeer gewesen war – auch er schuldete ihr noch eine Geschichte! Das war alles wunderbar und spannend und sie freute sich einfach. Mit diesen Überlegungen verging tatsächlich die Zeit. Die anderen waren endlich mit ihren Vorbereitungen fertig und nur mit äußerster Kraft konnte sie noch sitzenbleiben. Endlich war alles soweit vorbereitet und nun musste sie wieder warten, während Dylan und die Anderen vom Schloss ankamen und ihre letzten Vorbereitungen trafen. Sie hörte die Geräusche der Ankunft und dann die hoch erstaunten und freudigen Ausrufe von allen, als Irala mit Sorav zur Begrüßung kam. Sie wäre so gerne dabei gewesen, doch sie musste warten, aber sie spürte die Veränderung in der Stimmung um sich, eine Leichtigkeit, wie sie es selten gespürt hatte. Jetzt durfte sie Dylan bis zur Hochzeit nicht sehen und die anderen hatten sie für eine Stunde der Inneren Ruhe allein gelassen. Aber das ging nicht, nichts lag ihr jetzt ferner. Aufgeregt lief sie in ihrem Raum hin und her, bis der feine Sand, der den Boden bedeckte, hinter ihr wie eine Fahne wehte. Als sie überhaupt nichts mehr sehen konnte, setzte sie sich wieder und knetete ihre Hände. Ihre Gedanken rasten, ihre Gefühle wurden immer chaotischer, das Warten war unerträglich geworden. Endlich schaute ihre Mutter in den Raum und kam strahlend auf sie zu. Zärtlich strich sie Anisha über den Kopf und beide hielten sich lange wortlos im Arm, zu tief war noch die Qual der Trennung und die Freude der Wiederkehr in beiden. Die Gefühle waren so stark, dass sie noch keine Worte fanden – aber beide spürten die innige Verbindung, die den Familienzauber machtvoll gemacht hatte. Die Zeit verging tatsächlich und irgendwann kamen die Brautjungfern zurück, um Anisha fertig zu schmücken, denn das Diadem, das Dylan gebracht hatte, musste noch in ihr Haar gesetzt werden. Und dann war es soweit! Irala ging vorher hinaus. Ein tiefer Ton klang wie ein Gong pulsierend durch das Wasser. Anisha trat mit den Brautjungfern vor den Raum. Ihre Eltern warteten schon auf sie und ihr Vater sah völlig verändert aus. Er stand stolz aufgerichtet das erste Mal in seiner neuen dunkelgrün und braun gemusterten Tunika, die ihn als den Führer der Krieger kennzeichnete, die Schultern gereckt. Am meisten war sein Gesicht verändert. Seine Augen strahlten und funkelten und er lächelte aus tiefstem Herzen. Auch ihre Mutter war so anders – sie stand aufrecht, ihre langen hellen Haare umspielten sie, ein goldener Schimmer lag über ihr und auch ihre Augen strahlten, ein wunderbares Lächeln erfüllte ihr ganzes Gesicht. Anisha fühlte ein tiefes Glück und eine große Zufriedenheit wie noch nie, als sie gemeinsam mit ihren Eltern über den freigehaltenen Gang zwischen den wartenden Aquati hin zu Dylan schritt, der gemeinsam mit Noemi auf sie wartete. Sie sah die erstaunten und glücklichen Gesichter der anderen. Im Augenwinkel, sah sie Shaya und Noel und freute sich über die Stärke der beiden, die auch wieder zu sich gefunden hatten und gekräftigt mit den anderen sich erhoben. Durch ihre Magie spürte sie neues Leben, das sich rührte und sie nahm Shayas Schwangerschaft wahr – zwei Babies, die sich entwickelten. Auch hier entstand Zukunft. Sie spürte Shayas Glück, die zärtlich über ihren Bauch strich. Dann sah sie Mia und Kefi – ein weiteres ein Paar, das die Zeit nicht trennen konnte. Beide standen schon getrennt, Mia hatte heute wieder stolz berichtet, dass Kefi sie nochmals gefragt hatte. Sie wollten die zwei Monate der Verlobung im Schloss leben, denn sie hatten beschlossen so das Leben und die Zukunft zu feiern. All das sah und spürte sie und währenddessen schritt Anisha weiter, dann glitt sie, denn das ging schneller und ihre Spannung stieg. Ihre Eltern waren seitlich hinter ihr und sie erkannte, dass sie so nach vorne geleitet wurde. Als sie sich nach Dylan umschaute sah sie, dass Marila und Yuval seitlich von Dylan auf einer geschnitzten und geschmückten erhöhten Bank, ähnlich einem breiten Thron, saßen und wunderschöne Diademe aus Perlen und Bergkristall trugen. Sie lächelten beide und hielten sich an den Händen. Sie erfasste jetzt erst richtig, dass sie einen Königssohn heiratete und spürte doch kurz Bedenken, aber dann sah sie ihren Dylan in ihre Richtung blicken und nun sie sah nur noch ihn, wie er groß und kräftig mit leuchtenden Augen stand und auf sie wartete. Da hatte sie für nichts anderes mehr Gedanken.

Kapitel 11

Noemi stand mit einem sandfarbenen knöchellangen Kleid, das leicht in der Strömung wehte, im freien Platz zwischen dem Thron und den Aquati und wollte zum Sprechen ansetzten, da wurden ihre Augen vor Erstaunen groß, denn aus allen Ecken kamen Tiere –, Fische, die in einem kleinen Schwarm silbrig schimmerten, schwarze kleine Schildkröten mit bunten Mustern, die sich auf den Boden legten. Auf dem Wasser landeten und schwammen Vögel, Enten, Schwäne und man sah Reiher schemenhaft fliegen, viele Aale wanden sich zu einem einzigartigen lebendigen Knoten und der große Karpfen mit den goldenen Augen schwamm bedächtig dazu. Anisha hielt inne und sah sich um und sie spürte die Wesen in ihrem tiefsten Inneren – alles Tiere, denen sie geholfen hatte und sie waren heute zu ihrem großen Tag gekommen! Eine unendliche Dankbarkeit und Demut kam über sie, so etwas hatte sie sich nie vorgestellt! Noemi blickte zu dem Karpfen, der sie mit wachen Augen ansah und nickte. Da war Wasserzauber, da war Drachenzauber. Anisha sah um den Karpfen eine andere Gestalt flackern, ein unvorstellbar schönes perlmuttweißes Wesen mit tiefgrün glühenden Augen und einem schlangengleichen Körper mit Flossen. Und sie hörte wie schon früher eine tiefe Stimme, diesmal aber viel sanfter, in ihrem Kopf: „Blut von meinem Blut, sei du die Zukunft!" Der Drache hatte sich ihr gezeigt! Sie behielt das für sich, denn das Erlebnis war unbeschreiblich. Das war sie, das war ihr Drachenzauber. Sie hatte nun dreimal einen Drachen gesehen. Anisha erkannte nun ihre Magie und ihre Stärke und darin lag ihr Schicksal. Als sie Dylan ansah, nickte er leise und sie erkannte, dass er auch den Drachen gesehen hatte. Das erleichterte sie sehr, denn so war sie nie allein. Die Tiere hatten sich gelagert und nun fasste sich Noemi wieder und begann das Hochzeitsritual. Sie begann mit einer kurzen Ansprache: „Heute, nach einer langen Zeit des Kummers und der Entbehrung, einer Zeit der Verluste, aber auch einer Zeit der Hoffnung und des Wiederfindens, stehen wir hier vor der Höhle, in der unsere Ahnen und Clanmitglieder ruhen, und vereinen zum ersten Mal nach über einhundert Monden zwei Aquati in den heiligen Bund der Ehe. So jung wie Anisha und Dylan sind, haben sie schon viel gelitten und viele Opfer gebracht. Dylan hat sich gegen jede Hoffnung aufgemacht, um gegen die Schwarze Wasserhexe zu kämpfen und fand seine goldene Perle. Anisha wuchs über Wasser auf und fand in sich ihren Wasserzauber, um zurückzukehren, zu ihrem Volk, zu den Aquati. Aber das war nicht genug, ihr wurde durch den Fluch die Suche nach den Magischen Perlen auferlegt und sie hat ihn besiegt. So brachte sie uns eine neue Zukunft, Kraft und löste die grausamen Verwünschungen, die über uns lagen. Sie hielt die ganzen Herausforderungen in dem Wissen aus, das jemand auf sie wartete, dass sie nicht allein war und so konnte sie zurückkehren. Die Liebe blieb und wuchs, auch in den folgenden drei Monaten der Prüfung hörte keiner von beiden auf, für die Aquati Gutes zu tun. Nun ist aber ihre Zeit angebrochen, die Zeit der Gemeinsamkeit und die Zeit der Stärke. Dieses Wunder ist für uns ein Hoffnungsschimmer in die Zukunft." Als Anisha zu hörte, spürte sie, dass alles, was passiert war, alles, was sie gemacht, aber auch ertragen hatte, es wert gewesen war, denn das Gefühl, dass sie so schnell gehabt hatte, diese innere Beziehung zu Dylan, auch als es ihm schlecht ging, es war richtig gewesen und hatte sie hierher gebracht – zu diesem außergewöhnlichen Moment in ihrem Leben. Sie suchte Dylans Augen und fand seinen Blick auf sie gerichtet, auch er schien in sich versunken, sah blass und ernst aus. Als er sie wieder wahrnahm, strahlten seine Augen auf und sein Gesicht entspannte sich wieder. Dann sprach Marila noch einige Worte, aber Anisha war gedanklich wieder so weit weg, dass sie davon nichts mitbekam. Ihre Gedanken waren zu einem Ort gewandert, den sie sich nicht vorstellen konnte, den sie aber kannte. Sie erinnerte sich an ihre Verwandlung als Vogel und an den wunderbaren Eiswald, wieder spürte sie die

Erinnerungen, die sie Stück für Stück zurückbekommen hatte –Magie, die so unbegreiflich war. Sie kam erst wieder mit einer Gänsehaut in die Gegenwart zurück, als Noemi sich laut räusperte und zwei Muschelschalen zusammenklappte, denn nun kam die eigentliche Zeremonie. Alle standen wieder und auch die Tiere nahmen Haltung ein. Noemi sprach jetzt den Hochzeitsschwur vor: „Du mein Leben, ich bin dir treu, du mein Leben, ich bleibe dir treu, Du mein Leben, ich liebe dich für immer – wir sind eins." Beide hielten sich an den Händen und blickten sich in die Augen und Dylan sprach ihn als erster nach, dann sprach Anisha und dann schauten sie sich tief in die Augen und sprachen es gemeinsam und dabei glitt Anisha in seine Arme. Sie küssten sich und drehten sich erst nach geraumer Zeit zu allen Anwesenden um. Jubel brandete hoch und alle Hochzeitsgäste kamen in einer langen Reihe zu ihnen nach vorne und begannen Perlen und Muscheln um sie zu verteilten. Danach kamen alle Tiere zu Anisha und Dylan, glitten um sie herum und manche berührten sie zart und blickten sie mit wachen Augen an, dann drehten sie sich wie auf einen geheimen Befehl um und verschwanden im Nichts, aber der Boden war jetzt mit Halbedelsteinen, Muscheln, Perlen und silbrig schimmernden Gebilden übersäht. Anisha kniete in diesem Schatz und lies ihn durch die Finger gleiten und blickte hoch zu Dylan, der alles fasziniert und sprachlos musterte. Er zog sie hoch in seine Arme und beide schauten nun gemeinsam diesen Reichtum an. Sie wussten noch nicht, was sie damit anfangen sollten. Anisha beugte sich nach einer Weile herunter und nahm einige Perlen in die Hand und wieder wurden sie durch ihren Zauber groß. Als sie die Perlen aus den Händen gleiten ließ, wurde das Wasser klarer, reiner und frisch. Und dann stiegen aus dem Boden Wasserblasen perlend auf, In allen Farben erhellten sie den Raum und reinigten das Wasser gemeinsam mit den Perlen tiefer und tiefer. Alle blickten sich um und genossen die neue Intensität der Farben. Jeder ließ seine Hände durch das reine Wasser gleiten und lächelte. Inzwischen war Irala auf die Knie gesunken, fast schien es, als sei ihr die Kraft ausgegangen, aber sie vergrub die Hände in den Kristallen, als würde sie davon magisch angezogen. Dann blickte sie mit Augen, die den Kristallen gleich strahlten, nach oben. Alle standen jetzt erstarrt, wussten nicht, was das bedeuten sollte, aber dann glitt sie in ihrer einzigartigen Weise auf Noemi zu und legte ihr in eine Hand einen der Kristalle. Dann schloss sie Noemis Finger darum und umfasste selbst diese Hand. Ihre Hände glühten blendend auf und Noemi taumelte. Dann richtete sie sich mit neuer Kraft auf und frei stand sie da, das Gesicht jünger als vorher und rief mit voller Stimme: Wir leben, wir sind ein Clan, wir sind der Wasserzauber. Lasst uns das Leben feiern!

Epilog

Irala

Die Hochzeit von Anisha, meiner Tochter ist vorbei, und die Neuvermählten genießen die Geheimen Tage. Ich bin wieder zurück im Schloss, aber ich bin nicht mehr allein. Heute ist die zweite Nacht, in der ich wieder eine Aquata bin, in der ich wahrhaftig nach einem Zeitraum, der für mich nicht erklärlich oder überschaubar ist, nicht durch einen Fluch oder Zauber verändert bin. Um meine Freude am Leben fast zum Übersprudeln zu bringen – ich habe meinen Sorav wieder. Das ist soviel, dass ich mich über den Tag immer wieder versichern musste, ob ich ich bin, ich berührte mein Gesicht, strich über meine Haare, schaute meine Hände und Füße an und spürte mich. Nun ist es Nacht und ich liege in den Armen meines geliebten Mannes. Ich spüre seinen Körper und ich spüre mich wunderbar glühend. Wir hatten es vorhin kaum ins Bett geschafft, weg von den anderen. So dringend war die Not, uns wieder zu spüren, uns zu vereinen, bei uns zu sein. Wir liebten uns zärtlich und flüsterten Worte, die nur der andere verstehen konnte. Jeder Kontakt, jeder Bewegung war ein unendlicher Genuss, eine Feier des Lebens und ein Beweis unserer unendlichen Liebe. Eigentlich sollte ich nun müde sein und in seinen Armen zur Ruhe kommen, aber meine Gedanken meinen es anders und ich erinnere mich: Ich weiß nicht, wieviel Zeit im Nebel des Verzauberns verging, bis mich Markus in meinem Umhang eingewickelt im Schilf vor dem Dorf auf dem See fand. Ich erschien ihm wie ein Baby und in seiner Großherzigkeit nahm er mich mit. Anna und er zogen mich auf und nahmen mich als Tochter an, obwohl sie dadurch im Dorf auf dem See zu Außenseitern wurden. Ich liebte sie wie meine Familie und werde sie nie vergessen, auch Narius, der der kleine Bruder war, den ich vorher nie hatte. Mit ihm zusammen hatte ich wenigstens die glückliche Kindheit, die mir meine Mutter verwehrt hatte. Ich hatte jetzt Spielkameraden, einen jüngeren Bruder, mit dem ich mich streiten und versöhnen konnte und den ich lieben konnte. Ich konnte Unsinn machen und immer wurde alles gut. Ich hatte eine Mutter, die mich als Kind und dann als junge Frau großzog und immer, ohne Zweifel, unterstützte. Eine Mutter, die akzeptierte, dass ich,, als ich fast noch ein Kind war selbst ein Kind ohne Vater bekam und die Anfeindungen des Dorfes aushielt und mich immer verteidigte. Sie brachte mir alles bei, um eine gute Mutter zu sein und das ohne jede Ungeduld, ohne Vorwürfe, sondern mit purer Liebe. Und ich hatte einen Vater − das erste Mal im Leben − der das alles unterstützte und mich liebte und stolz auf mich war. Er hielt mit Stolz die kleine Anisha im Arm und nahm sie sofort als sein geliebtes Enkelkind an. Auch das war Magie, die ich aber in meiner Verzauberung nicht erkannte, denn das Leben erschien mir so normal, einfach lebenswert. Wenn ich nachdenke, glaube ich, dass in ihren Adern auch Drachenblut floss, denn sie nahmen mich so selbstverständlich als Tochter auf, als würden sie etwas wissen. Ich würde Narius gerne wiedersehen, denn er ist ja nur ein gutes Jahr älter als Anisha und ich bin gespannt, was sie noch berichten kann − ob er eine Familie gegründet hat, welche Fähigkeiten er hat, ohne es zu merken. Aber die Drachen zeigen sich selten. Wer weiß, was ich durch die Verwünschung meiner Mutter und den Wasserzauber von Noemi nicht wahrnahm. Markus und Anna verschwanden so schnell aus meinem Leben und ich konnte ihnen nie so danken, wie es nötig gewesen wäre. Als sie gestorben waren und ich älter wurde, kamen meine Träume zurück, als hätte ich einen Schutz verloren, und ich ahnte immer mehr, dass ich anders war. Der Weg zu meinem Wasserzauber war mir aber in meiner Verzauberung verwehrt. Je älter Anisha wurde, umso mehr spürte ich das instinktiv und litt darunter. Ich fühlte mich so hilflos und immer kraftloser und es wurde noch schlimmer, als ich wieder von Sorav träumte − als sei er hinter einer Nebelwand, als sei meine Leben nicht echt. So begann ich meine Lebensenergie immer mehr zu verbrauchen. Auch das Amulett, das Liebesgeschenk von Sorav in der Nacht in der wir uns einmal trafen, konnte meine Situation in diesem fremden Leben nicht ändern, denn es war nicht für mich bestimmt, aber es wies den Weg für Anisha. So konnte sie im Wasser überleben und zu ihrer Wassermagie als Aquata finden. Auch sie hatte schlimme Erlebnisse auf ihrer Suche und wurde so zur Kriegerin, aber sie ist mutig und hat ihren Dylan. Es gibt noch so viel aus ihrem Leben, das sich von ihr hören will. Langsam werde ich endlich müde und meine Gedanken haben ihren eigenen Weg, aber die Geschichte ist noch nicht fertig. Ich muss sie zu Ende denken. Was damals, in der Schlacht passierte, war furchtbar, ich hätte nie gedacht, dass meine Mutter, egal wie sie war, mich töten wollte und dass ich nur durch einen Zauber, der Noemi, meiner Vertrauten und Tante fast alles kostete, über dem Wasser überleben würde. Wie alles vor sich ging, weiß ich nicht mehr. Viele Erinnerungen sind immer noch wie halb vergessene Träume. Was ich zum Glück nicht mehr erlebte, war die Verwünschung von Sorav. Er erlitt unendliches und ich weiß, dass er nur in Gedanken an mich, in der Erinnerung, dass wir immer hoffen wollten, durchhielt. Der Preis, den er zahlte, war unvorstellbar hoch. Durch die Stärke unserer Liebe trafen wir beide uns einmal trotz Verzauberung und Bedrohung gegen jede Regel und das war für mich wie ein Funke in dunkler Nacht. Nie hätte ich mir vorstellen können, dass ich ein Kind bekommen könnte, aber Anisha, die erste Aquata, die über Wasser geboren wurde, hatte sofort den gleichen Eigensinn wie ihr Vater. Ihr einzigartiges Wesen gab mir die Kraft weiter zu machen, denn ich spürte wie hinter einer Nebelwand Sorav – so nah und so fern, gefangen in einem Körper, der er war aber auch nicht. Ich weiß nicht, wann die Schwarze Wasserhexe, denn das ist nicht mehr meine Mutter, ihn in ihren Fallen fing und was er durch ihre Folter erlitt, aber Anisha konnte ihn befreien. Sie hat mir davon erzählt und von ihrer Suche nach den Perlen – unvorstellbar! Aber sie konnte mit ihrer Beharrlichkeit die Perlen finden und meinen Sorav und Yuval befreien. Seine Rückverwandlung durch die Perlen und Anishas Wasserzauber, der so wild wie der ihres Vaters ist, gibt uns allen Rätsel auf und auch meine Verwandlung in die

Libellenlarve, als ich scheinbar sterbend ins Wasser glitt. Ich habe immer noch nicht die magischen Fähigkeiten des Umhangs verstanden, von dem ich immer noch einen Streifen habe. Als ich endlich wieder die Kühle des Wassers spürte, glaubte ich zuerst, wieder zu leben und bewegte mich, aber dann erstarrten meine Glieder und ich fand mich in einem durchsichtigen Gefängnis. Wie ein Schutzanzug überzog die riesige Larve meinen Körper – meine Gedanken wurden langsamer und fasziniert vom Gefühl, ein Insekt zu sein. Libellen sind Jäger und ihr Leben ist unergründlich. Ich fühlte das wie etwas Natürliches und mein Selbst wollte in diesen Gedanken und Vorstellungen beinahe verschwinden. Aber dann kam das Fünkchen Hoffnung, dass ich noch hatte, der Wille zu leben und vielleicht doch meine Familie zu sehen. Ich kämpfte um meine Gedanken, um mich selbst und konzentrierte mich auf das Weiterleben, auf das Sein und irgendwie bekam ich immer wieder von außen Kraft, so dass mich mein Mut nie ganz verließ, auch wenn ich dem Strom des Wassers ausgeliefert war, wie noch nie. Zeit hatte für mich keine Bedeutung, durchzuhalten war das einzige, das zählte. Irgendwann spürte ich einen inneren Zug und merkte, dass ich mich doch bewegen konnte, nicht viel, aber so, dass ich auch gegen den Strom vorankam. Ich kämpfte, immer wieder, jeden Tag, denn für mich kamen wieder Tage, ein Rhythmus des Lebens und ich spürte die Helligkeit des Lichts und die Macht des Mondes. Weiter kämpfte ich und dann rief ich stimmlos ins Nichts, meine Hoffnung war kaum noch da, als ich doch eine Antwort bekam. Ich sah mit meinem Geist die Seele meiner Tochter, fühlte Anishas Wasserzauber und die feste Verbindung zwischen uns. Dahin wendete ich mich und arbeitete mich voran. Ich spürte, wie mir die Zeit ausging, aber ich gab nicht auf, nein, die Hoffnung gab ich nie auf. Auch Anisha – sie gab die Hoffnung auch nicht auf, als ihr Sorav von meinem Tod berichtete. Trotz Unsicherheit und Kummer glaubte sie weiter. Sie trug die Hoffnung weiter und nährte sie gegen alle Regeln, für die Sorav keine Kraft mehr hatte, und so konnte sie mich befreien und wir konnten meinen Sorav retten, denn seine Lebenskraft war fast aufgebraucht. Noemi kann sich nicht vorstellen, wie alles passiert ist. Sie sagt, es sei der Generationenzauber, aber ich spüre, dass es mehr ist. Möglicherweise lag es auch an dem Ort, denn fast genau an der gleichen Stelle war der Kampf mit meiner Mutter und den Dämonen und dort begann meine Verzauberung, die jetzt auch wieder hier gelöst wurde – wie ein Kreis, der sich schloss. Wenn ich doch Merida fragen könnte – aber sie ist im Strudel der Zeit verschwunden. Aber jetzt lebe ich und ich habe die Liebe meines Lebens wieder. Sorav's Zärtlichkeit in dieser ersten Nacht nach einer unendlichen Zeit der Trennung und des tiefsten Kummers war ein Zeichen für unsere einzigartige Liebe und Treue, die uns beiden half in Verwünschungen zu überleben, die uns beinahe zerstört hätten. Diese besondere Nacht vor der Hochzeit unserer Tochter, diese Nacht des Vollmonds und der Planetenkonstellation, als wir uns wieder trafen war einfach magisch. Ich fühlte mich so schwach und brüchig, nachdem Anisha und Noemi mich aus der Verzauberung gelöst hatten. Auch wenn die rote Perle mir Kräfte zurückgab, von denen ich nie etwas gewusst hatte, kam ich nur mit der Hilfe von beiden zurück zum Höhlensystem. Anisha spürte auch, wie sehr ich meinen Sorav wieder brauchte und holte ihn sofort und er gab mir alles, was er konnte und unser erster Kuss nach dieser unendlichen Zeit – ich kann es nicht beschreiben, mir fehlen die Worte für die Gefühle, die er wieder in mir weckte, aber vor allem wuchs meine Hoffnung auf eine Zukunft wieder und ich fand so wieder Raum ihm Hoffnung zu geben, der durch seine eigene Verwünschung an den Rand alles Lebenswillens, alles Mutes gebracht worden war. Durch die Kraft unserer inneren Verbindung stärken wir uns jetzt täglich und so wächst wieder unsere gemeinsamer Wasserzauber und unsere Hoffnung, die fast von den Qualen der Verzauberung und Trennung verzehrt worden ist. Es ist mir, als würden wir unser Band neu knüpfen und das macht für mich das Leben wieder spannend und lebenswert. Meine Anisha ist eine Kriegerin, wie ihr Vater, wie ich es nie sein werde, ich bin eine Kämpferin, aber sie liebt so stark wie ich. Sie weiß auch von ihrem Onkel, Sorav's Bruder – sie hat ihn sogar getroffen. Sie muss mir darüber noch so viel erzählen, ihre Suche nach den Perlen war einzigartig. Wenn sie die Geheimen Tage nach der Hochzeit zusammen mit Dylan genossen hat und beide wieder bei uns sind, wollen sie ihre Hochzeitsreise ins Nordmeer planen. Nicht nur Noemi hat Visionen – in meinen Träumen sehe ich viele Veränderungen und Chancen. Genau deswegen bleibt in mir weiter eine große Sorge, denn die Dämonen sind immer noch da. Sie richten Unheil an und schleichen sich mehr und mehr in unseren Bereich. Meine Mutter – die Schwarze Wasserhexe – hat etwas mit Ebru und ihrer eigenen Verwandlung begonnen, dessen Ende nicht absehbar scheint. Ich stehe vor einem unheimlichen Rätsel, aber ich bin nicht mehr allein. Jetzt liege ich in seinen Armen und kann endlich ruhig schlafen. Morgen geht das Leben weiter.

Sorav

Es ist früher Morgen und ich wache in einem Bett im Schloss auf, in unserem Raum – ich bin ich, Sorav. Und ich bin nicht mehr allein. Nach einem unendlich erscheinenden Zeitraum habe ich meine Irala wieder. Ich bleibe ganz still liegen und spüre sie in meinen Armen, wie sie atmet, wie sie träumt, wie ihr Gesicht den Träumen folgt. Ich sehe wie eine Haarsträhne im Wasser schwebt – perlmuttfarben – und wie ein goldener Schein durch sie gleitet. Ihr Drachenzauber, ihre Magie. Sie ist wirklich da und bin wieder ein Aquatus mit eigener Magie in meinem Körper. Ich habe wieder Hoffnung für die Zukunft und ich beginne wieder Lebenskraft zu spüren. Und so bekommen meine Gedanken auch Energie und sie sprudeln nur aus mir heraus. Vor zwei Tagen – vor Anishas Hochzeit – dachte ich nicht, dass ich diese Nacht noch erleben würde. Ich weiß nicht, was ich mir angetan hätte. Es war mir schon immer furchtbar, wenn sich jemand selbst verletzte und so zu Tode kam, aber bei mir war es im Kopf so eng. Gefühle – ha! Die hatte ich schon lange nicht mehr, ich funktionierte nur noch und hoffte, dass niemand etwas bemerkte. Aber jeder kümmerte sich um mich und ich hatte keine Kraft mehr für Dankbarkeit und so wenig Wille zu leben. Ich fand doch etwas in mir, etwas Kraft und etwas Mitgefühl und konnte so Malu helfen und etwas mehr kam bei mir hoch, als meine Krieger wieder kamen. Aber es waren wie kurze helle Wellen, die ins nichts liefen und meine innere Dunkelheit stieg höher und höher. Ich quälte mich in Selbstvorwürfen und merkte nicht, wie andere darunter litten, aber ich war in mir so gefangen, dass ich die Gedanken nicht freigeben konnte. Sie kreisten in mir wie ein tödlicher Strudel, aus dem ich mich immer weniger befreien wollte. Besonders in der Nacht vor der Hochzeit quälten mich die Gedanken, die inzwischen beinahe verlockend waren. „Dann ist es vorbei, sie braucht dich nicht mehr, dann hast du es geschafft, dann hast du keine Schmerzen mehr." So und ähnliches ging mir durch den Kopf, als Anisha zu mir kam. Sie war so aufgeregt, wie ich es bei ihr noch nie gesehen hatte und ich hoffte nur, dass es ihr gut ging und dass sie die Hochzeit durchziehen würde. Ich merkte, dass ich ihr gar nichts gesagt hatte. Sie wusste nicht, wessen Tochter sie war, dass sie eine Prinzessin in ihrem eigenen Recht ist. Wir hatten so wenig miteinander, entweder fehlte die Zeit oder mir fehlten die Worte und ich hatte ihr nie gesagt, wie es mir in der Verzauberung gegangen war, aber diese Zeit kann ich noch nicht in Worte fassen. Ich weiß nicht, ob ich je für jemand anderen beschreiben kann, wie es sich anfühlt, beinahe nicht mehr Selbst zu sein, immer nur an einem dünnen Faden der Gefühle zu hängen und jeden Tag ein bisschen mehr von sich zu verlieren und in einer gnadenlosen Einsamkeit zu versinken, wie in einem eisigen Verlies. Als ich den dunklen Wels, der Yuval war, im See traf, war ich mir nicht mehr sicher, ob er Aquatus war oder nicht. Das einzige was wir beide spürten war, dass wir uns kannten und dass wir mit einander auskamen und das half etwas jeden Sonnenaufgang auszuhalten und die Nächte zu überleben. Also blieben wir zusammen und halfen uns so gut es ging. Als wir einmal den Boden des Sees nach Futter durchsuchten, stieß ich zufällig mit meiner Schnauze an etwas Festes, das tiefgelb leuchtete und ein goldener Strahl durchdrang mich, da fühlte ich, dass ich mehr als nur Fisch war, dass ich eine Person war und ich schob den anderen Wels – Yuval – auch hin und ihm ging es danach auch etwas besser. Es muss das Bernsteinarmband gewesen sein – Iralas Armband – und ja, wir können es suchen. Jetzt geht es! Als wir beide dann wieder nach oben zur Wasseroberfläche glitten, sahen wir ein helles Licht, das vom Fluss in den See schien. Es war der Drachenzauber von Anisha, meiner Tochter, die von ihrer Suche zurückkehrte. Wir verstanden nicht, wer sie war, aber wir erkannten ihren Drachenzauber, dass sie uns vielleicht so retten könnte und dass sie am Ende ihrer Kraft war. Sie schwamm wie in einer Gegenströmung und schonte immer wieder eine Seite.

Mit der neu gefundenen Klarheit durch die Magie des Armbands hatten wir mehr Energie und fanden in uns den Sinn, sie zu begleiten und durch ihren Drachenzauber fanden wir tatsächlich den Mut, zu ihr zu schwimmen, als sich die Perlen lösten. Meine Verwandlung, wie es mir ging, ich kann es nicht beschreiben. Es war, als würde mein Körper aufgelöst und wieder zusammengesetzt, meine Seele schwebte über mir und ich blickte wie ein Fremder auf das Geschehen. Danach fühlte ich mich fremd im eigenen Körper und war erschöpft und traurig. Das verstand ich nicht, da ich mich doch wieder als Aquatus erkannte, aber wenn ich zurückblicke, muss das alles meine letzten Reserven gekostet haben. Das alles ging mir in den frühen Morgenstunden vor Anishas Hochzeit durch den Kopf, als meine Tochter plötzlich aufgeregt wie ein junges Mädchen vor mir stand. Ich war froh, dass sie zu mir kam und fühlte etwas Lebensmut und eine kleine Berührung mit der Realität, als sie selbst erst nach Worten rang und dann mich mit Worten lockte, mit zu kommen, in eine Welt, die ihr auch fremd war. Ich hatte ja gesehen, wie sie mit sich kämpfte, wie schwer es für sie war, dazu zu gehören und ein Teil einer Gruppe zu werden, einer Gemeinschaft, die sie aufnehmen wollte und die sie schätzte. Immer wieder stand sie da und beobachtete, immer wieder verschwand sie und kam dann gestärkt zurück. Da erkannte ich mich in meiner Tochter und auch das half mir, bei mir zu bleiben und ich fand ein Fünkchen Hoffnung in mir und es entstand langsam, zögerlich, in mir der Wunsch doch nach der Hochzeit weiter zu leben und gegen die furchtbaren Gedanken zu kämpfen. Mit diesem Wissen kam ich mit zu ihrem Raum, aber was mich da erwartete – das war pure Magie. Irala, meine Irala, stand vor mir und blickte mich an – wie damals als sie mit Noemi am Wasserfall saß. Ich vergaß kurz die Zeit und erst, als wir uns anfangs vorsichtig und dann immer sicherer an den Händen hielten und in die Arme glitten, begannen diese kleinen Hoffnungsfunken zu wachsen in der Gewissheit, dass ich tatsächlich eine Zukunft hatte und eine neue Chance für mein Leben. Und diese Chance, ich nutze sie jetzt und wecke meine Liebste – ganz zärtlich.

AUTOREN A HEART FOR AUTHORS À L'ÉCOUTE DES AUTEURS MIA KAPAIA ΓΙΑ ΣΥΓΓΡΑ
FORFATTARE UN CORAZÓN POR LOS AUTORES YAZARLARIMIZA GÖNÜL VERELIM SZÍVU
HAUTÖRI ET HJERTE FOR FORFATTERE EEN HART VOOR SCHRIJVERS TEMOS OS AUTOR
SERCE DLA AUTORÓW EIN HERZ FÜR AUTOREN A HEART FOR AUTHORS À L'ÉCOUTE
СЕЙ ДУШОЙ К АВТОРАМ ETT HJÄRTA FÖR FORFATTARE A LA ESCUCHA DE LOS AUTORE
ΓΙΑ ΣΥΓΓΡΑΦΕΙΣ UN CUORE PER AUTORI ET HJERTE FOR FORFATTERE EEN HA
INKERT SERCE DLA AUTORÓW EIN HERZ FÜR A
ΑΟ ВСЕЙ ДУШОЙ К АВТОРАМ ETT HJÄRTA FÖR

Die Autorin

Die 1966 in Stuttgart geborene Maren Winkler absolvierte nach der Hochschulreife eine Ausbildung zur Büroassistentin und Stenotypistin. Beruflich unzufrieden studierte sie in einem zweiten Anlauf erfolgreich Medizin. Heute arbeitet sie als Fachärztin für Psychiatrie und Psychotherapie in einer Psychiatrischen Institutsambulanz. Maren Winkler ist verheiratet und lebt zusammen mit ihrem Mann in Baden-Württemberg.

Die Liebe zum Schreiben zeigte sich schon früh. Als Jugendliche schrieb die Autorin Tagebuch und kleine Geschichten. Sie verfasste Gedichte als Geschenk für Familie und Freunde. Über die Jahre hinweg wuchs der Wunsch nach einem eigenen Buch. „Drachenträume" ist das Erstlingswerk der Autorin und wird von ihr als Lebenstraum bezeichnet.

Mindestens so ausgeprägt wie ihre Liebe zum Schreiben ist Maren Winklers Liebe zur Kalligraphie, zum Zeichnen und Malen. Ihre Naturverbundenheit fand ihren Ausdruck in der Gartenarbeit.

Der Verlag

Wer aufhört
besser zu werden,
hat aufgehört
gut zu sein!

Basierend auf diesem Motto ist es dem novum Verlag ein Anliegen neue Manuskripte aufzuspüren, zu veröffentlichen und deren Autoren langfristig zu fördern. Mittlerweile gilt der 1997 gegründete und mehrfach prämierte Verlag als Spezialist für Neuautoren in Deutschland, Österreich und der Schweiz.

Für jedes neue Manuskript wird innerhalb weniger Wochen eine kostenfreie, unverbindliche Lektorats-Prüfung erstellt.

Weitere Informationen zum Verlag und seinen Büchern finden Sie im Internet unter:

www.novumverlag.com

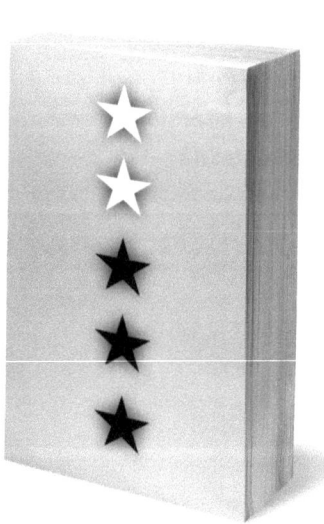